LES WHISKEY :

LES DARK KNIGHTS DE PEACEFUL HARBOR

Amours Rebelles (tome 6)

MELISSA FOSTER

ISBN: 978-1-948004-47-3

AMOURS REBELLES

Print Édition
V1.0

Couverture : Elizabeth Mackey Designs
Traduit de l'anglais par Judy Leeta

WORLD LITERARY PRESS
IMPRIMÉ AUX ÉTATS-UNIS D'AMÉRIQUE

Note aux lecteurs

Si c'est la première fois que vous découvrez la famille Whiskey, sachez que chaque livre est écrit afin de pouvoir être lu de manière indépendante, alors faites le grand saut et tombez sous le charme des Whiskey.

J'étais impatiente d'écrire l'histoire de Dixie Whiskey depuis la toute première fois où elle est apparue. Je savais qu'il faudrait un homme fort et sûr de lui pour gagner son amour et sa confiance et il est évident que Dixie a trouvé son âme sœur en la personne de Jace Stone. C'est un homme fort, puissant et mystérieux. Et comme Dixie et lui le découvriront, il nous offrira son propre style de romance. Mais à presque quarante ans, Jace n'a jamais franchi le pas et Dixie sait qu'il ne faut pas se sous-estimer. J'espère que vous apprécierez leur aventure sauvage et sexy, alors que Dixie et Jace tentent de démentir le vieil adage selon lequel ce n'est pas à un vieux singe que l'on apprend à faire des grimaces.

Dans cette histoire, vous rencontrerez les Wicked, cousins des Whiskey, qui auront droit à leur propre histoire ! Vous pouvez télécharger l'arbre généalogique des Whiskey/Wicked ici :
www.MelissaFoster.com/Wicked-Whiskey-Family-Tree

Tous les membres de la famille de Dixie ont déjà leur propre tome et ses amis très proches auront aussi leurs propres histoire heureuses. Vous pouvez trouver les livres de la série Les Whiskey ici :
www.MelissaFoster.com/TheWhiskey

N'oubliez pas de vous abonner à ma newsletter pour vous assurer de ne manquer aucune sortie de la série Les Whiskey: www.MelissaFoster.com/Francaise-news

Pour plus d'informations sur mes romances sexy, amusantes et pleines d'émotions, qui peuvent toutes être lues de manière indépendante ou qui font partie d'autres séries plus importantes, rendez-vous sur mon site web :
www.MelissaFoster.com

Si vous préférez les romances douces sans scènes explicites ni de langage cru, essayez la série *Sweet with Heat* écrite en VO sous mon nom de plume, Addison Cole. Vous y trouverez les mêmes belles histoires d'amour, mais avec des niveaux de sensualité réduits.

Bonne lecture !
~ Melissa

CHAPITRE 1

JACE STONE DESCENDIT de sa moto mercredi en début de soirée, retira son casque et passa une main dans ses cheveux épais noirs. Il jeta un coup d'œil à l'enseigne au-dessus de la porte du magasin de vêtements de Jillian Braden et un lent sourire se dessina sur son visage. Après avoir passé des années à perfectionner leurs nouveaux modèles de motos, Jace et son associé, Maddox Silver, se préparaient à lancer leur nouvelle gamme de motos *Legacy*. Les *Silver-Stone* étaient déjà parmi les plus recherchées au monde. La gamme Legacy serait la première à proposer des modèles distincts pour hommes et femmes et renforcerait leur statut d'élite au sein de l'industrie. Jace avait fait équipe avec la créatrice de mode haute couture, Jillian Braden, pour concevoir une ligne de vêtements, appelée *Leather and Lace*, pour *coïncider* avec le lancement de leurs nouvelles motos. Aujourd'hui, il récupérait les modèles de la collection qui seraient présentés dans le calendrier *Legacy* dont le shooting était prévu la semaine d'après à New York.

La cloche au-dessus de la porte retentit quand il entra dans le magasin.

— Bienvenue chez Jillian, s'exclama une jolie blonde derrière la caisse.

— Voici le biker le plus sexy de tout Pleasant Hill, lança

Jillian depuis le milieu du magasin, où elle ajustait une robe sur un mannequin.

La petite bombe aux cheveux rouge bordeaux s'approcha de lui : elle portait des talons aiguilles et l'une de ses créations légèrement excentrique, mais élégante. La micro-robe sans manches, gris ardoise, était ultra courte, avec une bordure noire le long de l'ourlet, une jupe croisée et des découpes angulaires sur les côtés. La tenue laissait très peu de place à l'imagination, dépassant une limite que Jace ne laisserait jamais franchir à aucune de ses trois jeunes sœurs.

— J'étais sûre que tu arriverais en retard, vu tout ce que tu as ingurgité hier soir, le taquina-t-elle.

Ils étaient sortis pour fêter leur succès avec Nick et Jax, deux des frères de Jillian qui étaient aussi des amis proches de Jace. Nick était entraîneur de chevaux de course et Jax était le jumeau de Jillian et un célèbre créateur de robes de mariée.

Jace ricana.

— Je buvais du whisky avant même ta naissance.

Mesurant plus d'un mètre quatre-vingt-dix, avec un corps taillé pour le combat, il lui faudrait bien plus que quelques verres pour le ralentir.

— Peut-être que si tu trouvais la femme de ta vie, tu n'aurais pas à boire aussi souvent.

Elle désigna d'un signe de tête l'entrée du magasin.

— Annabelle est célibataire, ajouta-t-elle.

— Elle a aussi environ vingt-deux ans. Désolé, ma belle, mais je ne les prends pas au berceau et tu sais bien que les relations, très peu pour moi.

Jace approchait de la quarantaine et avait passé la majeure partie de sa vie à créer son empire. Il avait l'habitude que les femmes le regardent comme le faisait la demoiselle derrière la caisse à ce moment-là, comme s'il était un morceau de viande. Toutes voulaient cet homme viril et tatoué et une fois qu'elles découvraient à combien sa fortune s'élevait, elles le désiraient encore plus. Mais si elles avaient connu son vrai penchant pour le cuir et la dentelle, si elles avaient appris qu'il était renfermé émotionnellement, elles se seraient probablement enfuies. La plupart des femmes étaient trop dociles pour lui de toute façon. Elles pouvaient être parfaites pour une nuit de sexe sans importance, mais rien ne valait les courbes douces et sexy, les longues jambes fines d'une femme forte et sûre d'elle, qui n'avait pas peur de le faire souffrir quand il le méritait et qui pouvait se montrer un peu brutale au lit. Une femme comme cela, il n'y en existait qu'une sur un million, ce qui convenait parfaitement à Jace. Il avait l'habitude de vivre sa vie comme il l'entendait et il n'avait pas l'intention de tomber dans les filets d'une nana en manque d'affection.

— Je suppose que ça me met hors course.

Jillian battit des cils pour se moquer de lui.

Quand Jillian était plus jeune, elle l'avait dragué sans relâche. Elle était belle, intelligente et avait un caractère bien trempé, mais Jace n'était pas attiré sexuellement par elle. En plus de leur différence d'âge, il la connaissait depuis si longtemps qu'elle faisait pratiquement partie de la famille. Malgré ses sous-entendus sarcastiques et ses danses sexy, elle était un peu trop raffinée et pure à son goût.

— Tu es une fille intelligente et sexy, Jilly. Tu finiras par trouver le bon. Il te faudra simplement quitter cette ville pour le trouver.

Il ricana, en pensant à ses cinq frères musclés qui joueraient aux gros bras devant tout homme qui oserait s'approcher d'elle.

— Tu as raison. Elle poussa une porte à l'arrière de la boutique et il la suivit à l'étage. Tu as vu comment Nick a agi la nuit dernière. Il était prêt à mettre en pièces les gars avec qui je dansais.

— Si ces types avaient dérapé, j'aurais fait pire que cela, indiqua Jace avec un regard sérieux.

— Pas étonnant que vous soyez toujours tous célibataires. Je dirai à Jayla qu'elle se bat contre des moulins à vent, s'exclama Jillian.

Sa plus jeune sœur, Jayla, s'était mise en tête de jouer à Cupidon depuis la naissance de son fils, Thane, il y a quatre mois. Elle et son mari, Rush étaient gagas de leur petit garçon chéri. Jace ne pouvait pas nier que son adorable neveu lui faisait tourner la tête et qu'il avait envie d'avoir son propre enfant. Mais dès qu'il enfourchait sa moto, ce désir disparaissait généralement avec le grondement du moteur et le sentiment de liberté sur la route.

— Oui, s'il te plaît, dis-lui que ce n'est pas seulement utopique mais aussi non désiré.

La lumière du soir se répandait à travers les fenêtres le long du mur du fond.

Jillian alluma les lumières, donnant ainsi vie à la pièce. Une planche à dessin, jonchée de croquis à moitié terminés, se trouvait sous les fenêtres et plusieurs tables couvertes de tissus et d'autres accessoires de mode étaient disposées autour de la pièce. Les murs d'un blanc éclatant étaient ornés de photos de mannequins portant les créations de Jillian et il y avait des dizaines de mannequins arborant des tenues à différents stades de conception.

— Tu sais, ça ne te ferait pas de mal de porter un beau costume de temps en temps. Ce n'est pas que tu ne sois pas superbe en jean, mais tu es *milliardaire*. Tu devrais le montrer.

Les femmes aiment les hommes qui ont de la classe.

C'était drôle venant d'une femme dont le revenu comprenait sept chiffres et qui agissait de la même manière qu'à ses débuts.

— On peut sauter les conseils de drague et en revenir aux *vêtements* ?

Elle indiqua d'un signe de la main plusieurs portants sur le côté droit de la pièce.

— Voilà !

Il posa son casque sur une table et se dirigea vers ces derniers pour y jeter un coup d'œil.

— J'ai fait un essayage avec Sahara, il y a deux semaines. Elle était vraiment magnifique dedans.

Sahara Xar était le mannequin que Jace avait sélectionné pour le calendrier et pour devenir l'égérie des motos *Silver-Stone*. Il voulait une biker authentique, quelqu'un qui connaissait et menait ce style de vie et non quelqu'un qui se contenterait de prendre la pose. De plus, il voulait un nouveau visage, quelqu'un qui ne figurait pas déjà sur des panneaux d'affichage ou qui représentait des produits pour d'autres entreprises. Il avait cherché pendant presque un an et Sahara était ce qu'il y avait *de plus authentique*. Elle était avocate, pas mannequin et avait été recommandée par l'une des top models qu'il n'avait pas choisie. Elle avait grandi dans une famille de motards, bien qu'elle n'ait plus le même style de vie.

Jillian souleva un cintre et le suspendit à un crochet sur le mur, présentant la mini-robe de style patineuse qu'ils avaient conçue. Une fermeture éclair descendait du milieu du co
jusqu'à la taille de la jupe courte plissée. Il y avait de
triangulaires de chaque côté. Les pointes des tri
çaient juste au-dessus et le bas du triangle

jupe. Des bandes de dentelle noire passaient dans des œillets de chaque côté des découpes pour ajuster la taille. Il suffisait de tirer sur la fermeture éclair pour que la jupe glisse du corps de la femme et se déverse à ses pieds. Il avait vu les prototypes pendant le processus de création, mais les voir terminés lui apportait un nouveau niveau d'excitation.

— C'est sacrément *sexy*.

— Exactement la réaction que nous espérions. Je suis vraiment ravie de cette gamme. Je n'aurais jamais pensé qu'une tenue de motard puisse être aussi classe, mais on a réussi, Jace. Il n'y a pas une seule once de vulgarité dans les tenues que nous avons créées. Je porterais fièrement cette collection et je n'aurais pas pu trouver les concepts toute seule. Avec ta connaissance du monde des bikers et ma créativité, notre partenariat est parfait.

— Tu as tout à fait raison.

Il avait eu de la chance quand elle avait accepté de s'associer avec lui et il n'avait jamais éprouvé de regrets.

Jillian fit courir ses doigts le long du bord d'une découpe.

— L'ajout du tissu souple le long des œillets a permis de donner un peu plus d'espace aux femmes de taille intermédiaire et je pense que le devant légèrement plus large conviendra parfaitement aux clientes de forte taille. Je suis persuadée que les femmes de toutes tailles peuvent porter cette tenue avec confort et assurance.

— Super, parce que les vraies femmes ont des courbes et il se trouve que j'aime ces courbes, donc plus on peut attirer de femmes vers nos vêtements sexy, mieux c'est.

Jillian leva un sourcil.

— Jayla sait-elle que tu préfères les femmes avec des courbes ?

— Arrête tes conneries, Jilly, la prévint-il.

— Quoi ? Je dis juste que tu as un *type de femmes*. Ce n'est pas une mauvaise chose, mais ça explique beaucoup sur qui tu es.

Elle plissa à nouveau les yeux comme si elle calculait une équation complexe.

— Qu'est-ce que tu racontes, *là* ?

— Ça veut dire qu'à chaque fois qu'on sort boire un verre, les femmes bavent sur toi et tu ne te retournes jamais sur elles. Maintenant je comprends pourquoi. Tu es tatillon.

— Bon sang, lâcha-t-il. Pourquoi nous sommes-nous associés toi et moi ?

— Parce que je suis géniale. Elle lui fit un sourire mielleux. Bref, *monsieur j'adore les courbes*, laisse-moi te montrer le reste des tenues pour la séance photos du calendrier.

Ils regardèrent les cuissardes en cuir, les soutiens-gorge à bretelles avec des surchemises en dentelle, la lingerie, les bustiers, les hauts avec les épaules dénudées, les robes longues avec des fentes sur les côtés et bien plus encore. Toutes les tenues étaient plus chics les unes que les autres. Les vestes de bikers et les vêtements pour la saison chaude étaient tout aussi sexy que la lingerie.

Alors qu'ils prenaient des dispositions pour expédier les vêtements à son loft de New York, le téléphone de Jace sonna. Il le sortit de sa poche et vit le nom de Shea Steele sur l'écran. C'était la chargée des relations publiques pour *Silver-Stone*.

— C'est Shea. Excuse-moi une seconde.

— Dis-lui bonjour de ma part, dit Jillian alors qu'il portait le téléphone à son oreille.

— Salut, Shea. Je suis avec Jilly. Tout est prêt pour ting.

— C'est génial, mais nous avons un prob

Sahara est indisponible. Elle est tombée dans les escaliers du palais de justice. Elle s'est cassé la jambe et son visage est tout éraflé.

— Et merde ! Est-ce qu'elle va bien ?

— Elle se remettra, mais elle ne peut pas faire ta séance photos. Je cherche d'autres mannequins, mais jusqu'à présent, les quelques femmes que tu ne trouvais pas "trop mal" sont prises. Je vais continuer les recherches mais, Jace, il t'a fallu presque un an pour trouver Sahara. Je sais que tu es pointilleux, mais tu devrais peut-être revoir tes exigences à la baisse.

— Si *une* autre personne me dit encore que je suis *difficile*, je vais péter les plombs.

Il fit les cent pas, on entendait au son de sa voix l'irritation monter d'un cran tandis qu'il se demandait quel impact cela aurait sur leur campagne de marketing.

— Cette *personne* sera l'*égérie* de *Silver-Stone*. Il n'y a rien de mal à être pointilleux.

— Message reçu. Je comprends, mais nous n'avons que six *jours*, Jace. Et si on choisissait Agatha Price ? J'ai appelé son agent et elle est à Hawaï, mais elle peut se libérer pour le shooting.

Agatha Price était l'une des mannequins tatouées les plus recherchées de la profession.

— Hors de question. Je ne vais pas utiliser le même top model que tous les autres Tom, Dick et Harry. Ce n'est pas pour rien que nous sommes les *meilleurs* et tu sais mieux que quiconque à quel point la différence compte. La force de notre ligne haut de gamme, le côté sombre et la modernité de *Legacy* ont juste assez d'éléments à l'ancienne pour en faire des engins que tout le monde voudra posséder et transmettre à ses enfants. Quant à la ligne *Leather and Lace*, elle ne ressemble à aucune autre tenue de motard sur le marché. La personne que nous choisirons pour représenter *Silver-Stone* devra être tout aussi unique que nos produits.

— Bien sûr. Et si l'on retardait la séance photos ? Tu pourras toujours sortir ton…

— Bien sûr que *non*, lança Jace sèchement. J'ai des centaines de milliers de dollars de marchandises de bloquées. Ce shooting *doit* se faire dans les temps. C'est *toi* qui m'as convaincu que présenter l'égérie de la marque en même temps que nous lancions la ligne *Legacy* était la seule chose à faire.

Il leva les yeux au ciel, essayant de calmer la frustration qui montait en lui.

— Je pense toujours que c'est… *si* nous pouvons le faire. Plus l'on a de visibilité, mieux c'est, répondit Shea. Laissez-moi voir ce que je peux faire, mais nous avons besoin d'un plan de secours.

— Je ne suis pas *du genre* à en avoir. Appelle toutes les agences de mannequins et dis-leur qu'on a besoin d'une belle *biker*, qui a confiance en elle et qui n'a jamais fait de mannequinat à grande échelle.

— *Pas de potiches.* Je sais quel accord nous avons passé, mais comme nous en avons parlé quand nous cherchions Sahara, tu ne veux pas vraiment d'un mannequin, Jace. Tu veux une biker qui sera suffisamment magnifique et raffinée pour servir de mannequin.

— Tout à fait.

— Je m'en occupe, le rassura Shea.

Alors que Jace raccrochait, il entendit le claquement des talons de Jillian qui traversait la pièce pour venir dans sa direction. S'ils ne trouvaient pas de remplaçante pour Sahara, cela dévasterait également Jillian. Elle avait travaillé comme une folle sur ce projet. Il serra les dents en mettant le téléphone dans sa poche. *Bon sang.*

— Jace ?

Il se retourna, voyant l'inquiétude se refléter sur son joli visage.

— Ouais ?

— Quelque chose est arrivée à Sahara ?

— Elle a fait une chute et s'est cassé la jambe. Elle va s'en sortir, mais elle ne pourra pas faire la séance photos.

— C'est ce que j'ai cru comprendre en t'entendant parler avec Shea. J'ai un mannequin que tu pourrais vouloir voir. Elle est exactement ce que tu veux, une belle biker sûre d'elle. Elle fait un mètre quatre-vingt et est un peu mince, mais elle a des courbes là où il faut. Je viens de lui faire une superbe robe pour un événement qui aura lieu ce week-end. Il serait facile de faire des retouches si elle est prête à le faire. Elle n'a posé qu'une fois et c'était pour moi. Elle a participé à mon défilé quand j'ai lancé ma ligne *Multifarious.*

— Qui est-ce ?

Jillian lui tendit une photo. Son cœur s'arrêta presque de battre lorsqu'il vit la grande rousse tatouée qu'il connaissait bien et qui était une badass intelligente et vive d'esprit. Elle était la seule femme qu'il avait eu du mal à repousser dans la *catégorie des intouchables.* La seule et unique Dixie Whiskey et elle était *éblouissante.* Il devait absolument garder ses distances avec elle car elle était *si* intrigante. Ce n'était pas le genre de femmes à avoir un coup d'un soir. C'était le genre de femmes que vous faites monter à l'arrière de votre moto et que vous ne laissez jamais repartir. Il ne l'avait jamais vue maquillée comme sur la photo, avec des yeux charbonneux et des cheveux parfaitement coiffés. Et elle portait les vêtements chics de Jillian ? *Bon sang.*

Elle était la perfection à l'état pur *et* elle était la petite sœur des bikers les plus féroces de tout Peaceful Harbor, dans le Maryland, mais aussi la fille du président du club des Dark Knights.

— Oh bon sang ! dit-il, impressionné.

— Dixie Whiskey, répondit Jillian. Elle est incroyable, mais je ne suis pas sûre qu'elle accepte. Je viens de me rappeler qu'après sa participation à mon défilé de mode, j'ai reçu des appels de professionnels lui offrant des sommes folles pour être mannequin et elle n'était intéressée par aucun d'entre eux. Tu connais les Whiskey. Dixie n'est pas un mannequin, elle est *du milieu*, Jace.

— Mais elle a posé pour toi, remarqua-t-il.

Dixie était l'image qu'il avait en tête quand il cherchait un visage pour *Silver-Stone*. S'il avait su qu'elle avait fait des photos, il aurait pu s'épargner des mois de galère.

— Parce qu'elle m'en devait une.

— Pourquoi ?

Les sourcils de Jillian se plissèrent.

— Jillian, allez, demanda-t-il. On a besoin d'elle. Tu le sais très bien. Quel service te devait-elle ?

— Mon Dieu ce que tu es pénible. Si tu en parles à ses frères, je te tue dans ton sommeil.

Il la fixa et croisa les bras.

— Bon, ok ! Elle souffla un peu. Je l'ai branchée avec un gars que je connais ici à Pleasant Hill et je suis presque sûre que ce ne sera pas ton cas, alors en quoi est-ce important ?

Bon sang, il ne ferait jamais ça.

— Je n'aurais probablement pas dû te suggérer cette idée Je suis désolée. C'était stupide. Maintenant que j'y pense, il n'y a aucune chance que tu parviennes à la convaincre.

Il mit la photo dans la poche de sa chemise, saisit son casque et rétorqua :

— C'est ce qu'on va voir.

— ALLEZ, CHÉRIE, faisons un petit pari.

Lance "Crow" Burke, qui était membre des Dark Knights et qui courait après Dixie depuis toujours, essaya de la convaincre de sortir avec lui pour la millionième fois cette semaine-là.

Ils étaient au *Whiskey's*, le bar que la famille de Dixie possédait. La jeune femme y était serveuse et Crow jouait aux fléchettes avec deux autres membres des Dark Knights, qui avaient l'air amusé. Ils la connaissaient suffisamment pour savoir où cela allait les mener. Dixie était copropriétaire des deux entreprises familiales. En plus de diriger les bureaux de *Whiskey Automobile* et de faire les comptes du bar, elle était serveuse à temps partiel au bar depuis si longtemps que les gars comme Crow faisaient office de bruit de fond et de distractions divertissantes.

— Qu'est-ce que tu as en tête ? demanda Dixie, en se moquant de lui.

Il était assez beau dans son genre, avec des cheveux noirs et des traits anguleux qui le rendaient un peu trop séduisant au goût de Dixie, mais "sexy comme un mannequin" selon deux de ses amies les plus proches, Isabel "Izzy" Ryder et Tracey Kline, qui travaillaient également au bar. Dixie plaçait la barre très haut en matière d'homme et cela n'avait rien à voir avec le physique, l'argent ou de charmantes phrases toutes faites pour la draguer.

L'arrière-grand-père de Dixie avait fondé les Dark Knights.

Elle avait le gène des bikers dans le sang. Elle avait des parents aimants et exigeants qui ne supportaient pas les conneries et trois grands frères extrêmement protecteurs, Bones, Bullet et Bear. Grâce à eux, elle avait appris à dire ce qu'elle pensait et à se battre pour réussir. Le problème, c'est qu'en grandissant avec des hommes de leur trempe, elle avait des attentes élevées concernant son futur compagnon, tout comme elle avait des attentes élevées pour elle-même car elle ne voulait pas avoir à compter sur un homme pour autre chose qu'un amour inconditionnel. Elle ne voulait pas d'un homme qui joue les gros durs, parce que la force ne pouvait être feinte. Un homme devait être capable de tenir tête à n'importe quel adversaire et c'était ça ou rien. Il n'y avait pas de juste milieu. Elle ne s'intéressait pas non plus aux hommes qui se contentaient d'une vie basée sur leur apparence, parce qu'en fin de compte, tout le monde vieillit, faiblit, devient grisonnant ou chauve. Et elle se fichait complètement des hommes qui gagnaient des millions et les jetaient par les fenêtres. L'argent ne peut pas acheter le véritable amour. Après avoir vu ses frères ouvrir leur cœur et tomber amoureux de femmes merveilleuses, elle eut la preuve de ce en quoi elle avait toujours cru. Un homme peut arborer son esprit de combat telle une armure et avoir un cœur d'or.

Dixie arborait sa carapace et elle avait bon cœur. Si seulement son chevalier sans peur pouvait se montrer.

Crow avait une lueur d'audace dans les yeux.

— Si je tire en plein dans le mille, tu acceptes de sortir avec moi samedi soir.

— Tu es mis aux enchères vendredi soir, tu te souviens ? Avec un peu de chance, tu tireras le gros lot et une nana fera une offre sur toi. Et donc, tu seras *occupé* samedi soir.

Dixie avait pris les commandes de la vente aux enchères

annuelle et du gala de bienfaisance pour célibataires au profit d'un centre d'accueil local pour femmes. Chaque année, une entreprise du coin organisait l'événement. La micro-brasserie de Mr. B, appartenant à leurs amis, les Braden, avait accueilli les deux dernières éditions. Dixie était ravie d'associer l'événement aux Dark Knights et elle s'était donnée pour mission de récolter plus d'argent que lors des précédentes ventes aux enchères. Elle était douée pour beaucoup de choses, mais la stratégie marketing et la capacité à faire travailler les gens ensemble étaient en tête de liste. Elle avait inscrit, non seulement, presque tous les célibataires des Dark Knights, mais elle avait aussi déjà récolté plus de cinquante mille dollars de dons pour le centre. Elle avait atteint son objectif et la vente aux enchères ne se tenait que dans deux jours.

Crow fit un clin d'œil aux autres gars.

— C'est un code pour dire qu'*elle* va enchérir sur moi.

Dixie leva les yeux au ciel et s'éloigna pour aller voir les autres clients.

Elle avait hâte d'assister à la vente aux enchères, mais elle était également nerveuse. Puisque tous ses frères étaient maintenant pris, elle avait laissé ses amies la convaincre de monter secrètement sur scène pour être mise aux enchères. Si ses frères avaient vent de leurs plans, ils l'enfermeraient pour s'assurer qu'elle ne le fasse pas. Ils étaient si protecteurs que leur réputation les précédait. Il suffisait d'un regard menaçant de Bullet, Bones ou Bear pour que tous les types qui *auraient pu* s'intéresser à elle, ne se dégonflent. Si elle avait le moindre espoir de tomber amoureuse un jour, elle devait quitter Peaceful Harbor. Peut-être qu'elle aurait de la chance en allant à l'exposition de son cousin Justin Wicked à Cape Cod qui se déroulerait dans deux semaines et qu'elle tomberait amoureuse là-bas, sur les rives sablonneuses de la baie.

Repoussant cet espoir trop beau pour être vrai, elle alla voir son garçon de seize ans préféré, Marco Garcia. Elle s'arrêta à la table où il était penché sur un cahier pour faire ses devoirs de mathématiques. Il attendait que son frère aîné, Ricardo, termine son service car il faisait la plonge.

— Hey, beau gosse. Comment tu t'es débrouillé au contrôle de sciences la semaine dernière ?

Ses grands yeux sombres se levèrent vers elle et un doux sourire apparut sur son adorable visage. Il y a quelques mois, Ricardo avait essayé de manger et de partir sans payer et Jed, un barman et un prospect[1] pour les Dark Knights, l'avait pris sur le fait. Lorsque Jed avait appris qu'il séchait l'école et volait de la nourriture pour son frère, il avait pris le garçon sous son aile et lui avait offert un travail plutôt que de le faire arrêter. Maintenant, Ricardo allait régulièrement à l'école et travaillait au lieu de s'attirer des ennuis. Leur situation avait conduit Jed à lancer le programme Young Knights, dans lequel des propriétaires de magasins comme les Whiskey géraient des programmes de tutorat pour les jeunes en difficulté. Dixie était fière de tout ce que les Dark Knights faisaient pour aider la communauté et même si elle voulait tomber amoureuse et si elle savait que cela devait se produire en dehors de Peaceful Harbor, elle n'avait aucune envie de s'éloigner de sa famille.

— J'ai obtenu quatre-vingt-neuf[2], déclara fièrement Marco.

— Bravo, mon grand.

---

[1] Chez les bikers, nom donné un aspirant biker qui doit prouver son engagement pour le club avant d'être admis dans le club ou le gang, comme membre à part entière.

[2] Aux Etats-Unis, les notations se font en utilisant les lettres A à F. Un quatre-vingt-neuf pourcent de réussite équivaut à un B.

Elle ébouriffa ses cheveux épais et ondulés.

— Je vais te resservir un verre.

— Merci, Dixie.

— De rien.

Elle prit son verre vide et se dirigea vers le bar. Elle commençait tout juste à s'habituer au nouvel emploi du temps de son frère. Autrefois, Bullet passait plus de cinquante heures par semaine au bar, mais il s'était récemment marié et avait réduit ses heures. Izzy et Desmond “Diesel” Black étaient les barmen du soir. Diesel était un vrai tas de muscles. Il avait des yeux noirs et glacials et aucun don pour les relations humaines, ce qui faisait de lui le parfait remplaçant pour surveiller le bar.

Izzy était occupée à servir deux gars à l'autre bout, alors Dixie posa le verre près de Diesel.

— Un Pepsi pour Marco, s'il te plaît.

Diesel leva sa mâchoire carrée en signe d'acquiescement et une main massive s'empara du verre. Quelques mèches de cheveux brun clair dépassaient de la casquette de baseball qu'il portait toujours à l'envers. Il n'était pas réputé pour sa personnalité et il détestait qu'on le touche. Mais avec ses muscles volumineux, sa poitrine de la taille du Canada et sa capacité à faire fuir un homme la queue entre les jambes d'un simple regard terrifiant, il était définitivement un homme, un *vrai*. C'était aussi un nomade, ce qui signifiait qu'il était un Dark Knight, mais qu'il se déplaçait beaucoup et ne revendiquait aucun chapitre comme étant le sien. Personne ne savait combien de temps il resterait dans les parages cette fois-ci et personne n'était assez courageux pour lui demander quelles étaient ses occupations quand il n'était pas parmi eux, mais ils étaient heureux qu'il ait remplacé Bullet.

Diesel fit glisser le verre sur le bar.

— Crow te donne du fil à retordre ?

— Rien que je ne puisse gérer.

Izzy lui fit un clin d'œil et se rapprocha de Diesel. Elle fit courir sa main le long de son bras musclé jusqu'à son poignet.

— Tu appelles ça un *problème* ? demanda-t-elle de manière séduisante.

Diesel se redressa pour atteindre sa taille imposante d'environ un mètre quatre-vingt-quinze, avec une expression embarrassée sur le visage.

— Ouais, des ennuis pour *toi*, ajouta-t-il d'un ton bourru.

— Ça s'appelle *flirter*. Izzy soupira en se tapotant sa poitrine. Il faut vraiment que tu arrêtes de voir le flirt comme un *problème*, sinon tu n'arriveras jamais à faire en sorte que cette gentille petite dame te fasse passer un bon moment.

Son regard se tourna vers Tracey, la petite serveuse brune avec une jolie coupe courte, qui travaillait là depuis quelques mois. Elle avait parcouru un long chemin depuis qu'elle avait échappé à une relation malsaine. Elle avait quitté le foyer pour femmes et louait une chambre à Izzy. Elle n'était plus extrêmement timide avec les clients, mais elle avait une peur bleue de Diesel.

Diesel émit un grognement et alla aider un client.

Izzy le regarda s'éloigner.

— Je me sens un peu mal pour lui. Cet homme sera *éternellement* célibataire.

— Pas si tu continues à lui apprendre comment fonctionne le monde.

Dixie prit le verre et se dirigea vers Marco. Elle posa le verre sur la table.

— Tiens, mon grand.

— Merci.

La porte du bar s'ouvrit et Jace Stone entra en trombe. Dixie fit entrer de l'air dans ses poumons et s'éloigna de la table de Marco, admirant la peau bronzée de Jace, ses épais cheveux noirs qui frôlaient le col de son T-shirt et l'encre colorée qui serpentait autour de ses bras et dépassait de son col. *En parlant de « vrai homme... »*

Ses yeux profonds parcoururent la pièce et se posèrent sur elle, faisant accélérer son pouls. Ses sourcils épais se rapprochèrent, ses jambes puissantes réduisant la distance entre eux.

— Comment va ma Whiskey préférée ?

Sa voix de baryton rugueuse était aussi attirante que son regard séducteur, mais Dixie n'était pas dupe. Bien sûr, Jace pouvait s'encanailler comme les autres et boire du Jameson ou du Jack Daniel's à la rigueur, mais tout le monde savait que son whisky préféré était vendu dans une bouteille horriblement chère. Dixie avait le sentiment qu'il avait le même goût en matière de femmes. Elle arqua un sourcil, lui faisant remarquer que sa façon de la draguer était vraiment merdique et se demanda ce qu'il lui voulait vraiment.

Il s'approcha, son parfum boisé et sauvage accentuant sa puissance.

— Quoi ? On sait tous les deux que tes frères ne t'arrivent pas à la cheville.

Elle avait beau avoir eu le béguin depuis la seconde où elle l'avait vu pour la toute première fois, lors d'un rassemblement auquel elle s'était rendue avec son frère Bear et alors qu'elle n'avait que dix-huit ans, mais elle n'était pas stupide : Jace Stone était aussi mystérieux et incapable de se poser que Diesel. Même à l'époque, à vingt-sept ans, il possédait la confiance brute et la présence autoritaire d'un homme du monde qui prenait ce qu'il voulait et exigeait de l'attention. Cela faisait plus d'une décennie et comme tout bon alcool, Jace Stone s'était amélioré avec l'âge. Il n'y avait rien de *mignon* chez lui. Sa peau était dure comme du cuir, ses mains calleuses et il avait toujours l'air d'avoir besoin d'aller chez le coiffeur. Alors que d'autres femmes auraient trouvé que cela faisait négligé, pour Dixie, c'était de la poudre aux yeux. Elle trouvait même que les bracelets en cuir qu'il portait au poignet l'excitaient.

Avant qu'elle ne puisse se ridiculiser comme elle l'avait fait à dix-huit ans, en le draguant si ouvertement que Bear l'avait physiquement *éloignée*, elle redressa les épaules en essayant d'ignorer les papillons qui s'étaient invités dans son estomac.

— Que veux-tu, Jace ? lui demanda-t-elle.

— J'ai *besoin* de toi, Dixie.

Elle avait fantasmé sur le fait de l'entendre dire ces mots pendant tant d'années et la fille naïve en elle bondissait sur place. Mais elle le regardait avec curiosité, se demandant ce que l'homme qui faisait succomber n'importe quelle femme pouvait bien vouloir d'elle. Quoi qu'il en soit, elle savait que ce ne serait pas ce qu'elle attendait de lui.

— Fais la queue. Comme tous les autres gars ici, répliqua-t-elle.

Un petit rire éclata, mais même son sourire arrogant ne parvint pas à atténuer ses propos.

— Sérieusement, Dix. J'ai besoin que tu viennes avec moi à New York ce week-end pour m'aider avec un *boulot.*

Maintenant son intérêt était piqué, mais elle avait déjà du boulot.

— C'est la proposition la plus intéressante que j'ai reçue depuis longtemps, mais je ne peux pas. Je suis débordée. J'ai la vente aux enchères des célibataires ce week-end. Tu te souviens du gala de charité ? Celui pour lequel je t'avais demandé de t'inscrire ? Je crois que tu as dit qu'il gèlerait en enfer avant que tu ne vendes ton corps. Oui, cette soirée-*là*, balança-t-elle. Peu importe le *travail* que tu veux que je fasse, il ne peut pas être aussi important que de récolter de l'argent pour le foyer pour femmes de Parkvale, où les femmes et les enfants qui ont enduré des choses horribles, essaient désespérément de repartir de zéro.

Elle jeta un coup d'œil à Tracey, qui prenait un verre au bar.

— Tracey a séjourné dans un foyer, tout comme la fiancée de Bones, Sarah, avec deux de ses enfants, avant de le rencontrer. La fiancée de Jed, Josie et leur fils, Hail, y ont également séjourné. Mais j'ai bien compris, Jace. Tu es trop important pour te mettre aux enchères pour un rendez-vous pour une bonne cause.

Ayant besoin de bouger avant de dire quelque chose qu'elle regretterait, elle se dirigea vers une table où trois types venaient de finir leurs bières et attrapèrent leurs bouteilles vides.

— Un autre verre ?

— Ouais, merci, dit l'un des gars.

Elle s'éloigna du brasier humain qu'était Jace Stone car il était sur ses talons.

— Dixie, comment peux-tu être en colère contre moi ? Je t'ai fait un don de vingt mille dollars pour la vente aux enchères.

Elle déposa les bouteilles sur le bar.

— *Ce dont je te remercie sincèrement, mais donner de soi et donner de l'argent sont deux* choses distinctes. L'une est facile et irréfléchie. L'autre me donne une idée de qui tu es vraiment. Ça m'a réellement ouvert les yeux.

Elle croisa les bras.

— Mais au fait, pourquoi avais-tu besoin de mon aide ? demanda-t-elle.

Diesel prit les bouteilles vides.

— Une autre tournée, s'il te plaît, ajouta-t-elle.

— Je lance la collection *Legacy* à l'automne.

— C'est ce que j'ai entendu dire. Bear est plutôt enthousiaste.

En plus de travailler chez *Whiskey Automobile*, Bear travaillait à temps partiel à la conception et à la construction de motos personnalisées pour l'entreprise de Jace. Il n'avait pas travaillé sur la gamme *Legacy*, mais il s'en était réjoui.

— Nous le sommes tous. Cette collection est mon bébé. J'y ai mis tout mon cœur et toute mon âme. C'est la première gamme de motos qui aura des modèles conçus spécialement pour les femmes. Personne ne fait ça, Dix. C'est un truc énorme.

Bear lui avait parlé des designs innovants et élégants de Jace pour les femmes. C'était une idée de génie et elle n'était pas surprise que Jace l'ait eue. Mais elle ne pouvait s'empêcher de penser à lui, *faisant des recherches* sur les formes du corps des femmes…

Diesel posa trois bouteilles sur le bar, les yeux rivés sur Jace.

— *Stone*, dit-il d'un ton égal.

— Diesel.

Jace leva le menton dans la salutation virile à laquelle Dixie était habituée.

— Merci, Diesel, lança Dixie. Elle se dirigea vers la table avec lui à ses côtés. Félicitations pour la collection, mais qu'est-ce que cela a à voir avec le fait d'avoir besoin de moi ?

Elle posa les bouteilles et lança un sourire aux clients.

— Puis-je vous offrir autre chose, les garçons ?

L'un d'eux la regarda de haut en bas de manière lascive. Jace s'approcha, le gars détourna les yeux.

— Non. C'est bon.

Dixie tourna les talons, attrapa le bras de Jace pour l'entraîner vers le côté de la pièce. Elle sentit le radar de Diesel se mettre en route et jeta un coup d'œil au bar, en marmonnant *« Je vais bien ! »*. Reportant son attention sur Jace, elle parla avec fermeté.

— Tu viens de foutre en l'air mon pourboire et je n'apprécie pas ça. Alors, quoi que tu aies à dire, dis-le et va-t'en, ok ? J'ai du travail.

— Ce type te regardait comme si tu étais un morceau de viande.

— Sans blague. Ils le font tous.

Sauf que maintenant qu'elle y pensait, Jace ne l'avait jamais fait. Pas une seule fois. En fait, depuis toutes ces années qu'elle le connaissait, c'était le regard le plus long qu'il avait jamais posé sur elle. Il ne vivait pas à Peaceful Harbor, mais il s'y rendait souvent pour voir son frère Jared, qui *lui s'était* inscrit à la vente aux enchères. Jared possédait un restaurant à Pleasant Hill et y vivait plusieurs mois par an.

— J'ai beaucoup à faire, Jace, alors si tu as quelque chose à dire, vas-y, s'il te plaît.

— Je lance une ligne de vêtements pour femmes appelée *Leather and Lace* en même temps que nous lancerons la ligne *Legacy*. Nous faisons un calendrier pour promouvoir les vêtements et les nouvelles motos. La séance photos a lieu la semaine prochaine et la femme que j'ai engagée comme mannequin s'est blessée et ne pourra pas venir. Je voudrais que tu la remplaces.

Elle cligna des yeux plusieurs fois, incapable d'en croire ses oreilles. Un rire incrédule jaillit de sa bouche.

— Est-ce que tu m'as bien *vue*, Stone ? Je ne suis *pas* une pin-up !

Elle fit un pas en arrière et il lui attrapa le bras, la ramenant vers lui et la gardant si près qu'elle pouvait voir des éclats d'or dans ses yeux noisette sexy.

— C'est très important pour moi, Dixie. Je ne veux pas de quelqu'un qui fasse semblant d'être un biker. Je veux une femme qui soit authentique. Je te veux, *toi.*

— Ai-je besoin de préciser que j'étais ton *second* choix, ou peut-être même ton *dixième.* Je n'en sais rien et je m'en fiche, parce que peu importe ta façon de me le présenter, la réponse reste *non.* Je te l'ai dit, je ne suis pas une pin-up.

Elle soutint son regard avec froideur.

— Pour info, les Whiskey ne jouent pas les seconds rôles pour qui que ce soit. Désolée, Stone, mais tu n'as pas de chance.

— Allez, Dixie, plaida-t-il d'un ton bourru. Je te laisserai me vendre aux enchères.

— Tu arrives trop tard. On est au *complet.*

Le mensonge lui donnait le sentiment de tenir sa revanche. Elle libéra d'un coup son bras.

— J'ai des clients à servir. Bonne chance avec la collection. Je suis sûre que, comme tout ce que tu touches, cela va se transformer en or.

— Avec toi à bord, ce serait *exceptionnel.*

— Non.

Il se pencha plus près et baissa la voix.

— Ce *n'est pas* fini, chaton.

— Qu'est-ce que tu viens de dire ?

La colère couvait en elle. Elle le frappa en plein milieu de son torse dur.

— Je ne suis le *chaton* de personne et tu es *à deux doigts* de mériter un genou dans tes burnes.

— Tu sais vraiment comment utiliser ces griffes et tu es si

douce que je parie que tu *ronronnes*, ajouta-t-il avec arrogance. Tu sais que tu veux le faire, Dix.

Ses yeux le transpercèrent, faisant bouillir son sang dans ses veines et transformant ses sales traitres de tétons en pointes douloureuses. Bon sang, il était vicieux.

— Attention, Stone. Ce chaton *mord*.

Elle partit en trombe, à la fois énervée contre elle-même d'être excitée mais également contre lui. *Une pin-up !* Elle regarda les calendriers de bikers accrochés aux murs du bar et son estomac tomba dans ses talons. Ses frères avaient fantasmé sur ce type de calendriers, mis dans leurs chambres, quand ils étaient jeunes. Le manque d'attention de Jace au fil des ans l'avait laissée méfiante, mais elle espérait qu'un jour, il la verrait autrement que comme la petite sœur de Bear. Maintenant, il avait anéanti tous ses espoirs. Aucun biker, qui se respecte, ne voudrait d'une femme à qui il accorde le moindre intérêt, sur un calendrier pour que les mecs puissent se branler.

Jace installa son grand corps à une table et Tracey alla prendre sa commande. Il fit un signe de tête en direction de Dixie. Tracey se dirigea vers elle avec une expression perplexe. Dixie mit une main sur sa hanche en s'approchant.

— Qu'est-ce qui se passe avec Jace, ce soir ? demanda Tracey. Il dit qu'il veut que ce soit toi qui le serves.

— Rien. Je vais m'en occuper.

Elle s'approcha de la table de Jace.

— Qu'est-ce que tu fais ?

— Je commande une bière. Je voudrais une Sam Adams, s'il te plaît.

Il se tenait si près qu'elle sentit la chaleur de son corps la brûler à travers ses vêtements.

— Je ne t'ai peut-être pas expliqué l'importance de ce calendrier et ce qu'il représente pour moi.

— *Non*, dit-elle catégoriquement. Je vais te chercher une bière, mais si tu restes juste pour me convaincre de le faire, tu perds ton temps.

— Alors c'est une bonne chose que je n'aie *que* du temps à perdre jusqu'à ce que tu acceptes.

Il s'assit, croisa ses mains derrière la tête et posa sa cheville sur son genou.

Pourquoi devait-il avoir l'air si agaçant et délicieux ?

Elle s'approcha du bar et rejoignit Tracey et Izzy, qui étaient en pleine conversation.

— C'était quoi tout ce cirque ? demanda Izzy.

Dixie leur fit signe de se rapprocher.

— Jace veut que je pose pour un calendrier *Silver-Stone* pour lancer ses nouvelles gammes de motos et de vêtements. C'est quoi ce délire, hein ? Comme si j'étais une bimbo écervelée ?

Tracey et Izzy échangèrent un regard et écarquillèrent les yeux.

— C'est plutôt que tu es super sexy et qu'il le sait, ajouta Izzy. J'aimerais qu'il me le demande. Ce serait tellement amusant.

— Je ne pourrais jamais faire quelque chose comme ça. Les épaules de Tracey se penchèrent vers l'avant. Mais si je ressemblais à l'une de vous deux et que j'avais votre assurance, je pourrais l'envisager.

— Vous avez perdu la tête toutes les deux ? Dixie pointa du doigt un calendrier sur le mur. *Ce* serait *moi*. Pas question. Et il m'a appelée *chaton*. C'est quoi ce bordel ?

Izzy éclata de rire.

— Il en a des grosses pour oser *t'*appeler chaton, ajouta

Tracey.

— Oh, elle sait qu'il en a des grosses, s'exclama Izzy. Elle en a rêvé pendant des années.

— Je ne te dérange pas trop, Iz ? Dixie claqua des doigts. Il veut une Sam Adams, lui aussi. Je vais peut-être la lui balancer à la figure.

Izzy prépara sa commande et celle de Tracey puis posa les verres sur le bar.

— Sérieusement, tu devrais le faire. Tu es toujours en retrait. Peut-être que c'est ton moment de gloire.

— D'abord, il faudrait que j'aille à New York…

Tracey haleta.

— Je n'y suis jamais allée. Ça pourrait valoir la peine de le faire juste pour le voyage !

— J'en suis, rétorqua Izzy. Sérieusement. Je vais y aller. Dis-lui que je vais le faire. J'*adore* New York.

Dixie leva les yeux au ciel et ramassa la bière.

— Je vais lui dire que tu es partante.

Elle avait traversé New York en voiture lors de voyages, mais elle n'y avait jamais passé du temps. Mais même si cette partie avait l'air amusante, elle n'allait pas étaler son corps dans un calendrier.

— Merci, Izzy.

Tracey prit sa commande et s'en alla.

Dixie resta debout près du bar à regarder Jace, qui l'observait comme un faucon avec sa proie et son estomac se noua. Même si elle savait qu'il l'avait provoquée en l'appelant *chaton*, la façon dont son expression était passée de la supplique à celle de prédateur lui avait donné la chair de poule. C'était la première fois qu'il la regardait comme une femme attirante et célibataire et non comme une amie ou la sœur de Bear. Était-ce une erreur momentanée ou cela faisait-il partie de son jeu pour qu'elle accepte de faire la séance photos ?

Izzy se pencha vers le bar.

— Je ne sais pas comment tu fais pour regarder cet homme et dire non à quoi que ce soit.

— Ce n'était pas si difficile.

Elle avait gardé l'espoir que les choses évolueraient avec Jace depuis qu'elle avait 18 ans. Elle savait que c'était stupide étant donné le temps qui s'était écoulé, mais quand même, elle avait souhaité plus. S'il était possible des années plus tard de briser le cœur de la personne qu'elle avait été à dix-huit ans, il avait réussi. Elle apporta sa bière à Jace et la posa sur la table.

— Izzy va te servir de mannequin.

Ses sourcils se froncèrent, lui donnant un air encore plus énervé.

— Je veux quelqu'un qui fait vraiment de la moto, Dixie. Si j'avais su que tu étais mannequin, tu aurais été mon premier choix.

— Je ne sais pas d'où te vient cette idée folle que je suis *mannequin*.

Il sortit une photo de la poche de sa chemise et la lui montra. Elle venait du défilé de mode qu'elle avait fait pour son amie Jillian. Elle tendit le bras pour l'attraper et il retira sa main, glissant la photo dans sa poche.

— Je ne veux que *toi*, Dixie, pas Izzy ni personne d'autre.

Son cœur fit un bond dans sa poitrine, parce qu'il était *si facile* d'ignorer l'idée d'une séance photos pour un calendrier et de prétendre qu'il la *voulait* vraiment pour lui.

— Tu as de la classe et tu es unique, affirma-t-il, ajoutant de l'huile sur le feu pour alimenter son fantasme. Tout comme mes motos.

Rien de tel qu'une bonne douche froide pour éteindre les flammes.

Elle leva les yeux au ciel.

— C'est ce que veulent toutes les femmes : être comparées à une moto. Bois ta bière et passe ton chemin.

— Je te paierai trois fois ce que tu gagnes ici.

— Non.

Ses lèvres se retroussèrent.

— *Cinq* fois.

— Aucune chance. Je te l'ai dit, les Whiskey ne jouent pas les seconds rôles. Tu peux payer au bar.

Il vida son verre et le posa sur la table.

— J'en voudrais une autre. Comme je te l'ai dit, j'ai toute la nuit devant moi.

Il ne plaisantait pas. Des heures plus tard, il était toujours assis à l'une de ses tables, essayant de la convaincre d'accepter le travail. Il était déterminé et elle devait admettre qu'il était terriblement charmant, oscillant entre l'exigence, la suggestion, le flirt et le simple fait d'*être* Jace. C'était le plus puissant et le plus charmant de tous et c'était ce qui l'avait poussée à se réfugier dans son bureau pour échapper à l'attirance qu'il suscitait.

Elle avait passé la dernière demi-heure à essayer de se concentrer sur les plannings du bar et quand cela n'avait pas marché, elle s'était tournée vers les brochures qu'elle avait fait imprimer pour la vente aux enchères. Mais son esprit n'arrêtait pas de revenir à Jace. C'était comme si l'univers lui jouait un tour cruel, lui offrant un voyage à New York avec l'homme de ses rêves et le transformant ensuite en n'importe quel autre homme, désirant quelque chose qu'elle n'était pas prête à lui donner.

Bien sûr, ce qu'il voulait n'avait rien à voir avec ce que la plupart des hommes désiraient.

Et c'est là toute la difficulté.

Izzy passa sa tête dans le bureau.

— Hey, tu vas bien ?

— Ouais, je faisais juste le point pour la vente aux enchères.

— Oh, c'est une bonne idée.

Izzy s'assit sur le bord du bureau dans sa mini-robe rouge, croisa les jambes et s'appuya sur une main. Elle pourrait être mannequin avec ses cheveux noirs lisses et sa silhouette en forme de sablier. Jace devrait vraiment accepter son offre.

— Une bien meilleure idée que de rester ici à se morfondre sur l'homme qui a refusé de partir.

— Il est parti ?

Elle regarda l'horloge. Elle n'avait pas réalisé qu'il était si tard. Le bar avait fermé il y avait dix minutes.

— Oui, bien que Diesel ait pratiquement dû le jeter dehors quand on a fermé. Il m'a chargé de te donner ceci.

Elle fouilla dans le décolleté de sa robe et en sortit un reçu qu'elle tendit à Dixie.

Au dos du reçu, Jace avait écrit : "*Je n'aurais jamais choisi une remplaçante si j'avais su que la numéro 1 était disponible. D'une manière ou d'une autre, je te le prouverai. JS*"

CHAPITRE 2

ILS FERMÈRENT LE bar vendredi pour préparer la vente aux enchères des célibataires et à l'exception des parents de Dixie, tout le clan Whiskey et la plupart de leurs amis les plus proches étaient venus pour aider à transformer le discret bar de bikers en un lieu de collecte de fonds festif. Ses parents parcouraient la ville en voiture pour installer des panneaux pour l'événement.

— Je dis juste que c'est le moment de rendre les choses officielles, lança Bullet à Bones.

Il avait harcelé Bones pour fixer une date de mariage depuis que Sarah avait donné naissance à leur bébé, Maggie Rose, il y avait trois mois de cela. Bullet était le plus intimidant des frères de Dixie, avec une barbe épaisse et non entretenue et des tatouages couvrant presque chaque centimètre de son corps.

— Va au palais de justice.

— Je ne vais *pas* épouser Sarah dans un tribunal, déclara Bones d'un ton égal.

C'était un oncologue, le plus propre sur lui-même et le plus équilibré de tous. Mais ils savaient de quoi il était capable. C'était une tempête silencieuse et si elle se déchaînait, elle détruisait tout sur son passage.

— Elle mérite le meilleur dans tous les domaines et ça inclut un beau mariage en blanc où elle sera le centre d'attention de tous.

Bones et Bullet suspendaient des guirlandes lumineuses à la verticale devant les rideaux noirs et blancs qu'ils avaient accrochés le long du mur derrière la scène. Entre les moments où Bullet harcelait Bones, ils plaisantaient avec Jed et Truman, qui réarrangeaient les tables et installaient des chaises supplémentaires. Jed et Truman travaillaient tous les deux à *Whiskey Automobile*. Truman et son jeune frère Quincy étaient des membres honoraires de la famille Whiskey depuis que Bear s'était lié d'amitié avec eux quand le premier était encore adolescent. Bien que Quincy n'ait pas pu quitter son travail pour aider cet après-midi-là, il s'était inscrit pour être l'un des célibataires mis aux enchères, le soir-même.

— Bouge ton cul maigrichon, Dix, ou on l'écrase, cria Bear en heurtant son dos. On n'a pas toute la journée devant nous.

Elle se retourna et il grimaça. Il tenait une table en bois par le bout. Diesel tenait l'autre, un visage de marbre, comme d'habitude. Ils installèrent les tables le long du mur du fond pour le buffet que les filles préparaient en cuisine. Leur personnel était trop peu nombreux pour gérer les commandes pour une foule aussi importante que celle qu'ils prévoyaient, alors ils avaient décidé de mettre en place des buffets d'amuse-bouche et de petits fours et de placer des bocaux de dons sur les tables.

— Vraiment, Bear ?

Elle se tenait à côté d'une échelle qu'elle utilisait pour accrocher des cœurs pailletés que les enfants fabriquaient sur les chevrons, mais la zone de ce côté était ouverte et Bear aurait pu facilement la contourner. Entre le ramassage des décorations, des prospectus et la coordination des efforts des épouses des Dark Knights qui allaient aider à la vente aux enchères, elle avait couru dans tous les sens toute la journée et elle n'était pas d'humeur à écouter les blagues de son frère.

Bear gloussa.

— Si je ne te fais pas passer un mauvais quart d'heure, qui le fera ?

De tous ses frères, Bear était celui dont elle avait toujours été la plus proche. C'était le plus enjoué d'entre eux mais il avait aussi un côté sérieux. Leur père avait fait un AVC quand Dixie avait 15 ans et il venait tout juste d'avoir son bac. Bullet était parti à l'étranger avec l'armée et Bones étudiait pour devenir médecin. Bear avait pris la relève de leur père au bar et quelques années plus tard, lorsqu'ils avaient perdu leur oncle, Bear avait pris aussi la direction du garage. Il avait mis ses espoirs et ses rêves, sa *vie* donc, entre parenthèses, consacrant des années à l'entreprise familiale sans jamais se plaindre. Dixie avait été ravie lorsqu'il avait pris du recul, travaillant moins d'heures au garage pour se consacrer à sa passion pour les motos *Silver-Stone*. Elle se demandait s'il était au courant de l'offre de Jace, mais elle supposa qu'il ne le savait pas et elle n'était pas prête à lui poser la question, ni à jouer les trouble-fête pour quelque chose qu'elle n'avait pas envie de faire.

— Oncle Bea*h* ! Regarde !

Kennedy, la fille de quatre ans de Truman et Gemma, montra un cœur en papier rouge à Bear. Au milieu du cœur, il était écrit BEAR AIME CRYSTAL au crayon noir épais et d'une écriture irrégulière.

— C'est le plus beau cœur que j'aie jamais vu de toute ma vie ! J'aime ma femme, tout comme je t'aime, ma puce.

Bear posa la table et souleva Kennedy au-dessus de sa tête.

Kennedy ricana et tapa dans ses pieds, en criant, "Oncle Bea*h* !". Elle était adorable dans une robe violette avec ses longs cheveux noirs tirés en arrière et séparés en deux nattes attachées par des nœuds blancs.

— Je l'ai fait avec Tatie Cwystal et regarde ! dit-elle à Bear alors qu'il la déposait à terre.

Elle retourna le cœur pour lui montrer l'autre côté, où l'on pouvait lire BEAR + CRYSTAL AIME LE P'TIT BOUT en lettres bleu vif. Bear regarda affectueusement sa femme, qui était assise avec Sarah et les enfants pendant que ces derniers jouaient et faisaient des décorations. Crystal massa son petit ventre et lui envoya un baiser. La jeune femme devait accoucher dans moins de deux mois et comme ils ne voulaient pas connaître le sexe du bébé avant sa naissance, tout le monde avait commencé à l'appeler “Le petit pois” ou “Le petit bout”.

Kennedy cligna de ses grands yeux bruns en s'adressant à Bear.

— Tu peux faire le tour avec Tatie Dixie pour qu'elle puisse accrocher le cœur là-haut ? Elle désigna un chevron. *S'il te plaît* ?

Kennedy les menait tous par le bout du nez depuis que Truman les avait trouvés, leur petit frère Lincoln qui avait maintenant deux ans et elle, dans une fumerie de crack avec leur mère qui avait fait une overdose et leur frère, Quincy, qui s'était drogué. Bien que Kennedy et Lincoln soient les frère et sœur de Truman, ce dernier et sa femme, Gemma, les élevaient comme leurs propres enfants pour leur donner une enfance aussi normale que possible. Kennedy était passée d'une gamine terrorisée à une petite fille extravertie et aimante : elle possédait autant de culot que d'empathie pour les autres. Lincoln était devenu un petit garçon doux et curieux et Quincy avait suivi une cure de désintoxication. Il travaillait désormais dans une librairie et animait des réunions de Narcotiques Anonymes. Dixie avait du mal à croire à quel point ils avaient tous changé en à peine un an et demi.

— Bien sûr, ma chérie.

— Merci !

Kennedy mit le cœur dans les mains de Dixie et courut vers Diesel, s'accrochant à ses jambes.

— Je vais te fabriquer un cœur aussi, oncle Diesel !

Bien qu'elle ne soit pas liée par le sang, Kennedy était une vraie *Whiskey*. La famille de Dixie s'étendait bien au-delà des liens du sang et unissait les familles des Dark Knights, comme Diesel et des amis proches, comme Tracey, Jed, Josie et les autres.

Diesel lui jeta un regard.

— J'aimerais beaucoup, ma chérie.

Kennedy fonça vers Gemma, qui sortait des toilettes.

— Maman ! Peux-tu écrire *Diesel aime Kennedy* sur un cœur pour moi ?

Les yeux de Gemma se tournèrent vers Diesel, qui éclata de rire. C'était un son si étranger qu'ils se mirent tous à rire.

— Hey, Dix, dit Bear en soulevant la table, assure-toi que ce cœur reçoive une attention particulière.

Il lui fit un clin d'œil et la contourna.

— Sale casse-pieds, rétorqua Dixie en grimpant à l'échelle.

— J'aurais dû utiliser un mot plus fort, dit Diesel en portant la table devant Dixie.

La jeune femme accrocha les cœurs, puis alla vérifier la préparation des aliments. Elle franchit les portes de la cuisine, accueillie par des rires et par *Treat Myself* de Meghan Trainor.

Les odeurs savoureuses de viandes épicées, de pain d'épice, de cupcakes et autres aliments délicieux la tentèrent. Les comptoirs étaient couverts de nourritures dans divers plateaux et de friandises à différents stades de préparation. Finlay et Izzy secouaient leurs fesses au rythme de la musique près des fours, tandis que Josie et Tracey se trémoussaient en glaçant des biscuits en pain d'épice en forme d'hommes musclés dans diverses positions athlétiques. Elles utilisaient du glaçage coloré pour créer des nœuds papillons noirs, des chemises ouvertes et des jeans. Elles avaient même ajouté des abdominaux avec du glaçage couleur chair.

Finlay, la femme de Bullet, fit signe à Dixie de venir, ses cheveux blonds fouettant son visage pendant qu'elle dansait.

— Danse avec nous !

Dixie traversa la pièce en virevoltant dans ses bottes en cuir montantes et sa mini-jupe.

— Les filles, vous écoutez la musique la plus bizarre qui soit !

Elle aimait la country et le rock mais elle dansait sur n'importe quoi.

— Oh, tais-toi et danse ! déclara Finlay, en se déhanchant de manière séduisante dans son joli tablier rose. Elle possédait une entreprise de traiteur et travaillait à temps partiel comme cuisinière pour le *Whiskey's*. Elle était petite et féminine et elle adorait vraiment Bullet et son côté bourru. Elle l'avait suffisamment aimé pour que son grand frère puisse surmonter son stress post-traumatique et faire ressortir son côté tendre, chose que personne n'avait jamais vue avant leur rencontre.

— Penny a envoyé un message, il y a quelques minutes, lança Josie en se trémoussant sur la musique.

Penny était la petite sœur de Finlay. Elle possédait *Luscious Licks*, le magasin de crème glacée où Josie travaillait à temps partiel.

— Elle est tellement impatiente de participer à la vente aux enchères. Elle essaie de gagner des pourboires supplémentaires pour avoir beaucoup d'argent pour ce soir !

— Je te parie cent dollars qu'elle va enchérir sur Quincy, ajouta Tracey.

Quincy et Penny se tournaient autour et l'alchimie entre eux durait depuis si longtemps que Dixie souhaitait qu'ils se ressaisissent et qu'ils fassent passer leur amitié au niveau supérieur ou qu'ils aillent de l'avant pour trouver quelqu'un d'autre qui leur donnerait tout l'amour qu'ils méritaient.

— Avec tous les beaux mecs que j'ai sélectionnés pour ce soir, elle aura sans doute du mal à choisir, répondit Dixie.

— J'enchéris sur Jared, c'est tout ce que je sais. Alors les pouffiasses feraient mieux de dégager, affirma Izzy en tortillant des hanches.

Dixie rigola.

— Prépare-toi à ce qu'il y ait *beaucoup* de compétition, Iz.

Le jeune frère de Jace aimait s'amuser, comme Bear, et ressemblait comme deux gouttes d'eau à Adam Levine.

Quand la chanson prit fin et qu'une autre commença, Josie ajouta:

— Dixie, je t'ai fait des biscuits spéciaux, mais tu ferais mieux de les manger avant qu'un des gars ne les voie.

Elle se précipita vers un buffet et en sortit une assiette recouverte d'une serviette, en souriant à Dixie. Elle était belle, avec des cheveux blond vénitien attachés en arrière en une queue de cheval et il y avait une touche de magie elfique dans son nez légèrement retroussé et ses pommettes hautes.

— J'espère que tu vas les apprécier.

Josie et Jed avaient récemment acheté la maison d'Axel, le défunt oncle de Dixie et avait transformé le garage en une boutique spécialisée dans le pain d'épices. La maison était vide depuis des années et Dixie était heureuse de la voir utilisée à nouveau. L'inauguration de la boutique de Josie, *Ginger All the Days*, aurait lieu la semaine d'après et tout le monde était enthousiaste. Josie était la petite sœur de Sarah. Celle-ci, Josie et leur frère aîné, Scott, avaient chacun de leur côté échappé à leurs parents violents, il y avait quelques années de cela et s'étaient perdus de vue. Jusqu'à très récemment, ils ne savaient pas si les autres étaient vivants ou morts. Grâce à une réunion fortuite et émouvante, ils étaient redevenus une famille. Scott aurait dû être là aujourd'hui pour les aider, mais il devait travailler à la marina.

Toutefois, ils le verraient ce soir-là car il était vendu aux enchères comme l'un des célibataires les plus convoités de Peaceful Harbor.

Dixie souleva la serviette.

— Oh mon Dieu ! Josie ! Ils sont trop mignons pour être mangés !

Les biscuits en pain d'épice avaient la forme de femmes aux courbes harmonieuses. Le glaçage blanc soulignait des seins volumineux et le glaçage noir formait des mini-jupes et des demi-chemises. Josie leur avait même fait des yeux verts, des lèvres roses et souriantes et de longs cheveux roux et frisés.

— Tu dois les manger indiqua Josie. C'est pour ça que je les ai faits !

— Nous avons fabriqué deux plateaux entiers pour que tu puisses les manger une fois libérée de tes obligations et que tout soit dévoilé, expliqua Tracey. Ne t'inquiète pas, on les a cachés, eux aussi.

— Si tu ne les veux pas, je les prends. affirma Izzy en tendant la main.

Finlay repoussa la main d'Izzy.

— Tu as mangé une douzaine de cookies. Laisse Dixie les

manger.

— Je n'arrive pas à croire que tu les aies faits pour moi. Je les adore. Merci.

Dixie serra dans ses bras Josie.

Bullet franchit la porte de la cuisine.

— Qu'est-ce qui se passe, ma puce ?

Merde ! Toutes les filles se ruèrent vers Dixie qui mettait les biscuits dans sa bouche.

— Rien ! lança Izzy.

— Je cuisine ! ajouta Finlay.

— Prends un cookie !

Tracey glissa un biscuit de pain d'épices en forme d'homme vers Bullet, l'agitant si près de son visage que Dixie avait peur qu'il ne le repousse.

Dixie essaya d'avaler mais le biscuit resta coincé dans sa gorge et elle commença à s'étouffer. Bullet se fraya un chemin parmi ce groupe de conspiratrices et la tira par le devant de sa chemise. Il commença à la frapper *durement* dans le dos, tout en la maintenant immobile avec une main autour de son bras.

— De l'eau !

Finlay plongea pour prendre un verre.

— Mais qu'est-ce qu'elle a avalé ?

Bullet insista, ses bras géants l'encerclant comme s'il allait faire la manœuvre de Heimlich.

— Un cookie ! S'exclamèrent les filles à l'unisson.

Dixie secoua la tête, essayant de montrer à Bullet qu'elle pouvait respirer, mais tout ce qui sortit fut un couinement. Il l'écrasa contre sa poitrine si vite et si fort que le biscuit fut projeté à travers la cuisine, coupant le souffle de toutes les filles.

Dixie fit rentrer de l'air dans ses poumons alors qu'elles parlaient toutes en même temps, pour s'assurer qu'elle allait bien.

— Bon sang, Bullet. Dixie se massa. Merci, mais je crois que tu m'as brisé les côtes.

— Tu préférerais que je te laisse t'étouffer ? Merde, Dix, apprends à mâcher. Il grommela quelque chose d'incompréhensible. Je sais que les femmes, les biscuits et vous c'est tout une histoire, mais sérieux…

Il se dirigea vers la porte en secouant la tête.

— Bullet, ajouta Finlay gentiment. Pourquoi es-tu venu ?

Il esquissa un sourire, ses traits s'adoucissant avec adoration tandis qu'il passait son bras autour de la taille de Finlay, l'attirant pour un baiser passionné. Quand leurs lèvres se détachèrent, il sourit lascivement à sa femme.

— J'avais besoin d'un petit remontant.

— Mon Dieu, elle en a de la chance, dit doucement Tracey.

Finlay leva la main, caressant ses joues barbues, fondant un peu sous son regard.

— Alors, donne-m'en un peu plus, s'il te plaît.

Dixie fondit aussi, alors que Bullet embrassait de nouveau Finlay, plus tendrement cette fois. Elle aimait quand leur famille se réunissait pour le bien des autres, mais c'étaient des moments comme ceux-ci, quand l'amour dans la pièce était si dense qu'il était visible, qu'elle avait envie d'avoir son homme à elle pour l'aimer. Son esprit divagua jusque Jace. Elle essaya de le repousser, mais quand elle se voyait avec un homme, c'était son image à lui qu'elle avait en tête depuis si longtemps que leur lien semblait réel. Ce n'était pas le cas, bien sûr, surtout après la journée d'hier, quand Jace s'était présenté à *Whiskey Automobile* pendant qu'elle travaillait. Il avait passé la majeure partie de l'heure à essayer *de nouveau* de la convaincre de faire la séance photos pour le calendrier. Elle lui avait opposé une fin de non-recevoir si ferme qu'elle était sûre qu'il ne voudrait plus jamais la revoir. Elle savait qu'il était temps de laisser tomber ses fantasmes à leur sujet mais elle n'était pas encore prête à le faire. Elle ne savait même pas comment faire pour commencer à effacer de son esprit le bel homme viril et encore moins le remplacer par quelqu'un d'autre. Peut-être que ce soir elle aurait de la chance et qu'il y aurait un nouvel homme en ville, quelqu'un que le destin mettrait sur son chemin. Un homme viril et intéressant que ses frères n'auraient pas eu la possibilité de faire fuir, quelqu'un qui remporterait la vente aux enchères et la ferait tomber à la renverse.

Une fille peut toujours espérer…

Et pour l'instant, Dixie devait se contenter de rêver.

JACE ÉTAIT ASSIS, les talons de ses bottes en cuir noir plantés dans le sable, les avant-bras posés sur ses genoux, tenant le téléphone entre ses mains pendant qu'il faisait un Face Time avec Jayla. Il avait traîné avec Jared plus tôt mais n'avait pas pu s'empêcher de penser à Dixie. Elle l'avait encore repoussé hier et il était venu au port pour essayer de faire le vide dans son esprit.

— Je t'ai dit qu'on allait passer une semaine avec Kurt et Leanna à Cape Cod cet été ? Je n'arrive pas à croire que leur petit garçon, Sloane, soit déjà un *bambin*. Kurt Remington était l'un des plus jeunes frères de Rush. Je sais que Thane sera trop jeune pour se souvenir de cette visite, mais je pense qu'il est important que les cousins grandissent en passant du temps ensemble. Il n'est jamais trop tôt pour lancer des traditions comme celles-ci…

Jayla avait toujours été un moulin à paroles. Elle continua en racontant à Jace la vie de chacun des frères et sœurs de Rush. Rush et elle étaient tous deux des skieurs olympiques, mais après s'être blessée à l'épaule, il y avait quelques années de cela, Jayla avait réduit les compétitions, et même s'il avait le sentiment qu'il aurait fallu un miracle pour éloigner longtemps sa sœur, qui était tellement volontaire, des pistes. Elle avait toujours été forte et motivée. Elle était le visage de *Dove* depuis trois ans et bénéficiait de plusieurs autres sponsors. Mais pour l'instant, elle avait mis ses autres obligations de côté pour se concentrer sur Thane, son adorable fils, qui dormait à ce moment-là, dans les bras de sa maman.

C'était étrange de voir sa petite sœur avec un bébé, mais elle était une mère formidable et Jace était fier d'elle. Elle était la première de la fratrie à se marier et cela avait été étrange pour lui de prendre du recul et de permettre à Rush d'être celui qui veillait sur elle, même s'il était son meilleur ami depuis leur enfance et que Jace lui faisait confiance.

Jayla était toujours en train de discuter.

— Laisse-moi te parler du nouveau programme d'entraînement de Rush ! Il déchire tout, *bien entendu*…

Pendant qu'elle parlait, son esprit revint sur Dixie. Ses pensées ne s'étaient pas détournées d'elle depuis que Jillian lui avait tendu cette photo, qui était maintenant bien rangée dans son portefeuille. Il avait regardé cette fichue photo pendant des heures ces deux dernières nuits, voyant Dixie avec un regard bien différent de celui qu'il avait toujours eu. Il essayait tant bien que mal de se convaincre que le fait de la voir différemment venait du fait qu'il voulait absolument qu'elle soit l'égérie de *Silver-Stone*, mais Jace n'avait jamais été doué pour se mentir à lui-même. Il savait depuis des années que cette superbe et pétulante femme était celle qu'il voulait pour représenter sa société, mais il avait repoussé toute idée de la voir autrement que comme la petite sœur de Bear pendant si longtemps qu'il s'était voilé la face. Maintenant, après l'avoir côtoyée, il ne pouvait s'empêcher de voir la tigresse aux yeux verts telle qu'elle était : une *femme* farouchement déterminée, vraiment brillante et d'une force inébranlable.

— Est-ce que tu m'écoutes au moins ? Jace ? *Jace* !

La voix de sa sœur le tira de ses pensées.

— Mince, désolé, Jay Jay. Je, euh, ouais. Je suis là.

— Tu n'es jamais dans les nuages. Qu'est-ce que tu fabriques ? Tu dessines une nouvelle moto dans ta tête ? Tu envisages de rouvrir un magasin à Peaceful Harbor ? Je sais à quel point tu aimes être là-bas.

Bien que *Silver-Stone* ait des sites dans le monde entier, ils n'avaient qu'un seul siège et c'était à Los Angeles, où se trouvaient leur plus grande usine de fabrication et la plupart de leurs designers. Quand Jace n'était pas en déplacement, il travaillait à partir de ce bureau. L'année dernière, à la même époque, Maddox et lui avaient envisagé d'ouvrir un second siège social et une usine de fabrication sur la côte Est. Ils s'étaient intéressés à Peaceful Harbor, mais avaient abandonné cette idée lorsqu'une autre offre s'était présentée pour un local qu'ils avaient déjà essayé d'obtenir pour des bureaux et un espace commercial dans le Colorado et ils avaient sauté sur l'occasion. Aujourd'hui, ils étaient de nouveau à la recherche d'un emplacement sur la côte Est pour leur deuxième siège social et leur usine de fabrication.

— Non. Nous avons trouvé un endroit à Boston. Je retrouve Maddox là-bas la semaine prochaine pour un contrôle final des propriétés.

Bien que Peaceful Harbor soit moins cher, les propriétaires de Boston proposaient une offre intéressante qui comprenait un autre emplacement de choix pour un deuxième magasin à Boston, en plus de l'usine et des bureaux. S'ils allaient jusqu'au bout de l'accord, Boston deviendrait le port d'attache de Jace. Il aimait son style de vie nomade, mais passer quelques mois plus près de sa famille ne serait pas une mauvaise chose, surtout depuis qu'il avait un neveu.

— Désolé d'avoir été distrait tout à l'heure, s'excusa-t-il. Je pensais juste à la séance photos.

Il l'avait déjà mise au courant de ce qui s'était passé avec Sahara et la façon dont il insistait auprès de Dixie pour la remplacer.

— Si tu ne peux pas avoir Dixie, Mia sera probablement d'accord pour poser pour toi.

Tous les Stones avaient hérité de la peau mate et des traits attrayants de leurs parents. Mia avait cinq ans de moins que Jace et, depuis plusieurs années, elle travaillait pour Josh Braden, le cousin de Jillian et sa femme, Riley, qui étaient de célèbres créateurs de mode. Mia connaissait les tenants et les aboutissants du métier de mannequin et elle aurait fait n'importe quoi pour lui.

Contrairement à Dixie.

— Mia est belle, mais ce n'est pas celle que j'ai en tête pour être l'égérie de *Silver-Stone.*

— Mon dieu, tu as des critères si incroyablement élevés. Mia est *éblouissante.* A mon avis, elle est bien plus jolie que cette Sahara que tu allais engager.

Shea lui avait fait la même leçon de morale sur ses exigences il y avait une heure de cela, après avoir snobé tous les mannequins qu'elle lui avait présentées. Elles étaient soit trop dures, soit trop douces, soit trop… *pas assez Dixie*. La seule personne qui semblait comprendre son besoin d'excellence était Maddox, qui avait soutenu sa décision de *s'acharner* sur Dixie. Ce n'était pas étonnant qu'ils fassent d'excellents partenaires commerciaux.

— Mia est magnifique et d'ailleurs, Jennifer et toi l'êtes aussi, mais elle ne convient pas à mon entreprise. Et tu as raison, j'ai des critères élevés, mais *toi* aussi. C'est ce que nous sommes, Jay. Maman et papa n'ont pas élevé des mauviettes.

Ses parents leur avaient fait une faveur sans le savoir en les laissant se débrouiller seuls pour obtenir ce qu'ils voulaient ou aimeraient être. Travailler pour avoir tout ce qu'il voulait, de son blouson en cuir à son diplôme universitaire, avait obligé Jace à déterminer ce qui était important pour lui, à établir des stratégies pour trouver les meilleurs chemins vers le succès et l'avait poussé à se dépasser.

— D'ailleurs, quand quelqu'un était-il arrivé à *quelque chose* en se contentant de peu ?

— Eh bien… Jen n'a pas de critères aussi élevés, du moins pas en ce qui concerne la gente masculine.

— Ne me parle pas de Jenny.

Leur sœur Jennifer avait une affinité pour les hommes et elle n'hésitait pas à avouer qu'elle aimait jouer avec eux. Cela avait longtemps été un point de discorde entre Jace et elle.

— Je sais, je sais bien. Tu crois que tu pourras avoir la femme que tu veux ? Dixie ? J'adore son nom d'ailleurs. C'est son nom de biker ou son vrai nom ?

— Tu m'as déjà vu ne pas obtenir ce que je veux ? Et je n'ai aucune idée si Dixie est son vrai nom.

Mais maintenant qu'elle en avait fait mention, il voulait connaître la réponse.

Jayla déposa un baiser sur le front de Thane.

— De ce que tu nous as dit à son sujet, on dirait qu'elle est aussi têtue que toi. Tu as peut-être rencontré un adversaire à ta hauteur. Et donc ?

— Je ne fais pas dans les "et si". Tu le sais très bien. Je vais la convaincre de le faire.

Sa mâchoire se contracta à l'idée que Dixie continuât de le repousser. Il n'y avait pas moyen qu'il laisse cela arriver. Elle n'était pas le second choix de qui que ce soit et il allait le lui prouver.

L'alarme de son téléphone retentit et il la fit rapidement taire. Il l'avait réglée pour ne pas manquer la vente aux enchères. Il n'avait pas prévu de s'y rendre. Il détestait ce genre de conneries, payer pour avoir des rendez-vous avec des gens en se basant sur leur apparence, même si c'était par charité. Mais l'événement était important pour Dixie et cela le propulsait en haut de sa liste de priorités d'une manière qu'il n'avait jamais connue auparavant. Assister à cette soirée n'avait pas pour but de la faire accepter son offre. Il avait tout le temps de se concentrer sur ça *demain*. Le commentaire de Dixie sur son don lui indiquant *qui il était vraiment* le rongeait. Elle avait souligné un défaut en lui dont il n'avait pas réalisé l'existence et il n'aimait pas cela. Quand Jace n'aimait pas les choses, il les réparait. Ce soir, il fallait montrer à Dixie qu'il n'était pas un connard égocentrique.

— Je connais un moyen pour que Dixie accepte, clama Jayla, attirant son attention loin de ses pensées. Tu as essayé de flirter avec elle ?

— Elle n'est pas ce genre de femmes.

Jayla rigola.

— Tu plaisantes ? *Toutes* les femmes célibataires aiment être draguées par des gars riches et sexy.

— Elle n'en a rien à faire de l'argent. Il faut que j'y aille, Jay, dit-il en se levant et en brossant le sable de son jean.

La voix de Dixie se répercuta sur lui, ses mots lui tapant sur les nerfs. *Les Whiskey ne jouent pas les seconds rôles pour qui que ce soit.* Il n'avait aucune idée du *moment* où prouver qu'elle avait toujours été son premier choix pour être l'égérie de sa société était devenu un moyen de prouver qu'il était meilleur qu'elle ne le pensait. Mais c'*était* le cas et plus il pensait à son commentaire, plus cela le dérangeait. Il n'était pas un enfant privilégié qui avait réussi en suivant les traces de son père. Ses parents n'avaient pas un sou en poche. Il avait trimé pour en arriver là où il en était et il travaillait toujours comme un fou pour développer l'entreprise, construire de meilleures motos. Il avait toujours été fier de donner un grand pourcentage de tout ce qu'il gagnait à des œuvres de charité et il n'aimait pas la façon dont son commentaire le dévalorisait.

Il n'était pas question qu'il laisse Dixie croire qu'il pensait être trop bon pour donner de son temps.

— Un rendez-vous ? demanda Jayla avec espoir.

— Une vente aux enchères.

Il se dirigea vers le parking.

Ses yeux s'illuminèrent.

— Je pensais que tu n'y allais pas ?

— Je n'y allais pas. Mais maintenant oui.

— Bien ! Alors tu pourras filmer Jared quand il sera vendu aux enchères. *S'il te plaaîît* ! On pourra le regarder quand tu viendras dîner dimanche soir avec Mia et Jennifer. Elles seront si excitées de voir la vidéo. S'il te plaît, Jace ? S'il te plaît, s'il te plaît, *s'il te plaît* ?

Il lui lança un regard noir, sachant qu'il ne le ferait pas. Il avait hâte de voir ses sœurs, qui vivaient toutes à New York.

— Allez ! Jayla l'implora et il sourcilla si fort qu'un profond voile apparut entre ses yeux. J'arrêterai de t'embêter pour que tu trouves ton âme sœur !

Peu importe que Jayla ait trente ans, elle serait toujours sa petite sœur et il n'y avait pas grand chose qu'il ne ferait pas pour elle. Certaines choses demandaient juste plus de négociations que d'autres.

— *C'est entendu*, glousssa-t-il.

Elle fit une danse de joie sans bruit, en faisant attention de ne pas réveiller Thane, avec un sourire jusqu'aux oreilles.

— Je t'aime tellement en ce moment !

— Je t'aime aussi. Embrasse mon petit pote pour moi.

— Tu lui manques.

— Il me manque aussi.

Il savait qu'elle gagnait juste du temps pour le garder au téléphone. Jace voyageait si souvent qu'ils passaient parfois de longues périodes sans se voir ni même se parler au téléphone, se rattrapant par des textos dès qu'il le pouvait.

— Je croise les doigts et les orteils pour que ce soit une femme géniale qui décroche Jared et qui aime manger et pour que Dixie succombe à tes charmes et accepte de faire le shooting !

Mon Dieu, il aimait son enthousiasme. Il se tenait près de sa moto, entouré des odeurs de la mer et du sable, sa famille lui manquait.

— Je te ferai savoir quand elle dira oui, parce qu'elle le fera, Jay. Maintenant, je dois vraiment y aller.

— Ok, dit-elle doucement, en remuant ses doigts comme à son habitude. Bonne chance, Jacey.

Elle n'utilisait pas souvent le surnom qu'elle lui donnait depuis qu'elle avait l'âge de marcher, mais elle le faisait toujours quand ils se disaient au revoir. Et ça le touchait à chaque fois.

Il raccrocha et elle lui manqua encore plus alors qu'il rangeait son téléphone dans sa poche. Il mit son casque et enfourcha sa moto. Il avait une flotte de motos, mais celle-ci était sa préférée. Elle n'était pas la plus rapide ou la plus élégante, mais c'était le modèle le plus important qu'il ait jamais construit. C'était une version légèrement améliorée de la toute première gamme de motos qu'il avait développée, la Stroke, qui avait catapulté son entreprise au sommet d'une industrie qui semblait autrefois intouchable.

Sa moto vrombit. Même si elle avait plus de dix ans, elle ronronnait encore comme un tigre, soulignant à quel point la qualité était importante.

Et il n'y avait pas de meilleure qualité chez la femme aux yeux verts frustrante et têtue qu'il allait voir.

CHAPITRE 3

IL NE RESTAIT QUE DES PLACES debout au *Whiskey's*. C'était incroyable ce que la perspective d'hommes célibataires sexy pour une bonne cause pouvait apporter à un endroit. Au-delà des habituels bikers barbus et tatoués et des vestes en cuir noir arborant les patchs des Dark Knights, il y avait une foule d'hommes et de femmes lambda, des jeunes gens aux cheveux parfaitement coiffés et des hipsters qui s'efforçaient de paraître cool. La plupart des femmes avaient des plaquettes avec des numéros dessus. The Rebels, un groupe composé de membres des Dark Knights, jouait à l'arrière du bar. La scène principale était éclairée comme s'il s'agissait d'une cérémonie de remise de prix, avec des rideaux noirs et blancs et des centaines de lumières. Jace ramassa une brochure sur une table près de la porte et la fourra dans sa poche arrière, scrutant la foule qui dansait et se déplaçait, à la recherche de Dixie.

Son regard frôla les femmes en robes courtes et en jeans moulants qui le reluquaient en sirotant des boissons. Il vit le groupe d'amies et des belles-sœurs de Dixie rassemblées près de la scène et parlant avec animation, mais la jeune femme n'était pas avec elles. Il repéra Biggs, le père de Dixie, debout près du bar, en train de parler avec Diesel et Bullet. Biggs était un biker rude et bourru jusqu'au bout des ongles, rivalisant avec la carrure et le caractère de Bullet. Bien qu'un accident vasculaire cérébral l'ait privé de sa capacité à monter sur sa moto et l'ait laissé avec un léger affaissement d'un côté du visage, le besoin de se servir d'une canne et une élocution lente, Jace savait que Biggs se lancerait dans une bagarre sans la moindre crainte pour assurer la sécurité de sa ville.

Le visage de Jace s'illumina d'un large sourire lorsque la mère de Dixie traversa la foule devant lui. Red ressemblait comme deux gouttes d'eau à Sharon Osbourne et comme d'habitude, elle portait du noir, un chemisier, un jean et des bottes. Elle était la mère la plus cool de la planète et Jace était honoré d'être traité comme l'un des siens. Mais encore une fois, elle traitait presque tout le monde de cette façon. La mère de Jace était gentille et généreuse, mais elle était aussi très conservatrice. Bien qu'elle soit fière de son fils, elle n'aimait pas les tatouages ou le cuir et elle ne comprenait pas pourquoi il aimait les motos depuis aussi longtemps qu'il s'en souvienne. Il ne comprenait pas non plus, mais déjà gamin, il avait été captivé par le rugissement de leurs moteurs et les images élégantes des magazines.

Les yeux verts de Red s'animèrent.

— Je savais que tu viendrais. Viens ici et fais-moi un câlin, espèce de grand beau diable.

— Comment ça va, Red ?

— La communauté s'est regroupée, j'ai tous mes bébés sous le même toit et notre famille continue de s'agrandir. La vie est *belle*, Jace.

Elle glissa sa main autour de son bras comme s'il allait la conduire sur la piste de danse.

— Et maintenant *tu es* là. Tu as laissé tomber beaucoup de femmes en ne participant pas à la vente aux enchères.

— Désolé, Red. Ce n'est pas mon style.

— Oui, je sais. Tu es un mélange de tous mes garçons : dur, intelligent, drôle, sans aucune patience pour les conneries. Je comprends. Et je sais à quel point Dixie a apprécié ta contribution. Elle s'est extasiée sur ta générosité.

Il ricana.

— Tu n'as pas à dire ça, Red. Je sais qu'elle était furieuse que je ne veuille pas monter sur cette scène.

— Eh bien oui, mais c'est parce qu'elle est compétitive envers elle-même et elle était déterminée à faire participer les meilleurs hommes du coin. Dixie n'aime pas perdre.

Elle salua la foule.

— Je n'en reviens pas qu'elle ait réussi à faire tout ça. Quand elle a quelque chose en tête, elle est comme un chien avec un os. Entre nous, alors que mes garçons sont tous impressionnants dans leurs propres domaines, ma fille est le cerveau derrière la plupart des bonnes choses qui arrivent à cette famille. Bref, je suppose que tu es ici pour soutenir Jared ? Il est là-bas, près de la table des célibataires.

Elle montra du doigt un point dans la foule. Son frère discutait avec Nick et Jax Braden, ainsi qu'avec le docteur Jon Butterscotch, un homme trop sûr de lui. Quincy Gritt était assis à une table avec un certain nombre de Dark Knights et quelques gars que Jace ne reconnaissait pas, mais il supposait qu'ils étaient également mis aux enchères.

— En fait, j'aimerais trouver Dixie avant que les choses ne commencent. Vous l'avez vue ?

— Elle est très demandée ce soir. Je l'ai vue près du buffet, de l'autre côté de la foule, il y a peu de temps.

Elle jeta un coup d'œil à la foule, se déplaçant pour regarder autour de lui.

— Elle est là-bas, avec le Dr Rhys. Maintenant, *il y a* une célibataire disponible pour toi et il a les yeux rivés sur ma fille.

Jace suivit son regard et les cheveux roux de Dixie firent leur apparition. Elle tenait un bloc-notes contre sa poitrine, sa bouche tentante était recourbée en un sourire radieux, ses yeux magnifiques étaient fixés sur… une vraie *star de cinéma.* Le brun, ce mec bien sous tous rapports était *séduisant. Bon sang,* c'était le genre de mec qui lui plaisait ? Une pointe de jalousie intense et *agaçante* lui comprima la poitrine…

Dixie baissa le bloc-notes et oh *bon sang…* La chaleur le brûlait tandis qu'il se délectait du décolleté drapé de sa robe noire étincelante trop courte, qui épousait ses courbes. Il se drapait élégamment entre ses seins, presque jusqu'à son nombril. La robe noire scintillante était maintenue par une fine chaîne argentée accrochée à une petite bande de tissu au-dessus de chaque sein. La chaîne s'enroulait autour son cou plusieurs fois, comme un collier, en plus lâche, reposant en couches séduisantes contre sa peau crémeuse. Le membre de Jace frémit avec avidité et ses yeux se tournèrent à nouveau vers le mec. Ses mains se contractèrent en poings. Jace n'était *pas* jaloux et la sensation inconnue qui lui brûlait la colonne vertébrale l'énervait, mais il ne pouvait pas s'en débarrasser, pas plus qu'il ne pouvait détacher ses yeux de Dixie.

Red lui tapota le bras.

— Reste dans le coin. Ma fille va surprendre tout le monde ce soir et tu *ne* voudrais pas manquer ça.

Elle lui fit un clin d'œil et disparut dans la foule.

Jace se focalisa sur Dixie alors qu'il avançait, divisant la foule par la seule force de sa taille. Il se rappelait qu'il n'était pas là pour revendiquer Dixie, mais plus il se rapprochait d'elle, plus ses pensées devenaient possessives. Comment cela avait-il pu arriver ? Quel genre de vortex s'était ouvert pour qu'il ne puisse plus chasser ces pensées ?

Quelqu'un saisit son bras et il tourna la tête sur le côté.

— Mais qu'est-ce que...

— Tu es venu !

Jillian bondit sur la pointe de ses talons aiguilles, ses yeux dansant d'excitation.

— Assieds-toi avec nous !

Elle fit signe à la table, autour de laquelle se trouvaient un certain nombre de ses cousins de Peaceful Harbor.

— Comment ça va, Stone ?

Sam Braden, un vieil ami qui possédait une société spécialisée dans l'aventure, se mit debout pour lui serrer la main. Sa femme, Faith et lui, avaient récemment donné naissance à leur premier enfant, une petite fille nommée Raeanne.

— Ça fait tellement longtemps, mec. Cela fait du bien de te voir.

— Ça fait plaisir.

Jace salua Faith d'un signe de tête, puis regarda à nouveau Dixie. Ses tripes se nouèrent lorsqu'elle se pencha en direction du charmant jeune homme.

— Pourquoi ne participes-tu pas ce soir ? demanda Sam en s'asseyant à côté de Faith. Tu as peur de ne pas être à la hauteur des Braden ?

— Pas du tout, répondit Jace d'un air absent, son attention se portant à nouveau sur Dixie.

Jillian lui tenait toujours le bras et discutait avec enthousiasme.

— Nous sommes tous ici pour soutenir Nick et Jax ! Et Jared est très *sexy*. Je suis impatiente de voir...

Sa voix se transforma en bruit de fond quand Dixie jeta un

coup d'œil dans sa direction et leurs regards se croisèrent. L'expression de choc sur son visage était troublante.

Jillian lui donna une claque dans la poitrine.

— Jace !

— Bon sang, Jilly, grogna-t-il en affrontant son air agacé.

— Tu ne m'écoutais même pas !

— Si, mentit-il.

Il entendit Sam et ses frères glousser et comprit qu'il s'était fait prendre la main dans le sac.

— Oh vraiment ? déclara Jillian, la main sur la hanche. J'ai dit que j'allais remporter la mise pour *Jared*, l'emmener dans un hôtel et l'attacher à un lit pour lui faire des choses obscènes.

Jace serra les dents.

— *Bordel*, jamais de la vie.

Elle sourit, haussant ses fins sourcils.

— Tu vois ? Tu n'as pas écouté un seul mot de ce que j'ai dit. Mais j'ai compris. Va chercher Dixie avant que le Dr Rhys, l'obstétricien le plus sexy du coin, ne mette son propre bébé dans son joli petit ventre.

Ses paroles firent bouillir son sang. Il prit Jillian par l'épaule et la guida vers son siège. Il fixa Sam d'un regard sérieux.

— Ne la laisse *surtout pas* enchérir sur Jared. Mon frère la mangerait toute crue.

— C'est bon à savoir, lança Jillian avec un petit mouvement d'épaule satisfait.

Sam et ses autres frères lui jetèrent un regard noir. Avec la vertu de Jillian sous contrôle, Jace alla protéger celle de Dixie. Alors qu'il s'approchait, ses yeux papillonnaient nerveusement vers lui, devenant sombres et enflammés. Elle dut se rendre compte de ce qu'elle dévoilait, car ces yeux expressifs se dirigèrent vers le docteur séduisant, d'où ils ne bougèrent plus.

— Merci encore, Dix, dit le Dr Rhys. Je dois rejoindre Wayne avant que vous ne nous donniez en pâture. Un sourire enfantin apparut sur son trop joli minois, exposant des dents droites, d'un blanc éclatant, puis il se dirigea vers Bones.

Bones était le nom de biker de Wayne Whiskey, tout comme Bullet et Bear étaient ceux des autres frères de Dixie. Jace se demandait à nouveau si Dixie était son vrai nom ou pas. Il avait le sentiment que c'était le cas. Il ne pouvait tout simplement pas l'imaginer sous un autre nom. *Sauf peut-être Chaton.*

Jon Butterscotch sortit de nulle part et s'approcha de Dixie. Celle-ci fit un pas en arrière.

— Tu as assez d'argent pour me remporter ce soir, ma belle ?

Jace serra les dents. A ce rythme, il allait les casser avant la fin de la nuit. La chemise blanche à manches courtes de Jon faisait paraître son bronzage perpétuel encore plus foncé. Les filles pensaient qu'il avait *tout* pour lui. Un médecin respecté *et* un accro à l'adrénaline qui courait, faisait du vélo, nageait dans des courses dès qu'il en avait l'occasion et conduisait une moto. Mais Jace l'avait vu en action et savait qu'il était aussi un séducteur. Il n'était pas prêt à laisser Jon mettre la main sur Dixie.

Dixie leva les yeux au ciel.

— Pourquoi payer pour ce que n'importe quelle femme de Peaceful Harbor peut avoir gratuitement ?

Jace posa une main sur le bas du dos de Dixie, heureux qu'elle sache la vérité. Il baissa le menton, soutenant le regard de Jon.

— *Dégage*, Butterscotch.

La confusion apparut dans le regard de Jon alors qu'il oscillait entre Dixie et Jace, mais c'était un homme intelligent. Il leva les mains en signe de capitulation et recula, se dirigeant vers Cole, le frère de Sam, son associé en affaires.

— *Ta main*, Stone. Bouge-la, cracha Dixie sévèrement.

Pourquoi sa férocité l'excitait-elle ?

Il savait très bien pourquoi. Parce que maintenant qu'il s'était autorisé à traiter avec elle en tête-à-tête, comme des adultes, elle n'était plus la Dixie Whiskey qui était fermement enfermée dans la catégorie des petites sœurs interdites. C'était Dixie Whiskey, une femme ambitieuse qui pouvait se gérer comme une femme forte le ferait.

Et c'était dangereux.

Il suivit le chemin de sa peau le long de son corps et jeta un rapide coup d'œil à ses talons aiguilles, noirs avec des pointes argentées partout, des ongles de pieds rouges et sexy, dépassant de l'avant qui était ouvert. Il n'était pas du genre à vouloir sauter d'un immeuble pour voir s'il pouvait voler. Ce genre de danger ne l'attirait pas. Mais le danger que représentait Dixie Whiskey ? Une femme qui mettrait sa patience et ses limites à l'épreuve et qui lui rendrait la pareille ? Bon sang que oui, bébé car il adorait ça.

— Jace, je t'ai déjà donné ma réponse et je n'ai pas le temps de me disputer avec toi. Au cas où tu n'aurais pas remarqué, j'ai un événement à gérer.

Il n'était pas l'homme dont Dixie avait besoin, mais alors que les gars étaient bouche bée devant ses longues jambes fines et son décolleté profond et délicieux, ses pulsions protectrices resurgirent. Comme un lion protégeant la reine de la meute, il se rapprocha pour qu'elle n'ait d'autre choix que de le regarder dans les yeux.

— Je ne suis pas là pour te faire changer d'avis.

Elle fixa sa mâchoire, ses yeux se rétrécirent et elle fronça les sourcils.

— Je suis ici parce que tu avais *raison.* Il y a une différence entre donner de l'argent et donner de son temps. J'ai en quelque sorte nié cette erreur de parcours et j'apprécie le coup de pied aux fesses. Je vaux mieux qu'un simple homme qui donne de l'argent, tu verras.

Son regard s'adoucit et ses lèvres s'entrouvrirent, mais elle ne prononça pas un mot.

— Mais je ne peux pas te dire que je regrette de ne pas avoir accepté de monter sur cette scène, lança-t-il d'un ton bourru.

L'agacement tendit à nouveau sa mâchoire.

Il posa une main sur sa hanche, aimant la façon dont sa peau douce remplissait sa paume. L'air autour d'eux grésilla malgré son agacement.

— Il n'y a qu'une seule femme à Peaceful Harbor qui mérite mon attention et elle est occupée à se disputer les hommes pour la bonne cause.

Elle inspira brusquement, son parfum féminin l'attirant encore plus près.

Il baissa la voix pour qu'elle soit la seule à l'entendre.

— Tu es magnifique ce soir, chaton.

L'AIR S'ÉCHAPPA des poumons de Dixie alors que Jace s'avançait nonchalamment vers le bar, acceptant une étreinte virile de son père et une poignée de main de Bullet comme s'il ne venait pas d'enflammer tout son corps et de la laisser perplexe sur ce qui se passait. Elle avait besoin de *bouger*, d'arrêter de le fixer, mais pour la première fois de sa vie, Dixie se sentait complètement déboussolée. Ses jambes étaient aussi flageolantes que celles d'un poulain qui venait de naître et son cœur battait la chamade.

Sa mère vint à ses côtés et suivit son regard jusqu'au bar.

— Regarde ton papa, si beau avec sa veste en cuir, faisant ce qu'il fait de mieux. Prendre soin de sa famille. Même après toutes ces années, cet homme me coupe toujours le souffle.

— Hum-hum, dit Dixie, en essayant de respirer assez profondément pour remplir ses poumons.

— On dirait qu'une certaine personne a le même effet sur toi, ma chérie.

— Quoi ? rétorqua sèchement Dixie, arrachant son regard de Jace et tombant sur l'expression amusée de sa mère.

— *Non.* Il est exaspérant et arrogant.

Les yeux de Dixie, ces sales traîtres, revinrent sur Jace alors qu'il grimpait sur un tabouret, dos au bar. Il bloqua son regard perçant sur elle, lui faisant à nouveau flageoler ses jambes. Elle gémit et tourna sur ses talons, se cognant à Quincy *avec force.*

— Waouh désolé, Dix, s'exclama Quincy, ses yeux bleu clair, larges et en alerte, si différents du gamin épuisé qu'il avait été quand il avait repris contact avec Truman. Ses cheveux châtain clair étaient devenus plus blonds à cause du soleil et il les avait dégagés de son visage.

— Hé, tu vas bien ? Tu as l'air un peu fatiguée… ou *ivre.*

— Je vais *bien,* répondit-elle étant très loin d'aller *bien* et elle ne pouvait même pas se rappeler comment épeler le mot.

Sa mère gloussa.

— On commence dans dix minutes, ma chérie. Si tu as besoin d'un shot pour calmer tes nerfs, fais-le vite.

— Je ne vais pas m'approcher de ce bar, grogna Dixie.

— Comme tu veux, répondit sa mère en s'éloignant.

— Qu'est-ce qui se passe ? lui demanda Quincy.

Il parcourut le bar du regard, scrutant les gens aux alentours.

— Quelqu'un t'embête ? Tu veux que je m'en occupe ?

Dixie ne put s'empêcher de rire de façon incrédule.

— A moins que tu n'aies un de ces effaceurs de mémoire comme dans *Men in Black*, alors non, tu ne peux rien faire.

— Hé, j'ai des contacts. Il remua les sourcils. Le stress monte ? Tu as bien géré l'événement. J'ai entendu des gens dire qu'ils étaient prêts à miser *mille* dollars.

— J'espère que Penny a eu beaucoup de pourboires aujourd'hui, dit Dixie, jetant un coup d'œil dans la salle tout en évitant complètement la zone du bar. Ça ne servit à rien. L'énergie irradiait de Jace comme des flammes, prenant ses quartiers dans l'air qu'elle respirait.

— Je vois *beaucoup* de têtes qui fréquentent la librairie. Je dirais qu'elle a intérêt à avoir eu un bon *mois*.

Quincy croisa les bras sur sa poitrine, son regard faisant le tour de la pièce. Alors qu'il n'avait que treize ans, il avait tué un homme qui avait violé sa mère. Truman, qui avait neuf ans de plus que Quincy et qui s'était toujours occupé de lui alors que leur mère droguée n'avait jamais été en mesure de le faire, avait avoué le crime qu'il n'avait pas commis et avait passé six ans en prison. Dire que Quincy luttait contre ses propres démons était un euphémisme. Comme beaucoup d'hommes présents ce soir, il arborait les fantômes de son passé sous la forme de tatouages sur ses bras. Mais Quincy était un homme bon et un brillant mathématicien. Il avait remplacé Dixie l'automne dernier quand elle était partie faire un road trip et il avait fait un travail phénoménal en s'occupant des tâches administratives et en gérant les salaires du magasin et du bar.

— Promets-moi juste une chose, dit Dixie. Si Miss America remporte la mise ce soir et que vous commencez à vous chauffer, tu me remplaceras quand je serai à Cape Cod la semaine prochaine ?

— Je l'ai noté sur mon agenda. De mercredi à dimanche. Je ne te laisserai jamais tomber, Dix. Même pas pour une belle paire de fesses.

Il désigna de la tête Finlay, Izzy et le reste des filles qui se dirigeaient vers eux.

— On dirait que la cavalerie arrive. Je pense que je vais aller donner aux dames de la bibliothèque un coup d'œil à l'étalon que je suis avant que les poneys ne montent sur scène. Je ne voudrais pas qu'elles gaspillent leur argent.

Il pavana et un instant plus tard, Izzy passa sa main dans l'un des bras de Dixie. Crystal fit de même de l'autre côté. Les autres filles se pressèrent autour d'elle et la traînèrent vers les toilettes.

— Allons-y, Dixie Lee. Il est grand temps de te préparer pour tes grands débuts, dit Crystal avec enthousiasme.

Elle avait tellement été distraite par Jace, qu'elle avait complètement oublié qu'elle était mise aux enchères. Quincy n'avait peut-être pas les pouvoirs d'effacer de son esprit ce dont elle avait besoin mais Jace, si. Malheureusement, il effaçait toutes les *mauvaises* pensées.

— On doit s'assurer que tu touches plus que tous les autres gars réunis, lança Izzy. C'est tout ou rien, pas vrai les filles ?

— Oui ! S'exclamèrent-elles en applaudissant à l'unisson.

— Il me tarde de voir les têtes de tout le monde.

— Les filles, j'ai failli faire une erreur et en parler à Tru la nuit dernière, ajouta Gemma en grimaçant.

Josie haleta.

— J'ai aussi failli cracher le morceau à Jed !

Dixie était de plus en plus nerveuse. Ses nerfs s'enflammèrent lorsque sa mère les suivit.

— Prêtes ? demanda Red à voix basse.

— Non, répondit Sarah alors qu'elles se précipitèrent aux toilettes. Je suis une boule de nerfs. Je déteste garder des secrets, surtout vis-à-vis de Bones. J'ai rêvé la nuit dernière que lorsqu'il découvrait que je savais que Dixie serait vendue aux enchères, il annulait nos fiançailles !

— Quoi ? hurla Finlay. Il ne ferait jamais ça !

— Bones t'adore, affirma Gemma.

— Cet homme conduit fièrement la *Bones Mobile* dans toute la ville avec les enfants. Il est à toi pour l'éternité, souligna Crystal. Bear avait construit un véhicule spécial pour que Bones puisse conduire ses enfants dans quelque chose qui ressemblait à une moto. La Bones Mobile avait l'avant d'une moto et l'arrière d'une voiture de sport, avec des flancs et un toit protégeant trois sièges arrière avec des harnais à cinq points de sécurité.

Red prit la main de Sarah, souriant chaleureusement.

— Chérie, mon fils a attendu toute sa vie pour vous retrouver, les enfants et toi. Il ne te laissera partir pour rien au monde, surtout pas pour avoir aidé Dixie à se libérer des chaînes qui la retiennent. Ne t'inquiète *jamais* pour ça. Il comprendra.

L'inquiétude disparut des yeux de Sarah.

— Tu as raison. Je suis juste trop fatiguée et je m'inquiète pour chaque petit détail. Maggie Rose ne dort pas très bien ces derniers temps. Je pense qu'elle commence à faire ses dents.

— Ou peut-être que ton futur mari médecin et toi l'empêchez de dormir la nuit.

Crystal donna un coup de coude à Finlay.

— Je parie que Bullet et toi allez devoir garder vos enfants dans le garage pour ne pas les réveiller la nuit avec vos ébats sauvages.

Finlay rougit et se couvrit le visage.

— Ce sont mes *frères*, rappela Dixie à Crystal.

Toutes éclatèrent de rire.

— Ok, mesdames, concentrons-nous avant que les gars ne viennent nous chercher, déclara Red en se rapprochant de Dixie.

Elle observa sa fille de haut en bas, passa ses doigts dans les pointes des longs cheveux de Dixie et soupira.

— Tu es parfaite telle que tu es.

— Jace le pense certainement, confirma Tracey derrière Red et tous les regards se tournèrent vers elle.

— Quoi ? Il la dévisage depuis qu'il est entré.

— Comme la plupart des autres gars ici, rétorqua Izzy, en lançant à Dixie un regard du style "je te couvre".

— Peut-on les blâmer ? Dixie a *tout* ce qu'il faut, là où il faut.

— Bien sûr que oui.

Dixie se tourna vers le miroir et les filles se massèrent autour d'elle pour lui arranger les cheveux, lisser sa robe et fixer les chaînes d'argent autour de son cou.

— *Mon Dieu*, j'adore cette robe. Jilly est incroyable, n'est-ce pas ?

— Elle est magnifique, dit Gemma. Mais tu sublimes tout. Je donnerais tout pour avoir tes jambes.

— Je veux ses seins, indiqua Tracey, en attrapant ses propres petits seins.

Josie hocha la tête avec insistance.

— Moi aussi.

— Je vais prendre ses jolies fesses, ajouta Sarah.

Dixie se marra.

— Vous êtes toutes *superbes*. Je suis grande et efflanquée ! J'adorerais avoir n'importe laquelle de vos silhouettes.

— Même la mienne ?

Crystal frotta son petit ventre, en battant des cils.

— Certainement *pas*, répliqua Dixie. Mais quand le petit pois naîtra, je serai heureuse de lui donner de l'amour aussi souvent que Bear et toi me le permettrez.

Red mit un pouce au-dessus de son épaule.

— Va à l'arrière de la file, Dix. Ce bébé est *à moi*.

Un grand *toc, toc, toc* sur la porte de la salle de bain les fit sursauter et elles couinèrent, se serrant les unes contre les autres.

— La caquetage est terminé !

La voix bourrue de Bullet résonna à travers la porte fermée.

— J'arrive ! cria Red. Elle se tourna vers les filles avec un regard malicieux. Prêtes à réaliser le plus grand exploit des Whiskey ?

Tout le monde applaudit.

— Oui !

Même Dixie, même si elle était loin d'être prête.

Elle avait soudain une peur bleue. Elle n'avait pas réfléchi à tout ça. Et si ses frères faisaient une scène ? Et si personne ne faisait d'offre pour elle et qu'elle se ridiculisait ? Elle serra le bloc-notes si fort que ses doigts tremblèrent alors qu'elles passaient la porte en se serrant les unes contre les autres. Dixie sentait le regard de Jace sur elle, mais elle refusait de poser son regard ailleurs que sur ses amies alors que les filles s'empressaient de prendre place avec leurs proches et que Tracey et Izzy les rejoignaient à leur table. Diesel s'approcha et monta la garde à côté de Tracey. Les épaules de cette dernière se courbèrent vers l'avant et elle murmura quelque chose à Crystal, son malaise étant palpable. Alors que la scène se déroulait, Dixie se rendit compte que son propre malaise était probablement tout aussi visible. Jace lui avait tellement embrouillé la tête qu'il l'avait mise hors-jeu.

Personne ne me met hors-jeu.

Elle se redressa, cherchant Jace dans la pièce. Il était debout près du bar, la regardant attentivement avec une expression timide.

Espèce de dégonflé.

Si tu veux te frotter à moi, tu ferais mieux de sortir la plus grosse artillerie, mon pote.

Dixie releva le menton, bomba le torse et fit monter la température d'un million de degrés en se dirigeant vers la scène avec un déhanchement exagéré. Elle n'avait pas été insensible aux hommes qui la reluquaient toute la soirée, mais elle ne leur avait pas prêté attention. Maintenant, elle établissait un contact visuel, distribuant des clins d'œil et des sourires séduisants comme jamais auparavant. Elle sentait le regard de Jace lui brûler la peau et cela ne fit que renforcer sa confiance.

Les célibataires étaient assis à une table près de la scène, souriant comme des idiots. Jon Butterscotch saluait les femmes et Quincy avait un contact visuel intense avec une table de nanas. Juste de l'autre côté de la scène, Chicki Redmond, la meilleure amie de Red et la femme d'un Dark Knight était assise, prête à noter les noms de ceux qui remportaient les enchères et à encaisser les dons.

Dixie posa une main sur l'épaule de Jared et se pencha à sa hauteur pour se placer entre lui et Scott, le frère de Sarah et Josie, donnant délibérément à Jace une vue de ses fesses. Ouais, elle avait de super fesses. Elle faisait un paquet de kilomètres chaque semaine pour gérer les affaires et servir au bar. D'autres parties d'elle n'étaient pas si mal que cela non plus. Il y avait longtemps qu'elle avait accepté sa silhouette grande, mince, mais légèrement arrondie, telle qu'elle était. Elle n'aurait jamais la taille en forme de sablier d'une Kardashian, mais elle n'aurait jamais leur passé non plus et elle en était reconnaissante.

— Les garçons, ça va ? demanda-t-elle. Tu es le premier à passer, Jared. Es-tu nerveux ?

— Je n'ai plus été aussi nerveux pour une *performance* depuis ma première fois avec une fille.

Jared et Scott cognèrent leurs poings en gloussant.

— Je plains juste toutes les femmes qui ne me remporteront *pas*. Tu es sûre que tu ne veux pas mettre aux enchères une semaine de rendez-vous pour nous ?

— Pas ce soir, mais je suis sûre que vous auriez beaucoup de succès.

Elle lui tapota l'épaule.

— Et toi, Scott ? Tu es prêt ?

— Oh oui. Mais prépare-toi à les voir sortir les griffes. Les femmes sont à fond sur moi ce soir.

— Je suis prête.

Dixie gloussa et se redressa. Elle ne put s'empêcher de jeter un coup d'œil à Jace en reculant. Il haussa le menton, n'ayant plus l'air aussi timide. En fait, il avait l'air carrément irrité.

Une bonne chose.

Elle se tourna vers la scène, consultant le bloc-notes, même si elle avait mémorisé la composition du groupe. Elle avait besoin de se concentrer sur quelque chose d'autre que la réaction de Jace.

— Merci à tous d'être venus ce soir, annonça son père au micro et la foule se mit à applaudir et à l'acclamer.

Il se tenait au milieu de la scène en empoignant sa canne, vêtu d'un T-shirt, d'une veste en cuir noir et des mêmes bottes usées qu'il portait depuis des décennies. Il ne se mettait pas sur son trente-et-un et se fichait éperdument de ce que les autres pensaient de son apparence, comme le soulignait sa barbe grise non entretenue et sa chair entièrement recouverte de tatouages. Sa peau rugueuse était marquée de profondes marques dues à une vie passée à chevaucher sous le soleil et le côté gauche de son visage s'affaissait à cause de son AVC. Pourtant, il était l'exemple même de la force et de la confiance.

Alors que Dixie écoutait son père expliquer que les recettes de la vente aux enchères seraient versées au refuge pour femmes de Parkvale, elle se sentait fière. Son père était un combattant, un protecteur et un homme sacrément bon. Il était un parent dur, avec des croyances strictes sur la façon de traiter les autres et sur les rôles que les femmes et les hommes devaient jouer dans la vie de chacun. Elle n'était peut-être pas d'accord avec certaines de ses règles protectrices, mais elle les respectait et elle le respectait *énormément.*

Son père la fixa droit dans les yeux.

— Maintenant, applaudissez ma magnifique fille, Dixie, qui a passé des semaines à planifier et à coordonner tous les aspects de cet événement, de la nourriture et de la publicité à la sollicitation de dons et à convaincre chacun de ces mecs redoutables à participer à la vente aux enchères.

Des applaudissements et des acclamations retentirent. Ses frères et amis braillèrent des trucs comme "Dixie est géniale !" et "Bravo, Dix !".

Elle salua la foule, l'estomac noué.

— Merci, murmura-t-elle.

Elle n'avait pas *vraiment* réfléchi à tout ça. Elle avait peur que ses frères se fâchent, mais elle n'avait pas trop pensé à son père. Ses frères étaient toujours dans sa ligne de mire, essayant de la protéger ou de la garder sur le droit chemin. Mais son père était la force tranquille derrière eux, le Dalaï-Lama des Dark Knights. Ses frères la protégeaient, les autres et elle, parce que leur père l'exigeait et il agissait ainsi parce qu'il les aimait tous. Ses enfants, nés de son sang, ainsi que les personnes qui avaient rejoint la famille, comme celles des Dark Knights, Quincy, Tracey, Scott, Tru et Gemma, Josie et Jed et tous leurs enfants.

Prendre cette décision, monter sur cette scène et être vendue aux enchères, serait-ce une insulte aux yeux de son père ? Un acte d'irrespect en public ?

Lui pardonnerait-il un jour ?

— Je suppose que vous savez tous comment cela fonctionne, ajouta son père. Mais pour ceux qui n'ont jamais assisté à une vente aux enchères de célibataires, il y a des règles. La première règle est d'enchérir *très haut.*

La foule éclata de rire.

— Je ne plaisante pas, précisa-t-il. Puis son expression devint sérieuse et la foule se tut. Je n'ai jamais vu certains d'entre vous dans notre bar auparavant, alors la deuxième règle est pour vous. Si vous déclenchez une bagarre ou causez des ennuis, vous aurez affaire à mes gars.

Tous les Dark Knight présents dans la salle se levèrent, montrant fièrement leurs cuirs et leurs patchs. Même les membres les plus classiques ressemblaient à des combattants sur lesquels il fallait compter. Un faible murmure gronda dans la foule.

Son père hocha la tête et les hommes s'assirent.

— La règle numéro trois est pour les gagnants de l'enchère. Si vous remportez un rendez-vous, vous adhérerez aux règles de ces rendez-vous, qui vous seront données après paiement par la belle Chicki Redmond.

Il leva sa canne.

— Maintenant, que le spectacle commence avec le célibataire numéro un, Jared Stone.

CHAPITRE 4

LE GROUPE JOUAIT *Moves Like Jagger* quand Jared se pavana sur la scène en jean et T-shirt, ses bras tatoués bien en évidence et la foule était en délire. Les femmes crièrent, les hommes sifflèrent et Jared en profita, se retournant en dansant pour rejoindre Biggs quand la musique se calma enfin. Il tendit à Biggs la carte que Dixie avait préparée pour que son père la lise, comme elle l'avait fait pour chacun des célibataires. Elle s'était amusée à les préparer et à choisir des chansons pour chacun des candidats. Ses amies avaient écrit sa carte et choisi sa chanson, mais elles l'avaient donnée à sa mère et avaient refusé de lui dire ce qu'elles avaient écrit ou quelle chanson elles avaient choisie.

— Installez-vous, mesdames et laissez-moi vous donner des informations sur ce gentleman, dit Biggs d'un ton lent et le vacarme de la foule finit par se calmer.

Il fit reposer sa canne contre sa jambe et lut la carte pendant que Jared saluait et faisait des clins d'œil au public.

— Jared Stone est un chef cuisinier professionnel et vous savez ce que cela signifie. Il a des mains magiques.

Jared leva les mains.

— Ouais, les filles ! Elles sont magiques ! hurla-t-il.

Les femmes applaudirent. Biggs lança un regard noir à

Dixie, mais elle ne put pas s'empêcher de sourire. C'était exactement la réaction qu'elle avait espérée de la part de la foule.

— Jared a de l'énergie à revendre, poursuivit Biggs. Si sa mâchoire ne bondit pas, ses jambes le font, donc si vous remportez ce célibataire sexy, préparez-vous à passer une nuit blanche.

Il leva son regard vers le public qui l'acclamait et gloussa lorsque Jared commença à se déhancher.

— Ce sosie d'Adam Levine, chaud comme la braise, possède plusieurs restaurants et boutiques de vêtements. Il est sûr de satisfaire votre corps et votre bouche et ne vous inquiétez pas pour vos vêtements en lambeaux. Il remplacera tout ce qu'il arrache de votre corps.

Ses yeux se tournent avec colère vers Dixie alors que d'autres *cris* retentirent.

— Je pense que la nuit va être longue.

Le groupe recommença à jouer *Moves Like Jagger* et Jared se lança dans une danse sexy, suscitant encore plus d'applaudissements et de sifflets. Dixie sentit la chaleur du regard de Jace qui la transperçait et se dit qu'elle imaginait les choses. Elle remua en rythme, balançant les hanches et les épaules pour essayer d'évacuer son stress alors que Biggs commençait le processus de vente aux enchères, mais elle ne pouvait pas se débarrasser de l'impression que Jace observait chacun de ses mouvements. Cela devrait probablement l'ennuyer, mais cela la stimula, malgré l'utilisation du terme affectueux "*chaton*". Elle n'aimait pas les surnoms, surtout ceux qui semblaient tendres et serviles à la fois. Mais quand il l'avait utilisé, cela avait semblé foudroyant et sexy, c'était à la fois gênant et excitant. L'envie de voir si son esprit lui jouait des tours était trop forte. Elle essaya d'être décontractée alors que son regard se promenait sur la foule en délire et s'arrêta *net* devant le regard prédateur de Jace.

— Adjugé à Jillian Braden, numéro deux soixante-neuf, annonça Biggs.

Jace lança un regard furieux en direction de Jillian. Cette dernière sautait sur place, applaudissait et criait.

— Braden !

La voix grave de Jace traversa la pièce au même moment que Nick et Jax se levèrent de la table des célibataires.

— Sam ! hurlèrent-ils.

La foule se tut alors que Sam Braden se levait, les trois hommes protecteurs le regardant fixement. Il leva ses mains au ciel.

— J'ai essayé, mais c'est *Jilly* !

Les rires fusèrent alors que Jillian se pavanait fièrement vers Chicki, ignorant le chahut que les hommes avaient fait.

Red entra sur scène et prit le micro de Biggs, qui gloussa et se caressa la barbe, puis se recula pour laisser la parole à Red.

— Écoutez, messieurs. C'est pour la *bonne cause*. Personne ne va profiter de vos sœurs, cousins, amis ou connaissances. On va s'en assurer.

Elle regarda Jace, puis Nick et enfin Jax.

— Calmez vos ardeurs ou je vous sors tous d'ici en vous tirant par les oreilles. *Compris* ?

Il n'y eut pas de réponse en dehors d'un grognement.

— C'était quoi ça ? demanda alors Red.

— Compris, dirent les trois hommes en grommelant plus fort.

— Ok, alors que la soirée continue.

Elle tendit le micro à Biggs, l'embrassa sur les lèvres et quitta la scène sous les applaudissements, donnant ainsi le ton pour le reste de la soirée.

Des heures plus tard, quand ils arrivèrent enfin aux deux derniers célibataires, Dixie était à bout de nerfs. Comme si elle n'était pas assez nerveuse à l'approche de son tour, Jace avait à nouveau jeté son dévolu sur elle. Et comme une toxico en manque de sa drogue préférée, elle ne put s'empêcher de reprendre une nouvelle dose, en le regardant encore et encore. Chaque regard passionné augmentait les crépitements entre eux, jusqu'à ce qu'elle soit sûre qu'ils s'enflamment.

Biggs appela Jon Butterscotch sur scène et la foule fut déchaînée.

Le groupe joua *SexyBack* alors que Jon entrait sur scène. Il prit le micro de Biggs.

— Cinquante nuances de douceur à votre service, mesdames. Qui sera la première à me lécher ? promit-il.

Les dames se levèrent, applaudirent et crièrent.

Biggs arracha le micro des mains de Jon.

— Je vois que le Dr Butterscotch n'a plus besoin d'être présenté.

Il recula, permettant à Jon de prendre le relais.

Jon s'avança vers le devant de la scène, écarta les bras et fit un show spectaculaire en se déhanchant. Il empoigna le devant de sa chemise à deux mains et la déchira. Les boutons volèrent en l'air, provoquant de nouveaux cris d'excitation. Il retira sa chemise et la fit passer au-dessus de la tête, puis la jeta dans la foule.

Une des sœurs de Crow décrocha un rendez-vous avec Jon, ce qui incita plusieurs Dark Knights à lui adresser des regards menaçants. Dixie savait ce que ça faisait d'être la cible de ce type d'attention. Son estomac se noua encore plus. Elle jeta un coup d'œil à sa famille assise près de la scène, applaudissant lorsque

Biggs appela Quincy sur l'air de *You Sexy Thing*. Tous ses costauds de frères et leurs belles épouses l'encouragèrent alors qu'il se dirigeait avec calme et assurance vers le milieu de la scène, affichant son célèbre sourire en coin. Quincy ouvrit les bras, offrant aux femmes qui hurlaient un long aperçu de sa superbe personne avant de se retourner et de secouer ses fesses, suscitant encore plus de cris et d'applaudissements.

— Trois cents dollars ! scanda une personne depuis une table de jeunes femmes d'une vingtaine d'années. Elles se levèrent toutes, à l'exception d'une jolie brune portant des lunettes à monture noire qui semblait souhaiter être invisible.

— On dirait que mon garçon Quincy n'a pas besoin d'être présenté non plus. J'ai besoin du numéro de ta planchette d'enchères, ma belle, dit Biggs.

Les femmes se regardèrent nerveusement. L'une d'elles arracha la planchette à la jolie brune et l'agita.

— Trois cents ! cria-t-elle.

Dixie observa Penny, qui était assise à côté de Josie. Elles chuchotaient. Penny n'avait enchéri sur aucun d'entre eux, mais elle avait l'air de passer un bon moment.

— Ai-je entendu trois cent dix ?

La voix de Biggs retentit dans la pièce.

Quincy se mit à tournoyer dans une danse sexy en pointant la foule du doigt. Il remua ses doigts pour leur demander de se rapprocher et d'autres offres affluèrent, faisant monter les enchères jusqu'à mille dollars !

— Adjugé, à…

— Veronica Wescott ! hurlèrent en cœur le groupe de filles victorieuses. Deux d'entre elles tirèrent la brune à lunettes embarrassée sur ses pieds.

— Roni Wescott ! Roni Wescott est la gagnante ! scandèrent-elles.

Dixie était aussi nerveuse que Roni Wescott. Elle était *la suivante*. Elle avait les mains moites quand ses amies se retournèrent. Elle jeta un coup d'œil à Jace. Il la regardait, applaudissant en même temps que tous les autres lorsque Biggs annonça la gagnante.

— *Bien joué*, marmonna Jace en lui faisant un clin d'œil.

Oh mon Dieu, allait-elle vraiment monter sur cette scène et être vendue aux enchères ? Jace allait-il enchérir ? Et s'il ne le faisait pas ? Elle se détourna, se sentant mal à l'aise et regarda sa mère traverser la scène pour rejoindre son père.

Biggs embrassa Red.

— C'était une sacrée vente aux enchères ! Les applaudissements retentirent à nouveau et Biggs fit un mouvement de la main pour calmer le chaos. Avant de conclure et de faire la fête, ma magnifique *reine* aimerait dire quelques mots.

Il tendit le micro à Red, suscitant de nouveaux applaudissements.

— Je ne pouvais pas imaginer une vente aux enchères plus réussie que celle-ci. Nous apprécions énormément que la communauté se réunisse et soutienne les intérêts des femmes et des familles qui traversent des moments difficiles.

Red regarda Sarah chaleureusement et Bones l'embrassa sur la tempe. Elle déplaça son regard vers Josie, cachée sous le bras de Jed, puis son regard maternel se posa sur Tracey, qui rougit.

— Comme vous le savez peut-être, les Dark Knights ont fondé le Parkvale Women's Center et nos très chères Eva et Sunny Yeun, la meilleure équipe mère-fille qui existe, dirigent le programme.

Red fit un geste vers les Yeun, ce qui suscita une nouvelle salve d'applaudissements.

— Elles transforment et sauvent des vies au quotidien et des événements comme celui-ci leur permettent de poursuivre leur travail. Et cette soirée n'aurait pas été aussi réussie sans notre brillante et talentueuse fille, Dixie. Accueillons-la sur scène.

— Félicitations, Dixie ! crièrent plusieurs hommes oscillant entre hurlements et sifflets.

La jeune femme essaya d'ignorer les fourmillements dans son estomac alors qu'elle rejoignait ses parents. Heureusement qu'elle était habituée à marcher en talons aiguilles, sinon elle aurait probablement trébuché en raison de sa nervosité. Le regard discret de sa mère la rendait encore plus anxieuse.

Je peux le faire. Je peux le faire. Je peux le faire.

Son père tendit la main vers elle et sa barbe la chatouilla lorsqu'il embrassa sa joue.

— Je suis fier de toi, princesse.

Il utilisa cette expression avec tant de parcimonie qu'elle alla droit au cœur de Dixie. *Oh, mon Dieu ! Est-ce que je peux le faire ? S'il te plaît, ne me déteste pas, papa !*

Elle se tenait entre ses parents, regardant Jace par-dessus la foule et son pouls grimpa en flèche au sourire qu'il arborait.

— Dixie a non seulement pris les rênes de cet événement à bras le corps, lança fièrement Red, mais elle s'y est investie corps et âme, allant à la rencontre des particuliers et des entreprises, tout en gérant nos affaires familiales.

Dixie se força à rediriger son regard, mais tel un aimant et du fer, il revenait sans cesse vers Jace.

— Nous avons une grosse surprise pour vous ce soir, annonça Red.

— Ah bon ? demanda Biggs.

— Oui ! s'exclama Red.

Dixie prit une grande respiration.

Sa mère saisit sa main et l'enlaça tout en la conduisant sur le devant de la scène.

— Tous ceux qui ont assisté à ces ventes aux enchères au fil des ans savent que l'une des règles est que la famille organisatrice doit avoir un membre de sa famille en lice et puisque tous nos beaux garçons sont déjà pris...

Elle recula, fit signe à Dixie.

— Je vous présente notre charmante princesse.

La salle devint totalement silencieuse.

Le groupe entama “Dear Future Husband” de Meghan Trainor. Dixie lança un regard noir à ses amies et belles-sœurs, qui se mirent à rire.

Bullet éclata de rire.

— Bien trouvé, Red ! déclara-t-il.

Les rires résonnèrent parmi la foule, faisant bouillir la colère dans les veines de Dixie.

— Hey ! Dixie cria. C'est quoi *ce bordel*, les gars ? Vous n'avez pas entendu Red ? Je suis à vendre aux enchères. Que les enchères commencent !

Le visage de Bullet se ferma complètement.

— Il faudra me passer sur le corps.

Il se leva, lançant un regard noir à Bear et Bones, ce qui suffit à faire se lever tous les autres Dark Knight, bras croisés, leurs regards menaçants parcourant la foule qui murmurait et était pleine d'hésitation.

Bear et Bones échangèrent un regard mal à l'aise, mais ne se levèrent pas.

Dixie vit la peur sur le visage des femmes et la confusion sur celui de certains hommes, ce qui la rendit encore plus furieuse *et* embarrassée. Elle croisait et décroisait les bras. Les Dark Knights étaient dispersés dans la salle tels des gardiens indésirables, faisant fuir tous ceux qui auraient pu vouloir enchérir. Elle serra les dents, espérant que personne ne pourrait entendre son cœur qui battait à tout rompre dans ses oreilles comme une grosse caisse sous stéroïdes. Chaque seconde qui passait lui semblait interminable. Le creux de son estomac la brûlait tandis que Bones s'adossait à sa chaise, ne faisant aucun mouvement pour se lever. Crystal adressa quelques mots à Bear. Il lui fit un sourire, mit son bras autour d'elle mais resta assis en signe de soutien à Dixie.

Elle éprouva un minimum de soulagement, mais ce fut de courte durée lorsque Bullet s'avança, les yeux si furieux qu'ils semblaient sombres. Ses épaules étaient hautes et tendues, ses biceps se contractaient et ses doigts se recourbaient en poings, prêts à abattre quiconque se trouverait sur son chemin.

— *Dégage* de la scène, Dixie, ordonna Bullet, se plaçant devant la scène telle une barrière formidable entre les enchérisseurs potentiels et elle.

— *Non.*

Dixie redressa les épaules, refusant de se soumettre plus longtemps.

— Mon fils semble avoir oublié ses bonnes manières, lança Red sur un ton léger en descendant de la scène et en se plaçant à côté de Bullet.

— Commençons les enchères, voulez-vous ?

Dixie sentit la tension masquée dans la voix de sa mère. La pièce était plongée dans un silence troublant, à l'exception de la tension qui crépitait dans l'air.

Bullet croisa ses bras sur sa large poitrine, se tournant vers la foule, sa voix basse et menaçante.

— Quiconque enchérit aura affaire à moi.

Jon se leva.

— Allez, Bullet. Ne gâche pas la soirée. J'offre 500 dollars !

— *Assieds*-toi, Butterscotch, s'emporta Bullet.

Jon obéit docilement. Dixie leva les yeux au ciel. N'y avait-il plus de véritables hommes dans ce bas monde ?

Un gars blond à l'air dur de l'autre côté de la pièce s'avança et les espoirs de Dixie augmentèrent.

Bullet tourna la tête dans la direction du gars.

— Recule ou je te démonte, aboya-t-il.

La colère et l'embarras envahirent Dixie.

— C'est comme ça que ça va se passer ? Personne n'a assez de couilles pour tenir tête à mon frère ? Eh bien, si c'est comme ça, vous n'êtes pas assez virils pour…

— Trente mille dollars.

La voix profonde de Jace gronda dans la pièce.

Il y a eu un souffle collectif et un brouhaha de murmures choqués.

Le coeur de Dixie s'emballa encore plus fort alors que la foule se séparait et que Jace se dirigeait avec assurance vers l'avant de la salle, s'arrêtant à quelques centimètres de Bullet.

— Tu joues avec le feu, Stone, grogna Bullet.

— *Trente-cinq mille*, renchérit Jace avec autorité, en maintenant le regard de Bullet.

Son mépris total pour l'avertissement de Bullet engendra un rapprochement de ce dernier.

— Ne me cherche pas, Stone.

Les yeux de Jace se posèrent sur Dixie et un lent sourire s'étala sur son beau visage.

— Je te donne quarante mille et je ferai du bénévolat au refuge la prochaine fois que je serai en ville.

Des hoquets de surprise et des bruits de choc s'élevèrent de la foule.

Dixie respirait si fort qu'elle crut qu'elle allait s'évanouir. Elle n'avait jamais vu quelqu'un tenir tête à Bullet ou l'*ignorer* de cette façon. En plus, Jace offrait de son *temps*. Ses espoirs se dissipèrent. Peut-être qu'elle n'avait pas été malencontreusement amoureuse de lui pendant toutes ces années après tout. *Peut-être…*

Et puis cela la frappa.

Et ses espoirs furent réduits à néant.

Jace ne faisait pas une enchère pour avoir un rendez-vous. Il l'achetait pour qu'elle figure dans le calendrier.

La colère poussa Dixie à descendre les marches vers les deux géants en colère. Elle pointa Bullet du doigt.

— Recule. *Maintenant.* Elle se tourna rageusement vers Jace. Si tu penses que tu peux m'acheter pour faire cette séance photos, tu te *mets le doigt dans l'œil.*

— Hey, j'essaie juste de décrocher un rendez-vous, Dix, dit Jace. Toute femme assez forte pour monter sur cette scène mérite bien plus de 40 000 dollars.

Il le dit avec une telle véhémence que son cœur fit un bond.

— Quel *calendrier* ?

Bullet dévisagea Jace.

Jace la regardait toujours et pour la première fois, elle pensait qu'il la voyait *vraiment.*

— Il veut que je pose pour le calendrier des motos *Silver-Stone*, dit-elle un peu distraitement.

— Hors de question ! Tu ne vas pas te foutre à poil pour un de ces putains de calendriers.

Bullet montra les crocs et grogna.

— Je devrais te mettre en pièces, Stone.

— Vas-y.

Jace fit un clin d'œil à Dixie, complètement imperturbable,

ce qui était tellement sexy qu'elle a failli avoir le souffle coupé.

— *Les garçons…* dit Biggs en guise d'avertissement.

Bear et Bones se précipitèrent.

— Désolé, Jace, mais c'est ma petite sœur. Je ne veux vraiment pas qu'elle soit dans ce genre de calendriers, expliqua Bear.

— Désolé, Dix, ajouta Bones. Mais je suis de leur avis. Tu ne feras pas le calendrier.

Dixie en avait marre qu'on lui dise ce qu'elle devait faire et si elle devait sortir de ce moule de petite sœur, c'était maintenant ou jamais. Elle leva les bras, regardant ses frères avec incrédulité.

— Vous savez quoi ? Elle se tourna vers Jace. Compte sur moi. Je *fais* le calendrier.

BIGGS BOITILLA dans leur direction, une expression sévère sur le visage et les frères de Dixie vociférèrent avec colère. Mais Jace ne pouvait pas quitter Dixie des yeux.

— Et mon rendez-vous ?

Pour la première fois depuis aussi longtemps qu'il s'en souvienne, il *voulait* vraiment aller à un rendez-vous. *Un foutu rendez-vous.* Pas un simple rendez-vous, mais un rendez-vous galant. Ce désir le choqua au plus haut point. La foule se tut, comme si tous dans le bar retenaient leur souffle, à l'exception de Bullet, qui crachait du feu en marmonnant des menaces.

Red émit un petit son enthousiaste.

Les lèvres de Dixie se retroussèrent.

— Adjugé, pour un rendez-vous !

La salle explosa de *cris* et d'acclamations.

Comme un foutu adolescent, Jace leva le poing.

— Yes !

— Biggs, grogna Bullet quand son père apparut à ses côtés. Tu n'as rien à dire à propos de tout ça ?

Son père caressa sa barbe, les regardant tous fixement.

— Bon sang oui, j'ai quelque chose à dire.

Il regarda la foule, les Knights qui les avaient encerclés, montant la garde et fit un simple signe de tête sec.

On aurait dit que toute la salle relâchait son souffle alors que les hommes qui étaient prêts à donner leur vie pour la communauté relâchaient leurs positions protectrices et reculaient.

— Nous sommes vraiment désolés pour cette interruption, déclara Biggs à voix haute à la foule. Vous pouvez tous aller faire la fête. C'est une affaire de famille maintenant. Il n'y a plus rien à voir ici.

Il attendit que les gens se dirigent vers le buffet. Puis il se tourna vers Bullet.

— Merci d'avoir agi exactement comme que je t'ai appris, ajouta-t-il. Son regard se déplaça entre ses trois fils. Les garçons, vous me rendez fier chaque jour qui passe et cela a toujours été le cas.

Bullet bomba la poitrine et lança un regard méprisant à Jace, du style « *Prends ça dans tes dents* ».

Les yeux vifs de Biggs trouvèrent Dixie et Jace s'approcha d'elle, se choquant lui-même et apparemment sa famille, car ils le regardaient tous curieusement. Il ne recula pas. Biggs soutint son regard un peu plus longtemps avant de reporter son attention sur sa fille. Dixie se déplaça sur ses hauts talons, ses beaux yeux verts naviguant nerveusement vers ceux de Red. Son signe de tête en guise de soutien était presque imperceptible. Si Jace ne l'avait pas attendu, il l'aurait manqué. Les lèvres de

Dixie affichèrent un petit sourire de confiance et elle affronta le regard ferme de son père.

— Princesse, je t'ai élevée pour que tu sois forte, que tu dises ce que tu penses et que tu sois aussi courageuse que tes frères, dit Biggs d'un ton sérieux. Je m'attendais à ce que tu te rebelles un jour. *Ou peut-être que revendiquer ta vie* est une meilleure façon de le dire. Bien que, je dois l'admettre, je ne m'attendais pas à ce que ta mère soit dans le coup.

Il jeta un coup d'œil à Red.

— Toi et moi allons avoir une petite discussion plus tard.

— J'ai hâte d'y être, répondit Red avec insolence.

Biggs jeta un coup d'œil par-dessus l'épaule de Bullet aux belles-sœurs et aux amies de Dixie, serrées les unes contre les autres et les observant attentivement. Les filles s'immobilisèrent comme des biches prises dans les phares. Dès que Biggs observa Red et Dixie, les filles se rassemblèrent à nouveau, chuchotant derrière leurs mains.

— On dirait que vous avez monté votre propre club, affirma Biggs. Chaque club a besoin d'un leader puissant et d'un second sérieux. Bien joué, mesdames. Bien joué.

Le soulagement se répandit sur le visage de Dixie et elle jeta ses bras autour de Biggs.

— Merci, papa. Je ne voulais pas te manquer de respect. J'ai juste… Ça a commencé comme une blague, mais ensuite ce n'était plus…

— Tu te fous de moi ? grommela Bullet, en regardant Jace d'un air renfrogné.

— Qu'est-ce que tu crois que je vais faire, Whiskey ? Crache le morceau, le défia Jace.

— *Les garçons.* On peut se calmer ?

— Je ne veux pas te manquer de respect, Red, mais

j'aimerais connaître la version de Bullet.

Bullet serra les dents, ses mains s'agitèrent lorsque sa femme, Finlay, une jolie petite blonde, vint à ses côtés. Elle déplia ses doigts et glissa sa main dans la sienne avec un doux sourire. La tension dans la mâchoire de Bullet se relâcha.

— Vous êtes bientôt prêts à manger ?

— Bientôt, mon cœur. Bullet leva un regard froid vers Jace. Tu fous ma sœur dans un calendrier dans lequel elle n'a rien à faire.

— C'est à *moi* de prendre cette décision, rétorqua Dixie.

Bullet ouvrit la bouche pour ajouter quelque chose, mais Finlay lui tapota le ventre.

— Elle a raison.

— Bullet, tu es un homme admirable et un bon frère, déclara Red. Mais vous, mes garçons, vous avez eu chacun votre heure de gloire. Maintenant, c'est au tour de Dixie. Tu lui as appris à être la farouche lionne qu'elle est. Je sais que lâcher prise est difficile, j'ai déjà dû le faire plusieurs fois, mais tu dois lâcher prise ou tu vas la faire fuir. Elle tendit une carte à Jace. Félicitations pour ton rendez-vous.

— Merci.

Jace mit la carte dans sa poche.

— Bullet, que dirais-tu de t'asseoir avec moi et je te montrerais ce que j'ai en tête pour le calendrier ? J'ai trois sœurs. Je sais les limites qu'il ne faut pas franchir. Et Dixie ne va pas se contenter de prendre la pose. Elle va *représenter Silver-Stone*, ce qui, dans le monde des affaires, équivaut à faire de Red la *Reine* de Biggs.

— Red n'est pas sur un calendrier, asséna Bullet sèchement.

— Tu as raison. Mais tu réalises que Dixie est magnifique et que les hommes la regardent tout le temps. Maintenant elle aura une boîte derrière elle, une équipe juridique, un service de relations publiques. Et *je* serai là pour exiger qu'on la respecte.

— Que vas-tu *exiger* d'autre, Stone ? lança Bullet comme un défi.

Il sentit que Dixie retenait son souffle.

— Rien du tout. *Jamais.*

Bullet plissa les yeux.

— Avec un investissement de 40 000 dollars, je ne suis pas certain de te croire.

— C'est un don à une œuvre de charité, Bullet, je ne fais pas dans le proxénétisme.

Bear gloussa.

— Je ne suis pas enthousiasmé par ce calendrier, mais vous pouvez en discuter tous les deux. Je veux passer du temps avec ma femme. Il tendit la main à Jace qui la serra. Merci pour le don. Le centre d'hébergement en a besoin.

— Je vous fais confiance pour rester civilisés, dit Biggs en prenant la main de Red. Si vous voulez bien m'excuser, ma femme et moi allons avoir une petite discussion.

Red tapota la joue de Bullet.

— Souviens-toi de ce que j'ai dit, mon chéri.

— Il le fera, promit Finlay.

Red fit un clin d'œil à Jace, envoya un baiser à Dixie.

— Bones, peut-être aimerais-tu passer un peu de temps avec Sarah, toi aussi ?

Bones jeta un coup d'œil à Bullet.

— T'es calmé ? La plupart des gens ici étaient prêts à se pisser dessus quand tu as perdu la tête.

Bullet acquiesça.

— Bien, dit Bones. Jace, j'aimerais voir ce que tu as prévu pour le calendrier quand tu auras le temps. Quand et où se déroule le shooting ?

— Lundi et mardi à New York. Nous partirons dimanche et serons de retour mercredi. Je te récupère après avoir réglé mon enchère à Chicki.

— Oh, zut. Dixie parcourut la pièce du regard. Si j'y vais, je dois demander à Tracey de me remplacer comme serveuse et à Quincy de s'occuper du garage pendant mon absence.

— Félicitations pour avoir remporté un rendez-vous avec Dixie, dit Finlay.

Elle se mit sur la pointe des pieds, tirant Bullet pour pouvoir lui glisser quelque chose à l'oreille.

Bullet montra son accord.

— Stone, tiens-moi au courant quand tu parleras avec Bones.

— Compte sur moi.

Quand ils partirent, Dixie laissa échapper un souffle intense et exaspéré.

— Oh mon Dieu ! Quel cauchemar !

Jace se rapprocha.

— Je suis content que tu aies changé d'avis.

— Tu devrais remercier mes frères.

Elle le dit si brusquement, que cela froissa Jace.

— Ce n'était pas mon intention de parler de la séance photos ce soir. Je suis venu soutenir tes efforts pour la vente aux enchères, que tu as magnifiquement réussie, soit dit en passant.

— Merci, mais c'est bon. Je sais que tu manques de temps pour trouver un mannequin.

— Je suis sérieux, Dixie. Je ne suis pas venu ici pour te mettre la pression. Je suis là pour changer la donne. Pour donner de mon temps, pas de mon argent. Je ne savais pas que tu allais être vendue aux enchères et je suis heureux d'avoir remporté la mise, mais je ne veux pas que tu fasses la séance parce que tu t'es senti acculée ou juste pour embêter tes frères.

Un sourire narquois se dessina sur ses lèvres.

— Tu n'as eu aucun problème à me pousser dans mes retranchements ces deux derniers jours.

— Tu as raison et je réalise que peu importe à quel point je veux que tu sois l'égérie de ma société, ta participation à ce calendrier t'apportera une exposition internationale et cela représentera beaucoup de pression. Ça pourrait bouleverser ta vie d'une façon que je ne soupçonnais pas. Une séance de photos comme celle-ci conduira probablement à des pubs à la télé, dans des magazines, sur des panneaux d'affichage…

— *Quoi* ? Je pensais que c'était un truc *unique*.

Il frotta une main sur sa barbe, grimaçant devant sa propre impulsivité. Shea pensait qu'il s'était donné beaucoup de mal pour trouver quelqu'un à la hauteur de Dixie. Une fois que celle-ci apparaîtrait dans le calendrier, une fois qu'elle serait vraiment devenue le visage de *Silver-Stone*, personne d'autre ne serait jamais assez bien pour prendre sa place. Ce n'était pas juste de mettre Dixie dans cette position sans qu'elle sache ce qui l'attendait.

— Je sais. C'est ma faute. Je t'avais en tête pour *Silver-Stone* depuis si longtemps que j'étais emballé par la possibilité que tu acceptes de faire le calendrier et je n'ai pas vu plus loin. Sérieusement, je veux que tu y réfléchisses. Je ne veux pas que tu te sentes sous pression.

Elle étudia son visage avec curiosité.

— Pourquoi as-tu enchéri sur moi si ce n'est pour me convaincre d'accepter de faire le calendrier ?

— Je ne suis pas totalement sûr. Je t'ai vue sur scène et c'est arrivé comme ça. Je n'ai pas aimé la manière dont les choses se sont déroulées. Je détestais la colère et l'embarras que je voyais dans tes yeux. *« Et je déteste l'idée qu'un autre homme puisse poser ses mains sur toi ».* Il garda cette pensée pour lui, car il ne comprenait pas pourquoi il la ressentait si viscéralement.

Elle croisa les bras.

— Alors, tu t'es jeté à mon *secours* ?

Il combla la distance entre eux.

— Non. Tu n'as pas besoin d'être sauvée. J'ai égoïstement profité d'une opportunité et si ça fait de moi un con, alors ok. Je pense que nous nous rendons compte tous les deux qu'il est temps que nous apprenions à mieux nous connaître.

Elle respirait difficilement et bon sang, il n'aimait pas ce petit détail. Il mit une main sur sa hanche quand il la sentit se balancer en avant.

— Je vais te le dire. Et si on profitait de la soirée pour danser ensemble ? Nous remettrons ta réponse à demain, d'accord ?

— A propos du rencard ?

— Non, chaton. Tu es à moi pour une nuit. Le marché est conclu, dit-il en l'entraînant au milieu de la piste.

— Je parlais du calendrier.

Il l'attira dans ses bras.

— Si tu m'appelles encore chaton, je sors les griffes.

— Maintenant tu me nargues avec de vilaines promesses ?

— Jace ! Dixie !

Jillian se précipita vers eux telle une personne en mission. Elle se colla à eux, un bras autour de Dixie, un bras autour de Jace.

— Je vous interromps avant que vous ne commenciez à vous envoyer en l'air sur la piste de danse.

Bon sang.

— On ne va *pas* coucher ensemble, répliqua Dixie avec une

pointe de mordant.

Jillian secoua vivement la tête.

— *Hum, hum*, répliqua-t-elle avec sarcasme. Dixie, c'était toi la *bombasse* là-bas ! Tu t'es montrée à la hauteur des Whiskey, en prenant les choses en main et en te libérant, en faisant fi de tous les autres ! Tu es une inspiration pour toutes les filles célibataires qui ont des frères autoritaires.

Elle tapota le flanc de Jace.

— Et, Jace ! Je me demandais ce que signifiait cette offre, mais – elle sifflota – maintenant je comprends. Les étincelles crépitent tout autour de vous. La pauvre Finlay fait tout ce qu'elle peut pour distraire Bullet. Il est là-bas en train de se faire un sang d'encre près du bar.

— Ok, Jilly. *Ça suffit.* Jace ne put s'empêcher d'être acerbe dans son ton. Je pensais t'avoir demandé de ne pas enchérir sur Jared.

Jillian leva les yeux au ciel.

— Et qu'est-ce qui t'a donné l'impression que j'allais t'écouter ? Une fois qu'Izzy a commencé à enchérir, je me suis emportée et je voulais absolument gagner. En parlant de Jared, il est avec Nick et Jax, qui, j'en suis sûre, établissent les règles de base en ce moment même. Elle baissa la voix. J'ai l'intention de toutes les enfreindre.

— *Jilly*, l'avertit Jace.

— Tu n'es même pas mon frère, alors calme-toi. Un jour, tous les hommes du monde réaliseront que nous, les femmes, nous pouvons nous forger notre propre opinion et alors, qu'auras-tu à craindre ? Jillian sourit. Je te laisse retourner à ta danse sexy et endiablée. Je voulais juste te féliciter et, Dixie, Jace était tellement convaincu que tu accepterais d'être l'égérie de *Silver-Stone* qu'il m'a volé ma photo ! J'ai déjà modifié les vêtements pour le shooting pour qu'ils t'aillent. C'est une bonne chose que ce soit moi qui aie créé cette robe pour toi, Dixie, ou je n'aurais pas eu tes mensurations. Jace, tu peux les récupérer demain. Bonne chance pour le shooting.

Elle détala en sautillant et le regard de Dixie devint froid.

— Comment ça, elle a modifié les vêtements pour qu'ils m'aillent ?

— J'ai supposé que tu accepterais et j'ai eu peur qu'elle n'ait pas le temps de faire les retouches si je ne la faisais pas commencer de suite.

Dixie fit un pas en arrière, la colère et la douleur se mêlant dans son regard.

— Alors c'étaient quoi toutes ces conneries sur le fait de ne pas vouloir parler de la séance photos ce soir ?

— Je ne comptais pas en parler. C'est *toi* qui a mis le sujet sur le tapis. Je couvrais juste mes arrières, Dix. J'avais prévu de t'en parler demain et j'espérais pouvoir te convaincre de faire le calendrier.

— C'était un coup plus que tordu.

Elle se retourna et partit en trombe.

Jace attrapa sa main, l'attirant de nouveau dans ses bras et la tint serrée malgré la fumée qui lui sortait des oreilles.

— Ces griffes-là sont tentantes et je n'arrête pas d'en entendre parler.

— Arrête tes conneries, Jace. Tu n'as fait que me mentir, s'emporta-t-elle.

— Je ne te mens pas, Dixie.

Sa mâchoire se contracta à nouveau.

— J'ai un grand respect pour toi et le mensonge nuirait à cela. Je ne serais pas ici avec toi si ce n'était pas le cas.

Elle le regarda fixement, les yeux étroits, les lèvres pincées.

— Alors peut-être que tu couvres tes arrières maintenant parce que tu as peur de ce que Bullet pourrait faire s'il découvrait que tu t'es servi de moi.

Il se marra.

— Bullet se battrait comme un fou et il le ferait probablement jusque mort s'en suive pour préserver ton honneur.

Il abaissa sa bouche près de son oreille.

— Mais je le ferais moi aussi et je ne perds pas. Jamais.

En reculant, il vit la surprise et quelque chose de plus sombre frémir dans ses yeux et il aimait ça.

— Je t'ai dit la vérité. Je protégeais mes arrières avec Jilly et oui, je pensais que tu finirais par changer d'avis. Ça ne fait pas de moi un con. Ça fait de moi un homme d'affaires sûr de lui et intelligent.

— Ça fait aussi de toi un connard.

— On m'a déjà traité de pire. L'essentiel c'est de ne pas me donner de réponse ce soir. La balle est dans ton camp. Veux-tu laisser tomber ? Pour le calendrier ? précisa-t-il. Dans tous les cas, tu m'appartiens toujours le temps d'un rencard.

Elle soutint son regard avec des éclairs dans les yeux.

— Non. Ça me donne encore plus envie de le faire. Elle passa ses bras autour de son cou. Danse avec moi avant que je ne change d'avis.

Dieu merci.

— Tu vois, c'est pas difficile, Dix.

— Et si je refuse demain ? le défia-t-elle.

— Alors je serai dans la merde. Non seulement je manquerais de temps, mais le fait d'être si près du but, d'avoir mon choix numéro un pour être l'égérie de ma société a solidifié dans mon esprit combien tout cela était la chose à faire. Personne d'autre ne fera l'affaire.

Ils dansèrent sans dire un mot et quelques minutes plus tard, il sentit la tension se relâcher dans le corps de Dixie. Il fit glisser sa main dans son dos, entremêlant ses doigts dans la pointe de ses cheveux. Il mourait d'envie de toucher sa magnifique tignasse depuis tant d'années. Elle inspira brusquement, lui envoyant une bouffée de pure satisfaction et il ne put s'empêcher d'enfoncer ses doigts dans les mèches soyeuses.

— Je sens que tu vas me causer des ennuis, Stone, dit-elle à bout de souffle.

— De la meilleure façon qui soit.

CHAPITRE 5

DIXIE ARRIVA à *Whiskey Automobile*, une heure plus tôt le samedi matin et fut surprise de voir les véhicules de ses trois frères garés devant. Il n'était pas inhabituel pour ses frères de se réunir sans elle. D'aussi loin qu'elle se souvienne, ils organisaient ce qu'elle appelait des « fêtes des pénis », c'est-à-dire des discussions entre hommes. Lorsqu'ils étaient plus jeunes, ils parlaient de filles ou de motos, mais aujourd'hui, ils discutaient généralement des affaires du club. Dans la plus pure tradition des clubs de bikers, les femmes n'étaient pas autorisées à devenir membres des Dark Knights. Cela l'ennuyait au plus haut point, mais il y avait certaines batailles qu'elle ne pouvait pas remporter et les règlements du club étaient en haut de la liste.

Son bureau était à l'arrière du garage et elle espérait qu'ils ne l'utilisaient pas. Elle voulait mettre les choses en ordre avant de rencontrer Quincy pour qu'il prenne sa place pendant son absence.

Elle fit glisser son sac à dos en cuir noir sur une épaule, attrapa son casque et se dirigea à l'intérieur. Bullet se tenait debout, le dos contre le comptoir. Il releva le menton en guise de salut. Il l'avait ignorée depuis qu'elle avait dit qu'elle ferait le shooting du calendrier.

— Hé, Dix, lança Bones depuis son perchoir sur le canapé.

Il était élégant dans un pantalon sombre, une chemise blanche impeccable et une cravate rayée.

— Salut.

Elle ferma la porte derrière elle.

Bear franchit la porte de la boutique.

— Je me doutais que tu serais en avance aujourd'hui.

— Ne t'inquiète pas, dit-elle en passant devant lui. Je ne vais pas te gêner. J'ai des choses à faire.

— Attends. Nous sommes ici pour te parler, lança Bear.

Dixie prit un moment avant de se tourner vers eux. Elle les avait vus parler avec Jace pendant plus d'une heure hier soir et elle n'était pas d'humeur à se faire engueuler au sujet du calendrier. Elle était déjà assez nerveuse à l'idée de le faire et à cause des étincelles qui crépitaient entre Jace et elle. Elle était restée debout la moitié de la nuit à essayer de comprendre si elle faisait une erreur. Le fait de poser pour un calendrier allait à l'encontre de toutes ses idées féministes, mais tout chez Jace la touchait au plus profond d'elle-même. Aucun homme ne lui avait jamais fait ressentir ce que lui déclenchait chez elle et elle savait combien le calendrier était primordial pour lui. Plus important encore, elle savait que son entreprise était une extension de lui. Bear ne tarissait pas d'éloges sur Jace et Maddox et sur leur volonté d'excellence dans tous les aspects de leur entreprise. Elle respectait les exigences élevées de Jace parce qu'elles étaient équivalentes aux siennes et c'était difficile à trouver. Elle avait pris à la légère le fait que Jace la comparait à ses motos, mais la vérité était qu'elle savait ce que cela signifiait d'être associée à une marque que Jace avait consacré sa vie à construire. Et elle savait que sa comparaison était la plus belle des éloges, même si ce n'était pas de façon romantique.

Ce serait un honneur d'être l'égérie de *Silver-Stone* et elle comprenait aussi ses frères, parce qu'elle n'était toujours pas sûre de vouloir être la personne sur laquelle les hommes bavent. Mais c'était à elle de prendre cette décision, pas à eux.

— Si vous voulez m'emmerder avec le calendrier, gardez vos conneries pour vous, dit-elle en se tournant vers eux.

— Ce n'est pas ça, ajouta Bear.

Bones se leva et Bullet détourna les yeux, lui indiquant exactement qui était et n'était pas dans le coup. En dehors des rencards, elle pouvait compter sur les doigts d'une seule main le nombre de fois, depuis qu'elle était devenue une adulte, où ses frères n'avaient pas soutenu ses décisions. Avoir Bullet dans le camp opposé rendait sa décision encore plus difficile. Mais personne n'a jamais dit que de se libérer des mains surprotectrices de ses frères serait facile. Elle était prête à faire face à tout ce qu'ils lui feraient subir.

— Je vais laisser s'exprimer tout le monde, déclara Bear, mais je voulais dire que je suis désolé d'avoir bondi sur Jace et toi, hier soir, à propos du calendrier. Tu as toujours assuré mes arrières, Dix et j'aurais dû assurer les tiens. J'étais d'accord pour que tu sois mise aux enchères…

Bullet se racla la gorge et se décolla du comptoir, en croisant les bras.

Bear lui lança un regard désapprobateur.

— Mais le calendrier m'a pris par surprise. Je connais la qualité et la classe de *Silver-Stone* et je soutiens ta décision de figurer dans le calendrier.

— Merci. Je t'en remercie.

Elle poussa un soupir de soulagement.

Bear était toujours le premier à la défendre. Quand leur grand-père leur avait légué le bar, bien qu'il ait donné à chacun une part égale dans les affaires, il avait été très clair sur le fait que seuls les *hommes* devaient le diriger. Dixie avait toujours voulu diriger et faire prospérer l'entreprise familiale. Sur le papier, elle était une associée à part entière, *mais* lorsqu'il s'agissait de pouvoir prendre les décisions finales concernant le développement de l'entreprise, elle était bloquée parce qu'elle ne faisait pas partie du club de ceux qui ont un pénis. L'année d'avant, lorsque Bear avait décidé de suivre son cœur et d'accepter le poste à *Silver-Stone*, il avait soutenu Dixie en lui proposant de lui vendre ses parts, ce qui lui aurait donné la majorité des voix. Bones et Bullet avaient fait de même. Ce n'est qu'à ce moment-là qu'ils avaient appris que leur père avait voulu autre chose pour Dixie. Il aurait préféré qu'elle ne travaille pas dans un bar et un garage. Il s'était accroché à l'idée de suivre les souhaits de leur grand-père, espérant que cela pousserait Dixie à faire de meilleures et de plus grandes choses dans sa vie. Une fois que ses frères s'étaient unis, son père céda, acceptant que la gestion des commerces qui appartenaient à leur famille depuis des générations était ce qui lui plaisait le plus. Elle était maintenant incluse dans toutes les décisions importantes pour les deux affaires.

Elle jeta un coup d'œil à Bullet, se demandant ce que serait la vie sans ce front uni, mais elle ne put déchiffrer son expression sérieuse.

Bones avança comme s'il allait intervenir.

— Nous avons parlé à Jace pendant un long moment la nuit dernière. Il nous a exposé sa vision du calendrier et décrit la ligne de vêtements que Jilly et lui ont conçue. Tout cela semble très classe. Ce n'est pas étonnant qu'il ait voulu que ce soit toi qui représentes *Silver-Stone*. Mais après être rentré chez moi hier soir, j'ai passé un long moment à parler à Sarah de toute cette situation. Elle m'a demandé ce que je ferais si Lila ou Maggie

Rose voulaient elles aussi poser pour un calendrier comme celui-ci quand elles seraient plus grandes.

Ses lèvres se relevèrent en un sourire perplexe. Lila n'avait qu'un an et demi et Maggie Rose n'avait que trois mois.

— Ma première réaction a été la même que celle de Bullet la nuit dernière. *Il faudrait me passer sur le corps.* Mais ensuite Sarah m'a demandé ce que je ferais si Bradley grandissait et voulait poser pour un calendrier. Je me suis retrouvé à dire exactement ce que tu avais imaginé et ça ne m'a pas plu.

— Pas étonnant, répondit-elle. Mais je comprends. Je ne suis pas sûre non plus de vouloir de tes filles sur un calendrier.

Elle n'était même pas sûre de vouloir être sur ce calendrier.

— Sarah m'a dit que si je me mettais en travers du chemin de nos filles quand elles auront ton âge, je les perdrais et je pense qu'elle a raison. Je ne veux pas te perdre, Dix. Donc voilà. Mais il y a aussi quelque chose de beaucoup plus important en jeu ici, quelque chose d'autre que j'ai manqué. Tout le monde dit que Bear a consacré une grande partie de sa vie à nos entreprises et c'est vrai. S'il n'avait pas été là, nous n'aurions peut-être pas pu garder le bar quand papa a eu son AVC, ou le garage après la mort d'Axel. Mais il y a une autre réalité qui est tout aussi importante. Tu as tout donné pour nos affaires familiales et ça ne date pas d'hier, déjà quand papa avait fini par accepter de te laisser une place à part entière dans nos entreprises, ce qui aurait dû être le cas depuis le début. Bear était peut-être le pilier de cet endroit et du bar quand tu étais adolescente, mais tu l'as soutenu, en l'aidant quand tu le pouvais pendant tes études... Et quand tu as obtenu ton diplôme après la fac, tu aurais pu faire n'importe quoi, Dix. Nous le savons tous. Tu es la plus brillante de nous tous.

Sa gorge se serra d'émotion. Cela signifiait beaucoup venant de la part de l'homme qu'*elle* croyait être le plus intelligent de tous.

— Tu as choisi de rester dans le coin et tu as aidé nos entreprises à atteindre de nouveaux sommets. Tu *mérites* de faire ce qui te rend heureuse et à vrai dire, que ça nous plaise ou non n'a pas d'importance.

Bones s'avança et la serra dans ses bras.

— Je dois aller au bureau, mais félicitations. Maman a raison. C'est à ton tour de briller.

Elle inspira profondément, submergée par l'émotion.

— Merci. Il faudra que je pense à appeler Sarah pour la remercier aussi.

Bones se dirigea vers la porte.

— Ne t'inquiète pas. Je l'ai remerciée *très chaleureusement.*

— Beurk ! Ce n'est pas quelque chose que je veux imaginer, brailla-t-elle alors qu'il partait.

Bear gloussa.

— Je vais travailler. Bullet, tu vas être courtois ?

— Dégage, mon frère, grogna Bullet. Il attendit que Bear sorte. Tu sais qu'ils détestent autant que moi l'idée de te voir dans un calendrier.

— Ce n'est pas grave. Ils me soutiennent toujours et c'est ce qui compte.

— Je n'aime pas ces conneries, Dix et je n'aime pas non plus que Jace paie pour un rendez-vous avec toi.

— Et pourquoi pas ?

Elle croisa les bras, ayant besoin de se blinder.

— Tu lui as toujours fait confiance. C'est ton *ami.* Vous avez traîné ensemble, fait de la moto ensemble et vous vous êtes toujours soutenus l'un l'autre.

— Ouais, quand il ne te courait pas après.

Dixie n'avait menti à ses frères que sur une seule chose : les rendez-vous. Elle n'aimait pas mentir, mais c'était plus facile que de faire face à ce type de surveillance, c'est pourquoi elle allait mentir à présent.

— Il ne me court pas après, Bullet. Je suis presque sûre que malgré ce qu'il a dit, il n'a enchéri sur moi que parce que c'était une occasion de me demander de faire le calendrier.

Bullet se moqua.

— Si tu crois ça, alors je ne t'ai rien appris du tout.

Il adopta la même position qu'elle, gonflant sa poitrine et croisant ses bras, lui faisant sentir leur différence de taille. Avant de s'engager dans l'armée, Bullet avait été celui qui lui avait montré à quel point elle était forte. Il lui avait appris à s'endurcir et lui avait tout montré, de la façon de se tenir pour ne pas laisser paraître sa peur jusqu'à celle de se battre. Ces leçons lui avaient bien servi et elle s'en inspirait maintenant en ne reculant pas.

— Tu peux arrêter d'être mon frère surprotecteur juste une seconde, s'il te plaît ? J'ai trente et un ans, Bullet. Je suis une femme adulte. Je t'ai toujours respecté et soutenu tes choix. Ce serait génial si tu pouvais faire la même chose pour moi.

— Et si un connard voit ce calendrier et jette son dévolu sur toi ? Et si tu te retrouvais avec un taré qui te harcèle ?

Une colère sourde émanait de lui.

— Si je fais ce calendrier, des milliers d'abrutis vont me voir, répondit-elle. Mais tu m'as appris à me débrouiller, tu te souviens ?

Il la railla.

— Tu es forte, Dixie, mais tu n'es pas de taille à affronter un homme de la taille de Bear et encore moins de la mienne. Et si tu étais en voyage à Cape Cod, ou occupée avec ton putain de club de lecture et que tu allais Dieu sait où pour une conférence et qu'un type te tombait dessus ?

Elle réalisa que Bullet n'essayait *pas* de contrôler ce qu'elle faisait. *Il* avait peur de ne pas pouvoir la protéger. Elle fut momentanément stupéfaite alors qu'elle essayait d'imaginer que Bullet puisse avoir peur de *quelque chose*. Il avait passé des années dans les Forces Spéciales et il avait failli mourir.

Mais il n'en avait parlé à aucun d'entre eux, sauf à Bones, à qui il avait fait jurer le secret, alors qu'il était allongé sur le lit d'hôpital et que sa vie ne tenait qu'à un fil, parce qu'il les avait déjà protégés. Pourquoi ne s'en était-elle pas rendu compte avant ?

— Alors je vais trouver une solution, dit-elle. Je veux vivre ma vie, Bullet et si cela signifie que je veux poser pour un calendrier, sortir avec Jace Stone, ou sortir avec n'importe quel autre homme, ce sont *mes propres* décisions. Pas les tiennes. Tu peux détester mes décisions mais me soutenir quand même.

Le visage de Bullet se déforma de confusion.

— Non, je ne peux pas.

— Bien sûr que tu peux. Tu crois que j'ai aimé ça quand tu t'es engagé dans l'armée, sachant que tu pouvais mourir ? Ne pas te voir pendant des mois ?

— C'était différent.

— Ah bon ? Parce que de mon point de vue, ça y ressemble beaucoup. J'ai pleuré quand tu es parti. Tu le savais ?

— Non, Dix. Tu m'as dit d'aller botter des culs et que tu allais fouiller dans mes affaires.

Elle sourit à ce souvenir.

— J'ai fait les deux. J'ai encore les sweat-shirts et les t-shirts que j'ai volés dans tes tiroirs. Elle abaissa les bras. Tu sais pourquoi je les ai pris ? Parce que tu m'as manqué, Bullet. Tu as pris une décision pour toi-même et je n'avais aucun contrôle, mais je n'ai pas essayé de me mettre en travers de ton chemin ou de te faire sentir coupable.

— Je comprends ce que tu dis, Dix et je suis désolé. Mais peu importe ce que tu diras, je ne vais pas accepter que tu sois sur un calendrier de bikers, même si c'est très classe. A la décharge de Jace, il a donné l'impression que ça allait être un calendrier sympa.

— Je peux accepter que tu ne sois pas d'accord avec ça, avoua-t-elle, même si ça fait mal. Mais ne peux-tu pas trouver dans ton cœur la force d'être bouleversé par ça sans me traiter comme un ennemi ?

— Tu ne seras jamais une ennemie. C'est juste que je n'aime pas ça.

— Eh bien, tu avais l'air de vouloir me tuer quand tu as compris que j'allais être mise aux enchères et tu étais définitivement prête à démolir Jace quand il a enchéri sur moi. Il ne méritait pas ça.

Bullet gardait les bras toujours croisés.

— Je ne te ferai jamais de mal, mais Stone, c'est une autre histoire. Il n'avait pas à te demander de faire ce calendrier en premier lieu.

— Je pourrais argumenter pendant des heures et des heures, mais je ne le ferai pas. Elle tendit la main et tira sa barbe. Je t'aime, Bullet et je suis heureuse que tu t'inquiètes pour moi. Je sais que ça ne changera pas. Nous allons tous les deux devoir trouver un moyen d'aller de l'avant, parce que sortir dans d'autres villes pour éviter le regard que tu me jettes en ce moment, c'est fini.

— Dieu merci. J'en ai marre d'envoyer des gars pour surveiller les losers que Jilly t'envoie.

Sa mâchoire se décrocha.

— Tu savais… ?

— Tu es ma sœur. Quelqu'un doit bien faire attention à toi.

— Tu es incroyable.

Elle aurait dû comprendre qu'il lui ferait un coup comme ça car il semblait toujours savoir ce que chacun d'entre eux faisait.

— Encore heureux que je t'aime, parce que je te déteste un peu en ce moment.

Il glissa un bras autour de son cou et la serra dans ses bras.

— Tu peux me détester tout en soutenant mes décisions.

— Crétin, dit-elle contre sa poitrine.

— Ouais, c'est moi, dit Bullet quand Quincy franchit la porte du magasin. Je t'aime, Dix, mais je n'achèterai pas un de ces foutus calendriers.

— Eh bien, moi si, tu peux en être sûre ! Quincy posa ses mains sur ses hanches, ses yeux bleus brillant de façon diabolique. Tout le monde parlait de toi hier soir, Dix, en disant combien tu avais eu le courage de tenir tête à tes frères et de faire la vente aux enchères. Ils étaient fiers de toi pour avoir accepté de faire le calendrier. Félicitations, au fait. Un évènement super cool. Bien sûr, l'épreuve de force entre Bullet et Jace était aussi un sujet brûlant.

La colère monta à nouveau dans le regard de son frère.

— Va faire un tour avant de travailler pour que tu ne tues personne. Dixie embrassa la joue de Bullet. Nous sommes dans le même camp, tu te souviens ?

— Exact.

Il hocha la tête vers Quincy.

— Tu es sûr que ça ne te dérange pas de prendre la relève ici pendant qu'elle sera à New York mais aussi quand elle ira au Cap ?

— Absolument. J'ai déjà adapté mon emploi du temps à la librairie. Il fit un sourire. Ça me laissera plus de temps pour faire mes devoirs sans avoir toutes ces femmes pour me distraire.

Bullet ricana. Quincy et lui parlèrent quelques minutes avant que Bullet ne parte, puis Quincy et Dixie se dirigèrent vers son bureau. Truman et Bear discutaient à côté d'une voiture dont le capot était relevé.

— Hey, Tru, dit Dixie quand ils passèrent devant. J'ai commandé la pièce pour le camion des Finnegans. Elle devrait être là lundi.

— Cool, réplique Truman. Salut, Quincy.

— Bonjour, frérot, lança Quincy et il suivit Dixie dans son bureau. Alors, Dix, qu'est-ce que tu vas faire de ton temps libre sans la vente aux enchères à planifier ?

— Je ne suis jamais à court de travail, répondit Dixie alors qu'ils s'installaient sur leurs chaises.

Elle mourait d'envie de lui demander pourquoi Penny n'avait pas fait d'offres sur lui, mais même si elle voulait être indiscrète, elle craignait que ce soit un point sensible.

— La fille qui t'a remporté hier soir était vraiment mignonne, finit-elle par dire.

— Roni ? Ouais, elle est magnifique et super gentille, mais *vraiment* timide, ou prudente ou un *truc dans le genre*. Elle a raconté que ses amies l'avaient traînée à la vente aux enchères et avaient tout payé. Elle ne voulait même pas y aller.

— Ça veut dire que tu ne sortiras pas avec elle ?

Dixie sortit un carnet de notes de son sac à dos et le posa sur le bureau.

— Tu plaisantes ? Ça l'a rendue encore *plus* intrigante. N'as-tu pas compris que j'aime la chasse ? Roni a dit qu'elle était occupée pour les semaines à venir, mais ses amies m'ont pris à part et m'ont dit qu'elle n'avait pas été à un rendez-vous depuis très longtemps et qu'elle était juste nerveuse. Il se rassit. Je suis un sacré bonhomme pour n'importe quelle femme. Elle s'en remettra.

Dixie ricana tout en allumant son ordinateur et décida de s'aventurer en eaux troubles.

— Et Penny alors ?

— Je pense que nous savons tous les deux depuis un moment que nous avons laissé passer notre chance de vivre une histoire d'amour et aucun de nous ne veut mettre en péril notre amitié. Ce n'est pas comme si nous étions amoureux ou un truc du genre. Tu dois te rappeler que jusqu'à ce que je sois clean, je n'ai jamais eu de vrais amis. Je ne considère pas les amitiés à la légère. Je sais ce que c'est que de n'avoir personne vers qui se tourner et j'espère que notre amitié avec ta famille et toi, avec Penny, Jed, Scott, Izzy et tous les autres avec qui l'on traîne, durera toujours.

— Je suppose que c'est pour ça qu'elle n'a pas enchéri sur toi, hier soir.

— Je lui ai posé la question. Elle a dit que quand elle a vu toutes ces autres femmes enchérir, elle était *heureuse* pour moi, pas jalouse. On est cool. Pas d'inquiétude à avoir. Mais tu me connais. Je la taquinerai toujours sur le fait d'avoir raté quelque chose…

— Je suis sûr que tu le feras. Elle songea au béguin qu'elle avait pour Jace depuis si longtemps. On ne sait jamais ce que l'avenir nous réserve, ajouta-t-elle.

— Tu as raison. Qu'en est-il de toi et Jace ? S'il te détourne de Harbor, tu laisseras derrière toi une flopée de cœurs brisés.

Dixie leva les yeux au ciel, mais ses entrailles palpitèrent rien qu'en pensant aux choses que Jace avait insinuées la nuit dernière et à la façon dont elle se sentait dans ses bras, dansant si près de lui qu'elle pouvait sentir son cœur battre.

— Tu ne vas pas t'y mettre non plus. Il n'y a rien entre Jace et moi. Elle ouvrit le carnet. Passons à des sujets plus importants, *moins dangereux*. Je suppose que tu te souviens comment gérer les salaires pour le magasin et le bar ainsi que les dépôts bancaires, mais qu'en est-il des commandes spéciales ? Si ce n'est pas le cas, Jed peut t'aider avec ça.

Quincy sourit.

— Est-ce que Jace sait que tu es passé maître dans l'art de changer de sujet ?

— *Quincy*, prévient-elle.

— Hey, je pose juste la question…

Il se pencha en avant, parcourant la liste qu'elle avait écrite dans le carnet. Ses yeux passèrent au dos de la page précédente, sur laquelle figurait la liste des vêtements qu'elle voulait apporter à New York.

Elle mit sa main sur la liste.

Il posa un regard amusé sur elle.

— Hauts en dentelle noirs ? Soutiens-gorge sans bretelles ? Bas à hauteur de cuisse ?

— Je suis *mannequin* ! Je dois être parée à toutes situations.

Elle referma le carnet d'un coup sec.

— A *toute* éventualité, apparemment.

SAMEDI APRÈS-MIDI, JACE se trouvait sur la terrasse de Jared et parlait au téléphone avec Maddox. Jared vivait sur un terrain boisé de quelques hectares surplombant le port. Tout comme Jace, Jared possédait plusieurs propriétés à proximité de ses différents lieux de travail, mais celle-ci était de loin la préférée de Jace. Il y avait quelque chose de charmant dans les petites villes comme Pleasant Hill et Peaceful Harbor, où les bikers participaient aux événements communautaires et veillaient sur les résidents et les entrepreneurs. L'idée de la vente aux enchères avait été peu séduisante pour Jace, mais la nuit dernière avait changé la donne. Voir des gens qui faisaient probablement tout leur possible pour éviter un bar de bikers comme le *Whiskey's*, mettre de côté leurs préjugés et leurs craintes pour faire front commun pour une bonne cause était incroyable. Il passait tellement de temps dans de grandes villes qu'il n'avait pas de communauté à laquelle se rattacher. Cela lui avait donné envie de s'impliquer davantage et il devait remercier Dixie de lui avoir ouvert les yeux.

— Je n'arrive toujours pas à croire que tu aies convaincu Dixie d'accepter de faire le shooting.

La voix de Maddox était aussi ferme et aussi puissante que les motos qu'ils concevaient.

— Je sais que tu as choisi Sahara, mais on sait tous les deux qu'elle ne t'a jamais convaincu. Si je ne te connaissais pas mieux, je penserais que tu as manigancé sa chute.

Jace ricana.

— Sahara était le meilleur choix parmi toutes les femmes que j'ai vues, mais tu connais la chanson. Est-ce qu'on peut comparer une *Harley* à une *Silver-Stone* ?

— Tu as raison. Bon travail, Jace. Je sais que Dixie a le look et l'attitude. J'espère juste qu'elle pourra réussir à poser comme un mannequin.

— Jilly dit qu'elle est super.

Après avoir vu sa façon de gérer l'événement hier soir et sa beauté sur scène dans cette robe à couper le souffle et avant que tout parte en vrille, Jace n'avait aucun doute sur sa capacité à réussir. Elle était d'une beauté et d'une élégance à couper le souffle, avec un brin de caractère qui lui conférait ce côté unique qu'il avait toujours tant admiré.

— Tu as parlé avec elle des contrats et des dérogations ? demanda Maddox.

— Oui. Ils ont été envoyés à Court Sharpe, l'avocat de Dixie, plus tôt dans la journée. Elle les a déjà signés et Court les a renvoyés au service juridique. Tout est prêt, répondit Jace.

Il s'attendait à moitié à ce que Dixie regrette sa décision ce matin, une fois qu'elle aurait eu le temps de se calmer après la confrontation avec Bullet. Il s'attendait également à ce qu'elle essaie de négocier pour se soustraire aux diverses obligations de marketing incluses dans le contrat. Mais elle n'avait pas rechigné à participer aux six événements auxquels elle devait assister en tant qu'égérie de *Silver-Stone* pendant les douze semaines suivant le lancement, ni à l'intense campagne marketing qui prévoyait six apparitions annuelles au cours des trois années à venir. Il était ravi et il lui avait envoyé deux douzaines de roses en guise de remerciements. En dehors de ses sœurs et de sa mère, il n'avait jamais envoyé de roses à une femme auparavant, mais ce matin, il avait été comblé, tant sur le plan personnel que professionnel.

Passer plus de temps avec Dixie avait ouvert la voie à des fantasmes qu'il avait refoulés pendant des années. L'*homme* en lui voulait lui envoyer des fleurs, mais s'il l'avait fait comme un geste purement personnel, il craignait que cela n'envoie le message d'une promesse qu'il n'était pas prêt à tenir. Faire des fleurs un cadeau de remerciement était la solution parfaite. Après tout, la seule femme qu'il jugeait digne de représenter

Silver-Stone avait accepté de le faire et il lui en était reconnaissant.

Il se réjouit donc quand elle lui avait envoyé un texto. *Je n'ai pas beaucoup vécu de premières fois dans ma vie et tu m'en as offert deux à toi tout seul. Merci.* Il lui avait répondu avec un : *A présent ma curiosité est attisée…*

Son téléphone avait vibré quelques secondes plus tard. *Arrête de penser à des trucs salaces. Je parle juste des roses et du fait d'être dans un calendrier.* Il avait immédiatement pensé à plusieurs premières fois sombres et érotiques qu'il aimerait lui faire découvrir, chacune d'entre elles faisant monter en flèche son désir.

— Super. Je vais m'assurer que les bijoux seront bien livrés pour le shooting, affirma Maddox, ramenant son esprit à la conversation.

Sterling, le frère de ce dernier, était bijoutier et il fournissait des accessoires pour la séance photos.

— Je te verrai à Boston jeudi. Je prends ensuite un vol pour Los Angeles pour rencontrer nos ingénieurs. Quand pars-tu ? On dîne toujours ensemble dimanche prochain ?

— Oui. J'arriverai dimanche après-midi et, sauf imprévu, je resterai à Los Angeles jusqu'au lancement.

Si tout se passait comme prévu jeudi, ils signeraient pour le site de Boston la semaine suivante. Entre les travaux de construction, la logistique et la préparation du lancement des collections *Legacy* et *Leather and Lace*, les prochaines semaines seront éprouvantes.

— À l'exception des réunions en Oregon et au Mexique en juillet et des sites que tu vas aller repérer en Ohio et en Pennsylvanie en août, lui rappela Maddox.

— Oui, bien sûr.

S'envoler vers différents endroits pour quelques jours par-ci, par-là, faisait tellement partie de sa vie que ce n'était plus nécessaire de les mentionner.

Maddox et lui avaient parlé affaires un peu plus et quand il mit fin à l'appel, Jared débarqua sous le porche. Il était le plus jeune des frères et sœurs Stone. Depuis tout petit, il est incapable de rester en place. S'il n'était pas physiquement en mouvement, sa mâchoire sursautait ou sa jambe rebondissait. Il était vif et plein d'esprit, dégageait une vibration énergique et éclectique, avait une passion pour la cuisine et les affaires très risquées et une haine de tout ce qui était à la mode. Il était à l'opposé de son associé, Seth Braden, qui avait été désigné comme l'un des célibataires les plus convoités par *Forbes* et était aussi décontracté et discret qu'on puisse l'être. Mais d'une certaine manière, ils formaient une équipe incroyablement performante. Jared et Jace ne se ressemblaient pas beaucoup non plus, sauf quand il s'agissait de garder les pieds sur terre et de se rappeler d'où ils venaient. Alors que Jace créait des bourses d'études et des programmes de tutorat pour les futurs designers et ingénieurs, Jared mettait un point d'honneur à consacrer du temps à chacun de ses restaurants et commerces de proximité et à passer quelques semaines chaque année à travailler aux côtés de leurs chefs et dirigeants.

Jace rangea son téléphone dans sa poche.

— Tu vas au restaurant ?

— Oui, bientôt, dit-il en faisant les cent pas sur le pont.

— J'aimerais que tu puisses venir en ville demain. Ça manque aux filles de ne pas te voir.

Jace avait discuté avec Jennifer et Mia plus tôt et toutes deux lui avaient demandé d'emmener Jared avec lui en ville. Mais il avait cessé, depuis longtemps, d'essayer de traîner ses frères et sœurs n'importe où. Il avait également parlé à Jayla, qui n'était pas contente que Jace ait totalement oublié de filmer Jared quand il était sur scène. Elle n'avait pas besoin de savoir que c'était parce qu'il était trop occupé avec Dixie pour pouvoir penser à autre chose.

— J'y vais bientôt.

Bientôt était la réponse de Jared à tout.

Jared refusait d'être coincé par des visites de courtoisie, en toute sincérité. Il tenait ça de Jace. Même si, depuis que Jayla avait un bébé, ce dernier se rendait compte à quel point les années passaient vite et il essayait de faire des efforts pour garder le contact et voir sa famille.

— Tu as encore été emmerdé par Bullet aujourd'hui ? demanda Jared.

— Nan. Il ne fait que veiller sur Dixie. Il a dit ce qu'il avait à dire. Maintenant, il va attendre de voir si le calendrier lui explose à la figure pour pouvoir s'en prendre à moi auquel cas. Où avais-tu disparu la nuit dernière ?

Jared avait quitté la vente aux enchères avant Jace et il n'était rentré qu'après deux heures du matin.

Jared prit appui contre le ponton, une expression arrogante sur le visage, puis il se déplaça, faisant à nouveau les cent pas.

— J'ai dû apaiser le cœur brisé d'une amie qui avait pété les plombs quand elle a enchéri sur moi.

— Bon sang, Jared. Promets-moi que tu ne feras pas le con avec Jilly.

— Je ne fais jamais le con. Ok, je baise *à droite et à gauche*, mais je traite bien toutes ces femmes.

Jace se mit en travers de son chemin.

— Ne franchis *pas* cette ligne avec Jilly. Je me fiche de savoir à quel point elle joue avec ta libido mais dans son cœur, c'est une fille qui rêve du prince charmant. Compris ?

Jared grimaça.

— Si c'était vraiment une princesse, elle n'aurait pas dû enchérir sur moi.

— Sans blague. Garde ça en tête. Elle a un peu de Dixie en elle. Mais Dixie peut gérer les critiques qu'elle reçoit à cause de ses rébellions. Jilly n'a pas l'avantage d'avoir été élevée dans un environnement difficile. C'est une vraie dame. Pour elle, tout n'est que plaisir et jeux. Il faut se rappeler qui elle est. Elle est habituée aux gars qui portent des cravates, pas à ceux qui les utilisent pour des jeux sexuels. A moins que tu ne veuilles que Nick Braden te réduise en miettes, fais attention à toi.

— Je peux gérer Nick Braden.

Jace prononça cette phrase en serrant les dents.

— Ça, je n'en sais rien, mais je suis sûre que tu n'as pas envie de me gérer, *moi*.

Jared se moqua de lui.

— Très bien, mec. Bon sang. Tu n'en as pas eu assez de ce numéro de grand frère quand nos sœurs étaient plus jeunes ?

— Je fais juste attention à une amie.

Il recula et Jared recommença à faire les cent pas.

— Tu es toujours d'accord pour que je laisse ma moto dans ton garage ? Ça va prendre quelques semaines avant que je puisse retourner à Harbor. J'ai une voiture qui nous emmènera à l'aéroport.

— Bien sûr, comme tu veux. Jared s'étira et leva les yeux au ciel. Qu'est-ce que tu fais ce soir ? Tu devrais passer prendre un verre au restaurant.

Jace avait prévu de laisser Dixie tranquille ce soir et *lui-même* par la même occasion et de se plonger dans le travail pour ne pas penser à elle. Il avait été à deux doigts de l'embrasser hier soir. Ce serait une mauvaise idée, peu importe à quel point il la désirait. Elle était aussi liée à Peaceful Harbor que Jace l'était à la route. Mais un verre avec Dixie semblait bien plus préférable que d'essayer de ne pas penser à elle.

Jared entra dans la maison et se retourna. Tenant chaque côté de l'encadrement de porte, il se pencha vers l'extérieur.

— N'y pense pas trop. Je suis presque sûr de voir de la fumée sortir de tes oreilles.

— Va te faire foutre.

Il suivit Jared à l'intérieur.

— Je te verrai peut-être plus tard.

— Seulement si tu as de la chance, déclara Jared en passant la porte d'entrée.

CHAPITRE 6

— TU VIENDRAS chercher les roses ? demanda Dixie à Izzy au téléphone samedi soir, en regardant l'énorme bouquet de roses que Jace lui avait envoyé au garage pour la remercier d'avoir accepté de faire le shooting. Elles étaient magnifiques et c'était inattendu car c'était la première fois qu'on lui envoyait des fleurs. Elle les avait regardées toute la journée. Elle ne pouvait pas les ramener chez elle à moto car Jace et elle partaient le lendemain, donc elle ne serait pas là pour en profiter. C'est pourquoi, elle les avait offertes à Izzy.

— Bien sûr. Quand pars-tu ?

Izzy avait déjà essayé de la convaincre que les fleurs représentaient bien plus qu'un simple *merci*. Bien que Dixie l'ait fait taire, elle ne pensait qu'à cela et ça s'ajoutait à la longue liste de réflexions toutes liées à Jace.

— Demain après-midi. Je serai de retour mercredi.

Elle rassembla ses affaires et les fourra dans son sac à dos. Jace avait organisé leur voyage et il venait la chercher le lendemain après-midi pour un vol à quinze heures. Signer le contrat rendait l'aventure encore plus concrète. Elle ne pouvait toujours pas croire qu'elle allait vraiment aller à New York avec Jace et faire une séance photos.

— Iz, j'ai passé la journée à me remettre en question. C'est tellement important pour Jace. Et si je merde ?

— Arrête de t'inquiéter. Tu vas réussir le shooting. Quand tu as travaillé pour Jilly, tu as défilé comme une pro.

— Je ne suis pas trop inquiète à ce sujet. Même si je déteste l'idée d'être dans le calendrier, c'était le moyen idéal de mettre enfin les pieds dans le plat avec ma famille et je pense que le shooting sera amusant. Je suis davantage inquiète à l'idée de passer du temps avec *Jace*. Je le connais depuis toutes ces années, il n'a jamais flirté avec moi, mais hier soir, il l'a fait. Pas comme Crow ou Jon, qui me font du rentre-dedans tout le temps. C'était comme s'il me narguait en me faisant croire que ça *pourrait* mener à autre chose, mais qu'il ne se mouillait pas.

— Ce qui est vraiment surprenant, parce que j'ai toujours pensé que Jace était le genre de gars à revendiquer une femme, tu vois ce que je veux dire ? Comme Bullet qui demande à Finlay de *monter à bord de la Bullet Machine*. Bien que 40 000 dollars représentent un enjeu majeur, tu ne crois pas ?

— C'était pour la bonne cause. Du moins, c'est ce qu'elle s'était dit toute la journée. Je n'ai jamais considéré que Jace puisse être comme Bullet avec les femmes. Je ne l'ai jamais entendu être grossier. Ok, il balance des conneries aux mecs, mais à mes yeux, il est plus mystérieux sur le plan des rapports hommes-femmes. En y réfléchissant, je ne l'ai jamais vu avec une femme et toi ?

Elle supposait que ce n'était pas si étrange, vu qu'il ne vivait pas là. Elle n'était même pas sûre de savoir où il vivait. Il restait généralement en ville un jour ou deux, puis il repartait.

— Je l'ai vu danser collé serré avec Jilly quelques fois quand ils étaient dans des clubs avec Nick et ses autres frères. Tu devrais voir Nick quand ils dansent. Elle éclata de rire. Si les regards pouvaient tuer…

— Tu crois que Jace et Jilly sont sortis ensemble ?

Une pointe de jalousie surgit en elle. Elle ne pouvait s'empêcher de penser à ce qu'il avait dit quand elle lui avait demandé pourquoi il avait enchéri sur elle. *J'ai égoïstement profité d'une occasion unique et si ça fait de moi un con, alors oui. Je pense que nous nous rendons compte tous les deux qu'il est temps que nous apprenions à mieux nous connaître.* Avait-il déjà dit cela à Jillian ?

— Non, insista lourdement Izzy. Ce n'est pas ce que je voulais dire. Nick est comme Bullet. Il se comporte comme un homme des cavernes avec tous ceux qui s'approchent de Jillian. Je pense que s'il laisse Jace danser avec elle, c'est pour éloigner les autres gars, mais il est clair qu'il n'aime pas ça. Tu n'as pas vu Nick menacer Jared la nuit dernière ?

— Non, mais j'ai été un peu distraite.

Elle passa son sac à dos par-dessus les épaules et observa longuement les fleurs une dernière fois. Elle avait pris des tas de photos. Jace avait illuminé sa journée avec ces roses. Peut-être qu'Izzy avait raison et qu'elles signifiaient tout autre chose.

Essayant de repousser ces pensées, elle attrapa son casque et quitta son bureau. Truman et Bear étaient déjà partis pour la journée. Alors qu'elle éteignait les lumières de la boutique, elle entendit le vrombissement d'une moto.

— Quelqu'un vient de se garer. J'espère que ce n'est pas un client. Il me tarde vraiment de rentrer à la maison, de faire mes valises et de me perdre dans le roman que nous lisons au club de lecture. Tu l'as commencé ?

Izzy et elle faisaient partie d'un club de lecture en ligne dont elle avait entendu parler par un ami de son cousin Justin, quand celui-ci était à Cape Cod en septembre dernier. Dixie espérait que la lecture pourrait lui éviter de trop penser à Jace et elle comptait bien emporter le roman pour s'occuper l'esprit la nuit à New York.

— Oh mon Dieu, *yessss*, affirma Izzy de façon dramatique. C'est tellement sexy. Tu devrais le lire dans un bain glacé.

— Super. J'ai besoin de sexe dans ma vie, même si c'est de la fiction.

Elle se dirigea vers le hall et regarda par la fenêtre. Son pouls s'emballa à la vue de Jace en train d'enlever son casque et de le poser sur le siège de sa moto.

— Merde. Jace est *là*.

— Merde, ma belle. Il doit *vraiment* te désirer.

— Tu n'aides pas. Bien que l'idée l'ait rendue toute heureuse – et toute confuse – parce que la vie de Jace était Dieu sait où.

Izzy rigola.

— Mais si ! Je veux que tu goûtes à ce bel homme. D'après ce que tu m'as dit, tu as le béguin pour lui depuis une éternité. *Fonce* ! Appelle-moi plus tard, ou demain. Oh et si tu passais la nuit avec lui ?

— Izzy !

— Tu ne peux pas me dire que tu n'es pas toute excitée qu'il soit là, surtout après les *fleurs*. Je veux connaître tous les détails !

C'était le problème. Elle était *bien trop* excitée.

Dixie raccrocha, éteignit les lumières dans le hall et respira calmement. Ça ne servit à rien. Elle se dirigea vers l'extérieur, de plus en plus nerveuse au fur et à mesure que le torride biker apparaissait. Le lent sourire qui se dessinait sur ses lèvres et qui avait déclenché un brasier en elle la nuit dernière fut bien visible à mesure qu'il approchait. Elle essaya de se concentrer sur la fermeture de la porte, mais son eau de Cologne boisée et âpre flottait au vent. Quand elle se retourna, il était *juste là*, faisant grimper la température de son corps en flèche.

— Salut. Elle se dirigea vers sa moto pour ne pas se noyer de nouveau en lui. Si tu cherches Bear, il est parti depuis longtemps.

— C'est *toi* que je cherche, Dix. Je pensais qu'on pourrait aller au Nova Lounge pour prendre un verre et parler du shooting.

Elle avait fantasmé des centaines de fois sur le fait d'être enlevée par Jace Stone et pas une seule fois les mots *"parler du shooting"* n'avaient été prononcés. Peut-être que le commentaire d'hier soir signifiait qu'ils devaient apprendre à mieux se connaître *à cause de la séance photos.* Se pourrait-il qu'elle ait mal interprété ses propos à ce point ?

Elle baissa les yeux sur son T-shirt *Whiskey Automobile*, son jean slim et ses bottes.

— Je ne suis pas assez bien habillée pour Nova. On pourrait aller au *Whiskey*'s, mais je pensais que nous avions fait le point hier soir.

Il fit tranquillement glisser son regard le long du corps de la jeune femme et s'approcha d'elle. *Doux Jésus.* Il mettait le feu à ses parties intimes. *"De gros ennuis"* et ce n'était pas la bonne expression pour décrire cet homme.

— Tu es superbe, mais si tu n'es pas à l'aise pour aller au Nova, je t'emmène manger un hamburger et on ira dans un autre endroit où on pourra discuter. *Hors de question* que je t'emmène au bar où tu travailles. Tu veux laisser ton sac à dos ici ou l'amener ?

— Ok. Je suppose que tu peux exiger le rencard que tu as remporté hier soir.

Elle se débarrassa de son sac à dos et l'enferma dans le coffre de sa moto. Elle sortit ses clés.

— Où allons-nous ? Je te suis.

Il lui arracha les clés des mains.

— On prend ma moto et ce n'est *pas* le rencard que j'ai gagné.

L'envie de réfuter cette affirmation était si forte qu'elle faillit le mettre au défi. Mais elle était encore plus distraite par ce qu'il lui avait demandé de faire. Elle regarda sa moto, son cœur battant frénétiquement.

— Dans cette ville, mettre une femme à l'arrière de sa moto a un sens.

C'était même plus que ça, c'était *tout un symbole*. C'était la façon la plus reconnue qu'un biker avait pour revendiquer une femme.

Il afficha un sourire arrogant et monta sur sa moto.

— Pour une fois dans ta vie, arrête d'emmerder un homme et monte.

Elle se dit qu'elle était stupide, qu'il jouait à un jeu, qu'il jouait avec ses émotions, mais elle n'arrivait pas à comprendre pourquoi il faisait ça. Même s'il se moquait d'elle, elle *désirait* grimper sur sa moto, c'était un besoin plus vital que celui de respirer.

Il mit son casque alors qu'elle enfourchait sa moto et des *années* de fantasmes démesurés affluèrent. Malgré tous ses efforts pour ne pas se laisser emporter, la chaleur et l'espoir bouillonnaient en elle. Elle enfila son casque et enroula ses bras autour de lui. Il couvrit ses mains des siennes, les serrant plus fort, écrasant sa poitrine contre son dos. Elle imagina son petit sourire en coin alors que le moteur rugissait. La plupart des femmes auraient pensé que ça aurait été les vibrations du moteur qui feraient vibrer leur corps. Mais Dixie faisait de la moto depuis si longtemps qu'elle savait faire la différence entre la magie que procure un moteur et le fait que Jace Stone fasse frémir et exploser chaque fibre de son corps.

Alors qu'il quittait le parking et se dirigeait vers la rue principale, elle s'accrocha à ces mensonges pour essayer de reprendre le contrôle de ses hormones en ébullition. Elle se répéta que la chaleur qui montait le long de ses cuisses était due à la chaleur du siège en cuir et qu'elle en avait fini de le laisser jouer avec ses émotions. Elle allait mettre fin à tout ce cirque dès qu'ils seraient arrivés à destination.

Après avoir pris des hamburgers et des boissons en bouteille et *sans* mettre le holà à *quoi que ce soit*, Jace traversa la rue principale et suivit les routes sinueuses qui menaient aux montagnes. Dixie connaissait ces routes par cœur et elle ne se lassait pas de ce sous-bois et de ces odeurs boisées. Elle les aimait autant qu'elle appréciait le ciel dégagé et l'air salin du port. Être assise dans les bois sur son belvédère préféré et enfouir ses orteils dans le sable en regardant la mer à perte de vue lui procurait le même sentiment de liberté que de faire de la moto. Mais rien n'était aussi incroyable que de s'asseoir à l'arrière de la moto de Jace Stone, enlacée autour de son corps puissant. Elle pourrait devenir accro à la sensation de ses muscles qui se contractaient contre ses cuisses, sa poitrine et ses bras.

De qui se moquait-elle ?

Elle était déjà accro…

Jace sortit de la route de montagne, suivant le sentier étroit que Dixie avait fréquenté lorsqu'elle était plus jeune et qu'elle avait recommencé à emprunter récemment. Même ses frères ne savaient pas qu'elle y allait quand elle avait besoin d'être seule. Jace conduisit rapidement sur le chemin de montagne sinueux comme s'il le connaissait bien, ce qui était surprenant. Les traces de pneus de Dixie laissées la semaine dernière étaient encore visibles sur les feuilles mortes et la boue.

Le sentier se terminait brusquement à la lisière d'une forêt plus épaisse. Dixie descendit de la moto, enleva son casque et secoua ses cheveux.

— Qu'est-ce qu'on fait ici ?

— Il y a un panorama plus loin.

— Comment tu connais cet endroit ?

Il déposa son casque sur la moto et attrapa le sac de nourriture et de boissons dans le compartiment de rangement.

— Je l'ai découvert l'année dernière quand nous envisagions d'ouvrir un magasin ici. Quand je l'ai trouvé pour la première fois, il me semblait que le sentier n'avait pas été fréquenté depuis des années. J'ai dû l'emprunter vingt fois depuis. Et à chaque fois que j'étais en ville, je me disais *merde* et j'y allais avec ma moto, déclara-t-il alors qu'ils marchaient dans les bois.

Il repoussa le dernier des grands pins qui marquaient la délimitation entre les bois et la vue panoramique, puis il tint les branches en arrière pour que Dixie puisse passer. Ils traversèrent le sol bosselé et couvert de broussailles jusqu'à un grand affleurement de rochers. Le flanc de la montagne s'étendait devant eux, aussi glorieux et luxuriant que la première fois où Dixie y était allée.

— C'est bizarre de se dire que les premières personnes à avoir découvert Peaceful Harbor ont campé dans ces bois, lança Jace en s'asseyant sur un rocher.

— Comment le sais-tu ?

Il haussa les épaules.

— J'aime l'Histoire.

C'était un fait intéressant auquel elle ne s'attendait pas. Elle ne l'avait pas catalogué comme le genre de type à faire des recherches sur l'histoire d'un lieu.

— Comment diable as-tu fait pour suggérer le Nova Lounge et me proposer de venir ici ? Qu'est-ce que tu as en réserve, Stone ? Si tu as peur que je me retire du projet, ce n'est pas le cas. Tu n'as pas besoin de jouer avec moi.

Il déposa la nourriture et les boissons entre eux.

— Tu me connais assez bien pour savoir que je ne joue à aucun jeu.

— Vraiment ? le défia-t-elle, voulant connaître le fond de ses pensées.

— Tu y parviendras. Est-ce un crime de vouloir passer du temps ensemble pour apprendre à mieux te connaître ?

— Tu me connais depuis mon adolescence et tout à coup, tu veux mieux me connaître ? Tu m'invites à dîner ? Tu m'emmènes dans *mon* endroit secret ? Cette partie est un peu déconcertante. Comment savais-tu que je venais ici ?

— Bon sang, Dixie. Tu as beaucoup de méfiance en toi. Je ne savais même pas que c'était ton endroit. Je t'ai dit que je l'avais trouvé par hasard l'an dernier et que la vue m'avait plu.

— Tu ne savais pas ? dit-elle sarcastiquement.

Elle prit un hamburger et le déballa. Elle voulait le croire, mais en même temps, elle avait peur. Il lui montrait une facette totalement inattendue de lui-même et elle n'avait aucune idée de ce que cela signifiait, le cas échéant.

— Je ne suis pas un détraqué, bon sang ! Tu n'as pas besoin de Bullet pour me faire peur. Tu t'en sors plutôt bien toute seule.

Elle le regarda et prit une bouchée de son hamburger, gagnant du temps pour réfléchir à la situation, se sentant comme une idiote pour l'avoir poussé dans ses derniers retranchements.

— Désolée. Tu continues de me prendre au dépourvu.

— Je suis doué pour ça. Prends-moi au sérieux, Dix. Ce que

tu vois, c'est ce que je suis. Pas de jeux, pas de baratin, ce qui semble aussi être ta façon de fonctionner.

— Ouais, on peut dire ça. Tu as *vraiment* trouvé cet endroit par hasard ?

— Oui. Arrête de me le demander. Et toi, alors ? Comment l'as-tu trouvé ? Tu viens souvent ici ?

D'après son expérience, les gars qui avaient quelque chose à cacher avaient des yeux sournois. Elle le regarda prendre une bouchée de son hamburger, ses yeux ne quittant pas son visage. Ok, sa décision était prise. Elle allait le prendre au mot et ne pas chercher à savoir *pourquoi* ils étaient là ce soir.

— Je l'ai trouvé quand j'étais adolescente, l'année où mon père a fait son AVC, avoua-t-elle, réalisant qu'elle n'avait jamais dévoilé son havre de paix, ou les raisons pour lesquelles elle l'avait trouvé, à qui que ce soit. Bear s'occupait du bar, ma mère soignait mon père pour qu'il retrouve la santé, quant à Bullet et Bones, ils étaient partis. Quand les choses devenaient trop compliquées, je venais ici.

JACE PERÇUT UN soupçon de tristesse dans les yeux de Dixie et cela le toucha au plus profond de lui-même.

— Ça a dû être dur de voir ton père traverser ça.

— Mon père, Bear et ma mère. Ça a affecté tout le monde. Bullet et Bones n'étaient pas là, mais je pense que cela a rendu les choses encore plus difficiles pour eux. C'était un peu terrifiant, à vrai dire. On pense connaître sa famille et puis un truc comme ça arrive et ça change tout. J'ai toujours su que nous étions forts, mais ça nous a rendus encore plus forts en tant que groupe et en tant que personne.

— Quel âge avais-tu ?

— Presque seize ans.

Si jeune…

Il avait rencontré Dixie à dix-huit ans et elle était déjà une badass, qui ne se laissait pas faire. Il se demanda si elle était comme ça avant la crise cardiaque de son père. A seize ans, la plus grande préoccupation d'une fille aurait dû être le garçon mignon qu'elle aimait ou aller voir un concert avec ses amies, pas se demander si son père allait vivre ou mourir.

— Comment as-tu pu arriver ici sans permis de conduire ?

Le coin de sa bouche se souleva et ses magnifiques yeux brillèrent de rébellion.

— Tu crois que je laisserais ce genre de chose me bloquer ?

Il rit. Il aimait savoir qu'elle avait toujours eu un esprit fougueux. Cela lui donnait envie d'en savoir plus sur elle et sur les choses qu'elle avait traversées.

— Pas un seul instant. On dirait que tu étais une petite rebelle.

Elle leva son doigt et son pouce.

— *Un petit peu*, dit-elle à voix basse. J'ai piqué la moto de ma mère. Je fais de la moto depuis que j'ai 14 ans.

— Et tu es venue ici pour échapper au stress et à la tristesse ? Pour faire le vide dans ta tête ?

— On peut dire ça. La première année, j'ai surtout adressé des prières aux puissances en place, j'ai pleuré, tu vois, ce genre de choses. Plus tard, je me demandais si je devais partir à l'école ou rester dans le coin après le diplôme. Mais rester dans le coin n'était pas une option. Ma famille m'a pratiquement poussée vers la sortie une fois que j'ai eu mon bac. Ils voulaient absolument que j'aille à l'université.

— Je suis sûr qu'ils se souciaient de toi et ne voulaient pas que tu renonces à ton avenir.

— A quel moment ma famille *ne* surveille *pas* mes arrières ? précisa-t-elle avec sarcasme.

— J'ai un peu détesté le fait qu'ils me forcent à partir. Mais pour être honnête, c'est un moment où je suis contente qu'ils m'aient dit quoi faire. J'ai apporté plus à la famille avec ce que j'ai appris à l'école que si j'étais restée et n'avais pas poursuivi mes études.

— Bear ne tarit pas d'éloges sur toi et sur ce que tu as fait pour les affaires familiales.

Elle sourit comme si cela était important pour elle.

— Nous faisons tout ce que nous pouvons, ajouta-t-elle.

Elle prit une bouchée de son hamburger et ils finirent de manger dans un silence agréable.

Jace mit leurs déchets dans le sac.

— Après avoir vu ce que tu as fait hier soir et la manière dont tu as tenu tête à ta famille, j'ai l'impression que tu fais plus que ce que tu peux.

— Ça n'a pas de sens de faire les choses à moitié.

— Je ne peux qu'être d'accord avec toi sur ce point. Tu te sens mieux maintenant que tu t'es opposé à eux ? Que fait-on à présent ?

Ses sourcils finement manucurés se plissèrent.

— *Quelle direction prendre* ?

— Tu as pris une sacrée position, en montant sur cette scène pour être mise aux enchères et en acceptant de figurer dans un calendrier après avoir refusé mon offre. Tu as dû leur tenir tête pour une bonne raison. Tu veux te retirer des affaires familiales ou quoi ?

— Non, pas du tout. J'*adore* diriger les entreprises, travailler avec la communauté et avec ma famille, même si elle me rend parfois folle. J'avais juste besoin de respirer un peu. C'est étouffant d'être toujours surveillée et qu'on me dise ce que je peux ou ne peux pas faire. Tu ne connais rien à tout ça, mais je parie que tes sœurs, oui.

— Je ne suis pas Bullet.

Elle leva les yeux au ciel.

— Jilly m'a raconté ce que tu as fait quand tu as su qu'elle allait enchérir sur Jared.

— Parce que Jilly est une femme et que même si mon frère est un mec génial, il n'est pas très doué pour le self-control. Il agit sur-le-champ et regrette plus tard. Je connais Jilly. Sortir avec celui qu'elle qualifie de *bad boy* est un jeu pour elle. Jared n'est pas le gars avec qui on peut jouer à ce jeu.

— Mais toi, si ? demanda-t-elle avec désinvolture.

— Je ne veux pas sortir avec Jilly.

Elle se mit à rire.

— Ce n'est pas ce que je voulais dire.

— Crois-moi, je *sais* comment me contenir. Je suis un vrai expert en la matière.

— Comment puis-je savoir si je peux te croire ?

Il hésita à lui donner une réponse toute faite, mais Dixie était assez exigeante pour le pousser à bout jusqu'à ce qu'il dise la vérité, alors il soutint son regard.

— Parce que je te trouve magnifique depuis que tu es une petite futée de dix-huit ans qui me regarde comme si j'étais son gâteau au chocolat préféré et je n'ai jamais rien fait pour y remédier.

Elle referma sa bouche et *déglutit* nerveusement, mais ses yeux ne quittèrent pas les siens.

Une bataille faisait rage en lui. Il pourrait se pencher en

avant, pousser sa main vers la nuque de cette magnifique femme et attirer sa bouche pulpeuse vers la sienne, pour goûter à ce qu'il voulait si désespérément. Ou il pourrait se tenir, être intelligent et prendre les choses en douceur.

Une volée d'oiseaux survola le ciel derrière Dixie et le mouvement le sortit de sa transe. Il cligna des yeux plusieurs fois, revenant mentalement à son commentaire précédent pour reprendre ses esprits.

— Je n'ai jamais été sur le dos de mes sœurs comme tes frères l'ont fait avec toi. Je les ai toujours protégées, mais je crois qu'il faut leur laisser de la liberté et intervenir quand elles ont besoin de moi. Nous dînons avec elles demain soir. Tu pourras leur poser des questions toi-même.

Ses yeux s'élargissent.

— On dîne avec tes sœurs ? Je n'ai pas besoin d'empiéter sur ton temps avec ta famille, Jace. Je vais juste traîner à l'hôtel.

— L'hôtel ? Pas question, Dix. Tu restes avec moi dans mon loft, ou mes sœurs vont me botter le cul si je ne t'emmène pas avec moi. Jayla vient d'avoir un bébé et elle adore le présenter aux gens. Il n'avait pas réalisé jusqu'à cette seconde-là combien il était tentant qu'elle reste dans son loft, mais il n'était pas prêt de changer d'avis.

— C'était ça le plan avec le mannequin que vous aviez engagé la première fois ? De séjourner dans ton loft ?

— Bien sûr que non.

— Alors pourquoi tu me demandes de loger là-bas ?

— Parce que je te connais, Dix. Tu es une amie. En plus, tes frères m'en voudraient si je te laissais seule à New York. Je dois garder un œil sur toi.

Elle leva le menton en signe de défi, mais ses yeux devinrent affamés et sombres.

— Est-ce que ce sont les *seules* raisons ?

— Qu'est-ce que tu en penses ?

Ils jouaient avec le feu et il n'était pas prêt à s'arrêter.

— Je pense que tu veux plus que poser tes yeux sur moi.

Sans réfléchir, il se pencha si près qu'il put sentir son souffle sur ses lèvres.

— J'aimerais avoir chaque centimètre de mon corps sur toi et m'enfoncer si profondément en toi que tu me sentirais toujours la *semaine* suivante.

Merde. D'où sortait-il ça ? Jared était plus impulsif qu'il ne le pensait, du moins en ce qui concerne Dixie. Il n'avait pas à être là avec elle et encore moins à les tarauder tous les deux avec ses pensées obscènes.

Sa respiration était haletante, mais elle ne détournait pas le regard. Elle se *rapprocha.*

Diablement. Sexy.

Il serra fortement les dents, luttant pour se reprendre en main. Il se força à s'asseoir, mettant de l'espace entre eux. Il avait besoin d'éteindre les crépitements qui les envahissaient pour pouvoir réfléchir correctement.

— Mais je n'ai pas l'intention de me mettre en couple et toi, douce Dixie, tu es tellement bien installée qu'il serait impossible de te déraciner, ajouta-t-il.

Elle pressa les lèvres. Bon sang, il détestait ça, mais il fallait le dire. Sinon, elle allait penser qu'il était une mauviette pour ne pas avoir succombé au baiser qu'il était sûr de désirer tous les deux.

Elle se rassit et tendit la main vers une bouteille d'eau.

Il la saisit, enleva le bouchon et la lui tendit. Il fronça les sourcils.

— Je sais que tu peux le faire toi-même, mais mon vieux

père m'a bien élevé.

— Ton père confie aux femmes les trucs salaces qu'il veut leur faire, puis revient sur ses propos en disant qu'il ne peut pas ? Elle prit un verre. Bel esprit de famille.

Il ricana et prit la bouteille.

— Tu devrais peut-être boire dans l'autre bouteille pour ne te faire des idées, dit-elle sèchement. Elles pourraient être contagieuses.

— Ta bouche n'a pas été sur celle-là. Il lui prit la bouteille des mains, appréciant le rougissement de ses joues. Je n'aurais jamais cru voir le jour où Dixie Whiskey rougirait. On pourrait penser que mon commentaire précédent aurait mérité un rougissement.

Il avala un verre.

— C'est définitivement plus agréable après toi.

Il lui offrit la bouteille et elle secoua la tête. Elle se cala sur ses mains et regarda le soleil couchant. Elle était magnifique, avec ses épais cheveux roux qui tombaient en cascade sur ses épaules. Elle pouvait être dure, mais il n'y avait rien de dur dans ses traits délicats. Des pommettes hautes, un nez fin et des lèvres pulpeuses et tentantes avec une douce courbure au milieu. Comment cette femme sexy et provocante pouvait-elle être encore célibataire ? Comment se faisait-il qu'elle n'ait jamais reçu de roses auparavant ? Si elle *lui* appartenait, il la couvrirait de toutes les belles choses qu'elle méritait. Cette pensée inhabituelle le frappa en plein cœur. L'envie de l'embrasser était si forte qu'il se rapprocha d'elle.

Il se racla la gorge pour essayer de s'éclaircir les idées et elle lui jeta un coup d'œil, le surprenant en train de la fixer. Au lieu d'être timide comme les autres femmes, elle laissa traîner son regard sur sa poitrine. Purée, c'était *excitant.* Elle savait comment le pousser à bout.

— Tu es un homme difficile à cerner, dit-elle. C'est déroutant.

— Quelque chose me dit que tu ne fais qu'une bouchée des hommes faciles à décrypter, répondit-il, bien que l'idée que Dixie puisse *dévorer* n'importe quel autre homme tout cru le fasse bondir.

— Tu crois me connaître ?

Il posa le verre d'eau et s'appuya sur une main, inclinant son corps vers elle.

— Non. Je pense que je connais certaines choses sur toi, les choses que tu veux que les hommes voient. Mais je veux en savoir plus sur toi, Dixie. La vraie toi.

Ses yeux se dilatèrent, puis se rétrécirent aussi vite, comme si elle réalisait qu'elle laissait entendre à quel point elle aimait ce qu'il venait de dire.

— Pourquoi ?

— Tu es chiante.

— Comme je te disais, *pourquoi* ? demanda-t-elle avec une confiance inébranlable. Tu viens de me dire que rien ne se passera entre nous.

Il déplaça la poubelle et les bouteilles d'entre eux et se rapprocha, appréciant les étincelles qui jaillissaient autour d'eux.

— Parce que jusqu'à l'autre jour, je ne m'étais autorisé à te voir que comme une petite sœur pour tes frères. Mais je ne peux plus le faire. Tu es tellement plus que la petite sœur de n'importe qui. Je t'ai dans la peau, comme une fièvre dont je ne peux me débarrasser.

— Une fièvre *made in Whiskey*, dit-elle en poussant un soupir.

— C'est assez précis.

— Non, c'est bien réel. Demande à mes belles-sœurs. Dès qu'elles ont été attirées par mes frères, il n'y a eu aucun retour en arrière.

L'inquiétude envahit son visage.

— Il doit bien y avoir un remède, un moyen de satisfaire l'envie, de se débarrasser de la fièvre ?

Ils se regardèrent droit dans les yeux, l'air entre eux pulsant au rythme de leurs respirations lascives. Elle soutint son regard comme un défi et son corps avait envie de la prendre au mot.

Mais il avait déjà causé assez de problèmes.

— Alors, nous ferions mieux de partir d'ici avant de faire quelque chose que tu regretteras.

Elle fit la moue et bon sang, si ça n'ajoutait pas de l'huile sur le feu.

Il attrapa les déchets et se leva à contrecœur. Il tendit la main pour l'aider à se relever. Elle fixa sa main pendant un long moment avant de la prendre et de se lever.

Elle posa son regard provocateur sur lui.

— Je n'aurais jamais cru que tu n'étais qu'un allumeur.

Chaque fibre de son être voulait l'attraper par les épaules et l'embrasser jusqu'à ce qu'elle en redemande, lui montrer à quel point il aimait la taquiner, avec ses mains, sa bouche, son corps…

— On est deux dans ce cas, dit-il à la place et il se dirigea vers le sentier.

CHAPITRE 7

— LA VUE D'EN-HAUT est incroyable, affirma Jace en déverrouillant la porte du magasin *Silver-Stone* de Lexington Avenue, en ce dimanche après-midi. Il vivait au dernier étage de l'immeuble et il y avait une entrée secondaire qui menait à l'ascenseur, mais il voulait d'abord montrer à Dixie le fonctionnement du magasin.

— La vue d'ici est assez belle, elle aussi, répondit-elle avec séduction.

Il jeta un coup œil par-dessus son épaule, la surprenant en train de mater ses fesses. Elle avait flirté avec lui tout l'après-midi et son culot avait monté d'un cran d'un million de façons. Il se demandait si elle le narguait pour se venger des choses qu'il avait dites hier soir ou si c'était ce que Dixie était sans le regard vigilant de sa famille à Peaceful Harbor. Quelle que soit la raison, ça faisait mouche. Entre ses commentaires sexy et sa tenue de femme fatale – un short moulant, des bottes noires qui montaient jusqu'aux genoux et un T-shirt noir sur lequel était inscrit "LES MECS TATOUÉS SONT MES JOUETS PRÉFÉRÉS" – il lui faudrait un bain glacé pour remettre de l'ordre dans son esprit pervers. Elle avait fait tourner tant de têtes à l'aéroport, puis dans l'avion et maintenant, sur le trottoir, qu'il avait l'impression qu'un monstre géant aux yeux verts était juché sur son dos. Dieu merci, le magasin était fermé. La dernière chose dont il avait besoin était de se montrer jaloux envers ses employés.

Elle leva un sourcil.

— On dit que cette ville ne dort jamais. Tu crois que ça veut dire que la Grosse Pomme est pleine de bourreaux de travail, ou que tout le monde est debout à faire l'amour toute la nuit ?

Bon sang, elle était douée. Une dizaine de répliques cochonnes lui traversèrent l'esprit, mais il n'allait pas répondre à ce commentaire à cause de la perche qu'elle lui tendait. Il poussa la porte et lui fit signe d'entrer.

— Après toi.

Elle déambula devant lui et son regard resta rivé sur ses longues jambes mais également ses magnifiques fesses. Il porta ses bagages à l'intérieur et les posa à côté de son sac, verrouillant la porte derrière eux.

— Waouh, je savais que *Silver-Stone* était grand, mais je n'ai jamais rien vu de tel.

Elle pivota en un cercle lent, admirant le magasin.

— C'est notre magasin de référence, dit-il fièrement.

C'était le plus grand des cent vingt-deux magasins qu'ils possédaient. Bien qu'ils aient environ deux fois moins de points de vente que leur plus proche concurrent, *Silver-Stone* avait dépassé la concurrence au cours des quatre dernières années. L'ajout de plusieurs concessionnaires exclusifs de la marque au Mexique et au Canada avait entraîné une augmentation significative des ventes, de l'ordre de plus de soixante-douze pour cent par an.

Il observa Dixie qui se promenait, passant ses doigts sur les casques, les T-shirts, les vestes en cuir et les bottes et regardant les bricoles qu'ils vendaient. Elle se dirigea vers les motos à l'avant du magasin et suivit les lignes épurées de plusieurs d'entre elles.

Elle rejeta son épaisse tignasse par-dessus son épaule.

— Ça te dérange si je m'assieds sur celle-là ?

— Vas-y.

Il la rejoignit alors qu'elle chevauchait une S-S Classic, agrippant le guidon et remuant ses fesses sur le siège en cuir.

— Quelles *sensations* ! Elle posa ses deux mains sur les côtés de la selle, juste à l'intérieur de ses cuisses et se pencha en avant, faisant ressortir sa poitrine. Belle *envergure*. Je ne peux pas m'empêcher de me demander si tout ce qui *te* concerne est tout aussi impressionnant.

Un rire étranglé s'échappa de ses lèvres.

— A quoi tu joues, Dix ?

Elle agita les épaules, continuant à poser sur la moto comme une petite coquine sexy.

— Je dis juste ce qui me passe par la tête.

Il serra les dents, faisant de son mieux pour ne pas céder au désir brûlant qui le rongeait depuis des jours. Elle balança sa longue jambe par-dessus la moto et la poussa en avant pour enlever la béquille, se dirigeant vers lui comme un jaguar à l'affût. Ses yeux lui disaient *"baise-moi"*, mais quand elle se figea à quelques centimètres de lui et se déhancha, son langage corporel était bien plus stimulant. Elle ne dit pas un mot pendant un long moment. Son regard voyagea de ses yeux à sa bouche, s'y attardant si longtemps que la chaleur parcourut sa poitrine. Sa langue glissa sur les commissures de sa lèvre supérieure, puis traça lentement sa lèvre inférieure et *bon sang*, il eut des visions de sa bouche enroulée autour de son sexe, ses mains tenant ses cheveux.

Et juste comme ça, il était dur comme de la pierre.

— Ou peut-être que les choses ne sont pas si impressionnantes, lança-t-elle d'un ton égal, le menton légèrement incliné, sa voix se jouant de lui. C'est peut-être pour ça que tu penses que je regretterais si on se mettait ensemble.

Il réduisit la distance entre eux, plantant un pied à côté du sien, de sorte que sa large poitrine effleurait ses seins et il parla d'une voix basse et ferme.

— Si j'avais moins de self-control, je te pencherais sur cette moto et te montrerais à quel point tu as tort.

— Pourquoi tout ce contrôle, Stone ? C'est parce que je fais le calendrier ?

— Normalement, je ne mélange pas travail et plaisir, mais aussi stupide que cela puisse paraître, non, ça n'a rien à voir avec ça. Bien que ça *devrait* être le cas. Je ne peux pas être l'homme de confiance dont tu as besoin, Dixie et je ne veux pas regretter de t'avoir ruinée pour un autre homme.

Elle émit un cri de frustration et s'en alla.

Il la rejoignit en deux grandes enjambées et l'attrapa par le bras, la faisant tourner sur elle-même.

— Qu'est-ce que tu crois, Dixie ? fulmina-t-il. Je ne suis pas un homme pour toi. Pourquoi me pousses-tu à bout alors que tu sais que je ne ferais que te briser le cœur ?

Elle releva le menton.

— Qu'est-ce qui te fait croire que je cherche un homme à qui donner mon cœur ?

Bon sang, elle faisait bonne figure, mais on ne pouvait pas nier la vulnérabilité dans son regard. Il était submergé par des émotions contradictoires. Il voulait la prendre dans ses bras, l'amener dans son *lit et* la vénérer jusqu'à ce qu'elle ne ressente plus jamais ça. Mais il savait ce qu'il devait faire.

— Je n'ai jamais prétendu le contraire, mais je sais que tu ne cherches pas un gars comme moi, déclara-t-il.

La colère jaillit dans ses yeux.

— Et si tu *me* laissais décider par moi-même ?

Comment avait-t-il pu être aussi aveugle à ses propres actes ? Sa poitrine se resserra en réalisant qu'hier soir, lorsqu'il lui avait dit qu'elle regretterait d'être avec lui, il lui avait retiré la possibilité de décider par elle-même, de la même façon que ses frères l'avaient toujours fait. *Putain.* Maintenant, il était dans un plus grand pétrin En l'espace d'une seconde, il jaugea ses choix : céder à ses désirs et la dévorer jusqu'à ce qu'elle soit alanguie et rassasiée dans ses bras ou faire ce qu'il fallait et protéger Dixie en restant du côté sûr de la ligne qu'il avait tracée dans le sable.

— J'aime que mes mecs soient un peu plus déterminés que ça, Stone, lui balança-t-elle avant qu'il ne se décide à répondre.

Le défi dans sa voix anéantit toute sa retenue.

Au diable la limite.

Il passa un bras autour de sa taille, l'attirant contre lui et l'air s'échappa de ses poumons. Son regard se radoucit, ses lèvres se retroussèrent et “Jace” sortit tout chaud et tout haletant de ses lèvres.

Une sonnerie stridente et répétitive retentit dans sa poche et il poussa un juron.

— Une des femmes de ton harem ? demanda Dixie d'un ton narquois.

— Ma *sœur* Jennifer, répliqua-t-il alors que la sonnerie retentissait à nouveau. Je ne fais pas dans les harems. Je ne suis pas doué pour ce qui est de *partager*.

Répondre au téléphone était la dernière chose qu'il voulait faire, mais Dixie et lui devaient bientôt dîner et il ne voulait pas que ses sœurs s'inquiètent.

— Surprenant pour un gars qui pense être aussi bon qu'un gâteau au chocolat.

Le son strident mit fin à la tension.

— Tu ferais mieux de répondre, murmura-t-elle en se penchant plus près.

— On n'en a pas fini.

Il la relâcha à contrecœur pour répondre au téléphone. Il porta le téléphone à son oreille.

— Encore une fois, ma décision, pas la tienne, rétorqua Dixie.

DIXIE NE POUVAIT PLUS respirer. Son corps vibrait, ses nerfs étaient en feu et son cœur était sur le point de sortir de sa poitrine. Elle n'avait pas eu l'intention de draguer Jace aussi agressivement, mais elle avait passé la nuit à être aussi excitée qu'en colère. Pourquoi tous les hommes de sa vie essayaient-ils de prendre les décisions à sa place ?

Jace était drôle et gentil avec sa sœur, sa voix était légère et rassurante. Mais à la seconde où il mit fin à l'appel, il redevint sombre et sérieux, entraînant silencieusement Dixie dans l'ascenseur. Ils étaient à deux doigts de s'embrasser avant que son stupide téléphone ne sonne et elle avait eu envie de ce baiser. Elle lui avait lancé un regard pendant qu'ils montaient dans l'ascenseur menant à son appartement. La tension était si dense qu'elle aurait pu en faire un rempart. Ses yeux étaient fixés sur les portes de l'ascenseur, les muscles de sa mâchoire se contractaient. Il portait un de ses sacs dans chaque main, son sac en cuir noir en bandoulière. Il était si grand et imposant que l'ascenseur lui semblait bien trop petit.

L'ascenseur débouchait directement sur son appartement et il lui fit signe d'entrer. Lorsqu'il lui avait dit qu'il vivait au-dessus du magasin, elle s'était attendue à un appartement modeste, pas à un énorme loft de type industriel à deux étages avec un espace ouvert et des vues incroyables sur la ville. Les murs étaient en briques, les sols en marbre de couleur terre et en bois riche et sombre. Deux canapés en cuir noir et deux fauteuils formaient un coin à leur droite, avec un tapis gris ardoise sous une table basse en verre et acier. Sur le mur derrière le coin, il y avait une rangée de bibliothèques encastrées et une ouverture qui menait à un bureau. Derrière les canapés se trouvait un bar noir élégant avec quatre tabourets de bar argentés. Des armoires coûteuses bordaient le mur derrière le bar et des lampes sous les placards éclairaient les comptoirs. À leur gauche se trouvait une cuisine en acier inoxydable, aux lignes épurées et aux coins saillants. Une magnifique table noire était posée devant les fenêtres et des chaînes épaisses étaient suspendues au plafond avec des lumières orientées vers le bas. Il y avait quelques tables noires et en acier dans cet espace, avec des bougies et des cahiers ouverts jonchant leurs surfaces. Tout dans cet endroit lui rappelait Jace – habile, vif et fort. Mais il ne semblait pas être le genre de type à utiliser des bougies et elle se demanda si elles étaient destinées aux femmes qu'il recevait. Cette pensée lui donna un peu la nausée, alors elle se concentra sur son environnement.

Alors que le côté droit du loft avait des plafonds à deux étages, le côté gauche n'en avait pas. À côté de la cuisine, un escalier en métal noir avec des poteaux et des fils en acier inoxydable menait à un balcon au deuxième étage qui couvrait la largeur de l'appartement. Elle vit trois portes et supposa qu'il s'agissait de chambres.

— Tu vis dans le penthouse ?

— Oui, répliqua-t-il d'un ton sec, en se dirigeant vers l'escalier avec leurs sacs. Les chambres sont à l'étage.

Elle le suivit et il posa ses sacs à l'intérieur de la première chambre, se tournant vers elle avec une expression qui semblait à la fois teintée de colère et de chagrin.

— Écoute, Dix, je ne voulais pas être un con hier soir. Je n'essayais pas de te priver de toute décision.

— Ah non ? Peut-être aurais-tu dû dire que tu ne voulais pas faire quelque chose que tu pourrais regretter ?

— Tu as tout à fait raison. C'est tout nouveau pour moi. D'habitude, si je veux une femme…

— Stop. Elle leva sa main. Je ne veux pas entendre parler des femmes avec qui tu as été, pas plus que tu ne veux entendre parler des hommes avec qui j'ai été. Il ne s'agit de personne d'autre que nous deux.

Sa mâchoire se contracta à nouveau.

— Exact, désolé, lâcha-t-il. Ses yeux se fixèrent sur les siens. Tu sais que je te désire.

L'entendre dire cela et la façon dont il la regardait, avec autant de désir que de retenue, fit frissonner son corps d'anticipation.

— Tu as investi chacune de mes pensées et je suis incapable d'arrêter de te désirer. Mais peu importe à quel point ce serait incroyable d'être ensemble. Crois-moi quand je te dis que ce serait fantastique mais être sur le point de t'embrasser était une erreur. Je te respecte trop pour être le gars qui profite de cette situation. En fin de compte, une nuit ou deux d'immense plaisir qui ne peut mener à rien d'autre ne vaut pas la peine de te blesser.

— J'apprécie que tu te préoccupes de mon bien-être, mais je ne suis pas une femmelette. Je ne te laisserai jamais, ni toi, ni aucun autre homme, profiter de moi. Donc si c'est ce qui te passe par la tête, tu peux appuyer sur le bouton “supprimer” et l'effacer.

Il esquissa un sourire.

— Si seulement c'était aussi simple. Tu ne peux pas désactiver le mode respect.

Mon Dieu, il était adorable, ce qui était une pensée étrange pour un homme grand et puissant comme Jace, mais il semblait vraiment avoir du mal avec ce point. Quand elle était dans ses bras, elle avait senti son désir, de son regard perçant à la chaleur intense derrière sa braguette et elle voulait *tout ça*. Mais il était tellement vertueux qu'elle allait devoir lui donner un petit coup de pouce supplémentaire.

— Eh bien décide-toi, Stone, parce que ce n'est pas de *mon* cœur dont tu devrais t'inquiéter. De meilleurs hommes que toi ont essayé de dompter cette Whiskey-là, alors que tout ce que je veux, c'est passer du bon temps. Maintenant, si tu veux bien m'excuser, je vais me changer avant de partir dîner avec ta famille. Elle ne put s'empêcher de le pousser à bout. Tu devrais peut-être prendre une douche froide, à moins que tu ne veuilles qu'ils te voient avec une trique d'enfer.

Il lâcha un juron et elle se rendit dans sa chambre, fière comme Artaban. Mais alors qu'elle défaisait ses valises, elle entendit la douche de Jace à travers la cloison et elle l'imagina nu, l'eau ruisselant sur sa poitrine et ses abdominaux jusqu'au redoutable *engin* entre ses jambes. Elle se mit à transpirer. Est-ce qu'il prenait les choses en main ? Se caressant pour relâcher la pression qu'ils avaient accumulée ?

Son pouls s'accéléra et elle ferma les yeux, se mordant les

lèvres en imaginant Jace, nu et mouillé, en train de se caresser en pensant à elle. Elle imaginait sa mâchoire serrée, ses hanches en mouvement et les sons agressifs qu'il émettait quand il jouissait.

Elle prit une longue inspiration irrégulière et se dirigea vers sa propre douche froide.

CHAPITRE 8

DIXIE SE DEMANDA COMBIEN de facettes de Jace, elle allait avoir le plaisir de découvrir ce soir. Dès qu'ils eurent quitté son appartement, la chaleur entre eux avait grimpé en flèche, heureusement ce n'était pas encore *à ébullition*, ce qui avait été le cas avant qu'ils ne prennent leurs douches. Ils prirent un taxi pour aller chez Rush et Jayla et sur le chemin, Jace lui fit un topo sur ses frère et sœurs ainsi que le mari de Jayla, Rush. Elle n'avait pas été angoissée à l'idée de rencontrer sa famille. Elle était tout le temps entourée de nouvelles personnes et elle le gérait bien. Mais alors qu'ils gravirent les marches de l'immeuble de sa sœur, Jace lui jeta un coup d'œil, ce qui la fit bondir *de joie* et ses nerfs se réveillèrent. Elle espérait que ses frères et sœurs ne remarqueraient pas la tension sexuelle qui flottait au-dessus d'eux comme les nuages.

La porte s'ouvrit et trois belles brunes jetèrent un regard vers l'extérieur avec des sourires éclatants. *Waouh.* Ce n'étaient pas les gènes de la beauté qui manquaient chez les Stone. Il était facile de distinguer ses sœurs rien qu'avec les descriptions faites par Jace.

— Jace !

Jayla cria et sauta dans les bras de Jace. Elle devait être la nouvelle maman et la sœur dont Jace était le plus proche.

Jace rit de bon cœur en l'embrassant, tenant le cadeau qu'il avait apporté pour son bébé, Thane, dans une main.

— Salut, Jay Jay.

Il avait l'air si insouciant, cela surprit Dixie et contribua à apaiser son anxiété. C'était réconfortant de voir le grand et robuste Jace s'adoucir dans ses bras.

Lorsque Jace mit Jayla à terre et lui tendit le cadeau qu'il avait apporté pour Thane, une autre de ses sœurs s'avança avec une expression chaleureuse. Dixie reconnut Mia grâce à ses vêtements. Jace l'avait décrite *comme une boule d'énergie qui se baladait en jean moulant, chemisiers décolletés et talons hauts et qui travaillait dans l'industrie de la mode.* Ce soir, son jean moulant était blanc, son chemisier à bretelles était rouge vif et ses talons étaient plus hauts que les bottes à talons aiguilles de Dixie. Ses cheveux étaient les plus foncés des trois sœurs, tandis que ceux de Jayla étaient d'un brun plus clair.

— Salut. Je suis Mia. Tu dois être Dixie. Nous avons tellement entendu parler de toi !

— C'est bien moi, répondit-elle. Je suis enchantée de te rencontrer.

Jennifer, la proviseure du lycée dont Jace avait vanté *le professionnalisme la journée et le dynamisme en dehors des heures de travail*, passa devant Mia, vêtue d'une mini-robe noire. Ses cheveux tombaient au milieu de son dos en vagues naturelles.

— Bonjour. Je suis Jennifer et celle qui étouffe Jace est Jayla.

Elle enlaça Dixie, puis elle se retira et la regarda de haut en bas. Elle mit ses mains sur ses hanches.

— Bon sang, ma belle, Jace ne plaisantait pas. Tu es *magnifique*. Tu mérites vraiment d'être l'égérie de *Silver-Stone*. J'adore tes tatouages.

— Merci. Je commence à être nerveuse pour la séance photos de demain.

Elle avait essayé de ne pas y penser, parce que chaque fois qu'elle y pensait, elle était pétrifiée. Elle s'était dit qu'elle pourrait s'en sortir comme elle l'avait fait pour le défilé de Jillian, quand elle avait juste parcouru le podium en se pavanant. Mais là, ça allait être *très* différent. Plus tôt, Jace avait confirmé qu'ils prendraient des photos, ce qui la rendait plus nerveuse que d'être en mouvement. Dans le taxi, Jace avait montré un panneau publicitaire et avait dit qu'elle y serait un jour pour représenter *Silver-Stone.* Elle n'était pas sûre s'il plaisantait ou pas, mais c'était effrayant rien que d'y penser. Elle l'observa alors qu'il prenait Mia dans ses bras et il lui fit un clin d'œil, mettant à nouveau ses nerfs en émoi.

— Tu vas être *phénoménale*, dit-il avec confiance. Tu ne pourrais pas foirer ça même si tu essayais, Dix. C'est pourquoi, je t'ai choisie. Tu es Dixie Whiskey, une biker extraordinaire, de la pointe de ton ravissant minois aux semelles de tes bottes en cuir. Ce n'est pas seulement dans ton sang, mais aussi dans tes tripes. Tu ne peux pas y renoncer, simuler *ou* tout foutre en l'air.

— Waouh, lança Jayla avec un sourire.

"Waouh" est le mot juste. Sa véhémence lui donnait envie de le croire.

— Tu vas tout déchirer, ajouta Jennifer. Et Jayla peut te donner des conseils si tu en as besoin. Elle a fait des tonnes de séances de photos pour des sponsors.

— Absolument, répliqua Jayla. Mia aussi. Elle travaille avec des mannequins tout le temps.

— Tout à fait, acquiesça Mia.

Dixie se sentit bien mieux en sachant qu'elle avait quelques femmes de son côté sur lesquelles s'appuyer.

— Merci. Et merci de me laisser vous accompagner ce soir.

— On n'aurait pas voulu qu'il en soit autrement.

Jayla se rapprocha pour un câlin.

— Jace ne ramène jamais de femmes à la maison, alors on est tous très curieux.

— *Jayla*, avertit Jace alors qu'ils suivaient ses sœurs à l'intérieur.

— Oh, arrête, s'exclama Jennifer. Comme si tu ne te doutais pas qu'on serait curieuses ?

— Tu avais l'habitude d'interroger tous les gars avec qui nous sortions. Maintenant c'est *notre* tour, affirma Mia.

La mâchoire de Jace se contracta lorsqu'elles entrèrent dans le salon et Dixie ne put s'empêcher de ricaner. Elle aimait le voir se dépatouiller. Il y avait un certain pouvoir dans le fait d'avoir des sœurs en plus grand nombre que les hommes de la famille.

La maison de Rush et Jayla était chaleureuse et accueillante, avec des meubles aux couleurs vives et des couvertures drapées sur le dos du canapé et des fauteuils. Les étagères contenaient plus de photos de famille que de livres et les murs étaient décorés de posters sur le thème des paysages en hiver et d'autres photos de famille. Des portes fenêtres menaient à un balcon avec des jardinières débordant de fleurs colorées. Le rez-de-chaussée ouvert dévoilait une salle à manger et une cuisine tout aussi chaleureuses.

— Alors, tu as des frères ou des sœurs ? demanda Mia.

— Oui, j'ai trois frères. Bones, Bullet et Bear.

— Et moi qui pensais que nos parents étaient bizarres de nous donner des noms en J juste parce que leurs noms sont Jacob et Janice, déclara Mia.

— Ce sont les noms de motards de mes frères. Leurs vrais

noms sont Brandon, Wayne et Robert.

— Dixie est ton nom de biker ? demanda Jayla.

Jace pencha la tête, comme s'il désirait lui aussi connaître la réponse.

— C'est mon vrai nom. Dixie Lee Whiskey. Elle hocha la tête. Je sais. Je devrais porter des bottes de cowgirl avec un nom pareil. Mais je suis perdue. Mia, que voulais-tu dire par "*noms* en J" ? Ton nom commence par un *M*.

— Le prénom de Mia est Jocelyn. Mia est son deuxième prénom. Elle s'est rebellée en 6ème, refusant d'être appelée Jocelyn. Depuis, elle se fait appeler Mia. Jennifer donna un coup de coude à Dixie. Revenons à tes frères motards, ces types virils. Sont-ils célibataires ?

— Bon sang, Jen, râla Jace. Ils sont tous pris et la dernière chose dont tu as besoin, c'est d'un biker.

Les yeux de Jayla s'écarquillèrent.

— Attention, Jace. Tu vas ruiner toutes tes chances avec Dixie.

— Oh, je connais exactement le caractère de ton frère.

Dixie affronta le regard agacé de Jace et l'agacement crépita entre eux. Elle se concentra rapidement sur Jayla ouvrant le cadeau que Jace avait apporté.

Jayla ouvrit la boîte et brandit une minuscule veste en cuir noir. Il y a eu un "ahhh" collectif venant de Dixie et de ses sœurs.

— C'est la chose la plus mignonne que j'ai jamais vue ! Merci, Jace !

Jayla posa la boîte sur la table basse et Mia prit la veste des mains de Jayla.

— Regarde ! Mia retourna la veste, leur montrant le logo *Silver-Stone* dans le dos et elles se mirent à rire.

Pendant que ses sœurs s'extasiaient devant la veste, Dixie se pâmait silencieusement face à la joie dans les yeux de Jace qui se délectait du bonheur de ses sœurs.

— Le petit gars a besoin d'avoir du style, déclara Jace avec désinvolture. Où est mon petit pote ?

— Rush est en haut en train de changer Thane. Ils vont bientôt descendre. Je peux vous offrir à boire ? demanda Jayla. J'ai fait de la sangria.

Comme prévu, un grand et bel homme aux cheveux courts bruns et aux yeux bleus vifs descendit les escaliers avec un bébé dans les bras.

— Tout est sous contrôle. Si tu attends une seconde, je vais t'aider, Jay.

— Content de te voir, mec. Jace attira son beau-frère dans une étreinte virile, en faisant attention de ne pas écraser le bébé. Rush, voici Dixie Whiskey, le nouveau visage de *Silver-Stone*.

C'était bizarre de s'entendre décrire de cette façon. Est-ce ainsi que Jace la voyait maintenant ? Comme une égérie pour son entreprise avant toute chose ? Peut-être qu'il se retenait parce qu'ils travaillaient ensemble. Cela la rendait encore plus nerveuse à leurs sujets *et* à la séance photos.

— C'est un plaisir de te rencontrer, répondit Rush. Je comprends pourquoi Jace est si impatient que tu fasses le calendrier.

— Merci. Je ne suis pas un mannequin ou quoi que ce soit, c'est toujours un peu angoissant, avoua-t-elle.

— Jay et moi avons tous les deux fait beaucoup de publicités pour des sponsors, dit Rush. Tu veux mon meilleur conseil ?

— Oui, s'il te plaît.

Rush eut un sourire.

— Dis-toi que tu es à nouveau adolescente, en train de frimer devant ton plus gros béguin. C'est incroyable ce qui se passe quand tu t'autorises à te sentir invincible comme tu l'étais avant d'être forcé de grandir et de réaliser que tu n'es qu'un être humain après tout. Jay et moi avons découvert que si nous nous replaçons mentalement à ce stade de notre vie, nous pouvons tout réussir. Bon sang, j'utilise toujours cette tactique quand je suis nerveux.

— Ça marche vraiment, acquiesça Jayla. Bien sûr, Rush était mon amour d'adolescence.

— Et Jay était le mien, ajouta Rush.

Dixie jeta un coup œil à Jace et une multitude de souvenirs la frappa. A dix-huit ans, elle s'était pavanée devant lui, le narguant avec son corps pubère, croyant de tout son cœur qu'elle pouvait le conquérir. Elle se souvint de la façon dont il décrivait ce qu'elle lui faisait à l'époque et une bouffée d'invincibilité la frappa. *Merde, Rush avait raison.*

— Merci. Je vais sans aucun doute essayer ça.

Dixie regarda le précieux bébé dans ses bras et son cœur fondit.

— Oh Mon Dieu, regarde ce petit gars.

Elle tendit la main pour chatouiller le pied du bébé.

— Salut, Thane. Tu es vraiment la chose la plus mignonne qui soit.

— Laisse ce petit gars, déclara Jace en prenant le bébé des bras de Rush et en câlinant Thane contre sa poitrine. Il passa son nez sur le front du bébé et un doux sourire souleva les lèvres de Jace.

— Il est vraiment gaga, plaisanta Jennifer.

— Qui l'aurait cru ?

Dixie fondit à la vue de l'amour qu'il portait au bébé, chassant de son esprit ses inquiétudes sur la retenue de Jace. Le voir avec ce petit bébé apportait toutes sortes de nouvelles émotions étranges et douces.

Jace leva les yeux vers les siens et l'électricité qui avait crépité entre eux se transforma en quelque chose de plus doux, *de plus profond. Oh mon Dieu.* Cette facette pourrait être encore plus puissante que le côté animal qu'il gardait sous contrôle.

— Tu as des enfants ? demande Jayla, la tirant de sa rêverie.

— Non, mais j'ai beaucoup de nièces et de neveux. J'*adore* les bébés.

Elle tendit son doigt et le bébé l'entoura de sa petite main.

Jayla se rapprocha de Jace.

— Tu entends ça, Jace ? Dixie *aime* les bébés.

— Bon Dieu, Jay, ne la pousse pas dans cette voie. Jennifer secoua la tête. Crois-moi, Dixie, tu n'as pas envie d'en arriver là avec Jace. Je suis sortie avec des types comme lui. C'est le travail *d'abord*, puis en *deuxième position et en troisième position.* C'est aussi l'homme le plus difficile à contacter et quand tu y arrives, il est complètement absorbé par ses pensées. Ça ne changera jamais.

— *Hé*, prévint Jace.

Mia fusilla Jennifer du regard.

— Je ne sais pas de quoi tu parles. Jace ferait un père formidable. Il a toujours été là pour nous.

— Il change même les couches, confirma Jayla. C'est un *super* baby-sitter. Quand il a le temps, évidemment. Bien sûr, c'est un homme occupé. Il dirige une *énorme* entreprise florissante.

Dixie avait l'impression d'écouter un débat sur les avantages et les inconvénients de Jace Stone. Pas qu'elle ait besoin de l'entendre alors qu'elle avait sa propre liste.

— Je ne dis pas que c'est un mauvais gars, expliqua Jennifer. Il *a bien* ce programme de bourses pour les enfants défavorisés et c'est un frère génial.

— *Il est* juste là, devant toi.

— Programme de bourses d'études ? demanda Dixie.

— C'est *rien*, rétorqua Jace.

— Il est si modeste. Dès que Jace a été en mesure de le faire, il a lancé un programme de bourses d'études pour les enfants défavorisés qui veulent étudier l'ingénierie, expliqua Mia. Il propose également des stages *et* a lancé un programme de tutorat au sein de *Silver-Stone*, auquel il participe. Elle jeta un regard à Jennifer. Comme je te le disais, c'est un frère formidable et il ferait un père formidable. Ignore simplement les commentaires de Jennifer.

— De quoi tu parles ?

Jennifer toisa Jace.

— Tu as toujours dit que tu étais marié à ton entreprise, n'est-ce pas ? Elle ne laissa pas le temps à Jace de répondre et son expression agacée ne laissa rien transparaître. Je mets juste en garde Dixie pour qu'elle ne se fasse pas de faux espoirs parce que tu es charmant quand tu essaies de l'être. Tu *sais* que tu ne vas pas te ranger et devenir un père de sitôt.

La vache. Que pensaient-ils qu'il se passait entre Jace et elle ? Elle fut aussi stupéfaite par cela qu'en apprenant qu'il avait mis en place ces programmes.

— Comment peux-tu savoir qu'il ne l'est pas ? Les priorités changent, grogna Mia. Puis, elle ajouta plus doucement. Bien que tu vieillisses, Jace, si tu veux des enfants, tu devrais probablement te mettre au boulot. Tu as déjà foutu en l'air les projets de vie que j'avais pour toi.

Jace lui adressa un regard noir.

— Waouh. Dixie remua les mains. Jace et moi ne sortons pas ensemble. Nous sommes juste en train de faire ce calendrier ensemble.

Ses sœurs échangèrent un regard confus.

— Oh, dit Jayla. Je suis désolée. La façon dont vous vous regardiez à l'instant…

— *Ça suffit*, exigea Jace, tournant un regard mécontent vers ses sœurs. On n'est pas là pour dîner ?

Rush gloussa.

— C'est dans ces moments-là que je suis content de n'avoir qu'une seule sœur. On devrait se mettre à table avant que Dixie ne s'énerve ou que Jace ne perde son sang-froid.

— J'ai trois grands frères qui me harcèlent tout le temps, déclara Dixie. C'est bien de voir ce que ça fait quand les rôles sont inversés. Je prendrais bien un peu de cette sangria dont tu as parlé.

— Va pour la *tequila*, dit Jace, en lui jetant un autre regard noir.

— Oui ! Jayla sauta sur ses pieds, puis elle attrapa le bras de Mia, la tirant vers la cuisine alors qu'elle baissait la voix pour dire "Je l'adore !". Nous allons les faire boire et apprendre tous leurs secrets.

— Il faut excuser Jayla, ajouta Jennifer. Depuis qu'elle a mis au monde cette adorable créature, elle s'est donnée pour mission de tous nous marier. Je vais aller les remettre sur le droit chemin.

— Et je la surveillerai.

Rush suivit Jennifer dans la cuisine.

— J'AI LE sentiment que la nuit va être longue, déclara Jace, même s'il avait su pertinemment qu'elle serait longue dès que Dixie était descendue de sa chambre vêtue d'une mini-jupe en cuir noir, d'un débardeur moulant et de bottes à talons aiguilles.

— J'*adore* tes sœurs. Je me demande à quel point ma vie aurait été différente si j'avais eu des sœurs. Dixie caressa le front de Thane et le regarda tendrement. Tu crois que ça les dérangerait que je le tienne une minute ?

— Bien sûr que non.

Jace lui tendit le bébé et son cœur se serra lorsqu'elle se blottit contre la joue de Thane.

— J'aime l'odeur des bébés, dit-elle doucement. Puis elle regarda Jace. Qu'est-ce que Mia voulait dire quand elle a affirmé que tu avais détruit ses projets ?

Jace jeta un coup d'œil vers la cuisine, surprenant ses sœurs qui les épiaient tels des faucons. Les filles sursautèrent, se tournant et se cognant les unes aux autres. Jace gloussa, content qu'elles apprécient Dixie, même s'il savait que ce serait le cas.

— Mia est une grande spécialiste de l'organisation. Elle a planifié toutes nos vies depuis qu'elle est adolescente. Je pense que Jennifer et moi avons tous les deux fait échouer ses plans, mais Jayla et Rush ont fait exactement ce qu'elle avait prévu. Ils sont meilleurs amis depuis leur enfance.

— Elles ont de la chance d'avoir une telle amitié.

Elle glissa un coup d'œil dans la cuisine.

Jace suivit son regard, voyant les bras de Rush autour de Jayla alors qu'il baissa ses lèvres sur les siennes.

— Ils vont bien ensemble.

Ses sœurs se mirent à apporter des plateaux de nourriture sur la table.

— Pourquoi pensent-elles que nous sommes *ensemble* ? demanda Dixie.

Il haussa à moitié les épaules.

— Peut-être parce que je n'ai pas amené de femmes à dîner depuis que je suis adolescent. Maintenant je me souviens pourquoi.

— Ce n'est pas pour ça, cria Jennifer depuis la salle à manger. C'est parce que ça fait des *années* qu'on entend parler de *Dixie.*

— Toujours de façon impromptue, indiqua Jayla en leur faisant signe de passer dans la salle à manger. Comme si les remarques ne suffisaient pas. Il disait un truc du genre : Dixie ne supporterait pas ces conneries.

— Ma préférée, c'est quand il cherchait un mannequin pour représenter *Silver-Stone.* Mia baissa sa voix d'une octave. "Cette fille n'a rien à voir avec Dixie Whiskey !" Elle tira une chaise et s'assit.

— Nous avons toujours eu le sentiment qu'il y avait un truc en plus.

— *Nous* ? demanda Jace.

Les trois sœurs lui firent un signe de la main, puis Rush leva la sienne.

— Moi aussi, mon pote. Désolé.

— Vous avez tous une imagination *débordante*, grommela Jace en essayant de se rappeler s'il avait déjà dit ces choses. Il savait qu'il les avait pensées, mais il n'avait pas conscience de les avoir dites à sa famille. Vous avez inventé toutes ces conneries.

— Non, pas du tout, affirmèrent ses sœurs.

Dixie le regardait avec une expression qu'il n'avait jamais vue, comme si elle connaissait ses secrets. Jusqu'à ce moment précis, il pensait les avoir gardés bien au chaud.

— Désolée, mais pas vraiment désolée, dit Jayla à Jace. Dixie, pourquoi je ne mettrais pas Thane dans son parc pour que tu puisses manger ?

— Ok, mais juste un dernier câlin. C'est le plus adorable des petits gars.

Dixie câlina le bébé, se blottissant contre lui les yeux fermés, avant de le tendre à Jayla.

Jace tira une chaise pour Dixie, puis il prit place à côté d'elle.

— Désolé pour tout ça.

— Pas moi. C'est très *instructif.*

Il voulait l'embrasser pour faire taire son insolence. Au lieu de ça, alors que tout le monde remplissait ses assiettes de lasagnes, il se concentra pour rattraper le temps perdu avec ses frères et sœurs.

— Jennifer, as-tu fait réparer ton lave-vaisselle ?

— Oui, *enfin*, soupira-t-elle.

— Bien. Et as-tu géré la situation avec ces garçons qui se mettaient dans le pétrin juste pour qu'on les envoie dans ton bureau ?

Sa sœur avait toujours eu une multitude d'adolescents qui la suivaient comme des chiots haletants et elle était plutôt douée pour faire taire ceux qui se prenaient pour le nombril du monde, mais il aimait garder un œil sur la situation.

— Ils doivent trouver un meilleur exutoire pour leurs hormones.

— Oui, je m'en suis occupée, répondit Jennifer. Tu te souviens quand tu en pinçais pour Mme Malone, la prof de français ? Tu étais tout aussi désagréable.

— Exactement. C'est pour ça que je sais que tu dois y mettre un terme, trancha-t-il avec sévérité. Et tes vacances d'été ? As-tu décidé si tu vas partir cette année ?

Jennifer ne gagnait pas beaucoup d'argent et pour cette

raison, elle ne prenait pas toujours des vacances.

— Pas encore. J'évalue différents endroits, en essayant de décider si je dois aller dans un endroit où tout est inclus ou non. Jennifer jeta un coup œil à la table. Je pense que ça n'a pas vraiment d'importance. Donnez-moi une plage de sable fin et des mecs préposés à la piscine et c'est bon.

— Mais…

— Je *sais*. La jeune femme leva les yeux au ciel. Je te communiquerai mes horaires de vol et t'enverrai des SMS tous les jours pour que tu saches que je n'ai pas été enlevée par un psychopathe.

Dixie se rapprocha de lui.

— *C'est ce* que tu appelles donner de l'espace à tes sœurs ? Tu es aussi nul que mes frères.

— C'est faux, soutint Jace. A la place de tes frères, je me serais moi-même occupé de ces adolescents, je me serais arrangé pour que son lave-vaisselle soit réparé à la seconde où j'en ai entendu parler et je ne me contenterais pas de demander un SMS. Je me pointerais directement à la plage.

— Purée, tes frères font ça ? demanda Jennifer. Ça me rendrait folle.

— A peu près. Ils sont très protecteurs envers moi, dit Dixie. J'essaie de me sortir de leurs griffes.

— Pour ce que ça vaut, Jace rôdait plus autour de nous quand nous étions plus jeunes, avoua Mia. Mais il ne l'est plus depuis des années. Il est comme le parapluie que tu gardes par précaution dans ton coffre. On n'en a pas vraiment besoin pour les pluies quotidiennes, mais quand la tempête frappe, on est content de l'avoir.

Dixie adressa une expression plus chaleureuse à Jace.

— Je suppose que je t'ai mal jugé. Tu es vraiment différent.

— Tu ne trouveras jamais un autre homme comme lui, déclara Jayla en lui donnant un coup de coude pas si subtil.

La jambe de Dixie effleura celle de Jace sous la table et il se retrouva à la fixer à nouveau. Il essaya de se distraire.

— Les filles, vous avez fini d'essayer de me fourguer à Dixie ?

— Non, lancèrent Mia et Jayla à l'unisson.

Jace fouilla dans sa poche arrière et donna une enveloppe à Jennifer.

— Qu'est-ce que c'est ? Jennifer ouvrit l'enveloppe et en sortit une brochure.

— Les parents de Maddox ont une maison sur Silver Island. Je t'ai trouvé une chambre pour dix jours. Ils la laisseront à disposition jusqu'à ce que tu aies envie d'y aller, même si ce n'est pas cette année.

Il porta une fourchette à sa bouche tandis que ses sœurs couinèrent. Jennifer se leva d'un bond et se jeta sur lui pour le serrer dans ses bras.

— Mes frères ne feraient *jamais* ça, affirma Dixie en le regardant comme s'il venait de décrocher la lune.

— Je vais faire une recherche sur cette île sur Google.

Jayla sortit son téléphone alors que Jennifer prenait place et elles se passèrent la brochure autour de la table.

— Sympa, Jace, concéda Rush. Ne dis pas à ma sœur que tu as fait ça ou elle va venir me demander des comptes.

— Attends une seconde, Jace. Tu es le partenaire de Maddox depuis des années et c'est la première fois qu'on entend parler de sa famille qui possède un endroit sur une île qui, *comme par hasard*, porte leur nom ? Mia pointa sa fourchette vers lui. Crache le morceau.

— Rien à dire. Tu sais que je n'aime pas mélanger affaires et plaisir.

Dixie tripota sa serviette et il se rendit compte de la portée de ses paroles.

— Oh non. Jennifer le montra du doigt. Tu as fait en sorte qu'un vieux monsieur me surveille ? Parce que si c'est le cas…

— Du calme, répliqua-il. Je n'ai rien organisé de tel. Si tu ne veux pas y aller, file ça à Mia ou Jayla.

Jennifer colla la brochure contre sa poitrine.

— Je le veux ! Merci. C'est juste que… c'est trop.

— Non, ça ne l'est pas et tu le mérites. Tu travailles comme une folle dans cette école. Je vous ai pris quelque chose aussi.

Il essayait toujours d'apporter un petit quelque chose s'il n'avait pas vu ses sœurs depuis un moment, mais il faisait attention à ne rien leur donner qui leur donnerait l'impression qu'il pensait qu'elles ne pouvaient pas subvenir à leurs propres besoins.

Il sortit une autre enveloppe de sa poche et la tendit à Jayla.

— Massages pour maman et papa. C'était un forfait pour les jeunes parents dans ce spa que tu aimes bien. Je me suis dit que Rush et toi auriez besoin de vous faire dorloter. Si je suis en ville, je garderai Thane. Je sais que vous pouvez vous permettre d'avoir tout ce que vous voulez, mais je sais aussi qu'aucun de vous ne fera passer sa vie avant celle de son bébé.

Rush serra la main de Jayla et tous deux le remercièrent.

— Mia, tu as un cadeau qui arrivera par la poste.

— J'en aurai un ? demanda Mia.

— Une paire de talons aiguilles de chez *Leather and Lace* dont tu me parlais tant devrait arriver la semaine prochaine.

— Oh mon Dieu ! s'exclama Mia. Je les voulais depuis que tu m'as montré les designs ! Merci beaucoup, Jace.

— Tu as aimé les talons. Pas de quoi en faire un plat.

Comment se présentent les choses dans la nouvelle boutique du Cap ?

Les yeux de Mia s'illuminèrent.

— Ça va être génial. Je pars dans quelques semaines pour rencontrer les designers du Cap. J'ai hâte de voir tout ça prendre forme.

— Le Cap ? Comme dans Cape Cod ? demanda Dixie.

— Oui. Mon patron ouvre une nouvelle boutique dans l'une des stations balnéaires de son frère, Ocean Edge, à Brewster. Tu connais ? demanda Mia.

— Pas de ce complexe en particulier, mais je connais le Cap. Je vais à Wellfleet la semaine prochaine. Mon cousin Justin expose ses sculptures dans une galerie et je vais à l'inauguration. J'y étais à l'automne. Mes cousins et mon oncle sont membres du chapitre de Cape Cod des Dark Knights. Tu as entendu parler d'eux ?

— Les Dark Knights ? s'interrogea Jennifer.

— C'est un club de bikers. Mon arrière-grand-père a fondé le chapitre du Maryland et mes proches ont fondé et sont impliqués dans d'autres chapitres, au Cap et au Colorado, expliqua-t-elle.

— Comme dans un *gang* ? demanda Jayla, ses yeux se dirigeant vers Jace.

— Non, répondit-il.

— Un club est différent d'un gang, expliqua Dixie. C'est essentiellement un groupe de mecs qui aiment faire de la moto et qui ont des croyances et un mode de vie similaires. Ils veillent sur la communauté, empêchent le harcèlement, aident les gens dans le besoin, ce genre de choses. C'est comme une grande famille.

— Waouh, tu es encore plus parfaite pour Jace que je ne le

pensais, dit Jayla en regardant Jace avec insistance.

— Jayla, arrête ça, la mit en garde Jace.

— Je ne fais que constater les faits, dit Jayla avec désinvolture.

Dixie donna un coup de coude à Jace.

— Relax. Elle te fait juste passer un mauvais quart d'heure.

— Tu vas aussi à Bikes on the Beach ? demanda Mia. Jace y va tous les ans.

— J'y vais depuis une éternité, je connais la plupart des bikers des environs du Cap, y compris la famille de ton cousin Justin Wicked et la plupart des Dark Knights, expliqua Jace.

— Ce n'est pas surprenant. Leur communauté est très soudée, comme celle de Peaceful Harbor. Mes cousins y vont chaque année, mais je n'y vais jamais. Ces événements sont comme une grande fête où l'alcool coule à flots et j'en vois assez en travaillant au bar familial. Mais j'espère aller au cinéma en plein air pendant que je suis là-bas. J'adore les drive-in et il n'y en a pas là où je vis.

— Jared m'a parlé du drive-in. C'est sur ma liste de choses à faire, déclara Mia. Je veux tout savoir sur le bar de ta famille. Ce n'est pas trop cool d'avoir un bar ? C'est comment ?

— C'est un peu un repaire de bikers, mais j'adore ça. Dans la journée, c'est familial, mais la nuit, ça peut être agité.

Tout le visage de Dixie s'illumina alors qu'elle leur parlait du bar, du garage et de ce qu'elle faisait pour chacun de ces commerces. La fierté dans sa voix était incontestable.

— Tu t'occupes des comptes et de la paperasse pour les deux commerces *et en plus* tu es serveuse à temps partiel ? demanda Jennifer. Ça a l'air de faire beaucoup. Comment trouves-tu le temps de sortir avec quelqu'un ?

— Ou de *lire* ? questionna Mia.

Jennifer leva les yeux au ciel.

— Tes romances à l'eau de rose et toi.

— Les rendez-vous sont un sujet délicat, confirma Dixie. A cause de la réputation de mes frères qui ne cessent de me protéger, *la plupart* des hommes restent à l'écart.

Elle regarda avec insistance Jace et il savait qu'elle pensait à la façon dont il n'avait pas fléchi. S'il interprétait correctement son expression, elle aimait beaucoup ça.

— Je me fie aussi aux romances plus souvent que je ne le voudrais, admit Dixie. Mais je fais partie de ce super club de lecture de romances en ligne. Nous avons des membres dans le monde entier, mais les filles qui l'ont créé vivent à Wellfleet. Je verrai probablement certaines d'entre elles quand j'irai à l'exposition de Justin. Nous lisons une romance érotique en ce moment. Elle jeta un regard moqueur à Jace. J'*adore* les romances érotiques.

Son intérêt fut piqué.

Elle frotta sa jambe contre la sienne sous la table et il lui lança un regard en guise d'avertissement. Elle feint un sourire innocent en faisant courir ses doigts le long de sa cuisse.

— Je veux faire partie de ce club de lecture, lança Jennifer.

Jace serra les dents. Il n'en avait rien à faire de ce fichu club, mais il voulait en apprendre plus sur *Dixie* et il n'allait pas la laisser le chauffer et le perturber devant sa famille. L'heure de la vengeance avait sonné. Il toucha sa cuisse nue, étudiant son expression alors que sa peau se réchauffait. Il sentit ses muscles se tendre alors qu'il faisait glisser sa main le long de sa peau soyeuse, sous sa jupe.

Elle termina sa sangria en une seule gorgée.

Satisfait de sa réaction, il laissa sa main là, sentant la chaleur irradier entre ses jambes. Il prit un morceau de lasagnes avec sa fourchette, comme s'il profitait simplement du dîner pendant que les filles discutaient. Il pouvait pratiquement sentir les battements de cœur de Dixie pulser dans l'air.

— Je veux aussi rejoindre le club de lecture ! s'exclama Mia. Au moins, comme ça, j'aurais des amies avec qui parler de mes petits amis fictifs.

Jayla regarda Rush d'un air amusé.

— Comment peut – on s'inscrire ?

Jace scruta les visages de ses sœurs, s'assurant qu'elles n'étaient pas au courant de ses touchers furtifs. Elles étaient si occupées à parler du club, que personne ne remarqua quoi que ce soit et lui non plus. Alors que Dixie parlait de forums et de séances FaceTime, il fit glisser ses doigts plus haut, sentant la chaleur humide de sa culotte.

Elle serra ses jambes l'une contre l'autre.

— Je te donnerai tous les *détails* après le dîner. Le mot *détails* sortit en un souffle. Le livre que nous lisons en ce moment est *tellement* génial. Le héros est complètement dominant. Il prend ce qu'il veut, mais il prend aussi son pied en donnant du plaisir. Elle regarda Jace. Il n'y a rien de plus sexy qu'un homme qui sait ce qu'il veut et qui se bat pour l'avoir.

— Oui, approuva Jennifer.

Rush se pencha et embrassa Jayla.

— Ma femme peut en attester, ajouta-t-il.

Les yeux de Dixie ne quittèrent pas le visage de Jace. Il pensait l'avoir choquée, mais elle profitait de chaque seconde de ses caresses secrètes, ayant probablement l'impression d'avoir *gagné*. C'était super sexy, mais il avait joué le jeu avec elle.

Ayant besoin de retourner la situation, il retira sa main, ce qui lui valut un regard sévère de Dixie.

Oh oui, chaton, sors tes griffes.

Jace se pencha tranquillement sur sa chaise.

— Alors, Rush, parle-moi du nouveau programme d'entraînement que Jayla a évoqué.

La chaleur du regard de Dixie le transperça.

Au cours des deux heures suivantes, Dixie sortit ses griffes de chaton, le narguant, le taquinant et s'énervant quand il ne jouait pas le jeu. Ça le tuait de ne pas réagir à ses doubles sens sexy et à ses regards séduisants, mais s'il la touchait encore, il n'allait plus pouvoir s'arrêter. Comme si cela n'était pas une torture suffisante, *tout* ce qu'elle fit pendant la soirée l'attira plus profondément, que ce soit dorloter Thane ou ricaner et chuchoter avec ses sœurs dans la cuisine, découpant des morceaux de gâteau au chocolat pendant qu'elles murmuraient derrière leurs mains. Elle semblait féminine et joyeuse, comme si elle n'avait rien à prouver.

Dixie avait presque toujours l'air d'avoir quelque chose à prouver.

Être témoin de cette facette d'elle était si captivant que Jace se sentit sous le charme.

Elle eut les larmes aux yeux quand elle leur raconta la nuit où Truman avait retrouvé ses petits frère et sœur, puis quand elle leur parla de son père qui avait eu une attaque et de sa mère qui était restée à ses côtés nuit et jour pour le soigner. Elle poursuivit en évoquant chacun des membres de sa famille et leur rapporta même ce qui s'était passé lors de la vente aux enchères. Il était facile de voir à quel point sa famille comptait pour elle. Mais quand elle expliqua ce que cela lui avait fait de voir Finlay tomber amoureuse de Bullet, le plus bourru et le plus fermé de ses frères. Jace remarqua que son bonheur avait une signification toute particulière pour Dixie. Son amour pour sa famille dépassait clairement les ressentiments qu'elle avait à vivre dans l'ombre de ses frères.

Alors qu'ils s'apprêtaient à partir, toutes les filles encouragèrent Dixie pour la séance photos, lui disant à quel point elle serait fantastique et lui souhaitant bonne chance. Elles échangèrent leurs numéros de téléphone et apparemment le club de lecture de Dixie accueillait trois nouveaux membres. Après des embrassades et la promesse de Jace de leur envoyer quelques photos de la séance et en faisant promettre à Dixie de rester en contact, Jace héla un taxi.

— Ta famille est *incroyable*, dit Dixie quand le taxi démarra.

Sa jupe était tellement remontée que ses doigts lui brûlaient au souvenir d'avoir frôlé sa culotte. Il serra les dents si fort qu'il était sûr qu'elles allaient se casser.

— J'aurais aimé avoir des sœurs. La dynamique est si différente entre ta famille et la mienne. Et *Thane* ? Dixie soupira, appuyant sa main sur son cœur. Il est si mignon. Je ne sais pas comment tu le supportes. Il va être un bourreau des cœurs, tout comme son oncle…

Elle continua en disant qu'elle s'était beaucoup amusée et que ses sœurs et Rush l'avaient aidée à se calmer pour la séance photos de demain. Jace tenta de se concentrer sur ce qu'elle disait, mais il ne pouvait détacher ses yeux de ses longues jambes. Son esprit était en effervescence avec Dixie qui riait, se moquait de lui et *lançait des défis*. Alors qu'elle parlait de la journée de demain, il se demandait comment il allait passer la nuit.

La famille et la loyauté étaient les deux choses auxquelles Jace tenait le plus et alors que toutes les nouvelles facettes de Dixie s'assemblaient, il réalisa qu'elle trouvait aussi son chemin vers son cœur, sans même le savoir.

Il y pensa lorsqu'il l'aida à sortir du taxi et la conduisit à l'intérieur du bâtiment et vers l'ascenseur. Elle cessa de parler et ses yeux trouvèrent les siens. Il aurait dû prendre les escaliers car il était en train de se perdre en elle.

— Tu as écouté un seul mot de ce que j'ai dit ? demanda-t-elle doucement alors que les portes de l'ascenseur se refermaient.

Il se plaça devant elle et ses yeux verts devinrent aussi sombres qu'une forêt, l'attirant directement dans ses filets. Il ignora sa question, ayant besoin de sa bouche contre la sienne.

— Nous savons tous les deux que je ne suis pas l'homme qu'il te faut. Je ne suis redevable de personne, Dix et je ne peux pas te promettre un amour éternel. Bon sang, je ne peux pas te garantir qu'on sera encore ensemble la semaine prochaine ? Tu veux prendre tes propres décisions ? Tu ferais mieux de te dépêcher, chaton, parce que je suis à deux doigts de te dévorer.

— Tu es l'homme dont j'ai besoin *en ce moment-même*.

Elle saisit le devant de sa chemise et tira dessus. Sa bouche s'écrasa contre la sienne et son dos heurta violemment le mur. Il se frotta contre ses hanches, lui faisant sentir l'effet qu'elle avait sur lui. Elle avait un goût doux et sensuel, comme si toutes les choses qu'il préférait étaient réunies en un seul et même délicieux package. Il enfonça ses mains dans ses cheveux, les enroulant et inclinant sa bouche vers la sienne alors qu'il l'embrassait plus profondément. Il était rude et avide et elle l'était tout autant, se déhanchant, s'agrippant à ses bras, son dos et sa tête. Le sang martelait ses veines alors que leurs langues s'entremêlaient, féroces et affamées. Il tira ses cheveux, provoquant un gémissement qui le foudroya sur place. Les portes de l'ascenseur s'ouvrirent, mais il refusa de la lâcher. Ils trébuchèrent en arrivant dans son appartement en se dévorant mutuellement la bouche et il la plaqua contre le mur sans rompre leur lien. Des années de désir refoulé eurent raison de lui. Il voulait la toucher partout en même temps, la goûter, la sentir jouir sur sa bouche, ses mains, son *engin*. Il caressa sa poitrine d'une main, son autre main s'enfonçant sous sa jupe tandis qu'ils s'embrassaient.

Elle gémit dans sa bouche, balançant ses hanches alors qu'il glissait ses doigts sous sa culotte et touchait son sexe, sentant son humidité contre sa paume. La chaleur de son désir marqua sa peau alors qu'il faisait glisser ses doigts lentement le long de son sexe gonflé, faisant ressortir son désir. Un autre son long et affamé s'échappa de ses poumons et il accéléra son rythme, la taquinant avec ses doigts lorsque son pouce trouva sa cible et qu'elle haleta. Il se retira, ayant besoin de voir son beau visage alors qu'il la revendiquait. Mon Dieu, elle était magnifique.

— Ouvre les yeux, exigea-t-il.

Elle ouvrit les yeux et la passion qui s'en dégagea le brûla comme un charbon ardent.

Ravalant les mots qu'il avait sur le bout de la langue – *tu me détruis* – il lâcha un "Putain, Dixie" et lui arracha son haut et son soutien-gorge, exposant ses seins. Il continua de la taquiner en bas en abaissant sa bouche et en faisant glisser sa langue sur et autour de son sexe tendu. Quand ses yeux se fermèrent, il grogna un "*Ouvre-les*" et cala sa main entre ses jambes. Elle ouvrit les yeux et il soutint son regard tandis qu'il aspirait son clitoris dans sa bouche et enfonçait ses doigts dans sa chaleur veloutée.

Elle haleta, ses ongles s'enfonçant dans l'arrière de ses bras, l'utilisant comme levier alors qu'elle baisait ses doigts et qu'il suçait et léchait, mordait et taquinait sa magnifique poitrine. Il se redressa, frottant son pénis contre sa hanche alors qu'il regagnait sa bouche et accéléra les mouvements de ses doigts. Elle gémit dans sa bouche, un gémissement qui trahissait son désir Il l'embrassa plus fort, poussa ses doigts plus rapidement, jusqu'à ce que ses muscles se contractent et que l'orgasme la gagne. Son sexe palpitait autour de ses doigts, ses hanches se balançaient sauvagement et un flot de sons lascifs s'échappa de ses poumons. La vue de sa jouissance, les sons qu'elle émettait et son parfum séduisant étaient magnifiques, mais ils ne suffisaient pas. Normalement, il n'était pas un salaud aussi avide, mais Dixie changea la donne.

Elle redescendit de son orgasme, essoufflée et haletante. Son corps était en ébullition. Ses muscles brûlaient à force de se retenir alors qu'il cherchait dans son regard et le *trouva*, le feu vert pour aller plus loin. La passion le parcourut et un bruit rauque s'échappa de son corps lorsqu'il fit remonter sa jupe jusqu'à la taille en abaissant sa culotte qu'il *arracha*. Agenouillé devant elle, il posa ses mains sur ses cuisses, les écartant largement et scella sa bouche sur son sexe, la goûtant pour la première fois. Elle était plus douce que le miel, plus addictive que n'importe quelle autre drogue. Si l'euphorie avait un goût, ce serait celui de *Dixie*.

Elle enfouit ses mains dans ses cheveux pendant qu'il se rassasiait. Il souleva une de ses longues jambes par-dessus son épaule, inclinant ses hanches pour pouvoir plonger plus profondément. Il la baisa avec sa langue, la taquina avec ses doigts. Son corps tremblait et se secouait tandis qu'elle inspirait à petits coups, gémissant et suppliant pour en avoir plus. Il prit son clitoris entre ses dents, utilisant ses doigts pour caresser le point secret à l'intérieur d'elle qui la fit grimper aux rideaux à nouveau.

— *Jace* !

Entendre son nom sortir de ses lèvres dans les affres de la passion lui donnait envie de l'entendre à nouveau. Il retira ses doigts de son sexe luisant et se régala à nouveau de sa douceur.

— *OhmonDieuOhMonDieuOhMonDieu*, lâcha-t-elle en haletant tandis qu'il exerçait sa magie, la catapultant dans le chaos.

Il resta en elle, savourant chaque moment jusqu'à sa toute dernière secousse. Il déposa une série de baisers plus légers sur et autour de son sexe et à l'intérieur de ses cuisses. Chaque contact provoquait une forte inspiration. Ce son fut sa récompense. Ses mains tremblantes agrippèrent ses bras lorsqu'il se leva. Il se sentit différent, comme s'il avait vécu quelque chose de bouleversant. Il se dit que ce n'était que du sexe, mais le plaisir et la satisfaction dans ses yeux le tiraillaient au plus profond de sa poitrine. Il réclama sa bouche pulpeuse, rude et malicieuse, essayant de chasser ces sensations troublantes. Mais quand elle enroula ses bras autour de lui, pressant ses mains dans son dos, le tenant comme si elle ne voulait jamais le lâcher, quelque chose changea en lui. Ses efforts diminuèrent. Il voulait être dans ses bras et désiré pour autre chose que le plaisir qu'il pouvait lui procurer, avoir besoin de la femme qui n'avait besoin de personne. Sa langue caressa la sienne de manière sensuelle et *approfondie*, comme il ne l'avait jamais fait avec aucune autre femme.

Il embrassa la commissure de ses lèvres et inclina sa tête près de la sienne, leurs corps toujours pressés l'un contre l'autre. Son cœur battait rapidement dans sa poitrine, ses mains glissaient le long de son dos, s'agrippant à ses fesses. Ses hanches se mirent en mouvement de manière involontaire. La profondeur de leur connexion le fit trébucher et des signaux d'alarme retentirent dans sa tête. *Bordel de merde.* S'il se sentait comme ça rien qu'en l'aimant avec sa bouche, qu'est-ce que ce serait quand il serait enfoui profondément en elle ?

Détestant ce qu'il s'apprêtait à faire, alors que ce qu'il voulait vraiment, c'était la porter dans son lit et profiter de chaque parcelle de son corps, il ferma les yeux, savourant le moment.

— Tu as une grosse journée demain. Tu devrais dormir un peu.

— Oui, murmura-t-elle.

Il fit un pas en arrière, arrangea sa chemise et sa jupe puis récupéra sa culotte.

De la soie noire.

Putain.

Il la plaça dans sa main tremblante et enroula ses doigts autour des siens, amenant ses yeux vers les siens. Un autre choc inhabituel venant de l'intérieur faillit le faire basculer. Il avait la tête qui tournait. S'il ne mettait pas de distance entre eux, il finirait par la garder éveillée toute la nuit et elle l'avait tellement énervé que Dieu seul savait quel visage il lui offrirait au petit matin.

Il pressa ses lèvres contre les siennes dans un baiser légèrement furieux.

— Tu seras parfaite demain, déclara-t-il en se dirigeant vers le bar de l'autre côté de la pièce.

Il la regarda monter à l'étage pendant qu'il se servait une boisson forte, se demandant combien de douches froides un homme pouvait supporter.

CHAPITRE 9

AU DIABLE CES FOUTUS STONE et leur bouche magique, déclara Izzy à Dixie au téléphone très tôt ce lundi matin.

Dixie s'arrêta net devant la fenêtre de sa chambre.

— Que sais-tu de la bouche magique des *Stone* ?

— Euh…

Son estomac tomba dans ses talons.

— Isabel Ryder, est-ce que toi et Jace avez… ?

— Non ! cria Izzy. *Il se pourrait que* je sois sortie avec Jared une ou deux fois. Je le connaissais quand je vivais à Boston. Je travaillais dans des restaurants, tu te souviens ?

— Bordel de merde. Tu ne me l'as jamais dit ! C'est pour ça que tu étais si furieuse quand Jilly a remporté les enchères.

— Je n'étais pas énervée et tu n'as pas appelé pour qu'on parle de *moi* ce matin. Nous avons besoin de te remettre les idées en place.

Elle avait raison. Jace avait sidéré Dixie la nuit dernière. Elle avait adoré chaque seconde passée près de lui, chaque baiser exquis, chaque contact sauvage, la manière dont sa barbe chatouillait sa bouche, ses joues et *ses cuisses. Un vrai délice* ! Elle était montée à l'étage avec l'impression de flotter sur un nuage, son corps ronronnant et son cœur plein d'espoir en voulant plus. Elle avait bien mieux dormi que depuis toutes ces années et elle s'était réveillée de très bonne humeur, pleine d'énergie et prête à affronter la séance photos. Mais pendant qu'elle se douchait et s'habillait, elle avait revécu leur nuit encore et encore. Peu importe combien de fois elle avait essayé de la réécrire, la dernière fois que Jace l'avait embrassée avait été nettement différente de toutes les autres. Elle avait ressenti de la colère ou de la rancune, *quelque chose* qui était loin d'être rempli de plaisir, comme tous les autres l'avaient été. Cette réalité réduit en miettes sa confiance. Elle s'était mise dans tous ses états, se demandant s'il ne regrettait pas de s'être mis en couple si rapidement et elle avait fini par capituler en appelant Izzy pour que son amie puisse la convaincre de ne pas se laisser abattre.

— Oui, concentrons-nous. Je dois partir dans vingt minutes pour le shooting et je ne peux me résoudre à affronter Jace. Tout était si incroyable jusqu'à ce dernier baiser. Mais ce baiser…

Une douleur la transperça.

— Tu es la femme la plus forte que je connaisse, Dix. Tu vas calmer ton cœur, remonter tes manches et prétendre que la nuit dernière n'avait pas d'importance particulière. Tu n'as fait que passer du bon temps, comme tu lui as dit.

— Dis ça aux papillons dans mon estomac, murmura Dixie.

— Je les emmerde. En fait, profite de cette gêne et utilise-la pour alimenter ta confiance en toi. Il n'y a aucune chance qu'il regrette d'être avec toi. Tu es géniale et il le sait très bien. Cet homme a lâché 40 000 dollars pour un simple rendez-vous avec toi.

— Par pure générosité, lui rappela Dixie, bien qu'il ait tenu tête à Bullet et même s'il lui avait révélé depuis combien de temps il voulait être avec elle. Alors oui, peut-être, analysait-elle trop ce dernier baiser.

Mais si ce n'était pas le cas ?

— C'est toujours beaucoup d'argent, Dix. Tu sais que les hommes feraient la queue pour être avec toi si tes frères les laissaient faire.

— Tu as raison.

Dixie se dirigea vers le miroir et se contempla. Elle était très belle dans son jean et son débardeur. Elle se redressa, jeta ses cheveux en arrière sur ses épaules et se força à avoir confiance en elle.

— Personne ne se fout de Dixie Whiskey.

— Ça, c'est la fille que je connais et que j'aime ! Tu vas descendre, regarder cet étalon droit dans les yeux et faire comme si la nuit dernière n'était qu'un des nombreux moments où les hommes t'ont donné du plaisir.

— Bien sûr, comme ça il pensera que je suis une salope.

Izzy rigola.

— Mais *nous*, nous connaissons la vérité et c'est tout ce qui compte. Écoute, ce matin, il s'agit de sauver ta fierté et de protéger ton cœur. S'il y a une chance qu'il soit un connard ou que sa conscience prenne le dessus parce qu'il est solitaire et qu'il se sente coupable d'être sorti avec toi, tu ne dois pas lui montrer que ça te dérange.

— Je sais que tu as raison. Et ce n'est *pas* un connard. Il m'a donné plein d'occasions de dire non. Je l'ai provoqué jusqu'à ce qu'il ne puisse plus me résister.

— Parce que tu es géniale telle que tu es.

Dixie pouvait entendre son amie sourire et ça l'aida à se détendre.

— Oui, je le suis. Tu sais, c'est le *seul* homme que j'ai jamais tenté comme ça.

— Avoir un coup de foudre pour un gars pendant plus d'une décennie te donnera cette impression. Tu gères, Dix. J'aimerais être là. Tu veux que j'appelle la femme de mon cousin pour qu'elle vienne te voir ? Elle est mannequin et vit à New York. Elle pourrait t'accompagner pendant le shooting si tu paniques. *Oh !* J'ai une super idée. Peut-être que son mari pourrait amener quelques-uns de ses amis sexy pour rendre Jace un peu jaloux ou tout au moins mal à l'aise. Les retours de bâton sont si amusants.

— Non merci, dit Dixie. Après la façon dont il a tenu tête à mes frères, je suis presque sûre que *rien* ne met Jace mal à l'aise. De plus, je n'ai pas besoin d'être secourue. J'avais juste besoin d'un discours d'encouragement. Je vais bien maintenant. Merci, Iz.

— Hé, même si c'est bizarre maintenant, je suis contente que tu aies enfin pu t'amuser avec lui. Au moins, tu ne te demandes plus ce que ça fait de l'embrasser.

— C'est vrai, mais essaie de dire ça à mon corps. La nuit dernière m'a rendue encore plus curieuse. Comme par exemple, ce que ça ferait de *lui* donner du plaisir avec ses mains et sa bouche, d'être allongée sous son corps puissant quand leurs corps s'unissent…

Un frisson de chaleur parcourut sa colonne vertébrale.

— Eh bien, ne lui dis pas ça, répondit sèchement Izzy. Ou il te dira qu'il ne le regrette pas, juste pour que tu le suces.

— Tu dois arrêter d'en parler parce que ça me donne envie de le lui dire.

Izzy éclata de rire.

— Tu es sûre que ça va ?

— Oui. Je gère ça. Merci de m'avoir aidée à relâcher la pression.

— Pas de problème. J'ai oublié de te dire que j'ai vu tes parents à l'épicerie. Ta mère raconte *à tout le monde* que tu fais ce calendrier. Ils sont si fiers de toi, Dix. Nous le sommes tous. Tu vas être incroyable aujourd'hui. Amuse-toi bien. Vois ça comme ton coming-out. Tu t'es libérée des chaînes de petite sœur. Le monde est ton terrain de jeu.

Il n'y avait qu'un seul terrain de jeu qui l'intéressait et pour l'instant, essayer d'y naviguer, c'était comme essayer de sauter par-dessus une aire de jeux.

Heureusement qu'elle avait de longues jambes.

Après qu'elles aient mis fin à l'appel, Dixie prit de profondes inspirations, attrapa son sac et descendit pour faire face à l'homme à la bouche magique.

Jace lisait quelque chose sur son téléphone, penché sur le comptoir quand elle descendit les escaliers. Son jean épousait ses belles fesses. Bon sang, il était bien foutu. Elle se rappela combien son corps musclé avait été délicieux contre le sien et son pouls s'accéléra. Il était si *grand* et sa carrure si imposante que lorsqu'elle était dans ses bras, elle se sentait plus féminine que jamais.

Il se retourna et leurs regards se croisèrent, déclenchant un choc électrique en elle.

— Bonjour, lança-t-elle avec désinvolture, en posant son sac sur la table.

Il remplit une tasse de café et la lui tendit, en étudiant son visage.

— Tu vas bien ce matin ?

— Bien sûr. Juste un peu nerveuse à propos du shooting. Rien de grave. Je vais m'en remettre.

Elle versa de la crème dans son café et appuya ses fesses contre le comptoir, sentant le poids de son regard insistant alors qu'il sirotait tranquillement son café.

— Je parlais de la nuit dernière. Tout va bien entre nous ?

— Totalement, mentit-elle en essayant d'avoir l'air dur, ce qui était bizarre, car elle n'avait jamais eu à *essayer* d'avoir l'air dur auparavant. Désolée de ne pas avoir eu l'occasion de te rendre la pareille.

Ses lèvres se retroussèrent et elle regretta immédiatement ses paroles. Izzy avait raison. Quel homme refuserait une pipe ?

Il se rapprocha, se plaçant face à elle et posa sa tasse de café sur le comptoir. Puis il prit la sienne et la plaça à côté de la sienne. Sans un mot, il plaça ses mains sur le bord du comptoir à côté de ses hanches, l'encerclant et faisant s'emballer son cœur.

— Je peux t'aider ? le taquina-elle.

— Tes yeux brillent.

Un rire nerveux retentit.

— Quoi ?

— D'habitude, tes yeux ne sont pas assez foncés pour être vert forêt, ils sont plutôt couleur jade. Mais quand tu as menti en disant que le formulaire pour s'inscrire aux enchères était complet, ils étaient plus clairs, comme maintenant, d'une couleur émeraude.

La vache. La seule autre personne à avoir remarqué la façon dont ses yeux changeaient de couleur était sa mère. Elle lui avait dit un jour qu'elle avait dû trouver un signe distinctif parce que Dixie était si douée pour tromper les gens.

Sauf, Jace Stone, apparemment.

— Donc, je te repose la question, ajouta-t-il d'un ton égal. Est-ce que tu vas bien ? Est-ce que tout va bien entre nous ?

Elle releva le menton, refusant de lui montrer l'effet qu'il avait sur elle.

— Oui. On ne faisait que s'amuser. Je sais qu'il n'y a rien de plus entre nous. On est sur la même longueur d'onde.

Il plissa les yeux, la regardant droit dans les yeux pendant un long moment silencieux.

— Si c'est ça ton excuse, je suppose que tu vas t'y tenir, lui lança-t-il. Il se pencha plus près, effleurant sa barbe sur sa joue, déclenchant des frissons au plus profond d'elle-même. Il chuchota à peine. Toi, Dixie Whiskey, tu es mon nouveau dessert préféré. Je n'ai pas besoin que tu me rendes la pareille, mais j'aimerais en reprendre. La balle est dans ton camp… Il s'écarta du comptoir. On ferait mieux de se dépêcher. La voiture sera là dans dix minutes pour nous emmener au rendez-vous.

Elle tenta bien de ne plus se décrocher la mâchoire et de répondre mais c'était peine perdue.

— Tu viens, Dix ? lui demanda-t-il quelques minutes plus tard.

— *Pas encore*, répondit-elle à voix basse en attrapant son sac, se demandant comment elle allait pouvoir se rendre à la séance avec *cette proposition* qui lui pendait au nez.

SHEA AVAIT TRAVAILLÉ avec leur département marketing pour gérer toute la logistique du tournage, du plateau au photographe, en passant par le maquilleur et le coiffeur ou un styliste pour aider Dixie avec les tenues et les accessoires. Jace avait vu des photos de l'entrepôt où ils devaient tourner et il s'était dit que c'était l'endroit idéal, mais c'était encore mieux en vrai. L'association de la brique et de la pierre était audacieuse et provocante et serait la toile de fond parfaite pour leurs motos élégantes. Deux gars du magasin local étaient là pour s'occuper des six motos *Legacy* que Jace avait apportées pour le tournage. Bien que les motos soient magnifiques en elles-mêmes, il savait que Dixie les rendrait encore plus désirables.

Il n'avait pu s'empêcher de penser à elle depuis la nuit dernière. Il avait eu beaucoup de mal à rester couché dans son lit, alors qu'il savait qu'elle n'était qu'à quelques mètres de lui, satisfaite et excitée. Peut-être était-ce parce qu'ils s'étaient rapprochés ou parce qu'il avait enfin goûté à la femme qu'il désirait depuis tant de temps, mais quand elle était descendue ce matin, aussi belle que d'habitude, avec un soupçon de vulnérabilité, elle lui avait coupé le souffle. Mais ses réponses froides l'avaient dérangé. Il *devait* essayer de découvrir ce qu'elle pensait. Il n'avait pas prévu de la rendre encore plus nerveuse avec son commentaire, mais sa réaction lui avait dit tout ce qu'il devait savoir. Elle avait pris une bouteille de whisky avant de quitter l'appartement *pour tenir le coup pendant le shooting*. Elle était restée silencieuse pendant le trajet, nerveuse au sujet des photos et envoyant des SMS à ses sœurs, qui lui avaient souhaité bonne chance. A la seconde même où ils étaient arrivés, elle fut emmenée pour être préparée.

Il était content qu'ils aient une distraction aujourd'hui parce qu'une nuit avec Dixie n'était clairement pas suffisante.

Comme si l'univers savait qu'il avait besoin de cesser de rêvasser, le photographe, Hawk Pennington, arriva pendant que Dixie se faisait coiffer et maquiller.

— Hawk, merci d'être venu.

Jace lui serra la main.

Hawk avait été recommandé par Lenore "Leni" Steele, l'une des meilleures représentantes marketing de Shea et un membre apprécié de l'équipe marketing de *Silver-Stone*. Sa réputation parlait d'elle-même. Il avait fait des photos de célébrités de premier plan, de sportifs et de certaines des familles les plus riches du monde. Mais ce qui était tout aussi important pour Jace, c'était sa connaissance du monde des motards. Afin de rendre le calendrier aussi authentique que possible, Jace avait choisi un photographe qui était également un biker et Hawk était un Dark Knight. Bien que vêtu d'un pantalon marron, de bretelles en cuir et d'une chemise grise, il ressemblait plus à un hipster qu'à un biker. Ses lunettes étaient multicolores, ses cheveux étaient ramenés en arrière dans une coupe tendance, plus longs sur le dessus, soigneusement rasés sur les côtés et sa barbe était épaisse mais soignée.

— Ravi de te revoir, lança Hawk alors que ses assistants se mettaient au travail pour installer leur matériel. C'est un endroit formidable. J'ai revu les aspects du shooting avec Shea la semaine dernière. Je crois savoir que nous allons faire des prises de vue à l'intérieur et à l'extérieur, douze images pour le calendrier, plus une photo de couverture et un certain nombre de photos de merchandising pour les publicités et les standee[3], avec un seul mannequin et plusieurs motos. Tu veux un style classe mais avec un côté détonnant. Le public est essentiellement masculin pour le calendrier, mais les vêtements doivent être aussi visibles que la moto. Est-ce que quelque chose a été modifié ?

— Non. Tout est correct.

— Je suppose que tu vas t'occuper des motos ?

— Oui. Nous avons des hommes qui feront tout ce qui est nécessaire.

— Super, alors je vais vérifier l'espace et faire en sorte que

[3] Un standee est un outil promotionnel en carton qui représente souvent des silhouettes à taille humaine.

mes gars s'installent pendant que ton mannequin se prépare.

Hawk se dirigea vers l'entrepôt et Jace alla voir Dixie. Ils avaient installé une cabine d'essayage dans l'un des bureaux inoccupés En passant la porte, il faillit la percuter.

Dixie mit ses mains sur ses hanches, le regardant d'un air renfrogné. Ses cheveux étaient ébouriffés et indisciplinés, ses yeux étaient maquillés de façon trop sombre, ses joues trop roses et ses lèvres trop rouges.

— C'est ça que tu appelles classe ? Je ressemble à une prostituée de luxe.

Mais qu'est-ce que cette maquilleuse avait foutu ?

— Nettoie cette merde sur ton visage et brosse tes cheveux. Je vais m'occuper de ça.

— Et comment, ou je prends le prochain avion pour me casser d'ici.

Elle se dirigea vers les toilettes pour femmes.

Jace entra dans la loge, où Indi Oliver, la coiffeuse et maquilleuse, une jeune femme d'une vingtaine d'années aux longs cheveux blonds et aux grands yeux bleus, rangeait les pinceaux et le maquillage sur une table.

— Bonjour, M. Stone, dit-elle quand il entra.

— Salut. Jace essaya de faire taire sa frustration. Je ne suis pas sûr du look que tu souhaitais, mais je veux *Dixie*, pas sa version travestie.

— Oh, mon Dieu. On m'a dit que vous vouliez du sexy et *du déluré*, s'excusa-elle en fronçant les sourcils.

— Dans ce cas, on se trompe de mot. *La classe* et non le *genre clown*. Dixie est une femme éblouissante. Elle est fraîche et diablement sexy au quotidien avec très peu de maquillage. *C'est cette* Dixie que je désire, donc je veux que tu fasses tout ton possible pour faire ressortir sa beauté naturelle.

Il entendit quelque chose derrière lui et trouva Dixie debout dans l'embrasure de la porte.

— J'ai besoin de démaquillant, dit Dixie un peu timidement et il se rendit compte qu'elle avait entendu tout ce qu'il avait dit.

— Je vais t'aider, déclara Indi. Je suis désolée, M. Stone. J'ai l'habitude de travailler sur des shootings de mode où l'on me demande de rendre les mannequins moins naturels et plus glamour et sous les lumières vives, nous devons y aller un peu fort. Ne vous inquiétez pas. Je m'en occupe. Je vais tout atténuer pour obtenir un look plus naturel. Je préfère ça, en fait.

— Merci. Dixie est glamour sans *aucun* artifice.

Il soutint le regard de Dixie tandis qu'elle se glissait sur la chaise en face du miroir. Pendant qu'Indi fouillait dans ce qui ressemblait à une boîte à outils géante, Jace serra l'épaule de Dixie.

— Fais toujours confiance à ton instinct. Si tu sens que quelque chose ne va pas, c'est probablement le cas. Il n'y a pas besoin de menaces. Je suis là pour toi, Dixie. Je t'écouterai toujours, chuchota Jace.

Jace alla discuter avec les gars qui s'occupaient des motos, puis il prit des nouvelles de Hawk et de son équipe.

Lorsque Dixie émergea enfin du dressing, vêtue d'un pantalon moulant en cuir noir avec des bordures en dentelle au-dessus de poches zippées argentées et d'un haut à manches longues en dentelle noire par-dessus une bralette[4] en cuir, Jace eut le souffle coupé pour la deuxième fois de la journée. Des boucles d'oreilles en argent et diamants scintillaient sur les vagues naturelles et

[4] Une bralette est un soutien-gorge préformé sans armatures. Il n'y a pas de tailles de bonnets mais du S M et L.

luxuriantes de ses cheveux. Ses bottes *Silver-Stone* avaient une chaîne et une boucle en argent autour de la cheville. Maddox avait eu raison de suggérer qu'ils utilisent des bijoux coûteux. Cela ajoutait un autre degré d'élégance à l'ensemble. Dixie semblait valoir un million de dollars.

— Tu vas me regarder toute la journée ou on va commencer à travailler ? lança-t-elle à la *sauce Dixie* en posant sa main sur sa hanche.

— Dixie, râla-t-il en sonnant aussi faux qu'il ne le semblait être.

Son rictus se transforma en sourire.

— Je sais. Indi est un génie, n'est-ce pas ? Ses yeux dérivèrent par-dessus l'épaule de Jace.

— Hawk ? Tu ne m'as pas dit que *Hawk* était le photographe ! s'exclama-t-elle.

Elle se précipita dépassant Jace, le tirant de sa rêverie et se jeta dans les bras de Hawk. Le regard de ce dernier dériva le long du corps de Dixie qui tournait sur elle-même, réveillant le monstre aux yeux verts de Jace. Il s'était mentalement préparé pour une autre longue journée.

— Jace ! s'exclama Dixie. Tu savais que Hawk faisait partie des Dark Knight ? Je le connais depuis toujours. Cette séance sera *beaucoup plus* facile avec Hawk pour prendre les photos. Je suis déjà moins nerveuse.

Jace était ravi de son enthousiasme, mais il ne pouvait nier qu'il aurait aimé susciter la même excitation.

— Ouais, je savais.

— Eh bien, tant mieux pour nous ! Dixie regarda autour d'elle. Alors, par où on commence ?

Hawk prit les choses en main et lui fit traverser le parking jusqu'à l'endroit où son équipe avait installé son matériel. Indi et la styliste, Kyra, se tenaient à l'écart tandis que le photographe donnait des conseils à Dixie pour prendre les poses.

Dixie écouta attentivement, suivant ses conseils comme elle le faisait tout le temps.

— Quelque chose comme ça ? Ou ça ? demanda-t-elle en essayant différentes poses.

Hawk la félicitait, la repositionnait et la guidait d'une main professionnelle. Dixie avait visiblement confiance en lui. C'était une sacrée bonne chose que Jace n'ait pas engagé quelqu'un d'autre. Il n'aurait pas pu supporter de la confier aux mains d'un étranger sur elle et encore moins avoir à le supporter. La pensée viscérale s'accompagna d'une dose de *Oh Bordel* ? Il se disait qu'il serait tout aussi protecteur avec n'importe quelle amie femme et essayait de repousser cette idée.

Il y eut une activité frénétique lorsque Hawk commença le tournage. Ses assistants tenaient chacun un grand disque modificateur de lumière pendant qu'il prenait des photos. Malgré l'excitation initiale de Dixie, elle semblait un peu mal à l'aise et raide, cherchant du regard Hawk pour être guidée chaque fois qu'elle changeait de position.

— Ne te préoccupe pas de savoir si les poses sont correctes ou de séduire l'appareil photo, suggéra-t-il. Mettons-nous à l'aise. Rien de ce que tu feras ne sera mauvais, alors suis ton instinct. Bouge comme tu le ferais s'il y avait un gars vraiment sexy à côté de moi.

Dixie prit quelques poses avec raideur, l'incertitude se lisait dans ses yeux. C'était dur de la voir dans un état aussi vulnérable. Jace voulait aider, mais il ne voulait pas s'immiscer, alors il laissa l'inconfortable séance de photos se poursuivre quelques minutes de plus.

— Tu t'en sors bien, l'encouragea Hawk. Détends-toi. Fais

comme si je n'étais pas là.

Elle arrêta de prendre la pose.

— C'est difficile à faire quand tu me fixes à travers un objectif gigantesque et que tes assistants tiennent ces gros trucs. Je suis désolée. Je ne sais pas pourquoi je flippe tout d'un coup.

— J'ai une idée.

Jace attrapa la bouteille de whisky et le verre à shot que Dixie avait apportés avec elle et alla vers elle, la guidant loin des autres. Il baissa la voix.

— Je sais que c'est stressant d'être le centre d'attention. Comment puis-je t'aider ? Tu veux un verre ?

— J'ai peur que ça me fasse perdre ma concentration, confia Dixie. Je déteste que ce soit si difficile. Je suis désolée, Jace. Je voulais vraiment faire ça pour toi, mais peut-être que je ne suis pas la bonne personne.

— Où est la femme courageuse de la vente aux enchères ? Et la Dixie d'hier soir ? Celle qui m'a mis à genoux ?

— Je n'en ai pas la moindre idée, dit-elle d'un air vaincu.

Jace posa la bouteille et le verre et sortit son portefeuille de sa poche, lui montrant la photo qu'il avait prise de Jillian.

— Tu vois cette magnifique femme ? Elle est l'égérie de *Silver-Stone* et elle est là quelque part, Dix. Tout ce que nous avons à faire, c'est de la trouver.

— J'étais sans cesse en mouvement. C'est totalement différent.

— Tu peux le faire, Dix. Je crois en toi.

Il remit la photo dans son portefeuille, apercevant la carte que sa mère lui avait donnée lors de la vente aux enchères. C'était l'information que Red aurait dû lire sur Dixie quand les enchères avaient commencé si les choses n'avaient pas mal tourné. Il en récita la première partie de mémoire, en remplaçant son nom et le mot *"elle"* par *"tu"*.

— Tu peux mener une affaire à bien avec ton magnifique esprit, faire taire un homme avec ton insolence, ou faire fondre les cœurs avec un simple regard séducteur.

— C'est ce que mes amis pourraient dire à mon sujet.

— C'était sur la carte de la vente aux enchères que Red m'a donnée.

— Elles l'ont écrit. La surprise se lisait dans ses yeux. Tu l'as *appris par cœur* ?

— Qu'est-ce que j'étais censé faire d'autre après avoir dansé avec toi cette nuit-là ?

Elle lui décocha un regard adorablement timide qui lui était si étranger qu'il eut envie d'en dire plus et de continuer. Mais ce n'était pas ce dont Dixie avait besoin.

— Même si j'ai envie de te dire ce que j'ai dû faire d'autre pour survivre ces dernières nuits, je ne pense pas que ça t'aiderait à te détendre.

Ses yeux devinrent plus sombres.

— Il se pourrait, qu'au final, j'aie besoin de ce verre.

Il attrapa la bouteille.

— Cela t'aiderait-il de suivre les conseils que mes sœurs ou Rush t'ont donnés ?

— Oui. Elle toucha sa main, l'empêchant d'ouvrir la bouteille. Je n'ai pas besoin de cette boisson. Les conseils de Rush fonctionneront parfaitement.

Ses pensées revinrent à la nuit dernière et il se souvint que Rush lui avait dit de penser à son plus grand béguin d'adolescente. La poitrine de Jace se comprima, détestant l'idée que Dixie pense à n'importe quel autre gars comme ça.

— Super. T'es sûre ?

— Oui ! Je sais que ça va marcher.

Alors qu'ils se dirigeaient vers la zone où ils tournaient, elle baissa la voix.

— Ça marche déjà !

— *C'est fantastique putain*, lâcha-t-il.

En s'éloignant, il but une gorgée de whisky, sans prendre le verre.

Indi et Kyra se ruèrent sur Dixie pour la préparer pour le shooting. Dix minutes plus tard, elle était une autre personne, posant comme si elle était faite pour le mannequinat, les yeux rivés sur Jace. Ses tripes brûlèrent de jalousie. Celui sur qui elle avait flashé devait lui avoir fait passer un sacré bon moment, parce que les regards qu'elle lui lançait pouvaient faire bander un homme mort. Il reprit une autre gorgée, mais il n'y avait pas assez de whisky au monde pour que le monstre aux yeux verts le quitte.

— C'est ça, l'encouragea Hawk. Parfait. C'est sexy. Penche-toi en arrière, bien… Séduis la *caméra*, Dix. On a besoin d'un contact visuel.

— Faisons une pause, proposa-t-il quelques minutes plus tard.

Hawk fit signe à Jace de venir.

— Elle est superbe.

— Elle est vraiment plus que géniale. La caméra l'adore mais elle te fixe, Jace et on a besoin d'un contact visuel pour le calendrier.

— Elle va y arriver. Il suffit de le lui rappeler.

Il jeta un coup d'œil à Dixie, qui discutait avec Indi. Elle croisa son regard et ce sentiment qui l'avait submergé lorsqu'il aurait dû s'empêcher d'aller plus loin revint.

— Je pense que tu as le regard dont nous avons besoin, avoua Hawk.

Il se refusait d'admettre que ce n'était pas à lui que Dixie pensait, mais à un crétin qu'elle avait dû fréquenter adolescente.

— Elle vient tout juste de se mettre à l'aise devant la caméra, alors pourquoi ne pas lui faciliter la tâche ? suggéra Hawk. Je pense que si tu restes à mes côtés pendant que je travaille, nous pourrons obtenir le bon angle pour le contact visuel. Elle te regardera, mais si tu es *juste à côté* de moi, c'est-à-dire que quand je bouge, tu bouges, je pense que ça marchera. Es-tu prêt à essayer ?

— Comme tu veux.

Il n'avait jamais imaginé que la séance photos serait inconfortable pour *lui*.

Après plusieurs heures, des coiffures et des tenues sexy *Leather and Lace*, Jace savait qu'il avait fait une erreur en acceptant d'être le point de mire de Dixie. Elle ne séduisait pas l'appareil photo, elle le séduisait, *lui*. Chaque regard sensuel le frappait avec une grande précision, faisant vibrer son corps. Cela ne l'aidait pas qu'elle porte les tenues qu'il avait créées conjointement, pour être exactement ce qu'il aimait, de la classe avec une touche d'originalité. La gamme *Leather and Lace* accentuait son allure naturelle déjà hors du commun. Lorsqu'ils firent une pause pour le déjeuner, elle passa tout son temps au téléphone ou avec Indi et Kyra, lui donnant ainsi une chance de se calmer. Mais après la pause, elle se pavana en robe patineuse et quand elle posa ses yeux verts sur lui, elle ralluma le feu.

Dixie l'épata sur d'autres points que sa capacité à poser et le professionnalisme avec lequel elle gérait le shooting. Lorsqu'elle se disputait avec Hawk au sujet des poses, elle restait sur ses positions jusqu'à ce qu'ils arrivent à un compromis qui la satisfasse. Et même cela l'excitait, la voir en action, portant avec confiance les vêtements qu'il avait aidé à concevoir, chevauchant ses motos, fit grimper ses émotions en flèche. Ses mains le démangeaient de la toucher. Sa voix murmurait des choses séduisantes à son esprit, faisant naître en lui plus qu'un désir effréné. Il ne cessait de penser à la façon dont son corps avait tremblé et aux bruits de désir qu'elle avait émis lorsqu'elle s'était effondrée contre sa bouche la nuit dernière. Comment pouvait-elle susciter toutes ces sensations à plusieurs mètres de distance, alors qu'ils étaient entourés de gens, dont l'un aboyait des instructions ?

En fin d'après-midi, lorsque Dixie partit se changer, Jace dut prendre un appel de son assistant. Quand il entendit la voix furieuse de Dixie, il mit fin à l'appel et la trouva en train de se disputer avec Hawk. Eh *bon sang*, elle avait recommencé. Elle lui avait coupé le souffle. Elle portait un short en cuir moulant, une ceinture noire à clous argentés, un haut court et une veste en cuir ouverte agrémentée de clous argentés et de dentelle noire. La tenue était assortie de bottes *Silver-Stone*. Ses cheveux étaient attachés avec une pince en cuir et plusieurs mèches sexy encadraient son visage.

Il ne voulait pas qu'un *autre* homme la voie dans cette tenue et cela lui fit prendre conscience de la réalité. Il avait fait une énorme erreur en lui demandant d'être l'égérie de *Silver-Stone*. Il était tellement aveuglé par le désir de voir la seule femme qu'il croyait vraiment digne de représenter *Silver-Stone*, qu'il avait nié l'évidence. Ses frères avaient raison. Tous les connards de la planète seraient bouche bée devant elle. Mais il ne pouvait plus reculer maintenant.

Il était *fichu*.

Il se rappela qu'elle ne *lui appartenait* pas. Il n'avait pas le droit d'être jaloux ou possessif. Il se força à essayer de mettre ces pensées de côté, mais ce fut un effort futile. Elles étaient gravées dans son esprit, aveuglantes comme des néons qu'il ne pouvait pas éteindre.

— *Jamais*, je ne prendrai cette pose, déclara Dixie, les bras croisés, de la fumée sortant de ses oreilles.

— Quel est le problème ?

— Hawk veut que je me penche sur la moto et que je fasse ressortir mes fesses. Je ne ferai jamais ça avec ce short. J'adore ces vêtements et je les porterai sans hésiter, mais *voyons*, Jace. Peux-tu m'imaginer dans une situation *quelconque* penchée sur une moto comme ça ?

Bon sang oui, mais seulement pour moi.

Hawk adressa une expression amusée à Jace.

— Garde à l'esprit que c'est pour un public masculin, Jace.

— Au diable le public. Tourne la moto pour qu'on puisse la photographier de profil, demanda-t-il et un de ses hommes se précipita pour déplacer la moto. Dixie, enjambe la moto et attrape le guidon.

— Tu as dit que tu voulais mettre en valeur *la ligne de vêtements*, lui rappela Hawk. On ne verra ni son haut ni son short.

— Je veux promouvoir la *collection*, pas *les fesses* de Dixie, rétorqua Jace. Fais-le, un point c'est tout.

— Si je ne tiens pas le guidon, je peux mettre une main sur ma hanche en étant assise et me tourner de cette façon, pour que tu puisses voir mon haut.

Dixie enfourcha la moto et posa sa main sur sa hanche, attrapant la veste en cuir pour qu'elle se retourne quand elle se tournait, révélant le haut court en cuir et en dentelle, et donnant à Jace une autre claque dans la figure.

Elle pourrait porter une armure complète qu'elle la ferait fondre.

— Ça va fonctionner, dit Hawk.

Dixie arbora un sourire triomphant, provoquant un pincement au cœur de Jace.

— Tu pourras me remercier plus tard, lança Jace après que Hawk ait quitté les lieux.

— Oh, j'en ai bien l'intention, lui promit-elle.

Son esprit dériva directement vers des idées salaces.

Ses magnifiques yeux verts le narguèrent tandis que Hawk prenait d'autres photos. Sa température grimpa en flèche et il se demanda si la fièvre provoquée par un *Whiskey* existait bel et bien.

Il pensait s'être fait avoir en choisissant de faire de Dixie le visage de la compagnie, mais il s'était trompé sur les raisons de cette décision. Il n'avait pas fait d'erreur en lui demandant de faire la séance photos du calendrier. Elle était aussi authentique que possible et c'était la seule femme qu'il voulait voir représenter *Silver-Stone*. Son erreur avait été de l'avoir laissée se mettre dans sa peau.

CHAPITRE 10

LE SHOOTING NE se termina pas avant dix-neuf heures. Dixie avait un tout nouveau niveau de respect pour Jace et les mannequins. Elle avait pensé qu'il ferait passer les affaires en premier, mais les quelques fois où elle avait eu des problèmes, il était intervenu, s'assurant qu'elle se sentait à l'aise par-dessus tout. Il avait également demandé deux pauses supplémentaires lorsqu'il avait remarqué que Dixie était un peu fatiguée. Elle avait aimé voir son côté sérieux alors qu'il travaillait avec Hawk et elle pour obtenir le look exact qu'il voulait. Jace Stone était bien plus qu'il n'y paraissait et son apparence n'avait rien à envier à celle des autres. Mais sa plus grande surprise de la journée avait été lorsqu'ils eurent terminé le tournage il y avait une demi-heure de cela et que son corps bourdonnait encore de désir.

Avec une légère modification, la suggestion de Rush avait fonctionné à merveille. Elle s'était imaginée à dix-huit ans se pavanant telle une séductrice devant Jace, qui à vingt-sept ans ne l'aurait pas touchée même avec un bâton de trois mètres et la puissance imparable qu'elle avait ressentie à l'époque l'avait envahie. Il était facile d'être intrépide avant de savoir ce qu'était le rejet – cela était venu plus tard, quand elle avait compris que toutes ses fanfaronnades n'allaient pas lui permettre d'avoir l'homme qu'elle voulait. Mais alors qu'elle travaillait cette invincibilité d'adolescente, elle se rendit compte à quel point elle avait été stupide. Elle avait été avec Jace la nuit dernière et il la désirait encore aujourd'hui. Dès qu'elle s'en était rendu compte, les prémisses de la jeunesse étaient tombées et elle était devenue une femme, essayant de séduire l'homme de ses rêves.

Elle avait peut-être eu besoin du coup de pied aux fesses de la part de cette jeune femme courageuse mais une fois qu'elle s'était faite à l'idée, céder à la séduction de Jace Stone était la chose la plus facile qu'elle n'ait jamais faite.

Le mannequinat, d'un autre côté, pas tant que ça.

C'était aussi amusant qu'éreintant de tenir certaines poses avec sa tête dans le bon angle ou de cambrer son dos pendant de longues périodes et de changer de vêtements un million de fois. Elle avait utilisé des muscles dont elle ne soupçonnait même pas l'existence et elle était certaine d'être courbaturée demain. Mais ça en valait la peine. Hawk avait été d'un grand soutien et il était facile de travailler avec lui, mais séduire Jace avait été un excitant bonus. En plus, il avait dit qu'elle pouvait garder les vêtements. Il avait un goût incroyable. Elle se sentait sexy et juste assez forte dans chacune de ses tenues sans que cela ne nuise à sa féminité. Mais la tenue qu'elle portait actuellement était sa préférée. La fine mini-jupe noire n'était pas serrée, ce qui la rendait encore plus sexy que les vêtements prêts du corps. Kyra avait associé la jupe à un haut moulant en dentelle sans manches, ouvert du cou au nombril. Il se fermait avec un bouton derrière le décolleté en dentelle. Jace avait été captivé à la seconde même où elle était sortie en le portant. Elle ne pouvait s'empêcher de fantasmer sur le fait qu'il embrasse la peau exposée jusqu'au centre de son corps et qu'il remonte la jupe comme il l'avait fait la nuit dernière pour prendre son pied.

Tout son corps frémit.

La caméra avait-elle *tout* filmé ? Hawk avait-il vu à quel point elle désirait Jace ? Aurait-elle l'air aussi excitée sur les photos qu'elle ne l'était ? Ce qui serait embarrassant. Jace, Hawk et tous ceux qui avaient participé à la séance avaient été d'un grand soutien et lui avaient fait des compliments, lui disant à quel point elle se débrouillait bien pendant la séance et la couvrant d'éloges quand la journée toucha à sa fin. Mais que pouvaient-ils dire d'autre ? *Hey, on dirait que tu vas entrer en combustion spontanée. Si tu veux traîner Jace à l'arrière et lui faire perdre la tête, vas-y. On peut attendre.*

Heureusement, ils étaient tous en train de remballer et de partir quand elle partit se changer.

Elle fit les cent pas dans la cabine d'essayage, tentant de reprendre le contrôle de son corps en proie au désir. Si elle ne trouvait pas rapidement un moyen de calmer ses hormones trop zélées, elle devrait prendre les choses en main, sinon elle ne survivrait pas à la nuit.

Un coup à la porte la sortit de ses pensées.

— Entre.

Elle se retourna lorsque la porte s'ouvrit et que Jace entra, délicieusement vêtu du T-shirt blanc et du jean délavé qu'elle avait voulu lui arracher toute la journée.

— Tous les autres sont partis. Tu étais incroyable là-bas. Ses yeux glissèrent le long de son corps et il émit un son appréciateur. J'espère que tu as prévu de porter cette tenue ce soir. Je veux t'emmener dîner et fêter ça.

Le simple fait d'être près de lui provoqua une montée d'adrénaline. Peut-être avait-elle besoin de prendre les choses en main, mais elle n'avait pas besoin de le faire seule. Se sentant audacieuse, elle passa devant lui et ferma la porte.

— Le dîner a l'air super, mais je voudrais peut-être d'abord un amuse-bouche, lança-t-elle en actionnant le verrou.

Ses bras entourèrent sa taille par derrière et embrassèrent son épaule.

— *Jace*, murmura-t-elle.

En mettant ses bras derrière elle, elle enfonça ses doigts dans ses cheveux épais et il la mordit, envoyant des rivières de désir en elle. Elle se retourna dans ses bras et il captura sa bouche avec la sienne, la serrant si fort qu'elle sentit précisément la chaleur qu'il dégageait dans ce jean. Ses mains chaudes passèrent brutalement sur son dos, sur ses hanches et ses cuisses. Elle agrippa ses fesses et ses hanches partirent en avant. Elle trébucha contre la porte et il saisit sa jupe.

Elle empoigna ses mains et s'éloigna de sa bouche.

— J'ai dit que *je* voulais un amuse-gueule.

Elle relâcha ses mains et toucha son entrejambe. La chaleur explosa en elle à son contact, mais c'est l'obscurité redoutable de son regard qui rendit sa culotte humide.

Il saisit son poignet.

— Dix, tu es sûre ? Tu sais que je ne peux rien te promettre de plus que le temps que nous passerons ensemble ici.

— Je n'arrive pas à savoir si tu es nul pour écouter ou si tu essaies d'être chevaleresque.

— J'écoute chaque mot que tu dis, mais j'entends aussi ceux que tu *ne prononces pas*.

Son cœur s'emballa à cet aveu et l'honnêteté dans ses yeux lui déchira le cœur. Mais elle avait déjà décrété que si New York était tout ce qu'ils auraient, elle allait croquer dans le fruit défendu et chérir ces moments éternellement. Elle lui pressa l'entrejambe.

— Alors tu sais qu'on est sur la même longueur d'ondes.

— Dix, lâcha-t-il d'une voix douloureuse. Tu deviens douée pour raconter des salades.

— Attends de voir ce que je sais faire d'autre.

Elle attrapa ses hanches, les faisant tourner tous les deux pour qu'*il soit dos* à la porte. Elle déboutonna son jean et le descendit le long de ses hanches. Ses genoux tremblèrent à la vue de sa formidable érection soulignée par un boxer noir moulant. Il prit son visage entre ses deux mains, l'embrassant à nouveau à pleine bouche. Elle jura qu'il avait la langue la plus puissante qu'elle ait jamais rencontrée, la façon dont il possédait chaque centimètre de sa bouche aussi profondément que sa langue l'avait réclamée en bas la nuit dernière. Elle enfonça sa main dans son slip, palpa sa verge et, doux Jésus, sa peau était *en feu*. Il rompit leur baiser avec un gémissement gourmand et elle s'empressa de lui enlever son boxer. Tandis qu'elle se mettait à genoux, il glissa son dos le long de la porte, ce qui l'amena à la hauteur parfaite pour qu'elle puisse lui donner du plaisir.

Alors que sa bouche s'approchait de son sexe, elle se stoppa net et croisa son regard. Son cœur faillit s'arrêter de battre à cause de la gêne qu'elle éprouvait.

— Est-ce que je vais devoir me laver la bouche à l'eau de javel après ça ?

Il étouffa un rire et secoua la tête.

— Il faudrait que je sois un sacré connard pour te laisser faire ça si je n'étais pas clean.

Le soulagement l'envahit.

— Dix, tu n'as pas à faire ça pour moi. Je t'ai dit que je ne m'attendais pas à ce que tu me rendes la pareille.

— Ne te fais pas d'illusions. C'est pour *mon bien*.

Ce n'était pas totalement un mensonge. Elle voulait lui donner du plaisir, mais aussi le *goûter*, le *sentir* dans ses mains et lui *faire perdre* la tête, car elle avait voulu *sa* bouche sur *elle* hier soir.

Elle fit glisser sa langue autour de son membre si large, le taquinant jusqu'à ce que sa mâchoire soit serrée si fort que ça devait lui faire mal. Sa verge était épaisse et forte, comme lui et elle tressaillait avidement dans sa main. Elle descendit plus bas, le léchant de la base à la pointe, le rendant lisse et humide. Elle le caressa avec sa main tout en le prenant dans sa bouche, ce qui lui valut le gémissement le plus sexy qu'elle ait jamais entendu. C'était un son si érotique qu'elle savait qu'elle l'entendrait résonner dans son sommeil. Et elle voulait en entendre plus ! Elle le caressa lentement et fermement, aimant la façon dont ses respirations étaient plus erratiques Lorsqu'elle accéléra son rythme, l'amenant jusqu'au fond de sa gorge, il enfouit ses mains dans ses cheveux avec un *sifflement.* Oh, comme elle aima cela ! Même lorsque l'extrémité de son sexe toucha sa gorge, elle put encore en saisir la base. Cet homme n'était pas seulement une bête de sexe. Il était un *volcan et* elle voulait le faire *exploser.* Plus elle bougeait vite, plus il poussait fort. Le grand méchant alpha la laissa donner le rythme et même si elle appréciait cela, elle avait envie de sa *puissance.* Elle attrapa ses couilles et les serra.

Il lâcha un *"Boordel... ".*

Elle le suça plus fort, le caressa plus rapidement et quand elle le sentit gonfler dans sa main, ses cuisses se contracter, elle ralentit ses efforts, pour faire durer son plaisir, et le sien. Elle n'avait jamais pris son pied avec les fellations, mais tout était différent avec Jace. Elle *voulait* lui donner un plaisir si intense qu'il sentirait sa bouche sur lui longtemps même après la fin de leur relation. Elle voulait qu'il se souvienne de ce qu'elle ressentirait à chaque fois qu'il regarderait ce calendrier et qu'il la voit quand il fermerait les yeux la nuit.

— Bon sang, Dixie, tu me tues, gémit-il en serrant les dents.

La rudesse de sa voix mit son corps en ébullition. Elle serra les jambes l'une contre l'autre, essayant de repousser son propre besoin alors qu'elle le touchait plus rapidement, le serrant plus fort. Son corps entier se figea, ses mains se resserrèrent dans ses cheveux et elle intensifia encore ses efforts. Il se déhancha avec une force incroyable lorsqu'il libéra sa jouissance et son nom s'échappa de ses lèvres de façon brutale et pleine de reconnaissante. Elle continua à le caresser et à le sucer, prenant tout ce qu'il avait à donner, alors même qu'il s'affaissait contre la porte, le corps secoué de tremblements.

Lorsqu'il se calma enfin, haletant, les doigts toujours emmêlés dans ses cheveux, il lança un "Viens ici, chaton" d'une voix rauque et rassasiée en la remettant sur ses pieds. Il pressa ses lèvres contre les siennes et un bras entoura sa taille, la tenant serrée contre lui, tandis que son autre main trouva sa joue. Son pouce effleura ses lèvres.

— Qu'est-ce que je t'ai déjà dit sur le fait de m'appeler *chaton* ?

Sa tête lui tournait à cause de la proximité qu'elle avait avec lui.

— Je ne m'en souviens pas. Mon cerveau ne fonctionne pas en ce moment.

Il posa son front sur le sien dans une étreinte si intime que son cœur stupide s'y accrocha avec espoir. Elle était encore là pour deux nuits. Pourquoi ne pas garder espoir ? Et puis, pourquoi ne pas prendre des risques et être exigeante, aussi ? Jace ne lui avait-il pas fait comprendre que le temps qu'ils passeraient ensemble était sa seule chance d'être avec lui ? Elle ne voulait pas rentrer chez elle en regrettant de ne pas avoir réclamé ce qu'elle voulait.

— La prochaine fois, ne te retiens pas, dit-elle effrontément.

Il leva le visage, la regardant longuement dans les yeux. Elle savait qu'il se demandait si elle voulait vraiment savoir ce qu'il pensait.

— Je ne me briserai pas et je sais que tu me respectes, alors laisse-toi aller la prochaine fois.

Il la regarda comme si elle demandait l'impossible.

— Dixie…

Elle ne voulait pas entendre ses excuses.

— Tu sais *pourquoi* j'ai eu le béguin pour toi pendant si longtemps ?

— Tu as le béguin pour moi ? demanda-t-il d'un air faussement pudique.

— Tais-toi. Je le nierai si jamais tu en reparles. Elle aima la façon dont sa réponse adoucit ses traits. Cela rendait la vérité plus facile à dire. Tu es un *homme*, Jace et malgré ce que les gens disent, les hommes, les vrais ne se comptent *pas* par dizaines. Alors laisse-moi te sentir tout entier et ne te retiens pas la prochaine fois.

Son front toucha à nouveau le sien et il ferma les yeux. Elle ferma les siens à son tour, ayant besoin d'une minute pour se rendre compte de ce qu'elle venait de lui avouer.

— Tu me tues, Dix, murmura-t-il.

Si seulement il savait à quel point il la tuait, elle aussi. Mais elle avait révélé assez de secrets pour une seule nuit.

— Eh bien, j'espère que tu peux encore marcher, parce que tu m'as promis de dîner.

DIXIE AVAIT dû le sucer si fort qu'elle avait embrouillé le cerveau de Jace *et* ses émotions. Il avait agi bizarrement toute la soirée, marchant avec sa main posée de manière possessive dans son dos et la fixant pendant de longues périodes sans dire un seul mot. Elle pensait que ces choses étaient peut-être des signes qu'il ressentait davantage que ce qu'elle pressentait, comme si son coup de foudre n'avait été que la partie émergée de l'iceberg. Mais pendant le dîner, ces longs regards étaient entrecoupés de périodes où il ne la regardait pas du tout. Leurs conversations étaient brèves et maladroites et tandis qu'elle le regarda payer son repas, elle se demanda ce qui avait changé.

Elle sourit au jeune serveur, qui lui avait gentiment jeté des regards furtifs depuis qu'ils étaient arrivés. En fait, elle avait remarqué que plusieurs hommes la regardaient. Elle se sentait unique dans sa superbe tenue *Leather and Lace* et ces regards appréciateurs la faisaient se sentir belle. Mais Jace n'avait pas loupé cela non plus. Il les avait presque tous repoussés d'un air sévère. Elle se demandait comment il pouvait être à la fois possessif *et* distant, ce qui la troubla encore plus.

— Revenez nous voir, dit le serveur en jetant un autre regard à Dixie avant de s'éloigner.

— Sortons d'ici, vociféra Jace en se levant. Sa main atterrit dans son dos comme si elle était *sienne* alors qu'il la guidait vers les portes.

— Pourquoi agis-tu si bizarrement ? demanda-t-elle alors qu'ils franchissaient les portes et s'engageaient sur le trottoir.

— Ça a été une longue journée. J'ai juste été très préoccupé.

Dixie arrêta de marcher et croisa les bras.

— Ce sont des conneries, tout ça. Je pensais qu'on avait passé une bonne journée. Tu étais content du shooting et j'ai adoré le faire. Tu as eu *l'air* d'apprécier ma *mise en bouche* et tu viens de m'offrir un délicieux dîner dans un bon restaurant. Alors pourquoi tu agis comme si quelqu'un avait pissé sur ta moto ?

— Je te l'ai dit. J'ai des trucs en tête.

Elle soupira et commença à marcher le long du trottoir à un rythme plus rapide. Les vues et les sons de la ville étaient vibrants et forts, mais la tension qui se dégageait de Jace lorsqu'il se mit à marcher à côté d'elle les noyait presque.

— Où vas-tu ? lui demanda-t-il sèchement.

— C'est New York City. Il doit y avoir un bar à chaque coin de rue. J'ai besoin d'un verre.

Il la prit par le bras et la fit tourner sur elle-même, marchant dans la direction opposée.

— *NightCaps*, le bar de mon pote, c'est par là.

— Parfait.

Il lui tint le bras tout le long du chemin vers le *NightCaps*, qui heureusement était assez fréquenté pour être une grande distraction de ce qui tracassait Jace.

Dixie se dirigea directement vers le bar, se faufilant entre les hommes portant des chemises et des cravates et les femmes portant des chemisiers *fantaisistes* avec des jupes et des robes professionnelles, si différentes de la clientèle du *Whiskey's*. Elle prit appui sur le bar et le barman se détourna de l'endroit où il mélangeait les boissons.

— Hé, beau gosse. Puis-je avoir une bouteille de ta meilleure tequila et deux verres à shot ?

Le barman lui fit un sourire.

— Bien sûr.

— Plutôt une bouteille de tequila et une bouteille de ton meilleur whisky, lança Jace en venant à ses côtés.

Sa grande main se pressa à nouveau contre son dos.

— Jace ! Hey, mec, c'est bon de te voir. Le barman se rapprocha et serra la main de Jace, en regardant Dixie. Je suppose que c'est ta magnifique copine ?

— Je suis Dixie et je ne suis la copine de personne, répondit-elle avec un sourire en coin.

Les muscles de la mâchoire de Jace se contractèrent à nouveau.

— Dixie, voici mon pote Dylan Bad. Dixie est le nouveau visage de *Silver-Stone.*

Dylan fit un clin d'œil à Dixie.

— Ravi de te rencontrer. On dirait que tous ces mois passés à chercher le bon mannequin ont fini par payer. Félicitations.

— Je ne suis pas un mannequin, mais merci quand même.

— Laissez-moi vous apporter ces boissons. Joli tatouage, au fait.

Dylan désigna les bras de Dixie, puis il alla préparer leur commande.

— Il a l'air gentil.

— Il est heureux en ménage avec une femme merveilleuse, répliqua Jace, ses yeux parcourant du regard les personnes aux alentours.

— Je ne veux pas le *baiser*. Je mentionnais simplement le fait que tu avais un ami sympa.

Dylan déposa les bouteilles et les verres sur le bar. Il prit une râpe à sel.

— Pas de sel, merci, déclara Dixie.

— Citrons ou citrons verts ? demanda Dylan.

— Des citrons verts seraient parfaits, répondit-elle. Merci.

Il passa la main sous le bar et plaça un bol avec des tranches de citron à côté des bouteilles.

— La table du coin au fond était réservée pour mon frère et

sa femme, mais ils ont annulé il y a quelques minutes. Prenez-la si vous voulez un peu d'intimité.

— Merci.

Dixie attrapa la tequila, le bol de citrons verts et un verre à shot, puis elle se dirigea vers la table, laissant Jace la suivre avec l'autre verre à shot et le whisky. Elle était déterminée à briser les murs qu'il était en train d'ériger, même si cela devait se faire un verre à la fois.

Elle se glissa sur la banquette d'angle en demi-cercle et retourna le panneau de réservation.

Jace se glissa à côté d'elle, son grand corps la serrant de près.

Elle mit de l'espace entre eux.

— Tu dois gagner le droit de t'asseoir aussi près de moi.

— Je pensais l'avoir fait la nuit dernière.

Il ouvrit la bouteille de tequila et remplit son verre.

Elle se moqua de lui.

— Est-ce que ça marche d'habitude pour toi ? Tu donnes quelques orgasmes et tu obtiens tout ce que tu veux ?

Il se renfrogna en remplissant son verre de whisky.

— Pas de réponse ? Eh bien, je vois que ça va être un jeu amusant.

— Un jeu ?, demanda-t-il.

— *Des shots contre des secrets.* A la tienne.

Elle fit s'entrechoquer son verre contre le sien et ils descendirent leurs shots. Elle mordit dans une tranche de citron vert et se lécha les lèvres, appréciant la façon dont ses yeux suivirent sa langue.

Il remplit leurs verres.

— Quelles sont les règles de ce jeu ?

— Il n'y a qu'une seule règle. *La franchise.* Nous nous posons des questions et après avoir répondu, la personne qui a posé la question boit un coup. Si tu ne réponds pas, c'est toi qui bois. Un concept assez simple, même pour un gars coincé comme toi. Tu *en es*, Stone ?

Il afficha son premier vrai sourire de la soirée depuis qu'ils avaient quitté l'entrepôt et c'était un sourire sournois. Ses yeux descendirent lentement le long de sa poitrine et quand il revint enfin à son visage, elle pouvait pratiquement entendre ses pensées cochonnes.

— Comment pourrais-je résister à l'envie de connaître tous tes secrets ? J'*en suis*, Dixie et j'espère être encore plus *attiré* par toi après avoir appris tes secrets.

Son corps, ce traître, se réjouit mais elle réussit à garder un visage impassible, ne voulant pas rendre les choses aussi faciles pour lui.

— Bonne chance.

— Prêt ? Elle ne lui laissa pas l'occasion de répondre. Je vais commencer. Pourquoi es-tu si bizarre ce soir ?

Ses yeux se rétrécirent et il serra les dents.

— Je sens que ça va être un jeu ennuyeux.

Elle poussa son verre plus près de lui.

— Dernière chance. Pourquoi souffles-tu chaud et le froid ?

Il vida son verre.

— Je ne pensais pas que tu étais une poule mouillée. Mais en vérité, elle ne s'attendait pas à ce qu'il réponde à cette question dès le début. Elle ne pouvait pas se retenir plus longtemps.

Il se resservit un verre.

— A mon tour. Quelles sont les véritables raisons pour lesquelles tu as accepté de faire le shooting ? C'était pour emmerder tes frères ou pour autre chose ?

— Les deux. Elle hocha la tête vers son verre. Bois.

— Tu n'as pas répondu à la question.

— Tu plaisantes. Si tu voulais des détails, tu n'aurais pas dû me donner le choix. Maintenant, cul sec, Stone. Je commence à m'ennuyer.

Il s'exécuta et tandis qu'il remplissait son verre, elle passa au crible les questions qui se bousculaient dans son esprit, pour finalement se poser sur celle qui la hantait depuis des années.

— Qu'as-tu réellement pensé de moi quand tu m'as vue pour la toute première fois au rallye avec Bear ? Et je veux des *détails*.

Cette fois, il n'hésita pas.

— Je pensais que tu attirerais les ennuis. Tu avais un visage magnifique, un corps à damner que tu exhibais comme si tu savais t'en servir. Tu jurais comme un charretier. Il se pencha plus près et baissa la voix. Déjà à l'époque, je savais que tu avais le pouvoir de me mettre à genoux.

Bordel de merde. C'était bien plus que ce qu'elle avait espéré. Elle attrapa son verre et but le shot, ayant besoin de la brûlure pour calmer son cœur qui s'emballait.

— Pourquoi as-tu gardé tes distances ?

Il se rassit, passant tranquillement son bras sur le dossier de la banquette.

— Je ne pense pas que ce soit comme ça que le jeu fonctionne : *une* question, *une* réponse.

Maudit soit-il.

— A mon tour, dit-il en remplissant son verre. Étais-tu vierge quand on s'est rencontrés ?

Elle sentit ses joues s'enflammer, choquée qu'il lui ait posé une question aussi personnelle.

Mais elle n'avait rien à cacher.

— Oui.

La surprise dans son regard la dérangea. Alors qu'il buvait son shot, elle fut tentée de lui poser une question tout aussi intime mais décida de le prendre au dépourvu.

— Pourquoi t'es-tu lancé dans le business des motos et comment as-tu réussi ?

— Ça fait deux questions.

— Ok, alors réponds juste à la première partie.

— Parce que les motos ne vous brisent pas le cœur. Il remplit son verre. J'ai bossé dans une station-service au lycée et j'ai appris à réparer des voitures. Quand je suis allé à l'université, j'ai travaillé pour l'entreprise de Maddox, *Silver Cycles*. J'ai gravi les échelons en partant du bas de l'échelle, en commençant comme simple mécanicien. La plupart des nuits, je restais après le départ de tout le monde. Maddox a toujours été impliqué, comme je le suis dans notre entreprise. Il me voyait traîner dans le coin quand il était en ville et au fil des ans, il est devenu mon mentor. J'ai commencé à concevoir des motos pendant mon temps libre et Maddox m'a laissé en construire quelques-unes sur mes heures de travail dans son atelier. C'est un type formidable. Il ne s'est pas lancé dans des conneries juridiques et n'a pas essayé de réclamer des droits sur ce que je concevais. Il a dit qu'il "me faisait une avance sur salaire". Juste avant d'obtenir mon diplôme universitaire, je lui ai montré le design de la Stroke, la moto que je conduis encore aujourd'hui. Je lui ai fait part de mon intention d'obtenir un prêt et de créer ma propre entreprise. Nous savions tous les deux que cette moto avait un énorme potentiel. Il m'a demandé si je voulais travailler pour lui. J'étais une petite merde arrogante à l'époque et j'ai refusé. D'après lui, c'est à ce moment-là qu'il a su que nous étions faits pour être associés. Mais en bon salaud arrogant qu'il est, il a attendu que je me fasse refouler par plusieurs banques avant de me demander si je voulais m'associer avec lui. Il m'a dit plus tard que j'avais besoin de faire face à la réalité pour faire baisser d'un cran mon arrogance. Pour faire court, nous nous sommes associés et aucun de nous n'a jamais regretté son choix.

— Premièrement, c'est une histoire incroyable et deuxièmement, c'était une réponse bien plus importante que ce que je méritais, alors merci.

Elle n'avait pas oublié son premier commentaire sur le fait que les motos ne brisaient pas les cœurs mais elle ne voulait pas s'écarter du sujet avant d'entendre le reste de son histoire.

— C'est étonnant qu'il t'ait laissé devenir associé alors que tu n'avais pas un sou en poche. Tu n'étais pas obligé d'investir pour le devenir ? D'habitude, c'est comme ça que ça marche.

— Tu *as* l'esprit d'entreprise, n'est-ce pas ? Il fit glisser son verre sur la table. Maddox est unique en son genre. C'est également un homme d'affaires avisé. *Silver Cycles* avait tenté de percer, professionnellement parlant, mais ils n'y arrivaient pas. Il savait que mes projets allaient porter leurs fruits. Il m'a avancé l'argent pour devenir associé et je l'ai remboursé quand la gamme Stroke est sortie.

— Tu es l'incarnation même de celui qui est parti de rien et qui est devenu riche, dit-elle avec admiration, avant de descendre son verre.

Il remplit son verre.

— Il n'a jamais été question d'argent. C'est pour faire ce que j'aime. Si Maddox n'avait pas cru en mes projets, j'aurais trouvé un autre moyen de les réaliser. Cela m'aurait juste pris plus de temps pour y parvenir. Maintenant, revenons à *tes* petits secrets. As-tu toujours été dure comme la pierre ? Attends. J'ai une autre question. Quels sont les éléments de ta vie, en dehors de ta famille, qui t'ont rendu si dure ?

— Tu apprends vite. Elle savait que ce serait le cas. J'ai toujours été dure verbalement. C'était ça ou m'en remettre à mes frères. Mais Bullet est celui qui m'a permis de me débrouiller toute seule. Avant d'aller à l'armée, il m'a appris à me battre et c'est une bonne chose qu'il l'ait fait. Elle passa son doigt sur le bord de son verre alors que les souvenirs affluaient.

Je sais que tu veux savoir quels autres facteurs que ma famille ont fait de moi une fille dure, mais honnêtement, tout me ramène à eux. Quand j'étais jeune, je pouvais être aussi grande gueule que je le voulais, parce que personne emmerdait les Whiskey. Mais, quand mon père a eu son attaque, avec Bullet et Bones absents et juste Bear, ma mère et moi pour *tout* gérer, je me suis sentie un peu perdue et en colère. Il y avait des moments où j'étais tout simplement dépassée. Ou peut-être que c'était la plupart du temps. Je ne sais pas. En tout cas, je me suis battue une fois dans ma vie et c'était à cette époque. J'avais beaucoup de potes grâce aux Dark Knights, mais pas beaucoup de copines. La plupart des filles ne savaient pas quoi penser de moi parce que je n'étais pas comme elles, à aller au bal et à me préoccuper de mes cheveux ou de mon maquillage. Je me défonçais pour essayer d'obtenir des bourses pour l'université, je travaillais comme une folle au bar et à la maison pour aider ma mère et Bear. Je n'avais pas la patience pour toutes les conneries dont se soucient les adolescentes. Un jour à la cafétéria, cette fille arrogante déblatérait à mon sujet. Elle venait d'emménager en ville et n'avait aucune idée de qui j'étais vraiment. Elle savait que ma famille possédait un bar, mais c'était à peu près tout. La plupart des filles avec lesquelles j'allais à l'école respectaient suffisamment ce que ma famille faisait pour la communauté pour garder leurs commentaires pour elles, même si elles ne me comprenaient pas ou pensaient que j'étais une salope. Ou alors, elles l'écrivaient sur les murs des toilettes.

Elle fit une pause alors qu'une vieille douleur revint à la surface.

— Dix, c'est affreux. Pourquoi n'as-tu pas fait taire ces petites merdeuses ?

— Parce que j'avais assez à faire et je me fichais de ce qu'elles disaient.

— Foutaises. Tu aurais dû t'en soucier. Ça fait mal même quand ça ne devrait pas être le cas. Il reprit son verre. J'aurais nettoyé ces murs pour toi, puis je me serais occupé des garces qui avaient fait ça. A ta santé, Dix.

Il descendit son verre et elle commença à craquer encore plus pour lui, comme elle l'avait fait hier soir et quand ils étaient ensemble dans la cabine d'essayage. Elle savait qu'elle ne devait pas laisser ces sentiments se développer et elle s'efforça de les repousser alors qu'elle terminait de raconter son histoire.

— Bref, la fille disait des conneries sur le fait que je me prenais pour une petite brute et que je finirais par travailler au bar pour toujours. J'ai toujours été fière de ma famille et du bar. J'ai pété les plombs, je me suis dirigée vers elle et d'un seul coup de poing, je l'ai mise au tapis.

— C'est de ça que je parle ! déclara Jace à voix haute, la faisant rire.

— Ça m'a fait *un bien fou*. Je m'en souviens encore. Mais ensuite, j'ai été exclue et ma mère a dû venir me chercher à l'école. Je ne m'étais jamais sentie aussi mal de toute ma vie. Ma mère avait assez de soucis comme ça. Nous avons rencontré le principal et je suis restée silencieuse, attendant juste que ma mère se lâche sur moi. Quand on est montées dans la voiture, elle a dit : "C'est vraiment comme ça que ça s'est passé ?". Je lui ai avoué que c'était vrai et je me suis excusée mais elle a rétorqué : “Tu as défendu notre famille et j’en suis fière, mais tu sais ce que je pense des bagarres”. Oh que oui. Elle les *détestait.* Elle a dit qu’elle devait avoir une discussion avec Bear pour m’avoir appris à me battre et quand je lui ai dit que c’était Bullet, elle a commencé à rire. Je croyais que je l’avais tellement énervée qu’elle n’avait pas d’autre choix que d’en rire. Mais ensuite elle a lancé qu’elle avait enfin compris ce que Bullet m’avait dit le jour où il est parti à l’armée : “Ne laisse jamais une garce te faire tomber du trône des Whiskey”.

Jace la regarda avec une expression douce et curieuse.

— Est-ce que je suis à côté de la plaque et je n’ai pas répondu à ta question ? demanda-t-elle.

— Non. Tu y as parfaitement répondu. Je t’imaginais juste au lycée avec le poids du monde sur les épaules. Il se rapprocha, puis s’arrêta. Pose-moi une autre question que je puisse me rapprocher.

Elle sourit à cela, parce qu’elle savait qu’il devait faire preuve de toute sa retenue pour ne pas lui forcer la main et se rapprocher.

— Ok, mais ça ne va pas être une question facile.

— J’aime quand c’est *dur*, répondit-il avec une lueur malicieuse dans les yeux.

— Alors nous avons ça en commun.

Elle marqua une pause, laissant le sens de sa phrase s’imprégner. Le fait qu’il serre sa mâchoire lui indiqua qu’elle avait obtenu l’effet escompté.

— Comment as-tu eu le cœur brisé ?

Il fronça les sourcils. Elle couvrit sa main avec la sienne, soutenant son regard.

— Réfléchis bien avant de prendre ce verre. Elle avait le cœur qui battait la chamade. Elle savait que ce qu’elle s’apprêtait à dire pouvait se retourner contre elle, mais malgré l'image qu'elle avait probablement aux yeux de Jace après ce qui s'était passé ces deux dernières soirées, elle *ne* couchait *pas* à droite et à gauche. Ce qu'elle était sur le point de révéler était important et vrai.

— C'est le seul *jeu* auquel je jouerai et je préfère m'en aller plutôt que de coucher avec un étranger.

Ses lèvres se retroussèrent, les yeux fixés sur elle.

— Je n'allais pas le boire. Je venais de terminer le lycée et j'ai commencé à sortir avec une femme de vingt-sept ans. Je faisais un mètre quatre-vingt-treize quand j'avais dix-sept ans. J'étais robuste. La plupart des gens me prenaient pour un jeune homme de vingt ans. Ce ne fut pas son cas. Elle avait été mon professeur et savait exactement quel âge j'avais.

— Oh mon Dieu, Jace ! C'était ton professeur de *français* ?

Il sourit, haussant une épaule.

— Pire qu'un chien en rut ! Alors, que s'est-il passé ?

Il rit.

— On a *beaucoup* couché ensemble pendant quelques semaines, toujours chez elle et toujours en secret. Mais je débordais de testostérone et je m'envoyais en l'air. Je l'aurais baisée dans un arbre si elle me l'avait demandé.

— J'aime ton honnêteté.

Il acquiesça, ses yeux se posant sur son verre alors qu'il parlait.

— *Le simple fait de baiser* s'est transformé en quelque chose de bien plus fort pour moi et quand je le lui ai avoué, elle a répondu qu'elle pensait que je comprenais que nous ne faisions que nous amuser.

Dixie déglutit difficilement. *Comme c'est le cas pour nous.* Les pièces du mystère que représentait Jace se mettaient en place.

— Elle t'a brisé le cœur.

— Elle disait qu'elle ne se mettrait jamais vraiment en couple avec un gars comme moi. Ses yeux étaient remplis de douleur. C'est là que j'ai appris à ne pas être trop proche et à ne pas faire confiance *aux femmes*. C'est une chose minable de dire ça, assis ici à tes côtés, mais tu voulais de la franchise. Aussi débile que cela puisse être, ça a eu un gros impact sur moi. À partir de ce moment-là, je me suis concentré sur le fait de devenir *quelqu'un*. J'ai travaillé dur à l'université et je suis resté émotionnellement distant des femmes.

— Comme Bullet, déclara-t-elle distraitement.

— Le syndrome post-traumatique de la prof sexy du lycée ? répondit-il avec une expression amusée. Bien sûr, je suppose que oui. Comme Bullet.

Elle voulut alors devenir sa *Finlay*. Gagner sa confiance et lui montrer à quel point elle croyait en lui. Elle se rapprocha.

— Pour ce que ça vaut, je te désirais avant même de savoir que tu avais un seul dollar en poche.

— Je sais bien, Dix. Il y a un truc entre nous. Ça été toujours là, toutes ces années et c'est encore plus fort maintenant. Mais ça ne change pas qui je suis ou ce que j'ai à offrir. Je suis désolé si j'ai été un con ce soir. Je gère beaucoup de merdes dans ma tête.

Elle avala un autre verre.

— Ça nous fait un autre point commun.

— As-tu déjà eu le cœur brisé ?

— On verra bien, dit-elle, ses yeux ne quittant jamais les siens. La soirée ne fait que commencer.

— JE NE VEUX PAS être l'homme qui te brise le cœur.

— Il faudrait déjà que je te le donne, le défia-t-elle avec le sourire en coin sexy qu'il voyait dans son sommeil.

Jace savait qu'elle racontait encore des histoires, mais il était trop égoïste pour se défiler. Il se pencha plus près d'elle, percevant son souffle coupé.

— Tu te mens encore à toi-même ?

— Peut-être que tous les deux… Elle fixa son verre. Bois. Tu as épuisé ta question. Maintenant c'est mon tour.

— Je pense que nous avons tous les deux fini de jouer, Dix.

Le sourire qui courba ses lèvres mit fin à ses dernières retenues. Sa bouche se jeta avidement sur la sienne, la prenant sans hésitation. Elle lui rendit son baiser fébrile, leurs langues se battant pour la domination, les dents s'entrechoquant.

Mon dieu, sa *bouche*…

C'était le paradis et l'enfer, succulente et chaude et tellement douée qu'il voulait la sentir sur chaque centimètre de sa chair. Bon sang, il voulait les mettre tous les deux à nu pour qu'ils puissent explorer leurs corps respectifs jusqu'à ce qu'ils en connaissent chaque recoin par cœur. Il se pencha, approfondissant le baiser et heurta un verre avec son coude. Il quitta ses lèvres et lâcha un "Merde" en mettant une serviette pour éponger.

Il avait complètement perdu la tête, oublié qu'ils étaient assis dans un bar. La peau de Dixie était rouge, son regard guidant ses pensées, le suppliant d'en avoir plus. Il l'embrassa une dernière fois, si longtemps qu'il se surprit à se perdre à nouveau en elle et se retira à contrecœur. Il sortit son portefeuille, posa assez d'argent sur la table pour payer tout le personnel et se leva de la banquette. Son corps tout entier palpitait alors qu'il tira Dixie à lui, capturant un autre baiser passionné. *Putain.* Il ne voulait pas se séparer, même pour une seule seconde, mais ils devaient sortir de là.

— Allons-y.

Il la serra contre lui, traversa la foule et sortit par la porte d'entrée, l'embrassant à nouveau dès qu'ils furent dehors et se séparant juste le temps d'héler un taxi.

Il indiqua son adresse au chauffeur et à la seconde suivante, il souleva Dixie, ses genoux enjambant ses hanches et lança.

— Putain de fièvre provoquée par les Whiskey.

Leurs bouches se heurtèrent l'une à l'autre, leurs hanches s'écrasant avec force et rapidité. Il glissa ses mains sous sa jupe, serrant ses fesses d'une main, exerçant une pression supplémentaire là où ils en avaient le plus besoin. Il enfonça son autre main dans ses cheveux, tirant sa tête sur le côté pour qu'il puisse se régaler de son cou. Elle se tortillait plus violemment à chaque succion, gémissait à chaque coup de langue. Il était *à deux doigts* de la baiser quand le taxi les déposa devant son immeuble.

Il paya rapidement le chauffeur et ils trébuchèrent sur le trottoir en s'embrassant pendant qu'ils se dirigeaient vers l'immeuble et l'ascenseur. Il saisit ses mains, les coinçant de chaque côté de sa tête alors que les portes de l'ascenseur se refermaient. Il se cala entre ses jambes, ravageant sa bouche. Quand les portes s'ouvrirent, ils trébuchèrent dans l'appartement dans un enchevêtrement de baisers frénétiques et de caresses avides. Il chercha la fermeture éclair de sa jupe, s'énerva et réduisit la couture en lambeaux.

Les yeux de Dixie s'écarquillèrent.

— J'adorais cette tenue, râla-t-elle en tirant sur le bouton de son jean.

— Je t'en achèterais dix de plus. Je mourrais d'envie de faire ça tout au long de cette foutue soirée. Il saisit les deux pans de sa chemise en dentelle et la déchira également, la laissant nue, à l'exception de sa culotte et de ses bottes. Des tatouages serpentaient autour de ses bras, le long de ses côtes et le long de ses cuisses. Elle n'était pas seulement une beauté ou une princesse. Elle était une fichue *reine*.

Dans la seconde qui suivit, il la débarrassa de cette culotte sexy, dévoilant la toison de douces boucles rousses qu'il avait appréciée la nuit dernière. Elle regarda hardiment comment il sortit un préservatif de son portefeuille et le déchira avec ses dents. Il descendit son jean et son boxer au niveau de ses genoux et elle se lécha les lèvres comme la coquine sexy qu'elle était, tendant la main pour attraper ses boules alors qu'il se redressait, provoquant un gémissement au fond de lui. D'un geste rapide, il la souleva dans ses bras et ses longues jambes s'enroulèrent autour de lui alors qu'il la pénétrait d'un seul coup. Elle gémit, ses ongles s'enfonçant dans son corps.

Il se calma, se détestant d'être trop gourmand.

— C'est trop ?

— Bordel non, sortit-elle en haletant. *Plus fort.*

Il la pénétra brutalement et rapidement. Elle lui empoigna la tête, se régalant de sa bouche, libérant l'animal en lui. Il s'accrocha à ses fesses et se servit du mur comme levier pour s'enfoncer en elle. Elle était si étroite et si chaude qu'il était sûr que le latex allait fondre. Ses ongles lui entaillèrent le cuir chevelu et ses jambes se serrèrent plus fort, envoyant des éclairs de chaleur le long de sa colonne vertébrale. Il accéléra le mouvement et sa bouche quitta la sienne tandis que son corps se refermait sur son membre.

— Jace ! Oh mon Dieu, *Ja* —

Elle se cramponna à lui, son sexe se contractant, ses hanches se déhanchant sauvagement. Il lutta pour ne pas jouir en même temps qu'elle, contractant la mâchoire. Quand sa tête retomba à côté de la sienne en redescendant de son orgasme, il retira ses bottes et utilisa ses jambes pour enlever son jean et son boxer. Toujours profondément enfoui en elle, il la porta jusqu'au canapé et les déposa tous les deux sur les coussins. Ses cheveux étaient éparpillés autour de son beau visage. Ses yeux étaient à moitié fermés, ses lèvres gonflées par leurs baisers. Ses joues étaient rosies à cause de sa barbe. Elle lui sourit alors qu'ils trouvèrent leur rythme et son cœur s'emballa. Il abaissa sa bouche vers la sienne, l'embrassant de manière plus brutale, plus exigeante, essayant de chasser les émotions inconnues et de les remplacer par un désir pur et simple. Elle enroula à nouveau ses jambes autour de lui, lui permettant de la prendre plus profondément et quand elle mordit son épaule, son corps se crispant et la pénétrant, *bon sang…*

Il avait trouvé *le nirvana.*

Et il n'était pas pressé de le quitter.

Il passa la main par-dessus son épaule et enleva son T-shirt, le laissant tomber sur le sol. Puis il retira ses bottes, pour découvrir des chaussettes roses avec des cœurs rouges dessus, chaque cœur étant transpercé par une minuscule dague noire. Si ce n'était pas la chose la plus adorablement sexy qu'il n'ait jamais vue… et peut-être la plus triste. Il détestait l'idée que le cœur de Dixie soit transpercé.

Mais bon, connaissant Dixie, c'était sa dague et le cœur de quelqu'un d'autre.

Et c'était *sexy.*

— Moque-toi de mes chaussettes et je te castre, grogna-t-elle quand il les lui retira.

Il ne put s'empêcher de la provoquer.

— Je veux jeter un coup œil dans ton tiroir à *lingerie*, voir ce que tu aimes.

— Pour l'instant, c'est *toi* qui m'intéresses, alors occupe-toi de ça.

Il ricana, aimant le fait qu'elle soit si courageuse et il voulait – avait besoin – d'elle encore plus, de *tout* voir d'elle. Il enroula ses bras autour d'elle et les fit rouler, de sorte qu'elle soit à califourchon sur lui, ses magnifiques seins à portée de main. Emplissant sa paume, il en taquina les pointes tendues tandis que ses yeux balayaient du regard les tatouages sur le côté droit de sa poitrine et les suivaient le long de ses côtes. Lorsqu'il glissa son autre main entre ses jambes, frottant son clitoris, elle gémit, se déplaçant délicieusement le long de son sexe dur. Ses yeux se fermèrent et elle s'agrippa d'une main au dossier du canapé, se cambrant pour chevaucher son sexe.

— Ça c'est ma nana. Jouis pour moi à nouveau.

— Bon Dieu, Jace, susurra-t-elle à bout de souffle.

Il fit rouler son téton entre son doigt et son pouce, le serrant juste assez fort pour sentir son sexe se contracter. Elle gémit alors qu'il accentuait ses efforts avec son autre main, accélérant le mouvement de ses hanches, jusqu'à ce que tout son corps se raidisse et que son nom s'échappe de ses lèvres, tel un juron. Elle jouit intensément, son corps s'agitant violemment. Il se redressa pour s'asseoir, prenant sa bouche dans un baiser passionné, les sons qu'elle émettait remplissant ses poumons tandis que le plaisir était à son comble.

Quand elle se laissa tomber contre lui, la tête sur son épaule, elle haleta.

— Ne bouge pas. Je suis trop sensible.

— Endurcis-toi, chaton. Je vais te faire jouir si fort que tu vas oublier ton propre nom.

Il la fit glisser sous lui à nouveau et descendit le long de son corps, en quête d'un festin. Et il se régala, la faisant s'envoler à nouveau. Mais avant qu'elle ne redescende de sa jouissance, il remonta le long de son corps, capturant sa bouche suppliante alors qu'il la pénétrait, déversant tout son désir refoulé dans leur connexion. La chaleur et la pression se propagèrent dans ses membres, dans sa poitrine, s'accumulant et vibrant dans ses bourses. Quand il sentit ses muscles se contracter et son corps trembler, il se donna à fond, les envoyant tous deux au bord de l'extase. La tête lui tourna alors que son orgasme le transperçait et il *rugit* son nom, comme si son sperme avait jailli de ses *entrailles*.

Il la berça sous lui, leurs cœurs battant la chamade, tous les deux essoufflés et tremblants. Ils restèrent emmêlés l'un à l'autre jusqu'à ce qu'ils reviennent sur terre. Puis il l'embrassa tendrement et alla s'occuper du préservatif. Quand il revint, son souffle se bloqua dans sa gorge. Dixie était allongée nue sur son canapé, un bras au-dessus de sa tête, un genou plié, les yeux fermés, un sourire satisfait sur les lèvres. Elle ressemblait à une œuvre d'art. Il la voulait dans son lit, où il pourrait la serrer dans ses bras, en sécurité et à l'aise, toute la nuit. Il la souleva du canapé, s'attendant à moitié à ce qu'elle lui arrache la tête pour cela, mais elle resta alanguie dans ses bras alors qu'il montait les escaliers.

— Regarde-toi, tu deviens tout romantique avec moi, dit-elle, ses bras entourant son cou.

Il la porta à l'étage. Elle était si parfaite et *à sa place*, comme si c'était exactement là où elle devait être. La montée des émotions l'effraya un peu, alors il essaya de les nier.

— Tu trouves ça romantique. J'appelle ça de l'égoïsme. Je te veux dans mon lit pour pouvoir te reprendre dès que j'aurai récupéré.

Il la déposa dans son lit et se glissa derrière elle, l'attirant dans le creux de son corps. Elle se blottit contre lui. Ses fesses douces se pressaient contre ses hanches, le faisant bander à nouveau. Son appétit pour elle était insatiable mais elle était épuisée. L'envie de prendre soin d'elle l'emporta sur ses désirs avides. Elle émit un léger bruit en s'endormant. Il écouta le rythme de sa respiration, mémorisant la sensation de la bercer dans ses bras et dans son corps, se disant qu'il n'y aurait pas de cœurs brisés car ils étaient tous deux sur la même longueur d'onde.

Un sentiment étrange s'installa dans sa poitrine et il se demanda depuis quand il était devenu un aussi piètre menteur.

CHAPITRE 11

DIXIE SE RÉVEILLA au son de la voix étouffée de Jace. Il était assis sur le bord du lit, nu, les coudes sur les genoux et parlait au téléphone. Ses cheveux étaient ébouriffés, révélant une multitude de boucles épaisses. Des tatouages recouvraient le haut de son large dos. Les motifs complexes descendaient le long de ses lombaires, mettant en valeur la façon dont son corps se terminait en un V sexy. Elle avait déjà fait plus de fois l'amour ces derniers jours qu'elle ne l'avait fait ces dernières *années* et elle était impatiente de réitérer l'expérience suffisamment de fois pour tenir le coup pendant plusieurs années encore. Elle se mit à quatre pattes, sentant partout les vestiges de leur nuit sauvage et sexy. Elle sentait l'intérieur de ses cuisses, comme si elle avait passé des heures à utiliser un appareil pour travailler ses abducteurs. *Jace Stone, cette machine fun pour travailler vos abducteurs*, pensa-t-elle en rampant jusqu'à lui. Ses doigts et ses bras lui faisaient mal à force de l'avoir tenu si fort. Même sa mâchoire était douloureuse à cause de l'intensité de leurs baisers. Elle chérissait chacune de ces douleurs en faisant courir ses doigts le long des bras de Jace et en embrassant les marques en forme de croissant et les fines éraflures que ses ongles avaient laissées sur ses épaules et son dos.

Elle avait envie d'un *second round*. Ou plus précisément de cinquième ou de sixième rounds. Elle avait perdu le compte après qu'ils se soient réveillés au beau milieu de la nuit, incapables de se lâcher mutuellement.

Jace tourna la tête, la regardant d'un air appréciateur. Son front reposait sur sa paume, ses doigts enfouis dans ses boucles épaisses.

— Ça a l'air parfait, déclara-t-il au téléphone.

Elle plongea la main entre ses jambes pour se saisir de son sexe. Il durcit dans sa main et sa mâchoire se contracta. Elle se mit à le caresser, l'embrassant un peu partout dans le cou. Elle aimait sentir ses muscles se tendre, savoir qu'elle le rendait fou.

— Nous allons les étudier et vous rappeler, cracha-t-il brutalement, en se redressant et en se tournant vers elle.

Elle se mit à genoux, effleurant sa poitrine sur sa barbe. Il passa son bras autour d'elle et lui attrapa les fesses. La retenue dans son regard *la* rendit folle. Elle décida de le rendre tout aussi fou et caressa ses seins pour le séduire. Elle se mordit la lèvre inférieure en passant une main entre ses jambes, écartant les genoux.

— Ouais, ajouta-t-il sèchement au téléphone, un avertissement apparaissant dans ses yeux.

Elle ne comptait pas en tenir compte alors qu'elle s'amusait à le regarder se tortiller. En maintenant son regard, elle aspira son index dans sa bouche, le retirant lentement et le glissa entre ses jambes, émettant des sons étouffés pleins de plaisir. Elle pinça son téton, gémissant avec sensualité et fit bouger ses hanches. Elle pouvait soit le chevaucher soit se mettre à genoux devant lui et le prendre dans sa bouche. Ces deux idées la firent mouiller encore plus, mais elles ne susciteraient pas la réaction qu'elle aurait obtenue en le taquinant. Rien n'était plus excitant que de voir tous ses muscles puissants se contracter avec retenue et des flammes jaillir pratiquement de ses yeux.

Elle fit glisser son doigt, mouillé de son excitation, sur ses lèvres.

Il lui attrapa le poignet.

— Hawk, je dois y aller. Je te rappelle à dix heures, lança-t-il en contractant sa mâchoire.

Il mit fin à l'appel, laissa tomber le téléphone sur la table de nuit et *grogna* en la plaquant sur le lit. Elle rit, se tortillant sous lui alors qu'il enjambait sa poitrine. Ses yeux étaient aussi sombres que la nuit et il tenait son sexe dans ses mains.

Elle s'était trompée.

La vue de sa grande main enroulée autour de cette bête magique était plus excitante que tout ce qu'elle avait *jamais* vu.

— Tu veux jouer, *chaton* ? demanda-t-il en se caressant.

Elle souleva les hanches, l'excitation tambourinant en elle comme une grosse caisse.

— Je veux te regarder te caresser.

Ses yeux s'écarquillèrent.

— Pourquoi ferais-je ça alors qu'une autre option bien plus agréable se trouve en dessous de moi, humide et prête ?

— Parce que je veux te voir le faire.

Elle avait du mal à croire qu'elle lui demandait de se toucher, mais elle n'avait pas le temps de reculer. Elle connaissait la suite. Une fois qu'elle serait dans l'avion demain matin, ce serait fini. Ce serait fini entre eux. Elle était autorisée à demander *tout* ce qu'elle désirait et elle allait y parvenir.

— Désolé, chaton, dit-il en descendant d'elle.

L'avait-elle *rebuté* ? La déception la submergea.

— Il n'y a qu'une seule solution pour que ça arrive.

Il souleva sa main du matelas et la guida entre ses jambes tandis qu'il se déplaçait sur le matelas et s'abaissait sur le côté, face à elle, la tête près de ses jambes et sa verge juste devant sa bouche.

— Je caresse, tu suces. Je te dévore, tu me titilles.

Sa bouche était sur son sexe avant même que son *oui* n'ait complètement quitté ses lèvres. *Sainte mère de tous les délices.* Il caressait son sexe en même temps qu'il lui baisait la bouche et qu'elle se caressait entre ses jambes tandis qu'il la satisfaisait avec son autre main et sa langue talentueuse. Elle était emportée par l'intensité de chaque sensation, suçant et léchant alors que son sexe entrait et sortait de sa bouche, balançant ses hanches alors que sa langue passait sur ses doigts et le pénétrait. C'était presque trop dur à supporter. La sensualité et la luxure l'embrasèrent, la martelant et la chevauchant jusqu'à ce qu'elle crie en jouissant. Quand son orgasme commença à se dissiper, il augmenta ses efforts, l'envoyant à nouveau vers les sommets. Comme si *tout ça* était trop dur pour *lui*, il ramena ses hanches en arrière, baisant son poing avec seulement la tête de son sexe dans sa bouche, trouvant rapidement sa propre libération puissante.

Ils restèrent allongés sur le dos pendant un long moment, sa tête posée sur ses pieds, essayant de récupérer. Jace déposa un tendre baiser sur le dessus de son pied, de sa cheville, de son tibia et de son genou. Elle ressentit un tiraillement dans sa poitrine quand il remonta le long de sa hanche et de ses côtes. Ces tendres baisers étaient si différents de la manière dont il prenait et exigeait. Elle avait le sentiment qu'elle avait un aperçu de son côté secret qu'il ne laissait pas voir à grand monde. Le laissait-il voir à *quelqu'un* ? Ou était-elle spéciale ? Elle était douée pour se mentir à elle-même, mais pas à ce point. Il embrassa son épaule, son cou, puis enfonça ses dents dans son lobe d'oreille, juste assez fort pour que son corps s'embrase à nouveau.

Elle devait être folle, se donnant si librement au seul homme qu'elle avait vraiment désiré, alors qu'elle savait que ce n'était que temporaire. A ce rythme, elle allait finir par se briser elle-même le cœur.

Il la prit dans ses bras, la tournant vers lui et pressa ses lèvres contre les siennes.

— Tu m'as surpris, chaton.

Elle s'était secrètement prise d'affection pour ce surnom qui l'avait auparavant mise sur les nerfs, ce qui était bizarre car elle *détestait* cela. C'était un signal d'alarme suffisant pour qu'elle s'enferme et essaie de s'empêcher de tomber encore plus amoureuse. Elle savait qu'elle devait sortir ses armes de dure à cuire.

— Je ne suis *la chatte* de personne.

Ses sourcils se creusèrent.

— Bon sang, Dix. Fais-moi un peu confiance. Je ne sous-entends pas cela et ce n'est pas ce que je voulais dire. Je ne te manquerai jamais de respect de cette façon.

Son cœur se comprima et elle se sentit un peu coupable, mais elle devait redresser la tête.

— Je sais. Désolée. Je suppose que c'est à mon tour d'avoir des trucs qui me passent par la tête.

Il avait toujours cet air sérieux et contrarié sur son visage, alors elle essaya de changer de sujet.

— Qu'a dit Hawk ? Est-ce qu'on a beaucoup de reshoots à faire aujourd'hui ?

— Non, en fait. C'est tout le contraire. Il ne pense pas qu'on doive refaire les photos. Il nous envoie une planche contact pour qu'on puisse prendre cette décision.

— Tu plaisantes ? Waouh, c'est super, non ?

— C'est génial. Je t'avais dit que tu serais parfaite pour le shooting. On va regarder les photos et si elles sont bonnes, alors c'est bon. Tu as tout déchiré.

Son cœur sombra. *C'est fini.* Se sentant soudainement vulnérable, elle se redressa en recouvrant sa nudité du drap et prit son téléphone.

— Je suppose que je devrais voir pour changer mon vol.

Il couvrit sa main avec la sienne, abaissant le téléphone sur ses genoux.

— Du calme, Cha… *Tigresse.* On doit encore vérifier les photos.

Elle ne put s'empêcher de sourire au surnom de *tigresse*, mais son amusement s'effaça lorsqu'elle réalisa qu'elle allait peut-être rentrer chez elle aujourd'hui au lieu de demain.

Il effleura sa main.

— Je me disais que puisque nous n'avions pas à refaire les photos, je pourrais te faire visiter la ville et t'emmener faire un tour sur une des motos *Legacy.*

— Je ne suis pas sûre que ce soit une bonne idée, dit-elle timidement, essayant de se protéger pour ne pas tomber encore plus amoureuse de lui.

Il lui embrassa l'épaule.

— Égoïstement, je pense que c'est une excellente idée. Mais même si c'était une mauvaise idée, quand cela t'a-t-il déjà effrayé de faire un truc ? lui avoua-t-il sur un ton plus doux.

Elle aimait la façon dont il la *comprenait.* Il accepta son sarcasme et sa dureté, la mettant au défi à des moments où la plupart des hommes auraient fait marche arrière. Elle n'était pas prête à abandonner tout ça pour le moment.

— Qu'est-ce que tu en dis, Dix ? Personne ne s'attend à ce que tu reviennes avant demain. Ce n'est pas comme si tu profitais des gens.

Il se rapprocha.

— Mais si tu avances bien tes pions, je te laisserai profiter de moi. Il suivit les lignes de son tatouage sur son avant-bras. Je me disais aussi à quel point j'aimerais voir mon encre sur toi.

— C'est une métaphore bizarre d'une *pieuvre*?

— *Des tatouages*, Dixie. Tu sais que je suis tatoueur, non ?

Elle avait oublié.

— Je crois que je me souviens en avoir entendu parler à un moment donné. Est-ce que tu tatoues toutes les femmes avec qui tu couches ? Tu les marques avec un « *A couché avec Jace* » ?

Il fit courir sa main le long de sa cuisse.

— Je ne *couche* pas avec des femmes. Je les *baise*, je les *drague*, ou peu importe le nom que tu veux donner à ça, mais je ne *couche* pas avec elles.

Il quitta le lit et la força à se remettre debout, la tenant contre lui.

— Oublie tout ça. Je vais prendre une douche. *Ça te dit ?*

Il arqua un sourcil quand il prononça le *"Ça te dit ?"*

Comment pouvait-elle refuser une telle offre ?

— *Toujours.* J'arrive dans un instant.

Il se dirigea vers la salle de bain et elle attrapa son téléphone pour vérifier les messages de la nuit dernière. Elle avait manqué des messages de Jayla, quelques-uns de Crystal et Izzy, et un de Bullet.

Elle ouvrit et lut le message de Bullet en premier. *T'as tout déchiré aujourd'hui ?* Elle répondit, *Je pense que oui. C'était amusant. Tout va bien chez nous ?*

Ensuite, elle lit le message de Jayla. *J'ai ADORÉ les photos que Jace a envoyées pendant le tournage ! C'est inné chez toi !* Elle appréciait toutes ses sœurs et elle leur avait envoyé des messages hier avant le shooting. Elle lui répondit rapidement, en lui envoyant un pouce, *Merci ! Le conseil de Rush était parfait. Ça m'a vraiment aidé !*

Crystal et Izzy avaient envoyé des messages presque similaires. Chacune d'entre elles en avait envoyé un, lui souhaitant bonne chance et un autre, lui demandant comment cela s'était passé. Tandis qu'elle répondait à Crystal, lui disant que tout avait bien été et qu'elle avait adoré, un autre SMS d'Izzy apparut. *Je n'ai pas eu de nouvelles de toi hier. J'espère que ça s'est bien passé. Si tu vas bien, envoie-moi un* — elle avait inséré un émoji de pouce levé. *Si tu veux que j'envoie tes frères botter le cul de Jace, envoie-moi un* — elle avait mis un émoji pouce vers le bas.

Dixie lui répondit par un emoji aubergine et un smiley avec des yeux en forme de cœur. Elle lui demanda par texto, *Tu peux toujours venir me chercher à l'aéroport ? Il se pourrait que j'aie besoin d'une boisson forte.*

Elle entendit l'eau couler au moment où son téléphone vibra avec la réponse d'Izzy. *Bien sûr ! Je veux tous les détails.*

Dixie adressa un bref remerciement à Izzy puis elle se dirigea vers la salle de bain. Jace ouvrit la porte vitrée de la douche et de la vapeur en sortit. *Seigneur*, il était beau tout trempé. Il lui offrit un sourire rare et authentique qui n'était ni séduisant ni timide. C'était tout simplement Jace et c'était le plus beau des sourires.

Il tendit la main vers elle.

— Viens ici, ma belle. Laisse-moi te remercier comme il se doit pour avoir accepté de rester…

Cet homme, nu et d'humeur à *faire plaisir* était une combinaison mortelle. Il avait eu raison de croire qu'aucun autre ne serait à la hauteur après lui, mais quelle hauteur phénoménale, ce serait !

APRÈS ÊTRE ALLÉS dans l'un des cafés préférés de Jace pour le petit-déjeuner, ils rentrèrent à son appartement pour revoir les planches de contacts que Hawk avait envoyées par e-mail à Jace. Ils étaient dans son bureau chez lui, regardant les photos sur deux ordinateurs avec de grands moniteurs. Sur le bureau, la table basse et même le canapé, il y avait des carnets de croquis avec des dessins aux motifs aléatoires et des motos. Mais elle n'eut pas le temps de les regarder. Hawk avait pris *des centaines* de clichés, comme s'il ne s'était pas arrêté pour prendre une seule respiration de tout le shooting. Il avait même pris plusieurs photos de Jace tout au long de la journée, parlant au téléphone ou avec les gars qui s'occupaient des motos, appuyé contre le mur, ou regardant quelque chose au loin avec une expression distante. Ce furent ces photos-là qui la fascinèrent le plus. Sa préférée était une photo de lui, appuyé contre un mur en briques. Une de ses bottes reposait sur le sol, son genou plié, la semelle de l'autre reposant sur la brique. Sa tête était penchée en arrière, les yeux fermés, une bouteille d'eau pressée contre ses lèvres. Dixie était tellement occupée la veille qu'elle n'avait pas eu le temps de l'admirer. Bon sang, ça valait le coup de l'admirer. Il ressemblait à un mannequin badass qui aurait dû avoir son propre calendrier.

Jace prit place sur sa chaise avec un sourire incrédule et secoua la tête.

— Eh bien, Dix, si jamais tu doutais de ton aptitude à être l'égérie de *Silver-Stone*, en voici la preuve.

Elle jugea les images sur l'autre écran. Elle n'arrivait pas à croire qu'elle se voyait, elle. La femme sur les photos était magnifique, si différente de la perception qu'elle avait d'elle-même. L'arrière-plan granuleux de l'entrepôt mettait en valeur l'éclat de ses motos aux lignes pures et brillantes. Mais c'étaient les vêtements que Jace avait aidé à concevoir qui ajoutaient une touche d'élégance inattendue aux photos. Elle était fière de ne pas l'avoir laissé tomber, mais plus encore, elle était contente d'avoir participé à un projet aussi important.

— Je doute que nous ayons besoin de refaire des photos. Tu es magnifique sur chacune d'entre elles. Qu'est-ce que tu en penses ?

— *Moi ?* Elle n'arrivait pas à croire qu'il lui posait la question. Tout ce que je sais, c'est que je veux des doubles de ces photos de toi, pour mon propre calendrier.

Il éclata de rire et c'était le meilleur son qui soit. Il ne riait pas souvent et ça lui manquerait quand elle rentrerait chez elle.

— C'est ton entreprise, Jace. C'est à toi de prendre cette décision. Je suis juste fière de faire partie de ton projet. Je n'arrive toujours pas à croire que ce soit *moi* sur ces photos. Tes motos et tes vêtements me mettent vraiment en valeur.

— Je pense que c'est l'inverse, Dix.

— J'en doute. Mais je suis vraiment heureuse que tu m'aies convaincue de faire le calendrier. Je suis désolée de ne pas avoir réalisé à quel point ce serait génial quand tu en as parlé la première fois. Je pensais à une pin-up et tu as réellement conçu une œuvre d'art. J'ai adoré faire le shooting et travailler avec Hawk et toi. Ce fut une expérience que je n'oublierai jamais.

Des papillons s'installèrent dans son estomac au moment de cette dernière confidence, qui avait autant à voir avec le temps passé en tête-à-tête qu'avec la séance photos.

Elle avait hâte de passer une autre journée et une nuit incroyable dans les bras de l'homme qui était plus généreux, plus axé sur la famille et plus *délicieux* qu'elle n'aurait jamais pu l'imaginer. Alors pourquoi cette chance lui semblait-elle être une épée à double tranchant ?

Il couvrit sa main avec la sienne et la serra.

— Je ne peux pas croire que j'ai failli me contenter de Sahara. Cela aurait été une grave erreur. J'aurais dû venir te voir en premier lieu.

Ses yeux s'attardèrent sur les siens, ce regard plus profond qu'un simple échange amical. Elle se demandait s'il voulait dire qu'il aurait souhaité qu'*ils* soient ensemble plus tôt et pas seulement pour le shooting.

Comme s'il avait lu dans ses pensées et qu'elles l'avaient fait fuir, il reporta son regard sur l'écran et lâcha sa main.

— Honnêtement, je ne sais pas comment nous allons choisir parmi toutes ces photos, déclara-t-il avec désinvolture. Tu es magnifique sur chacune d'entre elles. La réunion du merchandising de la semaine prochaine devrait être intéressante. C'est à ce moment-là que nous sélectionnerons les photos pour les calendriers et les autres produits dérivés. Pourquoi ne pas contacter Hawk et mon assistant pour leur dire que nous n'avons pas besoin de refaire les photos ? Ensuite, nous pourrons aller faire un tour pour fêter ça.

Une balade en moto était exactement ce dont elle avait besoin pour se libérer du tourbillon de pensées et d'émotions qui l'habitaient.

SI QUELQUE CHOSE POUVAIT sortir Jace du brouillard, c'était le vent sur son visage et la route dégagée devant lui, car après avoir bavé sur les photos de Dixie toute la matinée, il en avait besoin. Le seul problème était que la source de ce brouillard était collée contre son dos depuis une heure et *bon sang*, la conduite n'avait jamais été aussi agréable. Mais ce brouillard était toujours présent et en se garant dans l'allée de ses parents, il poussa un juron, n'ayant aucune idée de la raison pour laquelle il avait conduit jusqu'ici. Dieu merci, ses parents étaient au travail.

Il descendit de la moto et enleva son casque, contemplant Dixie, qui chevauchait toujours la moto dans un débardeur noir moulant, son jean délavé rentré dans ses bottes en cuir. Bon sang, elle était belle, comme si elle était à sa place à l'arrière de sa moto. Dans son esprit, ses mouvements étaient au ralenti alors qu'elle enlevait son casque et secouait la tête, sa crinière rousse tombant dans son dos. Il lui tendit la main, mais elle lui lança un regard amusé et descendit d'elle-même, levant les yeux vers la maison de son enfance, une modeste maison type coloniale avec trois chambres.

— À qui appartient cette maison ?

— C'est la maison de mes parents, mais ils ne sont pas là. Ils m'ont demandé de jeter un coup d'œil à l'évier de leur cuisine. Il est en panne et je me suis dit que comme on était de sortie… ajouta-t-il sans vraiment réfléchir.

— Cool, répondit-elle alors qu'ils se dirigeaient vers l'entrée latérale. Tu as grandi ici ?

Il déverrouilla la porte et lui fit signe d'entrer.

— Ouais. J'avais l'habitude de jouer au football à l'arrière avec mes copains.

— Mmm. Ça sent le pain fraîchement cuit.

— Ma mère a toujours fait du pain. C'est un peu son *truc*. Quand on était petits, elle en mettait dans nos lunch box à l'école. Elle disait toujours que le pain fait maison nous rappelait que nous étions aimés. Comme si on pouvait oublier. Il ouvrit la boîte à pain sur le comptoir. Fais comme chez toi. Tu en veux une tranche ?

— Non, merci. Mais c'est vraiment gentil qu'elle ait fait du pain pour vous.

Elle le suivit dans le salon, ses yeux passant sur les canapés et la table basse jusqu'au Mur de la Honte des Stone, où sa mère avait exposé toutes les photos embarrassantes jamais prises. Elle s'y précipita, désignant une photo de Jace à quinze ans. Ses cheveux étaient longs et touffus et il était habillé d'un jean noir et d'un t-shirt noir avec une chemise en flanelle noire et grise par-dessus et des bottes de l'armée noires, les lacets pendants.

— Tu as donc toujours voulu être le chanteur de Pearl Jam ? le taquina-t-elle.

Il rit et passa son bras autour de son cou, la tirant contre lui.

— Je suis passé par une phase grunge. Laisse-moi tranquille. C'était les années 90.

— Je vois et quand tu étais petit tu voulais être Elton John ?

Elle désigna une photo de lui à sept ans, portant un costume bleu clair flashy et de grosses lunettes de soleil rondes.

— Sale morveuse, susurra-t-il à son oreille et il l'embrassa sur la joue. Ma mère a fait ce costume et j'en étais très fier. Mes amis et moi avons participé à un concours de talents à l'école.

— Quel était ton talent ? Être super mignon ?

Il sourit.

— De la magie.

Elle se retourna et enroula ses bras autour de son cou.

— Tu as beaucoup de talents secrets, pas vrai, M. Stone ?

Le regard d'adoration le fit fondre. Dixie avait une façon de sembler détachée pour devenir douce avec lui, comme elle le faisait maintenant, comme si se tenir dans la maison de son enfance en regardant des photos était la chose la plus naturelle au monde. Elle lui donnait envie de choses qu'il n'avait jamais désirées auparavant, comme partager des morceaux de lui-même ce qu'il n'avait jamais envisagé auparavant.

— Dis-moi, dit-il, ses bras entourant sa taille.

Il effleura ses lèvres mais un baiser tendre ne suffisait pas. Il l'embrassa à nouveau, lentement et profondément, la sentant fondre tout contre lui. Il continua à l'embrasser, se disant que la chaleur en lui n'était que du désir. Mais quand leurs lèvres se séparèrent enfin, il fut submergé par les émotions qu'il avait essayé de fuir.

— J'ai l'impression de ne pas vouloir connaître la plupart de tes secrets.

Elle se dégagea de ses bras et montra une photo de lui avec ses sœurs. Il se tenait debout, grand et maigre, les bras autour d'elles.

— A quel point as-tu été désagréable quand tes sœurs étaient adolescentes ? Est-ce que tu faisais fuir les gars avec qui elles sortaient ?

— Parfois, s'ils étaient des connards. Mais la plupart du temps, je les surveillais, je restais en retrait jusqu'à ce qu'elles aient besoin de moi.

— En tant que sœur, je peux te dire que parfois, on ne dit rien à nos frères alors qu'on a le plus besoin d'eux. Une fois, je suis sortie avec un type qui a essayé quelque chose qui ne me plaisait pas. Je me suis sortie de la situation et j'aurais dû le dire à Bear, puisqu'il était le seul à la maison à ce moment-là. Mais je ne l'ai jamais fait parce que j'étais trop gênée.

— Heureusement pour lui. Je suis sûr que Bear l'aurait dégommé. Malheureusement, je connais bien ces situations.

Jennifer a raté un dîner avec moi un soir il y a quelques années. Elle prétendait être malade, mais quelque chose dans sa voix me disait le contraire. Elle avait l'air *brisé*. Je suis allé la voir et elle avait un bleu sur le bras causé par un type avec qui elle était sortie. J'ai prétendu ne pas mentir, mais je viens de me rendre compte que je lui ai menti. J'ai promis que je ne ferais rien à ce sujet. Le gars était un professeur dans une autre école et elle ne voulait pas de scandale. Mais je l'ai retrouvé, je l'ai tabassé et je lui ai fait quitter la ville.

— Quitter *la ville* ? Ce n'est pas un peu extrême ?

Jace secoua la tête.

— Je lui ai donné le choix. Se rendre à la police ou quitter la ville pour que je n'aie pas à m'inquiéter d'une éventuelle vengeance sur Jen. Il a quitté la ville trois semaines plus tard et j'ai contacté un de mes amis flics de la région où il avait déménagé pour le prévenir de ce qui s'était passé. Il a retrouvé le gars et lui a indiqué qu'il allait le surveiller. Il lui a dit que s'il voyait ou entendait quelque chose qui ne lui plaisait pas, il le mettrait en prison.

— Pourquoi ne pas l'avoir simplement fait arrêter ?

— Parce qu'il serait sorti trop vite. Je voulais qu'il ait l'impression d'être constamment surveillé. Honnêtement, je voulais lui foutre la trouille pour qu'il y réfléchisse à deux fois avant de faire un autre faux pas.

— Tu aurais pu finir en prison pour l'avoir tabassé, fit-elle remarquer.

— Après m'être occupé de lui.

Il lui fit un clin d'œil.

— Ok, *M. Je Joue des Poings*, parle-moi de ce type juste là. C'est ton père ?

Elle désigna une photo de Jace à douze ans, debout à côté de sa première mini-moto avec son père, souriant comme un imbécile et tenant un casque sous son bras.

— Oui. C'est lui. Il est électricien et c'est un type vraiment génial. Ce qu'il y a de mieux avec mon père, c'est qu'il préfère te donner un défi que de te dire non et il tient toujours sa parole. Quand j'avais dix ans, je lui ai demandé si je pouvais avoir une mini-moto. Il ne voulait pas que j'en fasse. Il est très conservateur et j'étais un enfant turbulent avec une tendance à la folie. Je suis sûr qu'il a vu venir les problèmes, mais au lieu de s'y opposer, il m'a dit que je pourrais en avoir une à douze ans *si* je pouvais la payer moi-même. Jamais il n'aurait pensé que j'y arriverais, mais j'étais un petit débrouillard. J'ai fait du porte-à-porte chez tous les parents de mes amis en leur proposant de faire n'importe quoi pour de l'argent. Je lavais et nettoyais les voitures pour un dollar cinquante, j'allais au marché du coin et je ramenais les courses, je nourrissais les animaux quand les gens étaient absents, je promenais les chiens, je déblayais la neige en hiver. J'ai économisé 120 dollars pour une vieille moto miteuse. Mais mon père était si fier de moi parce que j'avais les moyens de le faire, qu'il m'a aidé à mettre un nouveau moteur dedans. Puis, il a payé un gars qu'il connaissait au travail, son ami Morty, pour m'apprendre à conduire.

— Ton père a l'air d'être formidable. Ce n'est pas étonnant que tu sois devenu comme lui.

— Mon père est un meilleur homme que moi.

— Pourquoi dis-tu ça ?

Il haussa les épaules.

— Parce qu'il est aussi désintéressé qu'on puisse l'être. Il est avec ma mère depuis qu'ils sont adolescents. Il a élevé cinq enfants, a supporté toutes nos conneries et je ne me souviens pas l'avoir entendu dire du mal de quelqu'un. Il n'y a aucune comparaison entre un type qui a donné sa vie pour rendre les autres heureux et un type qui ne vit que pour lui-même.

— Tu dis que tu vis pour toi-même, mais j'ai eu suffisamment de preuves pour savoir que ce n'est pas vrai. Ne crois pas que je n'écoutais pas quand tes sœurs ont mentionné les bourses d'études et les programmes de tutorat que tu as mis en place. Un homme qui ne vit que pour lui-même ne fait pas ces trucs-là. Elle prit sa main. Montre-moi ta chambre, *M. Je Joue des Poings.* Mais ne te fais pas d'idées car aucune chance qu'on le fasse sous le toit de tes parents.

Il ricana alors qu'ils descendaient les escaliers.

— Il n'y a que trois chambres à l'étage. Mon père et moi avons construit une chambre au sous-sol et Jared et moi l'avons partagée.

— Ça a dû te restreindre avec les femmes.

Il la regarda du coin de l'œil en ouvrant la porte du sous-sol.

— Je n'ai jamais amené de femmes ici. Cela aurait été trop irrespectueux envers mes parents.

— Alors, dis-moi la vérité, ta prof de français était-elle ta première ? le taquina-t-elle. Est-ce que tu t'es *vieilli* pour ne pas avoir l'air d'un gamin couillu alors qu'en réalité tu avais seize ans ou quelque chose comme ça ?

— Le faire à seize ans, j'*aurais bien aimé*. Non. Ma première fois, c'était quand j'avais dix-sept ans, avec une fille que j'avais rencontrée pendant l'été. Elle avait vingt ans et était de passage en ville avec ses amis.

— Je trouve ça adorable que ce dur à cuire de Stone ne l'ait pas fait avant d'avoir presque terminé le lycée.

Il s'arrêta en bas des escaliers.

— Ce n'était pas adorable. C'était un *choix*. Quel âge avais-tu pour ta première fois ?

— Vingt et un ans, répondit-elle sans hésiter. C'était juste avant la fin de l'université, avec un gars que je connaissais depuis trois ans. Nous étions partenaires d'étude. C'était un vrai geek en maths, avec des pantalons trop courts et des lunettes épaisses mais je l'adorais. Pas d'une manière sexy, mais comme un ami. Il s'appelait Ritchie Meyers. Je ne voulais pas revenir à Peaceful Harbor sans l'avoir fait avec un homme, alors je lui ai demandé s'il voulait coucher avec moi.

— Tu es sérieuse, là ? J'ai vu comment tu étais et comment tu *agissais*, à dix-huit ans. Tu devais avoir des gars qui rampaient à tes pieds.

— Bien sûr que oui, mais ça ne m'a jamais excité. Je t'ai dit que je préférais les *vrais* hommes et ils ne courent pas après toutes les femmes qu'ils voient. Ils ne courent qu'après celles qui signifient quelque chose.

Putain ! Ça expliquait beaucoup de choses, y compris le respect que Dixie avait pour elle-même. Mais *tu lui* as fait des avances ?

— Oui. C'était un gentleman et je lui faisais confiance.

— Tu es toujours en contact avec cet enfoiré, ce veinard ?

— De temps en temps. Il est marié et vit dans le New Hampshire.

— Eh bien, Dix, tu es encore plus impressionnante que je ne le pensais. Merci de partager ça avec moi.

Il traversa la salle de jeux et poussa la porte de son ancienne chambre, révélant ce qui était désormais la salle de couture de sa mère.

— Oh ! fit-elle avec une expression déçue. J'avais hâte de voir des posters de femmes à moitié nues, des motos et des calendriers de pin-up.

Il rigola.

— Tu as environ une décennie de retard. Ma mère les a enlevés dès que Jared a déménagé. Il fit un geste vers le côté gauche de la pièce. C'était le côté de Jared. Il est beaucoup plus jeune que moi, donc j'étais un adolescent quand il n'était encore qu'un petit garçon. Il avait l'habitude de me rendre fou en me posant toutes sortes de questions sur tout ce que je faisais. Il volait mon téléphone portable et envoyait des photos débiles à mes contacts. C'était un vrai emmerdeur, mais bon sang, j'aurais tué pour lui.

— On dirait que c'est toujours le cas.

— Tu le sais bien.

Il l'attira dans ses bras et l'embrassa.

Elle demanda à voir le jardin et ils sortirent. C'était une belle journée et comme Dixie avait insisté lourdement, ils marchèrent jusqu'au garage automobile au coin de la rue pour voir où il avait eu son premier vrai travail.

Finalement, ils grimpèrent sur la moto pour retourner en ville.

— Tu n'as pas regardé l'évier.

Mince.

— Je le ferai quand je les verrai demain soir pour le dîner.

Elle pencha la tête tout en étudiant son visage.

— Tu ne laisserais jamais un évier cassé. Pourquoi m'as-tu vraiment emmenée ici ?

Il sentit un sourire se dessiner sur ses lèvres et enfourcha la moto devant elle.

— Honnêtement, je n'en ai aucune idée. Je pense que c'est la fièvre made in Whiskey.

CHAPITRE 12

— J'AI L'IMPRESSION d'être dans un jeu vidéo ou un truc du genre, dit Dixie d'une voix étouffée et pressée, s'accrochant au bras de Jace alors qu'ils se baladaient dans les environs de Times Square. Les nuages avaient fait leur apparition et leur journée ensoleillée était devenue terne, mais cela ne l'avait pas ralentie ni fait disparaître le plaisir de son regard.

— Tous ces gens fixent leurs téléphones. Comment font-ils pour marcher si vite sans heurter personne ? Je suis sûre que les New-Yorkais sont dotés d'antennes sensorielles invisibles, parce que je percuterais tout le monde si je faisais comme eux.

Jace ricana. Après leur escapade impromptue chez ses parents, qui le laissait encore un peu perplexe, ils avaient déposé sa moto chez lui et étaient partis à pied explorer la ville. Il pensait tout connaître de la Grosse Pomme, mais la voir à travers les yeux de Dixie, c'était comme découvrir un tout autre monde. Ils prirent des parts de pizza pour un déjeuner tardif et elle insista pour manger dehors en observant les gens. Elle remarquait des choses auxquelles il n'avait jamais pensé, tout comme elle le faisait en ce moment-même ou repérait les odeurs comme un fin limier. Pour Jace, la ville dégageait une odeur d'ordures et parfois de cacahuètes grillées. Mais Dixie suivit son odorat jusqu'à la boulangerie portugaise, où ils partagèrent le plus délicieux gâteau au miel qu'il ait jamais mangé et elle s'arrêta pour sentir les fleurs chez un fleuriste devant lequel il avait dû passer des centaines de fois sans jamais vraiment y prêter attention. Il se demandait si elle avait été aussi enchantée lorsqu'elle avait reçu les roses qu'il avait envoyées.

Elle leva les yeux vers lui.

— Dis-moi que tu n'es pas comme tous ces gens d'habitude.

— Je pourrais, mais ce serait mentir.

— Oh mon Dieu, *sérieux* ? Le mec qui a trouvé le plus bel endroit de tout Peaceful Harbor prend les vues et sons incroyables de *cette* ville pour acquis ? C'est une honte.

— C'est la vie, Dix. Ça ne t'es jamais arrivé d'être si occupée chez toi que tu ne prennes pas le temps de profiter des merveilles du port ?

Elle secoua la tête.

— Non. Chaque fois que je me promène, je peux sentir la brise de l'océan, ou si je suis de l'autre côté de la ville, j'admire les montagnes. J'aime tout ça et je me réveille heureuse d'être là. La ville est vraiment cool, mais je ne voudrais jamais vivre ici. Mais si c'était le cas, je chercherais à en profiter chaque jour. Sinon, la vie serait d'un ennui mortel. J'aurais l'impression d'être un robot passant des taxis aux immeubles, avançant dans la vie sans vraiment en profiter.

— Dit la femme qui ne veut entrer dans aucun des magasins. Non pas que je me plaigne mais je pensais que toutes les femmes aimaient faire du shopping.

— La seule chose que je veux acheter, ce sont des cadeaux pour mes bébés, mais si tu as besoin de quelque chose, on peut faire du shopping.

— Tes *bébés* ? Tu mènes une double vie dont je n'ai pas conscience ?

— Je veux dire mes nièces et neveux. Tu imagines leurs visages tristes s'ils savaient que Tata Dixie est allée jusqu'à New York sans rien leur ramener ? Je ne suis pas du genre à briser des cœurs. On doit trouver des jouets.

Ils s'arrêtèrent au coin de la rue pour attendre que le feu passe et tandis que Dixie scrutait les gens et les gratte-ciel, les yeux de Jace étaient rivés sur elle. Il partageait le même amour pour le monde, mais pas lorsqu'il était en ville. Lorsqu'il se trouvait dans l'une des grandes mégalopoles où il travaillait, il était généralement retranché sur lui-même et concentré sur son travail. Dixie lui donnait envie de reconsidérer cette partie de lui-même. Pourquoi négligeait-il les choses qu'il aimait dans la vie quand il était dans ces villes ? Ce n'est pas comme s'il ne pouvait pas se concentrer sur son travail tout en prenant le temps d'apprécier les lieux. Elle avait raison à propos de Peaceful Harbor, cependant. Il avait repéré cet endroit et il y retournait chaque fois qu'il était en ville. Il trouvait un écho en lui, mais ce que cela signifiait, il n'en était pas certain.

Elle pointa du doigt l'autre côté de la rue.

— Il y a un magasin de souvenirs.

— Ils ne vendent que des merdes. On devrait aller à FAO Schwarz et leur acheter quelque chose de vraiment spécial, suggéra-t-il.

— Oh, *cool.* D'accord, M. Plein aux as.

Le feu passa au vert et la foule se mit à avancer. Dixie se cramponna à lui.

— Tu ouvres la marche. Je te suis.

— C'est à environ 10 minutes de marche. Tu es prête à le faire ? On peut prendre un taxi si tu veux.

— Tu plaisantes ? Et rater tout ça ? Elle désigna les choses de la main. Marchons.

Ils se dirigèrent vers le Rockefeller Center et dès qu'ils entrèrent dans FAO Schwarz, Dixie écarquilla les yeux, fascinée. Elle entraîna Jace vers le très grand piano avec des lumières au néon autour des touches, au-dessus duquel se trouvait une image miroir au plafond.

Ils firent la queue et quand ce fut le tour de Dixie, elle marcha sur les touches et lui tendit la main.

— Allez. Fais-le avec moi.

— Vas-y. Je vais regarder, dit-il, appréciant de la voir si insouciante.

Elle croisa les bras, fit un mouvement de hanche sexy et tapa du pied sur l'une des touches en un rythme monotone.

— A moins que tu ne veuilles torturer tous ces gens avec ce son, tu ferais mieux de me rejoindre.

Alors que Jace était sur le point de céder, un adorable petit garçon aux cheveux noirs sautilla sur place.

— Je vais jouer avec toi !

— Avec plaisir, si ta maman est d'accord.

Dixie sourit chaleureusement à la femme qui lui tenait la main.

— Moi aussi ! s'écria un autre petit garçon.

— Je peux jouer aussi ? demanda une petite fille avec des nattes à son père.

Dixie leur fit signe de s'approcher du clavier et se mit à danser sur les touches avec les enfants qui riaient. Jace prit des photos pendant qu'elle sautillait et dansait, suscitant des sourires inoubliables chez les enfants et leurs parents.

Lorsqu'elle quitta enfin le clavier, les enfants l'embrassèrent, les parents la remercièrent et Jace tomba un peu plus amoureux de la rousse envoûtante qui changeait son monde à chaque instant.

Plus d'une heure plus tard, ils repartirent avec des cadeaux pour tous les *bébés* de Dixie et il découvrit que cela ne concernait pas seulement les trois enfants de Bones et Sarah, mais aussi le petit garçon et la petite fille de Truman et Gemma et le fils de Jed et Josie. Elle tenait à ce que les cadeaux soient adaptés à chaque enfant et c'était fascinant de la voir choisir. Elle acheta une licorne rose en peluche pour Maggie Rose, le nouveau bébé de Bones et Sarah, parce qu'elle disait que Maggie Rose était unique, dans la mesure où Sarah était enceinte d'elle lorsqu'elle et Bones s'étaient rencontrés. Elle prit un taxi jaune pour Bradley, qui aimait les voitures et un camion d'éboueurs pour Hail, qui aimait les *camions de construction*. Elle leur avait dit qu'elle allait tout leur raconter sur la ville et savait qu'ils voudraient ensuite jouer à la Grosse Pomme. Elle acheta une adorable girafe en peluche pour Lila, qui avait un an et demi, car *en tant qu'enfant du milieu, elle devait se distinguer*. Pour Kennedy, elle choisit un jardin de fées à faire soi-même, car elle adorait tout ce qui avait trait aux fées et aux princesses et pour Lincoln, elle acheta un petit tambour avec une trompette et un tambourin à l'intérieur, car il adorait taper sur les objets.

— Tu vas avoir besoin d'une valise rien que pour ces cadeaux, lui fit-il remarquer en portant ses sacs lorsqu'ils quittèrent le magasin.

— Mais imagine leurs petits visages heureux ?

En se dirigeant vers le Rockefeller Center, il leva les yeux vers les nuages qui s'assombrissaient, espérant que la pluie ne tomberait pas encore.

— Tu es une tante attentionnée, Dix.

— Merci. D'après ce que j'ai vu l'autre soir, tu es un oncle plutôt fabuleux, toi aussi. Tu as déjà pensé à avoir des enfants ?

— Jamais… Il réfléchit au reste de sa réponse, s'avouant à

peine la vérité, mais un regard vers Dixie et la réponse s'imposa d'elle-même. Jusqu'à la naissance de Thane.

— *Intéressant.* Tu dis que l'envie de faire des bébés démange M. Sans Attaches.

— *Non*, nia-t-il en secouant la tête. L'envie de bébé ? Ça existe vraiment ? Je ne suis pas prêt à avoir des enfants, ni à renoncer à ma liberté, mais ce gentil garçon me fait ressentir quelque chose que je n'ai jamais éprouvé auparavant. Le voir avec Jay et Rush m'a fait prendre du recul et m'a fait comprendre que si je n'ai pas de famille un jour, je risque de passer à côté de quelque chose d'assez incroyable.

Ils arrivèrent à la zone qui servait de patinoire en hiver mais qui était maintenant remplie de clients mangeant sous des parapluies, mais Dixie le fixait *lui*, pas le panorama.

— Quoi ? demanda-t-il.

Elle détourna le regard.

— Rien.

Il se pencha sur la balustrade, le creux de son estomac s'intensifiant. Il ne pouvait même pas se résoudre à penser à Dixie dans les bras d'un autre homme et encore moins à avoir des enfants avec lui.

— Je suis sûr que tu seras une bonne mère, Dix.

— Merci.

Il essaya d'étouffer cette douleur inconnue dans ses tripes et changea de sujet.

— C'est une patinoire en hiver. Tu patines ?

— Je n'ai jamais essayé. Elle se rapprocha et lui donna un coup d'épaule. Et toi ? Je n'arrive pas à t'imaginer sur des patins. Et par ailleurs, je ne t'ai jamais imaginé dans un costume bleu vif non plus.

Il passa son bras autour de son cou, la faisant rire.

— J'étais très doué pour ça. Il faudra que tu viennes cet hiver et je t'apprendrai.

Il la conduisit vers les Channel Gardens, qu'il voulait à tout prix lui montrer.

Les Channel Gardens avaient été construits sur une étroite promenade entre deux grands bâtiments. Ils étaient l'un des plus grands secrets de la ville, avec six bassins et fontaines en granit, chacun avec une grande sculpture pour orner la fontaine, entourés de belles fleurs et de feuillages. Comme il l'avait espéré, le visage de Dixie s'éclaira en les voyant et cela le rendit *radieux*.

— Qu'est-ce que *ça* fait en plein milieu de la ville ?

Elle se précipita, touchant les plantes du bout des doigts.

— Les Channel Gardens. Je pensais que tu aimerais les voir.

— On dirait bien que tu n'*as pas* eu le nez collé à ton téléphone à chaque fois que tu es venu ici, après tout. Elle se pencha vers lui. Elles sont magnifiques. Elle désigna l'une des sculptures. C'est une nymphe des mers ?

Il acquiesça.

— Les sculptures sont des Néréides et des Tritons. Il y a 200 ans, c'était le site du premier jardin botanique de l'État. Il lui montra les bâtiments. C'est le British Empire Building et la Maison Française. La promenade que nous longeons représente la Manche qui sépare les deux pays dont les bâtiments portent le nom.

Dixie leva les yeux vers lui avec une expression curieuse.

— Comment sais-tu tout ça ? Oh attends, j'ai failli oublier que tu aimais l'histoire. Je ne m'en étais pas rendue compte jusqu'à ce que je voie tes étagères ce matin. Elles regorgent de livres d'histoire.

— Je t'ai dit que j'aimais l'histoire.

— Mais tu n'as pas précisé que tu en étais un *mordu*.

Une goutte de pluie tomba sur la pommette de sa joue. Une autre toucha ses cils. Elle ferma les yeux et leva son visage vers le ciel. Dixie ouvrit les yeux lorsqu'il se mit à pleuvoir plus fort, tourna les paumes de ses mains en l'air et se mit à tournoyer sous la pluie. Ses bras scintillèrent, sa chemise fut rapidement trempée et ses cheveux collèrent à ses épaules.

Tout autour d'eux, les gens se pressèrent pour se mettre à l'abri et il y avait Dixie, la biker badass, qui pouvait mettre un homme à genoux d'une seule remarque cinglante, qui virevoltait et riait.

Elle était totalement et complètement hypnotique.

Tenant les sacs dans une main, Jace l'attira dans ses bras et quand leurs regards se croisèrent, la vérité éclata au grand jour.

— C'est trop dur de te résister.

Il approcha sa bouche de la sienne et, à cet instant, il ne sentit pas la pluie battante qui lui glissait sur la peau et n'entendit pas les bruits de la circulation qui ne semblaient jamais s'arrêter. Il n'y avait que la douceur de Dixie pressée contre lui, ses baisers brûlants et impatients et les doux sons remplis de plaisirs, qui le poussaient plus profondément vers elle.

Jace ne sut dire combien de temps ils restèrent sur place à s'embrasser, mais lorsque le tonnerre gronda et que les éclairs fendirent le ciel, ils sursautèrent tous les deux. Il la garda près de lui alors qu'ils couraient dans la rue et il héla un taxi. Ils montèrent dans le taxi, trempés jusqu'aux os, riant et s'embrassant pendant tout le trajet jusqu'à chez lui et continuèrent dans l'ascenseur. Ils trébuchèrent dans son appartement en riant aux éclats. Il ne se souvenait pas de la dernière fois où il s'était autant amusé. En enlevant leurs bottes, il se rendit compte que c'était la dernière fois qu'il revenait à la maison avec

Dixie. Ça ne pouvait que le ronger. Il aimait sa solitude, il s'en *nourrissait.*

Et pourtant, il était là, incapable d'imaginer rentrer sans elle demain, après l'avoir déposée à l'aéroport.

ILS SE CHANGÉRENT et Dixie sécha avec une serviette ses cheveux, se sentant plus légère et plus heureuse qu'elle ne l'avait été depuis longtemps. Ils se firent livrer de la nourriture thaïlandaise et mangèrent assis sur le canapé, au son de la pluie battant contre les vitres. Le ciel sombre de cette soirée mit un terme à la lumière qui subsistait à leur arrivée, laissant une lueur romantique dans le loft. Cela semblait étrangement naturel d'être assis sur le canapé de Jace en short et T-shirt, partageant la nourriture dans les assiettes de l'autre et parlant de trucs idiots.

— Nourriture préférée ? demanda-t-elle, ses yeux traînant le long de son jean jusqu'à ses pieds nus. Même ses pieds étaient sexy.

Il haussa les sourcils.

— Tu as vraiment besoin de me poser la question ? C'est *toi*, Dix.

Il chipa une nouille dans son assiette.

— Si tu pouvais aller n'importe où dans le monde, où irais-tu ?

— Je croyais que ce serait cool d'aller loin, comme la Grèce ou Paris. Un endroit dépaysant et spécial.

Mais après ces deux derniers jours, l'idée d'aller dans un endroit spécial sans lui paraissait bien solitaire.

— Et maintenant ?

— J'ai fait un road trip seule l'automne dernier et à part le trajet, qui était bien sûr génial, ce que j'ai le plus apprécié, c'est de voir mes cousins et de rencontrer des amis. Je ne pense pas qu'être une globe-trotteuse en solo soit dans mes cordes. Tu voyages beaucoup et tu sembles aimer ça. Quels sont tes projets à présent, une fois que je serai partie ?

Il posa son assiette sur la table basse et prit une gorgée de son whisky.

— Je dois rencontrer Maddox à Boston jeudi, puis je vais à Los Angeles pour préparer le lancement. *Retour aux affaires comme d'habitude.* Et toi ? Tu vas au Cap la semaine prochaine pour l'exposition de Justin ?

— Oui. Je vais à l'inauguration mercredi et je reviens dimanche pour mon travail comme d'habitude.

— Tu dors chez ton cousin ?

Elle posa son assiette et se tourna pour lui faire face.

— Non. Je ne voulais pas être dans les pattes de Justin. L'une des filles qui dirige le club de lecture travaille au Bayside Resort, qui se trouve au bord de l'eau à Wellfleet. J'ai loué un cottage là-bas.

— Pas trop minable.

— Ça devrait être amusant. Merci de m'avoir hébergée. Je parie que tu seras content d'avoir de nouveau ta maison pour toi tout seul, dit-elle un peu timidement.

Il passa son bras sur le dossier du canapé, effleurant de ses doigts son bras.

— Je n'ai pas hâte d'y être, Dix. C'était sympa de t'avoir ici.

— J'ai passé un bon moment. Elle avait envie d'en savoir plus sur sa vie et elle savait que c'était peut-être sa seule chance. Je peux te poser une question personnelle ? Tu n'es pas obligé de répondre.

— Vas-y.

— Je suis juste curieuse de savoir à quoi ressemble vraiment ta vie. Je sais que tu possèdes la société avec Maddox et que tu conçois des motos. On dirait que tu vas toujours dans des lieux différents pour ouvrir des bureaux ou des magasins, mais je ne sais pas trop ce que tu *fais exactement*.

Il termina sa boisson et posa le verre sur la table.

— Je suppose qu'on peut dire que je supervise les aspects créatifs et l'expansion de notre entreprise, tandis que le point fort de Maddox est l'entreprise elle-même. Nous avons des directeurs des opérations et des managers qui supervisent nos activités et nous rendent des comptes. Maddox et moi travaillons ensemble pour passer en revue les opérations sur une base mensuelle, mais il supervise l'aspect commercial au jour le jour, tandis que je me concentre sur la recherche de nouveaux emplacements, la collaboration avec nos ingénieurs et nos designers pour imaginer de nouveaux concepts etc. Je travaille principalement à Los Angeles, mais une fois que nous aurons conclu l'accord pour le siège de Boston, ce sera mon domicile. J'ai une assistante qui organise mes journées et elle a des employés qui lui rendent des comptes.

— Et quand tu voyages, as-tu des petites amies dans différentes régions ? As-tu des potes partout où tu vas, comme dans le Maryland ?

— Des petites amies ? Il secoua la tête avec un sourire arrogant. Pas d'attaches, Dix. Tu le sais bien. Je ne suis pas un connard, mais je ne suis pas non plus le prince charmant. Si je rencontre une femme qui m'intéresse, on peut sortir ensemble mais ça s'arrête là. Et malgré ce que tu pourrais croire, je ne suis pas un gars qui cherche à sortir avec des femmes à droite et à gauche. Ce n'est pas ma priorité. Je me concentre entièrement sur la croissance de mon entreprise et ce, depuis toujours. Le sexe n'a jamais été autre chose qu'un moyen de tuer le stress.

La pilule fut dure à avaler.

— Tu n'as vraiment pas de comptes à rendre à personne, ajouta-t-elle.

Il secoua la tête.

— Ça fait si longtemps que je ne l'ai pas fait, je ne pense pas que je saurais comment faire sans tout foutre en l'air.

C'était blessant, mais elle le savait, n'est-ce pas ? Il avait été très honnête et elle ne pouvait pas lui reprocher d'avoir gardé espoir.

— Et toi, Dix ? Je ne peux pas croire que tu ne sors pas avec des gars dans le dos de tes frères.

— Ce n'est pas ce que j'ai fait ces dernières quarante-huit heures ?

Il rigola.

— Tu m'as bien eu sur ce point.

— J'essaie de rencontrer des gars par le biais d'amis, avoua-t-elle en toute honnêteté. Mais ça fait tellement longtemps que je n'ai trouvé aucune personne digne de sortir avec moi, c'est embarrassant. Et à présent, c'est foutu pour tous les autres hommes à cause de toi…

Elle le dit avec légèreté, juste pour entendre ce rire à nouveau et elle fut récompensée en retour.

— Bon sang, tu fais du bien à mon ego.

Il se pencha plus près d'elle et glissa sa main sur sa nuque, rapprochant ainsi leurs visages si près qu'elle pouvait sentir le whisky dans son haleine. Il la regarda droit dans les yeux.

— Tu es bonne pour mon âme aussi. Je n'oublierai jamais une minute de ces moments passés ensemble.

Son cœur bondit. Elle aussi voulait se souvenir de chaque seconde.

— Tu veux toujours me faire un tatouage ?

— Presque autant que j'ai envie de t'embrasser.

Ça la fit se sentir bien partout.

— Tu tatoues beaucoup de femmes ?

— Jamais. Ce serait comme amener une femme dans mon appartement. Ce n'est pas quelque chose que je fais habituellement.

— Je suis là, lui rappela-t-elle.

— Je sais. J'essaie toujours de comprendre comment tu as réussi à faire ça.

Elle sourit.

— C'est toi qui m'as *invitée*.

— C'est ce que je voulais dire. Comment as-tu pu entrer si profondément dans ma tête, avant même de t'avoir embrassée, au point d'oublier mes propres règles ?

— C'est ce dont je veux me souvenir en rentrant chez moi demain, alors ferme-la et embrasse-moi, Stone. Si j'aime ça, je te laisserai me tatouer.

— Aucune pression, pas vrai ? dit-il en se baissant pour l'embrasser.

Sa main rugueuse agrippa sa nuque tandis qu'il se rapprochait d'elle, sa large poitrine se pressant contre elle. Il faisait l'amour avec sa bouche aussi bien qu'avec son corps. Sa langue l'envahit, sa bouche s'écrasant contre la sienne, émettant des sons les plus appréciables et *érotiques* possibles. Sa peau s'embrasa des pieds à la tête. Quand leurs lèvres se détachèrent enfin, elle était étourdie.

Sa joue frôla la sienne.

— Dois-je aller chercher mon matériel de tatouage ? murmura-t-il.

— Hum-hum, dit-elle distraitement.

Il l'embrassa à nouveau et elle en savoura chaque délicieuse seconde. Lorsqu'il disparut dans son bureau, elle essaya de se ressaisir, se redressant et jetant un coup d'œil au loft. Elle l'entendit ouvrir des tiroirs dans son bureau et se rendit compte qu'elle ne voulait pas brusquer ce sentiment de bonheur. Elle ferma les yeux et laissa sa tête reposer sur le dossier du canapé, appréciant les battements de son cœur, la sensation de pâmoison, de vertige et son goût persistant sur sa bouche.

Elle sentit la chaleur de son corps avant que ses mains ne se posent sur le canapé de chaque côté de ses épaules et que ses lèvres ne se pressent contre les siennes. Ces moments étaient ceux dont on rêve et elle était si heureuse de pouvoir les vivre avec Jace.

— Tu dois vraiment me faire confiance, lança-t-il en la regardant de derrière le canapé.

Sa tête était toujours appuyée contre le dossier du canapé.

— Ne t'emballe pas. Je te fais assez confiance pour me faire un tatouage à un endroit où je pourrai le voir. Je ne veux pas finir avec ton nom tatoué sur mes fesses.

Il fronça les sourcils en se levant.

— En voilà une bonne idée.

Elle se renfrogna.

— C'est un grand honneur de te tatouer, Dix. Tu me dis où et je promets de ne pas te tatouer mon nom…

Elle comprit que si la situation avait été différente, elle l'aurait fièrement laissé la marquer de son nom.

— Où à ton avis ?

— Quelque part où tu le verras, pour que tu penses à moi.

— Tu es comme la mousse, Jace. Tu envahis chaque centimètre de mon corps. Je suis sûre que je penserai à toi, même sans tatouage. Elle tendit son bras gauche et le retourna. L'intérieur de mon poignet ?

Il porta son poignet à ses lèvres et y déposa un baiser.

— Parfait. Laisse-moi prendre une table pour mon matériel et m'installer.

Il alluma la musique, installa une lampe, une table et une chaise à côté du canapé, puis prépara ses outils. Quand il fut prêt, il nettoya soigneusement l'intérieur de son poignet.

— Nerveuse ?

— Non. Elle n'était absolument pas nerveuse, mais elle était curieuse. Qu'est-ce que tu vas dessiner ou écrire ?

— Tu verras, répondit-il en attrapant son pistolet à tatouage. Un peu de couleur, ça va ?

— Bien sûr. Tu ne dois pas d'abord le dessiner ?

— A main levée, ma belle. C'est la seule façon. Son regard remonta vers elle. Prête ?

— Oui. Est-ce que c'est quelque chose que tu as dessiné ?

Il plissa les yeux.

— Tu crois que je dessinerais le motif de quelqu'un d'autre sur toi ?

— Pas vraiment, mais je me demandais. Ça fait combien de temps que tu penses à ça, pour être prêt à le faire si vite ?

Le côté de sa bouche se releva.

— Tu ne veux pas le savoir.

Oh que si ! Mais elle ne voulait pas insister, parce qu'il était fantastique de croire qu'il pensait à lui faire un tatouage depuis un long moment et qu'une explication pourrait la décevoir.

Elle le regarda travailler. Il était délicat et son visage changeait au fur et à mesure qu'il travaillait. Il y avait une certaine intensité dans ses yeux qui était différente du type de tension qu'elle avait l'habitude de voir chez lui – causée par la retenue ou le désir.

— Comment t'es-tu mis à faire ça ? demanda-t-elle.

Il essuya l'excès d'encre sur son poignet, ses yeux croisant les siens pendant une seconde, puis il se concentra à nouveau sur le tatouage.

— Quand j'étais à l'université, je dessinais des tatouages personnalisés pour gagner de l'argent et j'ai constaté que je pouvais gagner plus en les faisant moi-même. J'ai fait ça pendant un moment, puis j'ai compris que je n'aimais pas tatouer les merdes que les étudiants voulaient faire, alors je me suis remis au dessin et j'ai réservé ça à mes potes, leurs tatouages avaient un sens.

— Tu as réalisé certains de tes tatouages ?

— Si c'est un endroit que je peux atteindre, il y a de fortes chances que ce soit moi qui l'aie fait, affirma-t-il en faisant glisser le pistolet à tatouage sur sa peau.

Jace ne parlait pas beaucoup pendant qu'il travaillait et cela convenait très bien à Dixie. Elle aimait le voir se concentrer, sentir ses mains sur elle, savoir qu'il la marquait avec quelque chose qu'il avait lui-même conçu. L'heure se transforma en deux heures tandis qu'il ajoutait des couleurs, travaillant avec patience. Dixie était curieuse de voir le motif, mais elle était encore plus intéressée par l'homme qui tenait le pistolet à tatouages. Il avait tenu des propos sensés avec autant de désinvolture qu'il avait fait de commentaires déterminants, lui laissant juste suffisamment de marge de manœuvre pour qu'elle puisse aller dans un sens comme dans l'autre.

Elle essaya de ne pas jeter un coup d'œil au tatouage sur son poignet, se concentrant plutôt sur *lui*. Elle avait l'impression d'être une étrangère qui assistait à un moment privé, rendu encore plus spécial parce qu'il faisait quelque chose qu'il aimait pour *elle*.

Un long moment plus tard, il essuya son poignet, étudiant le motif.

— Presque fini, déclara-t-il.

Il fit quelques retouches et lorsqu'il posa enfin ses outils, il étira ses épaules et son cou de chaque côté. Il prit un chiffon et l'humidifia avec de l'alcool.

— Je crois que je te dois un massage du dos et du cou, s'exclama-t-elle alors qu'il essuyait son poignet.

— Tes mains sur mon corps, c'est une idée géniale, mais n'aie jamais l'impression de me devoir quoique ce soit, Dix. Comme je te l'ai dit, c'est un honneur de te tatouer. Il affronta son regard. Tu veux le voir ?

Son pouls accéléra par anticipation quand elle bougea son poignet pour le découvrir. Elle n'avait jamais vu quelque chose d'aussi complexe, délicat et en même temps puissant. Au centre, il avait dessiné un diamant en forme de cœur, ombragé par des touches de blanc, de rose, de gris et de violet. Les couleurs étaient si subtiles qu'elles étaient presque invisibles, mais leurs effets étaient remarquables, soulignant les facettes et les angles complexes du diamant. Une dague noire traversait le diamant en forme de cœur et une bande légèrement épaisse, semblable à du cuir, s'étendait de chaque côté du diamant jusqu'aux bords de son poignet. De la dentelle crantée, finement dessinée, pendait de la bande de chaque côté du diamant et de cette dentelle pendaient quelques fils fins avec de minuscules diamants gris et blancs à leurs extrémités.

— *Jace*, c'est magnifique. C'est une œuvre d'art.

Le soulagement passa sur son visage.

— Alors c'est approprié, concéda-t-il modestement en se

levant et en s'étirant.

Il se pencha pour l'embrasser.

— Parce que toi aussi, tu l'es, murmura-t-il. Il lui prit la main. Lorsque nous avons conçu la collection de vêtements, tu étais ma muse depuis si longtemps que le nom m'est venu rapidement. Tu es aussi forte que le cuir et aussi délicate que la dentelle. Mais j'ai consacré de longues nuits à essayer de trouver un logo pour cette collection. Ce qui n'était au départ qu'une idée de logo s'est transformé en ce que je te tatouerais si j'en avais l'occasion. Finalement, j'ai laissé notre équipe marketing dessiner le logo et j'ai gardé ça pour toi.

Elle était stupéfaite et sans voix.

Il recouvrit le tatouage d'un morceau de gaze.

— Au cas où ça saignerait. On l'enlèvera dans un petit moment. Qu'est-ce que je peux t'offrir ? Tu veux un verre ?

Le tonnerre gronda à l'extérieur et des éclairs illuminèrent la pièce. Elle fut tout à coup submergée par toutes les émotions qu'elle avait essayé de ne pas ressentir. Elle se releva, essoufflée et déboussolée.

— Je ne sais pas ce dont j'ai besoin pour l'instant, mais je sais ce que je veux.

Elle se dirigea vers lui mais il était déjà là. Sa bouche torride la réclamant tandis qu'il la soulevait dans ses bras et traversait la pièce. Il guida ses jambes autour de sa taille et la porta jusqu'aux marches, ne ralentissant que le temps d'agripper la rampe d'une main et d'intensifier leurs baisers. Le sang battait dans ses oreilles quand il arriva sur le palier et la porta dans la chambre, les emmenant tous les deux sur le matelas.

JACE ALLAIT perdre la tête, ou peut-être que c'était déjà le cas. Alors qu'il les dénudait tous les deux, il essaya de maîtriser ses émotions. Il avait été dans une telle transe pendant qu'il tatouait Dixie, quand il avait vu l'exaltation et le désir se dessiner sur son visage, qu'il avait failli craquer. Désormais, alors qu'ils s'embrassaient, leurs corps se frottant l'un contre l'autre, il avait besoin d'une connexion plus profonde et il en avait besoin *tout de suite*. Il chercha un préservatif.

— Non, lança-t-elle, avec urgence et à bout de souffle.

Son cœur sombra. N'avait-elle pas envie de lui aussi désespérément qu'il avait envie d'elle ? *D'accord*, se dit-il. Il allait se contenter de la serrer dans ses bras, de l'embrasser et cela devrait suffire.

— Je veux *te* sentir, Jace. Seulement toi. Je prends la pilule. C'est bon.

Elle tendit le bras et toucha sa joue si tendrement qu'il se sentit tomber en chute libre. Il entrelaça leurs mains, en prenant soin de ne pas toucher son poignet. Il était conscient qu'ils s'embarquaient dans quelque chose d'encore plus puissant que ce qu'ils avaient déjà vécu et cela le terrifiait autant que cela le ravissait. La pointe de son sexe se logea contre son corps humide. Il voulait l'embrasser en la revendiquant, passer ses mains sur chaque centimètre de sa peau, dans ses cheveux, sentir son cœur palpiter dans le creux de ses coudes et de ses genoux. Il voulait ressentir chaque parcelle d'elle, mais il ne pouvait pas détacher ses yeux d'elle, ne pouvait pas retirer ses mains et rompre leur lien indéfectible.

Il la pénétra lentement, savourant la sensation qu'elle avait de s'ouvrir à lui et de se laisser envahir par sa chaleur. Il y avait tellement d'émotions dans ses yeux qu'il avait peur de se noyer. Quand il s'enfonça jusqu'à la garde, des rivières de chaleur se déversèrent en lui, si différentes de l'urgence des autres fois où ils s'étaient rapprochés. Il savait que cela n'avait pas grand-chose à voir avec la légère barrière qui les séparait et tout à voir avec la profondeur avec laquelle elle s'était approchée de lui.

— Prends-moi dans tes bras, le supplia-t-elle en plaçant sa tête contre son cou. Laisse-moi ressentir.

Il la cala dans ses bras, son corps doux se moulant au sien, son souffle réchauffant sa peau. Rester immobile le tuait, mais en même temps, c'était exactement ce dont il avait besoin. D'être absorbé par Dixie.

Quand elle murmura, « Prends-moi lentement », cela provoqua un assaut d'émotions encore plus inhabituelles. Sa gorge se serra et il eut le besoin impérieux de faire de ce moment tout ce qu'ils pouvaient désirer.

Il n'avait aucune idée de ce qui lui arrivait, ni comment y mettre fin. Pour la première fois de sa vie, il sentait que son monde était hors de contrôle. Il aurait dû la posséder ardemment, chasser ces émotions confuses. Mais il ne put se résoudre à le faire, parce que ce qu'elle lui avait demandé était exactement ce qu'il voulait. Il avait toujours su que Dixie avait le pouvoir de le détruire. C'était la raison pour laquelle il était resté éloigné si longtemps. Il savait comment tourner la page, faire profil bas et se concentrer sur son travail. Mais alors qu'ils trouvaient un rythme lent, sensuel et *parfait*, il savait qu'il ne pourrait plus revenir en arrière.

Il avait plaisanté sur le fait que les autres hommes ne seraient plus jamais à sa hauteur, mais il s'était trompé. Dixie Whiskey lui avait jeté un sort et il n'avait aucune idée de comment, ou si, il s'en remettrait.

CHAPITRE 13

LE MERCREDI MATIN PASSA à un rythme à la fois très très lent, tandis que Dixie se préparait à partir, et de plus en plus rapide quand ils arrivèrent enfin à l'aéroport. Jace déposa les ses bagages sur le sol devant le poste de contrôle de sécurité, les tripes nouées. Dixie tenait son menton haut, un sourire crispé sur les lèvres. Elle avait fait bonne figure toute la matinée et elle était tellement douée pour cela que ça le tuait.

— Je suppose que le moment est venu, déclara-t-elle avec légèreté.

— Tu ne peux pas te débarrasser de moi si facilement. Tu as signé pour des apparitions publiques au cours des prochains mois, tu te souviens ?

Elle acquiesça, clignant des yeux plusieurs fois, ses yeux étant tout à coup brillants. Il savait qu'elle ne laisserait jamais couler ses larmes. Ils étaient entourés d'une foule de voyageurs, mais ils avaient l'impression d'être les deux seules personnes sur terre lorsqu'il la prit dans ses bras pour ce qui serait leur dernière étreinte entre amants. Il ne se souvenait pas que quelqu'un lui avait déjà manqué avant même d'être parti, et il ne voulait pas la laisser partir. Il ferma les yeux, s'imprégnant d'elle, souhaitant que les choses soient différentes, tout en sachant qu'elles ne le seraient pas. Elle retournait à sa vie de famille stable à Peaceful

Harbor et il reprenait une vie pleine de voyages et centrée sur le travail. Il n'y avait aucun doute dans son esprit sur le fait qu'elle appréciait son travail et sa famille, mais il ne pouvait se défaire du sentiment qu'elle travaillait autant d'heures pour éviter la solitude dont elle avait toujours nié l'existence. Il connaissait bien le fait d'utiliser ce subterfuge comme un moyen d'échapper à ses émotions, mais il n'avait jamais réalisé que la solitude en faisait partie jusqu'à ces derniers jours. Peut-être que Jayla avait raison et qu'ils étaient ce qu'elle avait appelé des âmes sœurs dans son dernier message – celui où elle traitait Jace d'idiot pour ne pas sortir avec Dixie – mais cela ne changeait rien au fait qu'il n'était pas l'homme fiable dont Dixie avait besoin.

Il recula et planta son regard dans ses yeux tristes, sa poitrine se resserrant douloureusement.

— Ce n'était pas anodin, Dix. C'était très *important.*

Important n'était pas un mot assez fort pour décrire ce que ces moments passés ensemble avaient signifié ou avaient changé, mais il ne pouvait pas faire mieux pour le moment.

Ses lèvres se courbèrent en un doux sourire.

— Merci pour *tout*, répondit-elle en prenant ses sacs.

Il eut un aperçu de son nouveau tatouage, faisant resurgir toutes les émotions qui avaient failli le tuer la nuit dernière. Dans un effort pour éviter que sa gorge ne se serre et pour soulager la douleur dans ses yeux, il essaya de trouver un terrain plus sûr.

— Je t'enverrai les épreuves des photos que nous choisirons pour le calendrier.

— D'accord. Ok.

— Et je te contacterai la prochaine fois que je serai à Peaceful Harbor.

— D'accord, répliqua-t-elle doucement, en se dirigeant à

reculons vers la sécurité.

Elle se détourna mais lui resta sur place, l'envie de lui dire de ne pas partir le submergeant. Il serra les dents et les poings pendant qu'elle passait la sécurité et disparaissait dans le couloir sans même un regard en arrière.

Il quitta l'aéroport dans une sorte de brouillard, se demandant s'il était possible qu'elle ait emporté tout l'oxygène contenu dans l'air avec elle.

Quand il arriva chez lui, ses muscles étaient si tendus que tout son corps lui faisait mal. En pénétrant dans le loft qu'il avait à peine remarqué toutes ces années, le silence résonna dans ses oreilles. Il avait l'impression que Dixie était restée avec lui pendant un mois et non juste quelques jours. Son parfum flottait dans l'air et lorsqu'il monta les escaliers, son rire résonna dans ses oreilles. Il se cramponna à la rampe, se répétant que c'était pour le mieux. Il approchait de la quarantaine et il ne s'était jamais attaché. Il n'avait jamais connu une femme qui comptait sur lui pour être là, pour l'écouter, pour la soutenir quand elle était déprimée ou pour célébrer ses succès. Son style de vie ne lui permettait pas d'être *cet* homme-*là*. Son absence ne ferait que blesser Dixie et cette blessure se transformerait en ressentiment, ce qui le tuerait.

Il se tenait à l'entrée de la chambre où elle avait dormi la première nuit. Dixie avait retiré les draps du lit et plié les couvertures, comme si elle avait été une simple invitée. Il alla dans sa chambre et ramassa l'oreiller du côté où elle avait dormi. Il le pressa contre son nez, inhalant son parfum enivrant. Même s'il s'était assuré qu'ils étaient tous deux sur la même longueur d'onde, la culpabilité d'avoir cédé à ses désirs le rongeait. Mais que diable avait-il fait ? Dans un accès de colère, il arracha les taies d'oreiller et dépouilla les draps du lit, les jetant dans un coin.

Ses yeux se posèrent sur un sac cadeau sur la commode qui n'était pas là auparavant. Il y avait une carte de remerciement à côté, avec son nom écrit de la main de Dixie. Le cœur serré, il ouvrit la carte. Il y avait la photo d'un chaton sur le devant et à l'intérieur, *MERCI* était imprimé en lettres dorées au-dessus du mot de Dixie.

Jace, efface ce sourire de ton visage. Tu ne peux toujours pas m'appeler chaton.

Elle avait dessiné un smiley après "chaton".

> *Merci de m'avoir fait vivre une expérience que je n'oublierai jamais et de m'avoir permis de participer au lancement de ta collection Leather and Lace. Je suis convaincue que ce sera un grand succès et je suis fière d'être l'égérie de Silver-Stone. Je chérirai les souvenirs et te serai éternellement reconnaissante pour le temps que nous avons partagé. Désormais, je n'ai plus à me poser de questions sur mon plus gros coup de cœur. Tu es tellement plus incroyable que je n'aurais jamais pu l'imaginer. Bonne chance avec le contrat de Boston.*
>
> *Bisous, Dix*
>
> *PS : Le cadeau dans le sac est pour Thane. Je ne pouvais pas acheter des cadeaux pour mes bébés sans lui offrir un petit quelque chose aussi. J'ai adoré ta merveilleuse famille. C'est évident combien ils t'adorent. S'il te plaît, remercie-les de m'avoir accueillie si chaleureusement.*

Il avait l'impression que son cœur allait exploser. Elle n'avait vu Thane que quelques heures et elle le considérait déjà comme l'un de *ses bébés* ? Même quand elle n'était pas là, elle lui collait à la peau. Il relut la note pour voir s'il n'avait rien manqué, l'aveu qui lui manquait, le fait de ne pas vouloir que ça se termine. Mais il n'y avait plus rien. Il souffrait de cette misère tout seul. Il devait sortir de là, loin du fantôme de Dixie qui le poursuivait. Clés en main, il dévala les escaliers. Quel idiot ! Il n'aurait jamais dû ouvrir cette porte, parce qu'il n'avait aucune idée de comment la refermer.

DIXIE PASSA l'intégralité du vol à revivre la nuit dernière, qui semblait être le plus beau des rêves et à se repasser leur au-revoir. Peu importe le nombre de fois qu'elle tenta de changer les paroles de Jace – *Ce n'était pas anodin, Dix. C'était très important.* Elle ne parvint pas à changer le ton de sa voix ou sa signification. Il était évident pour elle qu'il remettait encore une fois des barrières, lui rappelant leur accord sur le fait que ce qu'ils avaient vécu serait tout ce qu'ils ne pourraient jamais partager. Elle décida à cet instant précis, alors que les larmes menaçaient de couler et que son cœur se brisait, qu'elle ne *pleurerait* pas et ne se *lamenterait* pas sur ce qui aurait pu se passer. Elle ne montrerait aucune faiblesse, car elle avait obtenu exactement ce à quoi elle avait consenti. Elle n'avait jamais blâmé les autres pour ses erreurs et elle n'était pas prête à le faire avec Jace pour lui avoir donné ce qu'elle voulait. Ou tout du moins ce qu'elle lui laissait entendre sur ses désirs – tout ce qu'elle pouvait obtenir, sans conditions – même si elle avait pensé – *espéré* – que si les choses étaient aussi bonnes qu'elle l'avait souhaité, il ne voudrait pas la laisser partir par la suite.

Ça lui apprendrait à raisonner comme une fille stupide.

Elle ne l'avait jamais fait avant et elle n'avait aucune idée de la raison pour laquelle elle se permettait de le faire à présent.

Alors qu'elle se dirigeait vers la sortie de l'aéroport, elle se félicita mentalement d'avoir tenu le coup pendant le vol retour sans fondre en larmes ni tuer personne. Maintenant, tout ce qui lui restait à faire était de tenir les trois prochains jours. Que disaient ses copines sur les régimes ? *Le premier jour, c'était l'enfer, le deuxième jour, c'était de l'entraînement, mais le troisième jour, cela devenait une habitude.* Après cela, ça faisait simplement partie de leur vie. Cela pouvait certainement s'appliquer au fait d'oublier un homme.

Elle franchit les portes et vit Izzy debout près de sa voiture dans la zone de dépose minute.

Izzy la salua avec un grand sourire, elle courut vers Dixie et attrapa un de ses sacs.

— Je *mourais* d'envie de te parler, lança-t-elle alors qu'elles se précipitaient vers sa voiture. Je veux *tout* savoir !

Oubliés ces trois jours !

Dixie devait survivre au trajet retour.

Elles jetèrent ses sacs dans le coffre.

— Tu as l'air *différente*, lança-t-elle dès qu'elles furent assises.

Ça ne la surprenait pas. Elle *se sentait* différente, elle aussi. Comme si elle était partie en vacances pendant un an et qu'elle était tombée amoureuse. Maintenant qu'elle était à la maison, elle se rendait compte qu'elle était dans une autre dimension. Rien n'était plus comme avant.

— Je suppose que le fait d'avoir l'air différente est une bonne chose. Mais je ne saurais le dire si tu ne parles pas, Dixie. Tu vas bien ou Jace t'a rendue aphone ? ajouta Izzy en quittant l'aéroport.

Dixie grimaça intérieurement. La façon dont Izzy l'avait dit donnait l'impression que ce qu'ils avaient vécu était minable et insignifiant, alors qu'en réalité, cela avait été réel et juste, incroyablement important, fort, intense et beau, même si ce n'était que provisoire. Elle ne devrait pas grimacer ou retenir quoi que ce soit, vu Izzy et elle parlaient toujours à bâtons rompus.

Mais ce fut le cas cette fois-ci.

Et la remarque d'Izzy n'était pas la seule raison pour laquelle Dixie se retenait. Elle ressentait le besoin de protéger le temps passé avec Jace comme jamais auparavant. Ce qu'ils avaient partagé était intime et unique et les détails étaient de merveilleux secrets qu'ils emporteraient dans leurs tombes. Elle avait cru que Jace lui enverrait un message à un moment donné, mais son téléphone était resté silencieux et elle avait vérifié le volume deux fois.

Elle baissa les yeux sur son nouveau tatouage, envahie par autant de joie que de tristesse. *Trois jours*, se souvint-elle. Elle savait qu'aujourd'hui serait le pire, ou du moins elle l'espérait.

— Je suis tout simplement épuisée, mentit Dixie. Tout était incroyable. Le shooting, passer du temps avec Jace, voir la ville. Elle lui raconta en détails la séance photos. Je te jure Iz, je ne me suis pas reconnue sur les photos.

— J'ai hâte de les voir.

— Merci. Elles sont si belles. Et les vêtements ? Oh mon Dieu, Jilly et Jace forment une incroyable équipe de stylistes. Les tenues sont chics et avant-gardistes et elles donnent vraiment de la classe aux photos. Et les motos *Legacy* sont phénoménales. C'est incroyable à quel point je me suis sentie différente assise sur une moto conçue pour une femme.

Elle se rendit compte qu'elle n'avait pas fait part à Jace de son amour pour les motos. Elle songea à l'appeler ou à lui envoyer un message, mais elle rejeta rapidement cette idée. Entendre sa voix ne ferait que rendre les trois prochains jours encore plus pénibles.

Le premier jour, ce fut l'enfer. Il fallait faire avec.

— En fait, c'est Jace qui les a conçues, dit Izzy, la sortant de ses pensées. Je suis sûre que cet homme a effectué de nombreuses recherches pour s'assurer que les motos aient les bonnes courbes pour s'adapter au corps d'une femme.

Dixie lui jeta un regard noir.

— Quoi ? Ce n'est *pas cela* qui va m'en dire plus, affirma Izzy. Est-ce que ça a mal tourné depuis qu'on s'est envoyé des messages ?

— Non. J'ai vraiment passé un bon moment avec Jace et tout le reste, mais maintenant c'est fini et je dois retourner au travail demain. Il n'y a pas grand-chose d'autre à dire.

— Il y a *toujours* quelque chose à dire. Il a l'air d'être une bête au lit, qui *prend* sans vraiment *donner* en retour. S'il te plaît, ne me dis pas que c'est une façade.

— Disons juste qu'il était comme je l'avais imaginé et bien plus encore.

Elle regarda par la vitre alors qu'ils roulaient en direction du port. Izzy dut comprendre le message car elle monta le son et n'insista pas pour avoir plus de détails.

— J'ai fait des brownies hier soir. Tu passes à la maison après avoir déballé tes valises ? proposa Izzy quand elles arrivèrent dans le quartier de Dixie.

— Même si j'adore les brownies, je crois que je vais me glisser dans mon lit et dormir ou je n'arriverai jamais à travailler demain.

Izzy se gara devant la maison de Dixie et elles sortirent pour prendre les bagages dans le coffre. Izzy la regarda curieusement.

— Tu es sûre que tu es juste fatiguée ?

— Oui, évidemment.

— Tu me le dirais si Jace avait mal agi, hein ?

Elle adorait vraiment Izzy. Elle savait que son amie ferait tout pour elle et vice versa. Mais c'était une bataille privée que Dixie devait mener seule.

— Oui. Il ne m'a rien fait. Il s'est conduit en parfait gentleman.

Izzy plissa le nez.

— C'est *ça* le nœud du problème ? Il t'a vraiment déçue et tu ne veux pas l'admettre ?

Dixie rit doucement.

— Jace Stone est à mille lieues d'être une déception. C'est un homme franc et honnête. Crois-moi, il est aussi doué dans la chambre à coucher qu'en tant que créateur. Je suis juste fatiguée et tu sais comment c'est après une relation intense. Tu as besoin de temps pour digérer. Je veux juste en profiter un peu plus longtemps, m'endormir, en rêver…

— Ok, *ça* je peux le comprendre. Izzy la prit dans ses bras. Mais si tu as besoin d'un verre et de brownies, tu sais où me trouver.

— Je sais. Merci, Iz.

Dixie entra et déposa ses sacs près de la porte. Elle était tombée sous le charme de sa confortable maison avec trois chambres dès qu'elle l'avait vue, même si elle était en piteux état après des années de location. Les anciens propriétaires avaient cessé de payer l'hypothèque et la banque lui avait proposé de la racheter. Ses frères et plusieurs Dark Knights l'avaient aidée à la remettre en état, à restaurer le large porche qui entourait le côté gauche de la maison, à refaire les parquets et à remplacer presque toutes les cloisons, les fenêtres et la plomberie. Elle avait économisé chaque centime qu'elle avait gagné pour l'acheter et elle était fière de l'avoir acquise toute seule. Mais le confort habituel du retour à la maison était absent. Elle avait l'impression que les murs se refermaient autour d'elle.

Elle attrapa une bouteille d'eau dans le réfrigérateur et un paquet de chips dans le placard et les fourra dans son sac à dos en cuir, avec son téléphone et son portefeuille. Elle prit ses clés et son casque en passant la porte. La simple vue de sa moto lui procura un léger soulagement.

Alors qu'elle mettait son casque et enfourchait sa moto, les souvenirs de celle de Jace lui revinrent en mémoire, provoquant des vagues d'émotions auxquelles elle ne voulait pas faire face. Elle refusa d'y céder alors qu'elle s'éloignait de sa maison.

Les vibrations du moteur, le vent sur sa peau et l'appel de la route lui procurèrent le soulagement qu'elle recherchait. Elle sortit de son quartier et descendit à toute allure la rue principale, passant devant le garage et le bar, en augmentant sa vitesse pour passer le pont et sortir de la ville. Elle conduisit sans but jusqu'à ce que les nœuds dans sa poitrine se relâchent et que le soleil descende de son perchoir de l'après-midi, mais Jace restait au cœur de ses pensées. Elle finit par cesser d'essayer de le sortir de sa tête et fit demi-tour vers la maison. Comme si sa moto prenait ses propres décisions, elle se retrouva à rouler sur les routes de montagne étroites et sinueuses qu'elle avait fréquentées lorsqu'elle était plus jeune. Quand elle arriva à son sentier préféré, elle le suivit jusqu'à son coin secret. Ou ce qui avait été son endroit secret avant qu'elle ne réalise que Jace l'avait déniché, lui aussi.

Elle se gara et retira son casque en marchant dans les bois, sentant la présence de Jace tout autour d'elle. Elle attrapa les branches qui la séparaient de la clairière et sentit une lueur d'espoir dans sa poitrine, imaginant que Jace pourrait être là.

Elle dépassa les buissons, son cœur battant frénétiquement, mais la clairière était vide. Qu'est-ce qui lui arrivait ? Elle n'avait jamais été cette femme avant, sa santé mentale ne tenant qu'à un fil à cause d'un homme. Elle ôta son sac à dos et chercha son téléphone. Peut-être que cette lueur d'espoir était due à un SMS ou un appel manqué de sa part. Elle saisit son téléphone mais elle n'avait rien. La déception transforma cette lueur d'espoir en une douleur sourde. Elle se demandait ce que Jace faisait en ce moment même : avait-il remis le cadeau qu'elle avait laissé à Thane ? Était-il parti au travail ou sorti faire un tour ? Est-il parti prendre un verre ?

Elle rangea son téléphone dans son sac à dos et se posa sur un rocher en poussant un long soupir, ramenant ses genoux contre sa poitrine et les entourant de ses bras.

C'est comme ça que ça se passe. Les femmes fortes deviennent tristes et pathétiques.

Elle lâcha ses jambes, stupéfaite de tenir de tels propos à son égard.

Ce n'était pas elle et elle n'allait pas laisser cela la ronger.

Elle était une Whiskey : forte et déterminée. Il n'y avait rien qu'elle ne puisse faire si elle y mettait du sien. Elle avait *choisi* de coucher avec Jace en sachant qu'elle n'était là que pour quelques jours et rien de plus. Désormais, elle devait simplement faire le choix de mettre fin à ses sentiments pour lui. Elle jeta son sac sur le rocher et ouvrit le paquet de chips, fourrant une poignée dans sa bouche tout en essayant de réfléchir à un plan. C'est elle qui, d'habitude, incitait les autres à prendre du recul, mais ses conseils habituels lui paraissaient durs, voire irréalisables : cesser de penser à lui. *Le meilleur moyen de se débarrasser d'un homme est d'en trouver un autre.* Ce n'est pas comme si elle avait un bouton marche/arrêt et elle ne voulait certainement pas coucher avec un autre homme.

Comment avait-elle pu donner ce conseil à ses copines ?

Il y avait forcément un autre moyen.

Jace avait dit qu'il s'était tourné vers le travail quand cette professeur lui avait brisé le cœur. Cela semblait être une solution raisonnable. Elle pourrait faire des heures supplémentaires au bar pour remplir ses journées, se coucher le soir trop épuisée pour sortir. La semaine prochaine, elle partirait au Cap et elle serait alors distraite par Justin et ses cousins. Elle se convainquit qu'elle pouvait le faire. Lorsqu'elle reviendrait du Cap, la douleur s'atténuerait et Jace ne serait plus qu'un souvenir merveilleux et *lointain.*

Ça va le faire.

Ravie de son plan, elle prit une autre poignée de chips. Le *travail, rien que le travail et rien d'autre.* Elle adorait travailler. C'était vraiment le meilleur moyen de ne plus penser à Jace. Ne plus penser à *lui.* Ce serait plus facile si elle commençait à s'éloigner de lui de toutes les façons possibles et ne pas mentionner son nom était un bon début. Elle regarda le soleil se coucher en finissant son paquet de chips. Puis elle s'allongea sur le dos, estimant qu'elle était intelligente d'avoir trouvé un plan si rapidement. Peut-être qu'elle devrait aller travailler tôt. Ainsi, elle serait certainement épuisée quand elle rentrerait chez elle le soir.

Son téléphone sonna et elle se redressa brusquement. *Jace !* Son cœur d'idiote bondit presque hors de sa poitrine alors qu'elle tâtonna pour prendre son téléphone. Le numéro de téléphone de *Bones* apparut sur l'écran et une sensation désagréable naquit dans sa poitrine et se répandit dans tout son corps.

Elle plaqua sa main contre son cœur, essayant d'empêcher ses larmes de couler lorsqu'elle répondit au téléphone.

— Salut, Bones.

— Salut, Dix. Comment s'est passé ton voyage ?

— Super, lâcha-t-elle en s'étranglant. On s'est beaucoup amusés.

— Tu as l'air bizarre. Tu vas bien ?

Non. Elle essuya une larme qui coulait sur sa joue.

— Oui, oui.

— Je suis content de l'entendre. Écoute, je sais que tu viens juste de revenir en ville mais je me demandais si tu accepterais de faire du baby-sitting demain soir. Je veux emmener Sarah dans un endroit spécial, rien que nous deux.

— Bien sûr, dit-elle doucement. Était-ce trop demander que de tomber amoureuse d'un homme qui voudrait être avec elle autant qu'elle voulait être avec lui ? De nouvelles larmes coulèrent. À quelle heure ?

— Super, merci. Que dirais-tu de six heures ?

— Je serai là. J'ai des cadeaux pour les enfants, donc c'est parfait.

Les souvenirs du shopping avec Jace lui revinrent en mémoire. Elle le revit en train de prendre des animaux en peluche et de les agiter, un sourire aux lèvres comme elle ne l'avait jamais vu avant qu'ils ne se rapprochent et riant quand elle avait mis un diadème en plastique. Elle se souvint de la façon dont il l'avait regardée lorsqu'elle dansait avec les enfants sur les touches du grand piano, rendant la douleur et le désir encore plus intenses.

Alors que Bones racontait une jolie histoire sur Bradley, elle repensa aux jardins où Jace l'avait emmenée et à la façon dont il l'avait regardée droit dans les yeux, alors que les gouttes de pluie tombaient. Elle n'oublierait jamais la façon dont ils étaient montés dans le taxi, trempés, riant et s'embrassant, ou la façon dont son visage s'était transformé alors qu'il s'était concentré pour tatouer son poignet.

Les larmes inondèrent ses yeux et elle interrompit Bones.

— Désolée. Je dois y aller. Je te verrai demain.

Elle mit fin à l'appel et lâcha son téléphone pour s'essuyer les yeux. *Stop ! Stop ! Stop ! Stop !* Elle leva les yeux au ciel, souhaitant que ses larmes se tarissent mais elle vit le visage de Jace derrière chaque nuage. Elle ferma les yeux, essayant désespérément de se changer les idées mais sa voix envahit son esprit. *Je t'appelle la prochaine fois que je suis à Peaceful Harbor.*

Elle ferma les yeux plus forts mais cela ne fit qu'augmenter le volume.

Tu ne peux pas te débarrasser de moi si facilement. Tu as signé pour des apparitions publiques dans les mois à venir, tu te souviens ?

Comment était-il revenu aux affaires si facilement ? Essuyant les larmes incontrôlables, elle songea à demander à Bones s'il n'avait pas besoin d'une baby-sitter *tout de suite* car elle avait vraiment besoin d'une distraction.

Ce n'était pas anodin, Dix. C'était très important.

La douleur dans sa poitrine lui arracha un gémissement de tristesse. Au diable le baby-sitting. Peut-être qu'elle allait juste se glisser dans son lit et ne plus en ressortir.

CHAPITRE 14

DIXIE était assise derrière son bureau le jeudi après-midi, fixant le SMS que Jace lui avait envoyé la nuit d'avant, le décortiquant pour une énième fois.

J'espère que tu es bien rentrée.

Comment était-elle censée analyser *ce message* ? Il pensait manifestement à elle, ou du moins s'inquiétait de son bien-être. Ce n'était pas comme s'il avait posé une question, ce qui signifiait qu'il n'attendait pas de réponse. Ou en voulait une. Elle avait dû taper des dizaines de réponses, allant d'un rapide *"Oui"* à un texto amical lui demandant comment s'était passé son dîner avec ses parents et enfin, à un autre où elle demandait si elle lui manquait autant que lui, lui manquait.

Finalement, elle ne lui avait pas répondu. En tout cas, elle avait découvert qu'il avait remis le cadeau à Thane. Jayla lui avait envoyé un message pour la remercier et lui avait dit qu'elle espérait qu'elles pourraient se voir la prochaine fois que Dixie serait à New York. Si les rôles étaient inversés et que Dixie était Jace, elle l'aurait prévenu qu'elle avait déposé le cadeau et qu'ils l'avaient adoré. Elle l'aurait aussi remercié d'avoir pensé à son neveu. *Et ensuite, je lui aurais dit à quel point il me manquait, à quel point j'aimais ma vie, mais maintenant, tout me paraît bizarre, comme s'il manquait quelque chose. Et tout est de ma faute parce que je pensais pouvoir passer quelques jours avec toi et poursuivre ma route avec des souvenirs que je chérirais. Mais je ne peux pas.*

Être une fille, ça craint…

Un coup frappé à sa porte ouverte attira son attention mais il n'y avait personne dans l'entrée. Jed et Truman travaillaient jusqu'à dix-neuf heures. Elle supposa qu'elle avait dû entendre l'un d'eux frapper mais une main apparut de derrière le mur, agitant un tissu blanc.

Quincy passa sa tête dans l'encadrement de porte.

— On peut entrer sans danger ? Tru a dit que tu étais de mauvaise humeur et que tu t'es même disputée avec un client.

Dixie leva les yeux au ciel.

— C'était un abruti qui se plaignait du coût de la main d'œuvre.

— Je me souviens qu'une certaine personne m'a enseigné les bonnes manières en matière de service à la clientèle avant que je ne postule pour un emploi à la librairie, déclara-t-il en entrant dans son bureau. Si je me souviens bien, tu disais qu'il ne fallait jamais se disputer avec les clients, même si j'avais raison.

— Ouais, eh bien, le gars est tombé sur moi un mauvais jour.

Elle fourra son téléphone dans sa poche et commença à éteindre son ordinateur. Elle devait faire du baby-sitting dans une demi-heure. Elle avait retravaillé le planning des serveuses et travaillait les vendredis et samedi soirs. Elle avait prévu de travailler tard et de faire la fermeture le samedi soir, puis d'aller directement au bar. Elle passerait quelques heures à s'occuper des comptes et de l'inventaire au bar le dimanche, puis elle partirait pour une longue balade en moto. Son emploi du temps était plutôt bien rempli, du moins jusqu'à la fin du week-end.

Elle en était au deuxième jour à essayer de faire sortir Jace de sa tête. Jusqu'à présent, le deuxième jour n'était pas plus facile que le premier. Elle était passée de cœur brisé à cœur brisé et en colère contre elle-même car elle était incapable de faire abstraction de ses sentiments. Et le pire, c'est qu'elle ne pensait pas y arriver un jour.

Quincy tapota son doigt sur son bureau.

— As-tu fait un bon voyage ?

— Oui. C'était génial et encore merci d'avoir pris les choses en main pendant mon absence.

— Ne t'inquiète pas. J'ai laissé quelques notes que tu verras dimanche quand tu feras les comptes du bar.

— Super. Aucun problème ?

— Non. La librairie vient juste de commencer à utiliser un nouveau système d'inventaire et j'ai pensé que tu voudrais peut-être jeter un œil à la société qui fabrique le logiciel. Ils en ont aussi pour les restaurants. Tu vas voir. Je t'ai laissé tous les détails.

— Merci. Je voulais te demander de m'aider un peu plus. Elle rassembla ses papiers. Jace m'a rappelé que j'ai des obligations envers *Silver-Stone* pour faire quelques apparitions publiques à des fins marketing. Je n'ai pas encore de planning mais, d'après le contrat, je devrais l'avoir pour le 1er juillet. Le lancement aura lieu au début de l'automne et cela va prendre beaucoup de temps au début, six événements sur une période de douze semaines lorsqu'ils lanceront les collections *Legacy* et *Leather and Lace*, puis six apparitions chaque année pendant trois ans. Si le calendrier est respecté, accepterais-tu de t'occuper de certaines choses pour moi pendant cette période ? Sinon, ne t'inquiète pas. Je peux demander à ma mère ou à Bear de le faire.

— L'argent me serait utile, alors compte sur moi. Si tu reçois le planning en juillet, je devrais avoir le temps de m'arranger avec mon emploi du temps de la librairie.

Elle se leva et prit son sac.

— C'est génial. Bear sera très occupé avec leur bébé d'ici là et maman vient de se libérer de son travail au bar. Je ne voulais vraiment pas m'appuyer sur elle.

— Dix, je ferai tout ce que je peux pour t'aider. C'est une nouvelle aventure excitante pour toi. Tu vas être célèbre dans le monde des bikers. Tu le sais, non ? Il mit une main dans la poche avant de son jean. Alors je dirai que je t'ai connue quand…

Elle éclata de rire alors qu'ils sortaient de son bureau.

— Je ne pense pas que les filles du calendrier deviennent célèbres, mais merci. Tu vas où maintenant ? Tu as déjà organisé ton rendez-vous avec Roni ?

— Pas encore, mais j'ai réussi à faire une belle prise. Je dois prendre un truc à mon appart, puis je descends chez Penny pour l'aider à la boutique de glaces.

Truman arriva derrière Quincy et posa sa main sur son épaule.

— Ça veut dire que mon petit frère va manger de la glace et flirter.

Quincy lui fit un clin d'œil.

— Carrément, mon frère.

— Je pensais que c'était du passé vous deux, dit Dixie avec curiosité.

— On ne peut jamais savoir quand on pourrait remettre le couvert.

Quincy haussa les sourcils et se dirigea vers la porte qui menait à son appartement au-dessus du magasin.

Est-ce que la vie personnelle de tout le monde est devenue un peu folle ?

— Ton frère me fait rire parfois, lança Dixie.

— Ouais, c'est un mec génial. Hé, tu es sûre que tu ne veux pas passer offrir à Kennedy et Linc les cadeaux que tu leur as achetés ? demanda Truman. Gemma sera à la maison avec eux à dix-huit heures.

— Elle a sûrement un rendez-vous, répondit Jed en faisant le tour du camion sur lequel il travaillait, s'essuyant les mains sur un chiffon.

— A peine. Le seul homme qu'elle désirait n'était pas du genre à avoir un rendez-vous. Je fais du baby-sitting pour Bones ce soir. Vous pouvez prendre des photos des enfants qui ouvrent les cadeaux et me les envoyer ?

— Bien sûr, répondirent-ils en chœur.

— Merci. J'ai hâte de les voir. A demain matin.

Elle sortit et monta dans sa Jeep, regrettant de ne pas avoir pu aller au travail à moto, mais elle avait trop de cadeaux à transporter. Alors qu'elle s'éloignait, ses pensées revinrent à Jace. Elle se demanda comment s'était déroulée sa réunion sur les locaux de Boston et ce qu'il faisait ce soir. Une énième fois, sa voix chuchota dans son esprit. *Je n'ai de compte à rendre à personne et je ne peux pas te garantir l'éternité. Bon sang, je ne peux pas te promettre qu'on soit encore ensemble la semaine prochaine.*

Elle admirait beaucoup de choses chez lui, mais son honnêteté était définitivement en tête de liste, même si elle était aussi la cause de sa douleur. Elle s'agrippa plus fermement au volant, souhaitant que la douleur ne s'enfonce pas plus profondément. Elle ne pouvait s'en prendre qu'à elle-même et cela rendait la chose encore plus difficile à accepter.

Elle se rendit chez Bones et Sarah, leur maison se trouvant en haut d'une falaise surplombant le port.

Une brise fraîche balaya la peau de Dixie lorsqu'elle sortit de la voiture et attrapa les cadeaux sur le siège passager. Elle regarda l'eau en se dirigeant vers la porte d'entrée, se promettant de *ne pas* penser à Jace ce soir. Elle n'espérait pas avoir de ses nouvelles ou décortiquer son message d'hier soir. Ce soir, elle était *Tante Dixie* et Tata Dixie n'aurait jamais négligé ses bébés pour un homme.

Avec ses règles bien établies, elle frappa à la porte.

— Entrez !

Elle entendit de petits pieds courir devant la porte. L'image de Bradley courant pieds nus lui arracha un sourire quand elle poussa la porte.

Un « Surprise » ! résonna dans le salon.

Étonnée, elle sursauta quand ses parents, ses frères, ses belles-sœurs et tous ceux qui lui étaient proches se jetèrent sur elle à bras ouverts. Mais Bradley, son petit garçon préféré de quatre ans aux cheveux blonds, les devança en passant ses bras autour de ses jambes et en lui adressant un sourire.

— Joyeux calendrier ! Bradley bondit sur place. Ces cadeaux sont pour *moi* ?

— Et *la politesse*, petit.

Bones souleva Bradley et le tint sous son bras comme un ballon de football. Il se pencha et embrassa la joue de Dixie.

— Félicitations, Dix.

Il déposa Bradley à terre.

— C'est quoi tout ça ?, demanda-t-elle.

Bradley lui prit la main et l'entraîna dans le salon, qui était décoré avec des banderoles et des ballons.

— Regarde la pancarte qu'on a faite ! Il désigna la pancarte au-dessus de la cheminée, qui disait “FÉLICITATIONS, DIXIE !”. Elle était décorée d’adorables bonhommes et de gribouillages.

— C’est pour *toi* que nous faisons la fête, dit Crystal en prenant les cadeaux de Dixie et en les posant sur la table basse.

Bradley tira sur la main de Dixie.

— Lila a gribouillé. J’ai dessiné notre famille et Tinkerbell. Tu vois Tink ? Pas vrai ? Tinkerbell était le Rottweiler de Bullet. Bradley avait dessiné le chien avec quatre pattes inégales et une énorme tête aux oreilles pointues.

— Oui ! s’exclama Dixie. Tout ce que tu as dessiné est incroyable.

— C’est *génial* ! cria Bradley en courant vers Sarah.

Sarah tenait Maggie Rose dans ses bras.

— Ta tante l’est tout autant, dit-elle en touchant la tête de Bradley et en souriant à Dixie.

Lila était juchée dans les bras de Bullet, adorable dans une robe rose à pois blancs, tirant sur sa barbe tandis qu’il attirait Dixie contre lui de sa main libre, la serrant si fort qu’elle ne pouvait plus respirer.

— Nous sommes tous fiers de toi, Dix.

— *Dissie ! Dissie* ! scanda Lila, ses mains agrippant les cheveux de Dixie.

Dixie fut prise par ses émotions alors que Bullet lui remettait Lila. Cette dernière passa ses bras autour du cou de Dixie.

— Finlay et Sarah ont cuisiné, annonça Crystal. La table était dressée avec des plateaux débordant de nourriture et un vase de fleurs fraîches.

— Nous avons fait tous tes plats préférés, précisa Finlay.

— Tout est incroyable. Je n’arrive pas à croire que vous ayez fait tout ça pour moi. Ce n’est qu’un calendrier, affirma Dixie.

Elle savait bien à quel point c’était important que Jace l’ait choisie pour être l'égérie de *Silver-Stone*. Mais elle avait toujours du mal à comprendre cette partie.

— C'est pourtant bien réel, ma petite fille, dit sa mère, son regard plus chaud que le soleil d'été.

Son père boitait à ses côtés, sa barbe tressautant avec son sourire.

— Ce n'est pas vraiment une question de calendrier. Tu as consacré une grande partie de ta vie à notre famille. Nous t'en sommes reconnaissants, ma chérie. C'est aussi simple que ça.

Alors qu'il l'embrassait, les yeux de Dixie se remplirent de larmes. *Cela ne semblait pas simple que cela.*

LA SOIRÉE ÉTAIT remplie d'amour, de rires et d'yeux levés au ciel. Lila n'avait pas lâché sa girafe depuis qu'elle l'avait déballée. Ils s'assirent autour de la table et profitèrent du festin que les filles leur avaient préparé. La girafe était posée à côté de Lila dans sa chaise haute, couverte de nourriture. Maggie Rose était endormie dans les bras de Bones et Bradley s'amusait à pousser son nouveau camion sur le bord de la table jusqu'à Bear, qui le repoussait ensuite. Dixie venait de finir de leur parler du shooting photo et elle répondait à leurs questions.

— Une styliste et une personne pour la coiffure et le maquillage ? Ça fait assez glamour, dit Sarah.

— Notre sœur, la *top model*, ajouta Bear.

— Pas vraiment. C'était stressant, du moins au début. Mais ensuite, je me suis souvenue de certains conseils que la sœur de Jace m'avait donnés lorsque nous avions dîné avec eux et ça a rendu les choses plus faciles.

Finlay, Crystal et Sarah échangèrent des regards enthousiastes.

— Tu as dîné avec la famille de Jace ? demanda Finlay.

— Ça a dû être un rendez-vous très spécial pour vous deux, ajouta Sarah.

— On dirait qu'il a gagné plus qu'un *simple* rendez-vous lors de cette vente aux enchères, dit Crystal d'un ton narquois.

Les trois frères de Dixie jetèrent un regard noir à Crystal.

Heureusement qu'elle ne révélait pas ses secrets à tout le monde dans la pièce.

— Vous voulez bien arrêter. Ses sœurs vivent en ville. On a dîné avec elles. Pas de quoi en faire un plat. Il a un adorable neveu, au fait. Thane a quatre mois et oh mon Dieu, il est trop mignon.

Sa mère la regarda d'un air curieux.

— Ça a dû être une visite agréable.

— Oui. Ses sœurs et son beau-frère sont très gentils.

Elle se demandait si Jayla avait révélé quoi que ce soit d'autre à Jace à son sujet et si oui, comment ce dernier avait réagi. Elle n'avait pas envie de s'enfoncer dans cette voie.

— Bref, Rush, le beau-frère de Jace, a suggéré que je redevienne mentalement une adolescente pendant qu'ils faisaient la séance photos, parce que les adolescents se sentent tellement invincibles, déclara-t-elle.

— Je ne sais pas vous, mais moi je suis encore invincible, affirma Bullet.

Bear gloussa.

— On est deux, dans ce cas.

Bones secoua la tête.

— Et ça a fonctionné ?

— Très bien.

En disant cela, elle se souvint que cela avait très bien fonctionné pour dissiper sa nervosité, mais qu'elle avait fini par être trop sexy et gênée pour penser correctement.

Et puis elle se rappela de ce qui s'était ensuite passé.

Ses joues lui brûlèrent et elle avala son verre d'eau en trois grandes gorgées. Mais la vision de Jace fixant ses yeux sur elle alors qu'elle le caressait avec ses mains et sa bouche ne la quittait pas et son pouls s'accéléra.

— Tu vas bien, ma chérie ? demanda sa mère.

— Ouais. J'ai seulement soif. Elle remplit son verre avec le pichet et but encore de l'eau, en cherchant un autre sujet. Je vais garder tous les vêtements de la séance photos. Attendez de les voir. Ils sont magnifiques.

Elle espérait qu'ils ne lui demanderaient rien. Elle n'avait pas encore pu se résoudre à les défaire de sa valise. Elle craignait que les voir ne lui cause plus de chagrin.

— Quand pourrons-nous découvrir le calendrier ? demanda sa mère.

— Je ne sais pas encore. Jace a dit qu'ils se réunissaient la semaine prochaine pour déterminer les photos qu'ils utiliseront.

La conversation passa de la séance photos à ce qu'elle avait pensé de la ville, ce qui amena Bones et Sarah à parler de l'endroit où ils voulaient aller pour leur lune de miel.

— Peut-être que vous devriez d'abord choisir une date de mariage, suggéra Finlay. Cela vient généralement avant la lune de miel.

Bullet passa son bras autour de Finlay et la rapprocha de lui.

— Notre lune de miel a débuté le jour où tu as accepté ma demande en mariage et il n'y aura jamais de fin.

Bear mima des bruits de baiser pendant que Bullet embrassait Finlay. Bradley imita Bear et Lila se prêta au jeu, riant en claquant des lèvres, projetant de la nourriture sur son plateau.

— Tu verras quand ton bébé sera né, dit Bones à Bear en essuyant les joues de Lila.

Celui-ci caressa le ventre de Crystal.

— Je m'en réjouis. Je veux que notre bébé soit aussi amusant que moi et aussi bien monté.

— *Bear*, le gronda leur mère avec un sourire aux lèvres.

— Il faut bien que quelqu'un reprenne le titre pour la future génération, déclara Bear, déclenchant une série de commentaires hilarants de la part des adultes. Leurs rires provoquèrent d'autres éclats de rire chez les enfants.

Finlay rit grandement.

— J'aime tellement cette famille, lança-t-elle après avoir repris son souffle.

— Évidemment, Lollipop.

Bullet déposa un baiser sur sa tempe.

Dixie reprit sa place, profitant de chaque instant. Sarah découpait de la nourriture pour Bradley, qui la mettait dans sa bouche aussi vite qu'elle la coupait. Bones câlinait Maggie Rose contre sa poitrine tandis qu'il mettait plus de pâtes dans l'assiette de Lila.

— Et la Girafe ? Il lui en faut aussi ? demanda Bones, suscitant le rire de Lila, qui essaya immédiatement d'enfoncer des pâtes dans la bouche de l'animal en peluche.

Crystal et Bear se tenaient la main, échangeant des réflexions parentales avec Bullet, qui s'accrochait toujours à Finlay comme s'il ne la lâcherait jamais. Red et Biggs parlaient à voix basse, leurs fronts collés l'un à l'autre. Tout ce que Dixie voulait était juste devant ses yeux. Elle était sur la même longueur d'onde que Jace quand elle était avec lui et elle ne regrettait pas une seule seconde ce qu'ils avaient vécu. Mais en jetant un coup œil autour de la table, elle décida qu'il était temps de ne plus se sous-estimer. Elle voulait être avec un homme qui souhaitait les *mêmes choses* qu'elle. Quelqu'un qui voudrait être là pour toutes les choses folles et inattendues qui se produisent dans les familles et dans la vie en général. Un partenaire sur lequel elle pourrait compter, qui aurait la même vision à son sujet que ses frères, vis-à-vis de leurs femmes. Elle se fichait que Jace doive souvent voyager et ne puisse pas s'engager à être physiquement présent tous les jours *s'il* l'aimait comme elle l'aimait.

Mais il ne l'aimait pas.

Une douleur sourde naquit au fond de sa poitrine, la lacérant de ses épines comme le ferait un buisson. Elle s'agrippa aux bords de sa chaise pour ne pas s'effondrer alors qu'elle essayait d'accepter la réalité. Jace Stone ne serait jamais l'homme dont elle aurait besoin, peu importe à quel point elle le souhaitait.

CHAPITRE 15

LE SOLEIL ÉTAIT VISIBLE à l'horizon lorsque Jace se gara sur le parking de *Whiskey Automobile* le samedi soir, se souvenant de la dernière fois qu'il y était allé. Il ne s'attendait pas à ce que cette nuit-là mène à quelque chose en particulier et il ne s'attendait certainement pas à ce que ce quelque chose aboutisse à des nuits sans sommeil et à avoir une *Dixie Whiskey* dans la peau. Mais elle était *partout*. Quand il fermait les yeux, il voyait son beau visage qui le regardait pendant qu'ils faisaient l'amour. Quand il travaillait, il sentait ses mains sur son corps, entendait sa voix le défier et le séduire. Et chaque fois qu'il entrait dans son loft, il sentait sa présence. Elle lui manquait tellement qu'il avait mal à la poitrine jour et nuit et il n'arrivait pas à l'oublier. Il avait essayé de se saoûler le premier soir après son départ, mais ça ne lui avait fait que se rappeler de leur soirée au *NightCaps*. Il n'avait jamais vécu quelque chose comme cela auparavant et il ne comprenait pas pourquoi ça arrivait ou même comment le gérer. Il avait fini par abandonner et comme un drogué cherchant sa prochaine dose, il était venu à Peaceful Harbor.

Il descendit de sa moto, prit le cadeau qu'il lui avait apporté dans la sacoche et se dirigea vers l'intérieur. La clochette au-dessus de la porte tinta. Dixie était assise derrière la réception, ses magnifiques cheveux voilant son visage, ses épaules nues suppliant qu'on les embrasse. Le simple fait de la voir provoqua une vague de chaleur et de soulagement dans son esprit, apaisant sa souffrance.

— On est ferm… Elle leva les yeux et laissa tomber son stylo. *Jace.*

— Salut, Dix. Je suis revenu pour m'occuper de quelques trucs et prendre des dispositions pour ma moto. Je me suis dit que j'allais passer.

Elle se leva, magnifique dans son short et son débardeur moulant.

— Oh, dit-elle un peu hésitante. Comme si elle avait perçu cette petite vulnérabilité, elle se racla la gorge. L'argent pour le shooting vient d'arriver sur mon compte. Tu as dit que ce serait cinq fois ce que je gagne ici, mais c'est *bien plus* que cela.

— Tu en vaux chaque centime.

Elle reporta son regard sur la boîte qu'il tenait dans sa main en contournant le bureau.

Son cœur eut un soubresaut quand elle croisa son regard. Il pensait avoir imaginé la façon dont ses yeux verts l'attiraient comme une force irrépressible, mais il se retrouva à faire un pas de plus vers elle. Il lui tendit la boîte.

— C'est pour toi. Que dirais-tu d'un dîner, de boire un verre ?

Elle regarda la boîte, les sourcils froncés.

— Merci. Elle la posa sur le bureau. Je ne suis pas libre ce soir. Je travaille au bar.

Merde.

— Je peux passer chez toi après ton service.

Elle secoua la tête, détournant à nouveau les yeux.

— Je ne pense pas que ce soit une bonne idée.

Sa poitrine était glacée. Il *était* vraiment seul à être angoissé.

Il avait su qu'elle avait mieux géré son départ que lui, mais il avait pensé qu'il lui aurait au moins manqué.

— Et pourquoi ça ?

Elle pressa ses lèvres l'une contre l'autre et il tendit la main vers elle. Elle ne la retira pas, mais il pouvait voir qu'elle se débattait contre quelque chose.

— Dix, parle-moi. Je dois être à Los Angeles demain. Je n'ai pas le temps d'essayer de deviner ce qui se passe.

— C'est trop dur, Jace. Je ne peux pas. On a eu New York et on était d'accord pour que ce soit tout ce qu'on aurait.

Elle avait *tourné la page* ? Il ne le croyait pas. Il se rapprocha, la vibration familière du désir le parcourant et il le vit se refléter dans ses yeux.

— On n'est pas obligé de se contenter de ça. Il nous reste cette nuit. Il fit courir ses mains le long de ses bras. Retrouve-moi après le travail.

Il la prit dans ses bras et posa ses lèvres sur les siennes. Sa respiration se bloqua et elle s'agrippa à ses côtés, pressant ses doigts contre lui.

— Je n'arrive pas à te sortir de ma tête, Dix. Cette satanée fièvre made in Whiskey m'a mise dans tous mes états.

Le désir dans ses yeux amena sa bouche contre la sienne. Elle pressa tout son corps contre le sien et l'instant suivant, tous deux se caressèrent et fondirent l'un dans l'autre, tout en se régalant de leurs bouches respectives. Toute l'angoisse et la confusion disparurent. *C'était ce* dont il avait besoin et c'était loin d'être suffisant.

Dixie gémit et il resserra sa prise sur ses cheveux, mais elle arracha sa bouche, haletante et se dégagea de ses bras.

— Non. Elle secoua la tête, marchant à reculons jusqu'à ce qu'elle se cogne contre le bureau. Je ne peux pas faire ça, Jace. Je ne peux pas être ton plan cul.

À présent, il secouait la tête, essayant de calmer ses pensées en ébullition.

— *Plan cul* ? Je pensais qu'on était sur la même longueur d'onde.

— On l'était, dit-elle en touchant ses lèvres, comme si elles picotaient encore. Elle croisa les bras, puis les déplia, pour les croiser à nouveau.

— Tu as dit que tu n'avais pas besoin de promesses supplémentaires, lança-t-il un peu trop brusquement, mais il ne comprenait pas. Ils étaient bien ensemble. Elle ne l'aurait certainement pas embrassé comme ça si ce n'était pas le cas.

— *C'est faux*, répondit-elle, ses yeux le suppliant, mais pas pour ce qu'il voulait. Je n'ai jamais pensé que j'étais le genre de fille qui se languit d'un homme, vérifiant son téléphone et se demandant où nous en sommes. Mais il s'avère que je *suis* cette fille et je déteste ça. C'est trop dur. Je ne m'attendais pas à me soucier de toi ou à penser autant à toi après coup. Je ne peux pas…

— Qu'est-ce que tu racontes ?

Il connaissait déjà la réponse, mais il ne voulait pas la croire.

Elle soutint son regard, totalement immobile, la douleur mijotant juste sous la surface.

— Les choses ont changé. Il s'avère que je veux des promesses. Je veux ce foutu fantasme. Je veux un homme qui veuille rester avec moi pour toujours – les enfants, les repas de famille, tout le tralala. J'en suis au *troisième* jour. Sa voix monta dans les aigus. Tu sais ce que ça veut dire ? Ça veut dire que j'ai surmonté le pire. J'ai besoin d'avancer et de protéger mon cœur et je ne peux pas le faire si je tombe dans tes bras ce soir.

La vérité le frappa comme un coup de poing dans l'estomac.

Il savait qu'elle s'était menti à elle-même à New York, mais elle l'avait si bien fait qu'il avait suivi son exemple et s'était lui aussi menti à lui-même. *Mais ce petit mot... Putain.* Ce petit mot était juste une autre tentative de se tromper elle-même. Il n'était pas seul à souffrir après tout, mais savoir qu'il l'avait blessée ne faisait qu'aggraver son tourment.

— On est bien ensemble, Dix. Bon sang, c'est phénoménal, mais tu me demandes de te faire des promesses que je ne peux pas tenir.

— Je ne te demande rien du tout. Elle releva son menton d'un air de défi. Je t'explique juste les choses et si tu tiens un tant soit peu à moi, tu vas laisser tomber.

— Dix...

Il se rapprocha.

Elle leva les mains en l'air et secoua la tête, des larmes perlant dans ses yeux.

— S'il te plaît, ne fais pas ça. Je respecterai toujours mes engagements envers *Silver-Stone*, mais ça ne peut pas arriver.

À cet instant, il se fichait royalement de l'entreprise.

— Tu me tues, dit-il avec colère.

Ses yeux le supplièrent de l'entendre et, bon sang, il le fit, haut et fort. Il n'avait jamais voulu la blesser et il avait tout foutu en l'air.

Luttant contre le sentiment d'écrasement dans sa poitrine et son propre dégoût de lui-même, il se dirigea à contrecœur vers la porte. Mais il s'arrêta net, voulant la regarder une dernière fois et enfonça le couteau plus profondément dans son cœur.

— Tu es une femme formidable, Dixie Whiskey et tu mérites tout ce dont tu rêves et plus encore.

DIXIE RETINT SA respiration tandis que Jace sortait en trombe. Elle entendit sa moto vrombir et sortir à toute vitesse du parking. L'air quitta ses poumons, des larmes jaillirent et ses jambes se dérobèrent. Elle agrippa le bord du bureau quand les sanglots éclatèrent. Elle avait cru que le mercredi avait été la pire journée, mais alors que la douleur la faisait tomber à genoux, le bruit du moteur de Jace s'estompa au loin et cette fois-ci, elle sut qu'elle ne serait plus jamais la même.

CHAPITRE 16

DIMANCHE MATIN LES chiffres du registre se confondirent. Dixie ferma les yeux, refusant de céder au chagrin d'amour qu'elle avait éprouvé toute la nuit. C'était un effort futile et elle essuya les larmes de ses joues. Mon Dieu, elle détestait cette situation ! En arrivant au bar hier soir, elle avait presque une heure de retard, ses yeux étaient rouges et gonflés et elle avait accompli son service à la manière d'un automate. Izzy, Tracey et Diesel n'avaient pas arrêté de lui demander ce qui n'allait pas et elle avait perdu la tête, leur hurlant dessus devant tous les clients. *Je passe une journée de merde, ok ? Laissez tomber ou je vous jure que vous allez le regretter.* Elle avait pleuré jusqu'à s'endormir telle une gamine pathétique. Elle pensait que venir au bar pour faire les comptes l'aiderait à s'en sortir. Mais elle était là, assise, à se repasser la scène. Au moins, le bar était fermé et elle pouvait se complaire dans sa misère toute seule.

Elle savait qu'elle avait fait le bon choix en renvoyant Jace, mais pourquoi avait-elle l'impression d'avoir pris la pire décision de sa vie ? Elle repoussa la table où elle travaillait et passa derrière le bar pour se servir un verre. Elle n'avait pas pris la peine d'allumer les lumières, dans l'espoir de se faire oublier, mais alors qu'elle prit une bouteille de tequila, elle se vit accidentellement dans le miroir derrière le bar. Ses cheveux étaient éparpillés sur sa tête et on aurait dit le nid d'un rat, ses yeux injectés de sang donnaient l'impression qu'elle était déjà ivre et son nez semblait avoir été volé à Rudolph.

Écœurée par elle-même, elle posa la bouteille et retourna à la table pour y fixer les pages floues du livre de comptes.

Elle avait dû s'endormir car elle se réveilla en sursaut en sentant une main sur son bras et découvrit sa mère assise à côté d'elle, l'air préoccupé.

— Maman ? Désolée, j'ai dû m'assoupir. Quelle heure est-il ?

— Un peu plus de quinze heures.

Bon sang, elle avait dormi pendant *des heures*. Elle se redressa et les yeux de sa mère passèrent de sa tête aux pantoufles duveteuses qu'elle avait aux pieds.

Dixie replia ses pieds sous sa chaise et croisa ses bras autour de son corps. Quand elle était finalement rentrée chez elle la nuit dernière, elle avait ouvert le cadeau que Jace lui avait offert. A l'intérieur, elle avait trouvé des doubles des photos qu'elle avait demandées, les photos que Hawk avait prises de lui lors de la séance photos, ainsi qu'un magnifique haut noir en dentelle et une jupe noire de la ligne *Leather and Lace*, semblables à ceux qu'il lui avait arrachés dans le feu de la passion. La nuit dernière, dans son chagrin, elle les avait mis et ne pouvait pas supporter l'idée de les enlever ce matin.

Sa mère rapprocha sa chaise et posa sa paume sur le front de Dixie.

— Hum. Pas de fièvre.

La voix de Jace résonnait dans l'esprit de Dixie. *Cette satanée fièvre made in Whiskey m'a mise dans tous mes états.* Elle baissa les yeux, essayant de cacher ses émotions.

— J'ai entendu dire que tu étais partie sur les chapeaux de

roue hier soir. Sa mère posa son doigt sous le menton de Dixie, soulevant et étudiant son visage. On dirait que ta nuit a été difficile, ma petite fille. Diesel t'a suivie chez toi hier soir et a dormi devant ta maison. Tu le savais ? Il craignait que tu ne caches quelque chose et que celui qui t'avait mise en colère ne revienne.

Dixie secoua la tête.

Les Dark Knights prenaient soin des leurs et en tant que la fille du président du club, elle serait toujours protégée. Elle aurait dû peut-être s'énerver du fait que Diesel ait fait cela après avoir fait une telle scène sur sa capacité à prendre soin d'elle-même, mais ce n'était pas le cas. Cela lui fit monter les larmes aux yeux parce qu'une toute petite partie d'elle aurait souhaité que Jace revienne à la charge pour lui déclarer son amour.

Un nœud se logea dans sa gorge.

— Tu veux me dire pourquoi tu as l'air de t'être habillée pour un rendez-vous galant, d'avoir été malmenée dans une salle de billard, d'avoir fait du stop jusqu'à Vegas, d'avoir été abandonnée devant l'autel et de t'être réveillée au fond d'un fût de tequila ?

Sa mère tendit le bras pour replacer quelques mèches de cheveux derrière l'oreille de Dixie et ses sourcils s'inclinèrent.

— C'est un *chouchou* dans tes cheveux ? Oh, *ma chérie*, parle-moi.

Dixie ouvrit la bouche pour s'ouvrir à sa mère mais ses pensées étaient irrégulières et douloureuses, se déversant dans un gémissement incompréhensible. Elle succomba à la douleur et se blottit dans ses bras.

— Ça va aller, ma chérie. Sa mère lui caressa les cheveux. Laisse-toi aller, pleure toutes les larmes de ton corps.

Dixie s'assit sur le bord de sa chaise, pleurant et s'accrochant à sa mère comme s'il s'agissait d'une bouée de sauvetage. Elle pleura jusqu'à ce qu'elle n'ait plus de larmes à verser, jusqu'à ce qu'il ne reste plus que les plaies douloureuses d'un cœur brisé.

Quand enfin elle se sépara de sa mère, elle se sentit comme une coquille, vide et sans âme. Sa mère mit une poignée de serviettes dans sa main, enroulant ses doigts autour de ceux de Dixie, ses yeux se déplaçant vers le nouveau tatouage sur son poignet. Il était couvert de croûtes.

Les sourcils de sa mère se plissèrent.

— *Jace.*

Ce n'était ni une question ni une accusation, mais une confirmation et Dixie savait qu'elle n'avait pas besoin de répondre. Le visage de sa mère se décomposa, blessée et elle serra les lèvres, sa poitrine se soulevant alors qu'elle hochait la tête en signe de compréhension.

— Dis-moi juste une chose, s'exclama doucement sa mère. Dois-je laisser les garçons s'en prendre à lui ?

Dixie avait tort. Elle n'avait pas versé toutes les larmes de son corps, car d'autres larmes remplirent ses yeux tandis qu'elle secouait la tête.

— Ce n'est pas sa faute. Il a fait tout ce qu'il fallait, affirma-t-elle à travers ses larmes, ne pouvant s'empêcher de rétablir la vérité. Il a été honnête dès le début sur ce que ce serait si nous étions ensemble. Il m'a prévenue et il a essayé de ne pas faire *n'importe quoi*. Maman, il a vraiment essayé. Je l'ai poussé et j'ai pensé que je pouvais gérer. Je pensais que je pourrais juste avoir une aventure avec lui et en avoir fini avec ça, mais…

Ses sanglots lui firent perdre sa voix.

— Oh, ma chérie. Sa mère l'enlaça à nouveau. Tu ne peux pas goûter à l'amour et le fermer comme si c'était un robinet. Tu sais que c'est pour cela que Bullet a perdu la tête quand Jace t'a revendiquée à la vente aux enchères ?

— Quoi ? s'étouffa-t-elle.

— Bébé, Bear nous a dit qu'il y a des années de cela, tu avais laissé ton cœur à Jace en un temps record et qu'il t'avait regardée d'une manière qui lui donnait envie de lui arracher la tête. Mais tu connais ton frère, même gamin, il pouvait lire les émotions mieux que n'importe lequel d'entre nous et il savait que Jace se réfrénait pour ne pas te courir après. Tu n'étais qu'une jeune fille et lui était un homme mûr qui avançait à grands pas dans sa vie. Il était trop intelligent pour s'empêtrer dans une telle situation.

Dixie recula, choquée par ce qu'elle venait d'entendre.

— Bear a vu tout ça ?

— Oui. Tu es une Whiskey, chérie et quand les Whiskey ont un but, ils ne laissent rien se mettre en travers de leur chemin et ils ne cachent pas leurs sentiments. Tes frères en sont *tous* conscients. Ils savaient que ce n'était qu'une question de temps avant que Jace et toi ne cédiez à vos sentiments. Nous pensions que les choses allaient se gâter bien avant, même avant que Bear ne commence à travailler pour *Silver-Stone*. Mais Jace était fort. Il a gardé ses distances jusqu'à la nuit de la vente aux enchères, quand il t'a *remportée*, crois-moi, Bullet savait *exactement* ce qui allait se passer. Nous le savions tous.

— Pas moi ! Dixie craqua. Tu n'aurais pas pu me prévenir ? Ou m'en empêcher ?

Sa mère rit doucement et secoua la tête.

— J'ai élevé quatre enfants turbulents pour en faire des adultes encore plus forts. C'était un nid de frelons dans lequel je n'allais pas mettre les pieds, même si Bullet a fait de son mieux pour vous en empêcher. Mais notre fille Finlay a vu cette étincelle entre Jace et toi et a repoussé Bullet jusqu'à ce qu'il laisse tomber.

— Peut-être qu'elle aurait dû le laisser faire, déclara Dixie en s'essuyant les yeux.

— Tu ne le penses pas.

Dixie secoua la tête, essayant de sécher ses dernières larmes. Elle raconta à sa mère que Jace avait fait irruption hier soir.

— Je pensais protéger mon cœur en le renvoyant, mais il l'a juste brisé encore plus. Ai-je *tort* de vouloir ce que papa, les autres et toi avez ? Je pensais qu'il pourrait revenir, mais hier soir, j'ai réalisé que ce ne serait pas le cas. Ce n'est pas le genre de type qui court après les femmes et je ne veux pas d'un homme qui ne me désire pas.

— Oh, chérie. Il y a une grande différence entre ne pas vouloir d'une femme et respecter ses souhaits. Tu l'as repoussé et il t'a écouté.

— Ça n'a aucune importance, fulmina-t-elle. Il ne peut pas être celui que je désire et je ne veux pas être la maîtresse occasionnelle d'un homme.

— Comme je te l'ai dit, j'ai élevé une femme forte. Je pense qu'il est temps que tu prennes du recul. Ça fait des années que tu n'as pas pris de vraies vacances. Pourquoi ne pas voir si Daphne peut te laisser le cottage quelques jours plus tôt et aller au Cap ? Je te remplacerai cette semaine et demanderai à Babs de garder les bébés à ma place.

Daphne Zablonski était l'une des fondatrices du club de lecture dont Dixie faisait partie et elle s'occupait des réservations au *Bayside Resort*, où la jeune femme avait loué un cottage pour son voyage afin d'assister au vernissage de l'exposition de Justin.

— Mais je vais manquer l'ouverture de la boutique de pain d'épices de Josie mardi et elle a travaillé si dur. Elle va couper un ruban. Je ne veux pas la laisser tomber.

Sa mère lui prit la main.

— Pour une fois, peux-tu penser à toi en priorité ? Josie t'aime et elle sait que tu la soutiens. Gemma va écrire un article sur l'ouverture de *Ginger All the Days* pour le journal local. Je m'assurerai de prendre plein de photos et tu pourras lire l'article. Je ne voulais pas brandir cet argument là, mais non seulement le fait d'être ici va te rendre folle, mais si tes frères ont vent de ta situation, Jace pourrait très bien se retrouver avec deux jambes cassées.

Dixie haleta.

— Ils ne *doivent pas* savoir. Ce n'est pas la faute de Jace. *Tout* est de ma faute. C'était *mon* choix d'être avec lui et *mon* choix de mettre fin aux choses.

— C'est exactement pour cela que je te suggère de partir d'ici jusqu'à ce que tu puisses te ressaisir. Débarrasse-toi de ces cheveux à la Cyndi Lauper et de ces pantoufles de cœur brisé. Tu pourras retourner au travail lundi. J'espère que d'ici là, tu pourras rendre justice à cette magnifique tenue. Pourquoi ai-je l'impression que tu *as dormi* avec ?

Dixie baissa les yeux.

— Oh, Dixie. Tu es encore plus mal en point que je ne le pensais. Sa mère reprit son siège. Ça suffit. Maman Red prend le contrôle. N'essaie pas de te disputer avec moi. Je m'occupe des comptes. Je m'occuperai du magasin et des serveurs. Je veux que tu rentres chez toi, que tu appelles Daphne pour prolonger ta réservation et si elle ne peut pas te répondre à ta demande, alors appelle Violet, ton amie de *Summer House*, ou loge chez Justin ou Madigan.

Justin avait trois frères – Blaine, Zander et Zeke. Madigan était leur seule sœur. Leur mère, Reba, la tante de Dixie, était la sœur de Biggs.

— Et je veux que tu enlèves cette tenue avant de commencer à engloutir de la glace comme si c'était de l'alcool et que tu te taches. Prends un comprimé de Benadryl ou un shot de whisky et dors un peu. Demain matin, tu poses tes jolies petites fesses dans ta Jeep et tu dégages de Peaceful Harbor. Je ne veux pas que tu t'arrêtes au magasin ou que tu dises un seul mot à tes frères. Tu m'entends ? Tu as de la chance que Diesel m'ait appelé. S'il avait appelé Bullet ou ton père, les choses auraient été très différentes. Prends ton temps pour aller au Cap. Arrête-toi à Mystic et balade-toi dans le port pour t'aérer l'esprit. L'air frais te fera du bien.

Dixie soupira.

— J'ai l'impression que mon cœur a été malmené, arraché et jeté sur le trottoir.

— Et puis renversé plusieurs fois, si je me souviens bien de ces sensations, dit sa mère.

— Comment le saurais-tu ? Tu es avec papa depuis toujours.

— Parce qu'on n'atteint pas l'éternité sans passer au travers des flammes. Tu crois que tes frères ont rencontré leur moitié et que tout allait bien ? Bien sûr que non, Dixie. Ce n'est pas à moi de te raconter leurs histoires, mais fais-moi confiance, on a tous traversé notre propre enfer et on en est tous sortis plus forts. Il ne faut pas déconner avec la *Destinée.* Cette garce débarque dans ta vie à toute vitesse, s'approche de toi pour que tu puisses sentir son pouvoir et ensuite elle te fait savoir qui commande en te laissant te demander si tu te sentiras à nouveau entière un jour.

— Si c'est la destinée qui joue, je vais traquer cette saleté et tu devras me rendre visite en prison, dit solennellement Dixie.

— Je ferais mieux de demander à Tru quelques conseils

d'abord. Sa mère gloussa et se pencha pour faire un câlin, serrant Dixie très fort. Je t'aime, mon bébé. Elle se leva et l'aida à se relever aussi.

— Merci d'être venue à mon secours.

— Tu n'avais pas besoin d'être sauvée, ma chérie. Tu n'as jamais été amoureuse. Tu avais juste besoin de quelqu'un pour séparer les arbres afin que tu puisses voir au-delà de la forêt et te rappeler que tu es une femme forte et intelligente et qu'il te faut un homme encore plus fort pour te donner tout ce dont tu as besoin.

— Je pensais que Jace était cet homme, avoua-t-elle, les émotions à vif.

Sa mère ramassa les clés de Dixie sur la table et les mit dans sa main, la recouvrant de la sienne.

— Ne renonce pas à lui tout de suite. Tu es une femme forte sur laquelle il faut compter. A mon avis, tu as déstabilisé cet homme dur et il essaie de comprendre où se trouve la sortie. Elles se dirigèrent vers la porte. Et si ce n'est pas le cas, alors c'est un foutu idiot et il a perdu la meilleure chose qu'il puisse avoir.

CHAPITRE 17

TOUTES les routes du monde ne suffirent pas à faire disparaître de la tête de Jace l'image de Dixie Whiskey, les larmes aux yeux. Cela ne lui facilita pas la tâche, car elle avait été *littéralement* partout où il se trouvait depuis son retour à Los Angeles le dimanche soir, lorsqu'il avait reçu une enveloppe de Hawk contenant des dizaines de tirages de la séance photos. Nous étions le mardi et il rencontrait Maddox et son équipe de marketing, comme il l'avait fait toute la journée d'hier. Ils choisissaient les clichés définitifs pour le calendrier et les autres supports marketing pour le lancement des collections *Legacy* et *Leather and Lace*. Il ne leur restait plus que dix-huit images potentielles pour le calendrier, toutes agrandies en format poster et affichées sur des chevalets le long du mur de la salle de conférence. De l'autre côté de la salle, dix autres photos de la taille d'une affiche étaient exposées pour les kits promotionnels. Et à l'avant de la pièce se trouvait un écran de projection qu'ils utilisaient pour revoir les images qu'ils avaient déjà rejetées, juste au cas où ils seraient passés à côté de quelque chose.

Jace essaya de se focaliser sur les discussions en cours. Auparavant, le travail avait été l'endroit où il pouvait se concentrer et oublier le reste du monde. Maintenant, même ça, c'était foutu. Partout où il posait son regard, le visage de Dixie lui souriait, mais dans son esprit, tout ce qu'il voyait, c'étaient les larmes qu'elle avait versées, la douleur qu'elle avait essayé de masquer lorsqu'elle l'avait envoyé promener. Il avait pensé à noyer ces images dans l'alcool, mais il ne pouvait pas se résoudre à boire plus d'un verre. Le seul Whiskey qu'il voulait avait annihilé sa capacité à se concentrer sur autre chose qu'elle, ce qui rendait ces réunions encore plus cauchemardesques. Il était coincé et devait écouter une salle pleine d'hommes et de femmes critiquer la femme qui l'avait touché si profondément qu'il avait l'impression qu'elle faisait *partie* de lui.

— Ses jambes sont un peu trop maigres sur la numéro quinze, déclara l'une des femmes du marketing.

Trop maigres, tu parles ! Elles sont parfaites.

— Elle a l'air plus vieille en numéro trois, ajouta Maddox. Et elle a l'air plus jeune sur la huit que sur toutes les autres, donc ces deux photos restent, pour satisfaire différentes catégories démographiques.

Un assistant marketing déplaça ces deux photos sur le côté.

— C'est couper les cheveux en quatre, dit l'un des gars. Mais nous en sommes réduits à cela, n'est-ce pas ? Quelqu'un d'autre trouve-t-il que ses seins sont un peu *trop* parfaits sur la quatrième photo ? Ça pourrait rebuter les acheteuses.

— On pinaille vraiment, ajouta l'une des femmes. Je donnerais mon bras gauche pour avoir ce problème.

Le groupe se mit à rire.

Jace se renfrogna. Il imagina que la plupart des femmes donneraient leur bras gauche pour ressembler à Dixie.

— J'aime mieux son regard en douze qu'en quinze, ajouta un autre gars.

Le mec à côté de lui lui donna un coup de coude.

— C'est parce que tu imagines les photos au-dessus de ton

lit.

Jace serra les dents pour la douzième fois de la journée.

De l'autre côté de la salle de conférence, Maddox jeta un coup œil à Jace. Il portait la veste en cuir noir qu'il ne quittait presque jamais, les coudes posés sur la table. Une main cachait l'autre devant son menton. Il portait d'épaisses bagues en argent et or à deux de ses doigts et plusieurs bracelets en cuir, en perles et en argent à son poignet. Le bord d'un tatouage se dessinait sous la manche de sa veste. Son visage était marqué par le temps, ses cheveux et sa barbe argentés étaient mouchetés de noir et il avait le regard dur d'un homme qui ne s'était pas contenté de faire *le tour du pâté* de maisons, mais qui avait emprunté un chemin si profond qu'il le *maîtrisait*.

Maddox observait Jace depuis deux jours comme s'il essayait de le comprendre. Jace bougea de manière inconfortable sur son siège. Maddox le connaissait mieux que n'importe quel homme. Pouvait-il lire le foutu chaos qui causait des ravages dans sa tête ?

— Nous devrions utiliser la numéro seize pour les silhouettes en carton grandeur nature dans les points de vente, proposa une autre femme.

Sur cette photo, Dixie se tenait devant la moto, un bras en travers de son ventre, le coude de son autre bras appuyé dessus. Ses tatouages ajoutaient une couleur vibrante à sa peau impeccable. Sa main reposait sur son épaule dans une pose féminine et séduisante. Son menton était incliné vers le bas et elle regardait la caméra avec une pointe de provocation dans les yeux *et* sur les lèvres. Ses cheveux tombaient sur les épaules de sa bralette *Leather and Lace*, qui était assortie d'un pantalon en cuir avec des fermetures éclair argentées et des touches de dentelle et d'une paire de bottes en cuir à talons hauts.

— Bien vu. Elle a l'air coriace mais accessible, approuva Maddox.

— Elle a dans son regard, cet air *Allez, chéri, essaye-moi*, précisa l'un des gars.

Jace n'aima pas la façon dont il le prononça ces mots. Il devait avoir l'air agacé parce que le gars marmonna un *Désolé*.

— J'en commande un pour chez moi, lança un autre. Il se pencha en avant avec une expression taquine. Je sais qu'on ne peut pas mélanger le travail et le plaisir, mais ne pourrais-tu pas faire une exception juste pour cette fois ?

Jamais de la vie. Jace en avait *assez* d'entendre des commentaires et des insinuations sur Dixie. De plus, il était également de plus en plus irrité par les regards inquiets que Maddox lui lançait. Il plissa les yeux et pointa le gars du doigt.

— *Toi. Tu dégages. Tout de suite*, dit-il d'une voix très sérieuse, ne laissant aucune place à la négociation.

Le gars se figea comme un cerf pris dans les phares, comme tout le monde dans la pièce. Le regard du jeune homme se dirigea vers la droite, puis vers la gauche, ses lèvres s'agitant comme s'il s'attendait à ce que ce soit une blague, attendant que les autres rient.

— Désolé, Jace. Je ne voulais pas te manquer de respect. C'était une blague.

— Le fait que tu aies besoin de te justifier devrait te prouver à quel point tu étais à côté de la plaque.

Jace regarda la porte, le congédiant.

Une fois que le type eut quitté la pièce, une tension sous-jacente subsista. Le personnel était mal à l'aise et Maddox arqua un sourcil, comme s'il essayait de comprendre pourquoi Jace avait soudainement réagi à ce qui s'était passé toute la journée. Ou peut-être était-il amusé, au cas où Jace l'emmerderait plus tard.

— C'est quoi la suite ? lui demanda fermement ce dernier.

— J'ai quelque chose à vous dire, déclara Leni Steele. Elle était vive comme l'éclair et avait été parfaite quand elle avait recommandé Hawk. Je viens de recevoir un e-mail de Shea. Il est prévu que Jillian Braden participe à la *Fashion Week* et après avoir tiré quelques ficelles, ils ont réussi à inclure la ligne *Leather and Lace* !

Il y eut un tonnerre d'applaudissements.

Jace leva sa main et les acclamations se calmèrent. Il regarda Maddox.

— Depuis quand les défilés de mode font-ils partie du lancement ?

— J'ai parlé à Shea ce week-end pendant que tu voyageais, expliqua Maddox. Ça ne faisait pas partie du plan de lancement original, mais elle pense que ça va rendre notre ligne de vêtements plus populaire.

— C'est super, mais Dixie n'a pas signé pour faire des défilés de mode.

Et il ne voyait personne d'autre pour représenter la marque.

— Oh, ce n'est pas un problème, les rassura Leni. Shea a une douzaine de mannequins prêts à faire le défilé et si nous lui donnons notre accord, elle pense pouvoir utiliser cela pour faire entrer la collection dans deux autres défilés de mode importants.

— Ça pourrait être énorme, déclara l'une des autres femmes.

— Je me fiche de savoir à quel point ça pourrait être énorme, dit fermement Jace. Nous avons signé avec Dixie Whiskey pour représenter *Silver-Stone* et ce n'est pas rien.

— Avec tout le respect que je te dois, dit Leni, je ne pense même pas qu'il soit possible pour un mannequin de faire un défilé de ce calibre.

— Sans compter qu'elle n'est *pas* mannequin, lui rappela Maddox.

— Refuser reviendrait à se couper l'herbe sous le pied, insista Leni. C'est impossible de participer à la *Fashion Week* si tard dans la saison. Ils ne font presque jamais…

— Je sais à quel point c'est important, interrompit Jace. Ça ne change rien au fait que je n'aime pas cette idée.

— Jace. Maddox le fixa du regard. Sois raisonnable.

Comment pouvait-il être raisonnable alors que son esprit était bousillé au-delà du raisonnable ? Il se leva et fit les cent pas devant les fenêtres.

— Sortez, exigea-t-il. J'ai besoin d'une minute, seul avec Maddox.

Alors que les autres rassemblaient leurs affaires et sortaient de la pièce, Jace essayait de garder la tête droite, une tâche impossible.

Maddox ferma la porte et croisa les bras, regardant Jace marcher comme un lion en cage.

— Tu te comportes comme un bleu et tu ne fais que râler depuis notre rencontre à Boston la semaine dernière. Je te dirais bien de prendre ta journée mais on signe l'accord à dix-sept heures. Je pense que tu ferais mieux de me dire ce qui se passe.

Il regarda l'homme qui avait été là pour lui depuis qu'il était un gamin arrogant, son brillant mentor qui s'était transformé en un ami fidèle et un partenaire commercial de confiance. Pour la première fois depuis le début de leurs relations, Jace était à court de mots. Il se laissa tomber sur une chaise.

— Nous devons parler. Je suis foutu…

CHAPITRE 18

MERCREDI MATIN DIXIE était assise sur une chaise Adirondack à l'arrière du cottage qu'elle avait loué, contemplant la baie de Cape Cod avec un livre sur les genoux et quelques heures à tuer avant l'exposition de Justin à la galerie. Elle avait prévu de les passer à cet endroit précis, avec le soleil qui lui réchauffait les joues, le clapotis de la baie sur le rivage et les bruits des familles sur la plage qui montaient le long de la dune avec la brise de l'après-midi. Sa mère avait eu raison. Venir au Cap plus tôt lui avait donné l'espace dont elle avait besoin pour essayer de faire le vide dans sa tête, même si cela n'avait pas affecté la douleur dans son cœur. Elle avait décidé de ne pas s'arrêter à Mystic et avait conduit plus de dix heures jusqu'à sa destination finale. Elle s'était installée dans l'adorable cottage avec une seule chambre le lundi soir puis elle s'était apitoyée sur son sort le restant de la nuit. Mais la veille, au matin, elle avait reçu un coup de pouce dans la bonne direction alors qu'elle marchait le long des dunes et que la fille de Daphne, Hadley, âgée de presque deux ans était venue lui rendre visite.

Daphne et sa fille vivaient au-dessus des bureaux de la station balnéaire. Elles étaient en route pour prendre le petit-déjeuner avec leurs amis, qui possédaient l'auberge Summer House, la propriété voisine, lorsque Hadley avait repéré Dixie et avait fait un détour dans sa direction. Hadley s'était accrochée à elle avec un air sérieux sur son adorable visage. Apparemment, la charmante petite fille ne souriait pas très souvent. Daphne avait invité Dixie à se joindre à elles pour un petit-déjeuner avec leurs amis et elle avait présenté Dixie à d'autres femmes qu'elle connaissait grâce à leurs discussions en ligne et par vidéos dans le cadre du club de lecture. Elle avait également fait la connaissance de quelques-uns des compagnons de ces femmes et il était évident que ces couples étaient heureux. Dixie avait espéré trouver ce genre de bonheur avec Jace et elle s'était sentie retomber dans un abîme obscur. Ce fut à ce moment-là, alors qu'elle était assise avec ses nouveaux amis, avec la douce petite Hadley au visage sérieux sur ses genoux, que la petite fille l'avait surprise avec un sourire. Le cœur de Dixie avait fondu, lui faisant comprendre à quel point elle voulait fonder sa propre famille. Elle avait compris que la vie était trop courte pour se complaire dans le chagrin et s'était jurée une fois de plus d'essayer de trouver un moyen d'accepter le fait que Jace et elle, c'était *fini* et de passer à autre chose.

Cela aurait été différent s'il lui avait menti ou s'il l'avait trompée ensuite pour lui briser le cœur, mais il n'avait fait aucune de ces choses. Même si elle n'était jamais capable d'aimer un autre homme, elle ne pouvait pas se permettre d'être éternellement malheureuse à cause de ses *propres* erreurs. Elle s'était forcé la main la veille et s'était donné un coup de pouce dans la bonne direction. Au lieu de se fermer au monde, elle avait appelé sa tante Reba, la soeur de son père, pour lui dire qu'elle était arrivée en avance en ville et qu'elle voulait passer du temps avec elle. Cette dernière ressemblait beaucoup à la mère de Dixie : elle était forte, aimante et ne supportait pas les conneries. En tant que femme d'un Dark Knights, il ne pouvait en être autrement. Sa tante lui avait dit : *N'en dis pas plus, ma puce. Ramène tes fesses par ici.* Il se trouvait que les propos de sa mère sur la vente aux enchères et la nomination de Dixie en tant qu'égérie de *Silver-Stone* avaient rapidement fait le tour de sa famille. Ce fut aussi excitant que difficile de revivre ces événements avec ses cousins et ses amis, mais elle avait passé le reste de la journée entourée par sa famille et cela avait été le remède parfait pour son cœur endolori.

Jusqu'à ce qu'elle regagne le cottage et que le silence ne s'abatte sur elle.

Elle avait passé la soirée à regarder les photos qu'elle avait apportées avec elle. Une photo de Jace, sa préférée parmi celles que Hawk avait prises, sur laquelle il était appuyé contre le mur et parlait au téléphone et une photo de sa famille et de ses amis. Elle avait d'abord admiré la photo de Jace jusqu'à ce qu'il lui manque tellement qu'elle en avait mal à la poitrine. Puis, pour apaiser la douleur, elle avait regardé la photo de sa famille et de ses amis prise à l'hôpital la nuit où Maggie Rose était née. Cette photo avait toujours réussi à la rendre heureuse. Elle savait que c'était une erreur d'avoir apporté la photo de Jace avec elle mais elle *n'*essayait *pas* de *l'oublier*. Elle essayait seulement de se faire à l'idée de redevenir des amis et non des amants. La vérité était qu'elle espérait ne jamais oublier une seule seconde de leur temps passé ensemble.

Ce cycle interminable, qui consistait à se planter un poignard dans le cœur puis à apaiser la blessure pour ensuite se poignarder à nouveau, avait duré jusqu'à ce qu'elle s'endorme en serrant l'oreiller comme si c'était Jace.

Toute la nuit avait été pourrie, c'est pourquoi elle avait essayé une autre tactique ce matin-là : se perdre dans le roman d'amour que lisait son club de lecture. En fait, ça marchait, du moins une partie du temps. Elle se laissa entraîner dans l'histoire, ce qui était une excellente distraction, mais ensuite elle arriva à une scène sexy et remplaça immédiatement le héros et l'héroïne par Jace et elle-même. Cela l'excitait et l'ennuyait, ce qui la ramenait à la vraie vie et puis, inévitablement, à la tristesse.

Une rafale d'air salin balaya la dune. Dixie replaça une mèche de cheveux derrière son oreille et reprit le livre, plongeant dans sa prochaine diversion.

PASSER LA JOURNÉE à lire au soleil avait aidé à apaiser la tension qui avait été la compagne constante de Dixie ces derniers jours. En sirotant son verre de champagne à l'exposition de Justin plus tard dans la soirée, elle était heureuse de ce répit, même si elle savait qu'elle retomberait dans la tristesse dès son retour au cottage. Elle était à la galerie depuis des heures et il n'y avait toujours pas de places libres. Les Dark Knights étaient venus en masse, tout comme les habitants du quartier et les touristes. Les sculptures de Justin remportèrent un grand succès et ce fut merveilleux de le voir mis à l'honneur par tant de personnes. Justin était incroyablement talentueux mais ses œuvres d'art avaient toujours fait chavirer le cœur de Dixie. Chaque œuvre avait l'air un peu *torturée*, comme celle devant laquelle Dixie se trouvait maintenant, représentant une femme nue, sans bras, allongée sur le dos au-dessus de ce qui semblait être des vagues. Sa tête était inclinée vers l'arrière, ses yeux fermés, ses traits délicats magnifiquement travaillés. D'épaisses lanières de pierre s'enroulaient autour de son buste et de ses jambes comme un python serrant sa proie. Elle regarda une autre œuvre à quelques mètres de là, une énorme sculpture d'un visage féminin émergeant de la pierre ébréchée et modelée. Ses lèvres et son nez étaient lisses, raffinés et bien définis, mais la zone allant de la pommette de sa joue droite à l'arête de son nez semblait avoir été brisée, comme si la femme avait été battue et que cette partie de son visage s'était effondrée en morceaux. Ses autres sculptures étaient tout aussi intéressantes et puissantes.

Dixie posa son verre vide sur un plateau et jeta un coup d'œil à travers la pièce pour voir Justin entouré d'une ribambelle de jolies femmes. Tous les frères Wicked étaient grands et costauds, même Justin. Bien qu'il ait été adopté, on aurait dit qu'il était issu de la même famille. Comme la plupart des Dark Knights, ils étaient durs, insolents et téméraires.

Justin lui jeta un coup œil et son célèbre sourire diabolique se dessina sur son beau visage. Il leva le menton, se retira de son harem et se dirigea vers Dixie. Justin ne marchait pas, il *se pavanait*. Il était large d'épaules, arborait de nombreux tatouages et selon son humeur, il était soit arrogant et enjoué, soit il avait une hargne de la taille de l'Antarctique, ce qui allait bien avec ses yeux bleu glacial. Ses cheveux bruns donnaient toujours l'impression qu'il venait de s'envoyer en l'air avec quelqu'un et sa barbe était courte et soignée.

Il se rapprocha d'elle.

— Hey, Dix. Quel est ton œuvre préférée ?

— Je dirais celle-là. Elle désigna la femme emmêlée comme une proie. Mais tu sais que je les aime toutes. Laquelle tu préfères ?

Son regard se porta sur Chloe Mallery, la blonde à l'allure royale tenant une flûte à champagne à l'autre bout de la pièce. La jeune femme avait créé le club de lecture avec Daphne. Dixie la connaissait par le biais de leurs discussions et elle l'avait rencontrée en personne au petit-déjeuner hier. Chloé était drôle, vive et *certainement* le genre de femme qui pouvait mettre Justin face à ses conneries, ce qui était logique puisqu'elle avait dit aux filles du club de lecture qu'elle ne sortirait jamais avec *un bad boy*. Elle était *aussi* accompagnée de quelqu'un, qu'elle avait rencontré sur une appli de rencontres.

— *Elle* est au courant ? demanda Dixie.

Chloé lança un regard avant que Justin ne réponde et la distance entre eux s'enflamma pratiquement avant que ses joues ne rosissent et qu'elle ne se détourne.

— A toi de me le dire, déclara Justin avec arrogance.

Dixie rit.

— Tu la connais bien ?

— Assez bien pour savoir qu'elle doit être torride au lit.

Justin finit son champagne. Dixie leva les yeux au ciel.

— Alors, tu sais qu'elle ne sortira pas avec un biker.

— Cette histoire de joli garçon style poupée Ken, c'est juste une phase. Elle en aura bientôt assez de traîner avec des gars qui en sont encore aux stades d'avoir des petites roulettes à leur vélo. Quand elle sera prête pour un vrai mec, je serai là pour l'accueillir au club.

— Bonne chance, dit Dixie, alors que Zander, un des jeunes frères de Justin, les rejoignit.

— Hé, Zan, s'exclama Justin, en tapant son poing contre celui de son frère.

— Super exposition, déclara Zander, un regard plein de malice et il fit un signe de tête vers la porte où leur frère Zeke parlait avec deux jolies brunes. Zeke et moi allons sortir. On se retrouve au Hog plus tard, ok ?

Leur tante et leur oncle possédaient un restaurant-bar appelé le Salty Hog et ils organisaient une grande fête en l'honneur de Justin après l'exposition.

Le visage de Justin devint sérieux.

— Absolument. Qui sont ces filles ?

— Des touristes.

Zander haussa les sourcils. C'était le playboy de la famille et il avait le chic pour chercher les ennuis.

Justin fronça les sourcils.

— Tu les traites bien, tu m'entends ?

— C'est mon mode de fonctionnement, mon frère.

— Dix, excuse-moi une minute.

Il saisit la manche de la chemise de Zander et le traîna loin.

Dixie ricana car c'était l'hôpital qui se moquait de la charité. Elle aperçut Madigan qui venait vers elle et la salua. Cette dernière avait une vingtaine d'années, c'était la plus jeune de la fratrie de Justin. Avec des cheveux acajou et ondulés, des yeux de la couleur d'un ciel de printemps, elle était aussi douce et légère que ses frères étaient costauds et musclés.

— Qu'est-ce que mon frère a encore fait ? demanda Madigan, en regardant Justin faire la leçon à Zander.

— C'est du Zander tout craché.

— Je vois que rien n'a changé pendant mon absence.

Madigan était une marionnettiste et une créatrice de cartes de vœux. Elle était revenue au Cap quelques semaines auparavant, après avoir passé plusieurs mois à parcourir le pays pour son entreprise de marionnettes.

— As-tu rencontré Gavin, l'ami de Justin, avant son départ ? Cet homme est *charmant*, n'est-ce pas ?

Dixie avait vu ce grand et bel homme à la coupe nette et aux yeux vert rusé qui avait attiré l'attention de toutes les femmes dans un rayon de cent mètres.

— Il est sexy, mais trop propret pour moi.

— J'oubliais, tu aimes les garçons sauvages.

— *Les hommes*, Mads, rectifia Dixie alors que deux des cousins barbus et musclés de Madigan, Tank et Baz Wicked, passaient la porte, attirant les regards de presque toutes les femmes présentes.

Tank était l'aîné des trois cousins Wicked de Madigan et du haut de son mètre quatre-vingt-dix, il était également le plus grand. Il avait des cheveux noirs, un corps recouvert de tatouages et de plusieurs piercings. Comme d'habitude, il portait sa veste en cuir avec le patch des Dark Knights. Il dépassait de quelques centimètres Baz, un beau vétérinaire qui dirigeait un refuge pour animaux avec leur plus jeune frère, Dwayne. Bien qu'ils ne soient pas apparentés à Dixie par le sang, leur père et celui de Madigan étaient frères, ils formaient tous une grande famille grâce aux Dark Knights.

Baz salua une femme à la porte en la serrant dans ses bras tandis que Tank se dirigeait vers Justin. Baz avait de longs cheveux blonds foncés et des yeux de chien battu. Les femmes en ville le qualifiaient *de mari idéal*. Mais Baz avait d'autres projets en tête.

— Je suis ravie que Tank ait pu venir, déclara Dixie. Comment va-t-il ?

Tank ne se trouvait pas dans les parages la veille, alors qu'elle avait rendu visite à ses cousins et à sa famille et elle s'inquiétait pour lui. Il y avait quelques années de cela, leur jeune sœur, Ashley, s'était suicidée. Bien qu'il ait fallu beaucoup de temps à tout le monde pour surmonter la mort d'Ashley, Dixie savait que certains des Wicked n'avaient pas encore totalement fait leur deuil, Tank y compris.

— Il essaie toujours de sauver le monde, expliqua Madigan.

Peu de temps après le décès de sa sœur, Tank s'était engagé chez les pompiers, se donnant pour mission de sauver tout le monde.

— Je suppose que c'est une bonne chose.

— L'espoir fait vivre. Mais qui peut en être sûr, hein ? Tu connais Tank. Il n'est pas du genre à s'épancher, répondit-elle alors que celui-ci se frayait un chemin dans la foule pour aller dans leur direction.

Dixie était heureuse de voir un sourire se dessiner sur ses lèvres lorsqu'il les rejoignit, même si la profonde douleur dans ses yeux persistait.

— Eh bien, quel plaisir de te voir, *Chili Pepper*, dit Tank en passant un bras sur l'épaule de Dixie, la serrant dans ses bras. Il sentait le cuir et le grand air et il avait toujours appelé Dixie *chili pepper*.[5] Quand ils étaient jeunes, il l'avait d'abord surnommée *Red*, mais la mère de Dixie l'avait rapidement stoppé.

— Je pourrais en dire autant, répliqua Dixie.

Tank garda son bras autour de son cou.

— J'ai une chaise avec ton nom dessus dans mon salon. Tu vas me laisser te tatouer pendant que tu es ici ?

En plus de faire du bénévolat en tant que pompier, Tank était propriétaire d'un salon de tatouages.

— Nous verrons bien. Je viens de me faire tatouer, il y a quelques jours.

Elle leur montra son nouveau tatouage.

— Oh ! C'est magnifique, dit Madigan.

Tank siffla, en l'étudiant.

— Beau travail de lignes. Qui l'a fait ?

— Un ami, répondit-elle en essayant d'ignorer l'accélération

---

[5] Il s'agit ici d'un jeu de mots avec le surnom de la mère de Dixie car elle est rousse et le Chili Pepper, qui fait référence à un piment. Ce surnom fait donc référence au caractère bien trempé de notre héroïne.

de son pouls.

— J'ai entendu dire que tu étais devenue top model. Tank se rapprocha. Et que tes frères ont failli avoir un infarctus l'autre soir à la vente aux enchères.

— C'était intéressant, c'est sûr, dit Dixie doucement.

— Je le concède. Jace Stone a *un sacré cran*, affirma Tank. Je suppose qu'il te voulait vraiment pour ce calendrier.

Un nœud se forma dans la poitrine de Dixie.

— Je connais Jace, du festival *Bikes on the Beach*, depuis que je suis haute comme trois pommes.

Madigan mit sa main à environ soixante centimètres du sol. Cet homme est meilleur que du beurre de cacahuètes croustillant.

Tank se renfrogna.

— Et il est assez vieux pour être ton *père*.

— Je ne veux pas *sortir* avec lui. Je dis juste qu'il est sexy. Bref, Dix, je suis *si* fière de toi ! dit Madigan. Tu as eu le courage de tenir tête à tes frères et à ton père comme ça. Ta mère a dit à la mienne qu'elle n'avait jamais été aussi fière de toi. Je ne pourrais *jamais* faire un truc pareil.

Tank haussa un sourcil noir épais.

— Il faudrait que tu restes dans le coin assez longtemps pour qu'ils te fassent passer un mauvais quart d'heure d'abord, Mads.

— Ah, Tanky, est-ce que j'ai manqué à mon grand cousin pendant mon absence ?

Madigan mit ses bras autour de lui, le serrant très fort.

— En plein dans le mille, confirma Tank.

Madigan afficha un sourire moqueur.

Tank gloussa.

— Je vais me chercher un verre. Vous voulez quelque

chose ?

— Non merci, répondirent Dixie et Madigan en même temps.

Alors que Tank s'éloignait, Madigan jeta un coup d'œil autour de Dixie.

— Alors, Dix, combien de rencards obtient-on avec 40 000 dollars ?

— *Un seul.* Pourquoi ?

— Parce que quelqu'un te mate comme s'il était venu réclamer son dû.

Madigan lui indiqua la porte.

Dixie se retourna, perdant l'équilibre à la vue de Jace qui traversait la galerie d'un pas décidé, les yeux rivés sur elle. Elle agrippa le bras de Madigan pour se stabiliser, se demandant ce qu'il faisait là et pourquoi il avait l'air en colère.

JACE FENDIT LA FOULE en direction de Dixie, qui était superbe dans une mini-jupe noire sexy, un débardeur blanc habillé et les bottes en cuir dont elle ne semblait jamais se départir. Elle semblait inconsciente des autres types dans la galerie qui la regardaient, mais ce n'était pas le cas de Jace. La pression dans ses tripes le rongeait. Sa mâchoire tressaillait, comme si elle ne savait pas si elle devait montrer ses dents ou sourire.

— Salut, Jace, lança Madigan avec enthousiasme, se penchant pour un câlin. Je ne savais pas que tu étais en ville.

— Moi non plus, répliqua Dixie. Qu'est-ce que tu fais ici ?

— Des affaires à régler, déclara Jace d'un ton aussi neutre

que possible, tous les muscles de son corps étant tendus.

Dixie mit sa main sur sa hanche, levant son menton.

— Bien sûr. Sinon, pourquoi serais-tu là ?

— *Bon sang*, Dix. Madigan lui jeta un regard désapprobateur.

Vu la façon dont Jace s'est approché de toi, j'ai cru qu'il était venu réclamer un second rendez-vous en échange de l'argent qu'il avait dépensé à la vente aux enchères.

— J'ai déjà payé cette dette, dit froidement Dixie.

Jace serra les dents et contrôla rapidement son expression.

— Tu as peut-être payé ta dette mais nous avons encore des affaires à régler. Il saisit le bras de Dixie, la sentant se raidir. Si tu veux bien nous excuser une minute, Madigan.

Il conduisit Dixie vers la porte, tandis qu'elle l'apostrophait à voix basse, en colère.

— Qu'est-ce que tu fous ? Je croyais que tu étais censé être à Los Angeles. Réponds-moi, Jace. *Jace* ?

Elle était tellement en colère et même s'il ne savait pas à quoi s'attendre, il ne s'attendait pas à *cette* réaction-*là*. Avait-il fait une erreur en venant ici ? Après avoir traversé le pays en avion de Los Angeles à New York, récupéré sa moto et conduit jusqu'au Cap, il était épuisé et ne se sentait pas capable de ne pas lui répondre, alors il se mordit la langue en franchissant la porte.

— *Jace* ! s'emporta-t-elle alors qu'il l'emmenait à l'extérieur et sur le côté du bâtiment, où ils pourraient être seuls. Elle se dégagea de son bras, respirant difficilement, de la colère et de la confusion dans le regard. *Qu'est*-ce qui se passe ? Tu ne peux pas me traîner loin de l'exposition de Justin comme si je t'appartenais.

Il avait le sentiment de se briser et en même temps, la colère couvait en représailles à cette douleur. Malgré la guerre qui faisait rage en lui, il se rapprocha, désireux de retrouver la connexion qui l'avait conduit là.

— Tu es tellement *en colère*, dit-il d'un ton bourru. Et me voilà, Dix, après beaucoup trop de jours de torture et de nuits d'enfer, *enfin* face à la femme qui a envahi chacune de mes pensées, avec l'impression de pouvoir respirer pour la première fois depuis que tu as quitté New York.

Son expression se radoucit et on aurait dit qu'elle allait dire quelque chose, mais aucun mot ne sortit.

— Dis-moi que je n'ai pas fait une erreur en mettant mes obligations professionnelles entre parenthèses pour être avec toi cette semaine. Il toucha sa main, son cœur martelant contre ses côtes. Putain, Dix. Dis *quelque chose.*

Elle cligna des yeux plusieurs fois.

— Je... je ne sais toujours pas ce que tu fais ici. Tu sais ce que je ressens.

— Je sais bien. Je t'ai déjà dit que j'entends tout ce que tu dis, mais aussi ce que tu ne dis pas. J'ai écouté tout ce que tu as dit à Peaceful Harbor et même si ça m'a tué de le faire, j'ai fait ce que tu as demandé et je suis parti. Mais bon sang, Dixie, ce sont les paroles que tu n'as pas prononcées qui m'ont poussé à reporter les réunions, à traverser le pays en avion pour être ici avec toi. Je sais que je te manque autant que tu me manques.

Il la prit dans ses bras, soulagé qu'elle ne se raidisse pas.

— Je sais que tu as besoin de promesses et tu sais que je suis un homme de parole. Je ne dépends de personne depuis si longtemps, je ne peux pas me tenir ici et te promettre quelque chose que je ne suis pas sûr de pouvoir te donner. Mais tu es la *seule* chose à laquelle je peux penser. À ce que tu fais, à qui tu es, à me demander si tu penses à moi. La douleur que j'ai vue dans tes yeux quand je suis venu te voir me ronge. Je ne veux plus jamais revoir ce regard et bon sang, Dix, tu es tout ce que je vois quand je ferme les yeux. Quand je monte sur ma moto, je *sens* tes bras autour de moi. Et si ça ne montre pas à quel point tu m'as embrouillé la tête, alors ça le fera. Quand je suis rentré chez moi à Los Angeles, où tu n'as *jamais* mis les pieds, j'ai ressenti ton absence comme s'il me manquait un membre.

— Jace, murmura-t-elle, tremblante.

Sa lèvre inférieure frémissait, mais il fallait qu'il se livre.

— Je ne peux pas te promettre qu'on sera ensemble la semaine prochaine ou pour toujours, mais je suis là *maintenant.* Si je te plais toujours et je pense que c'est le cas parce que ce que nous partageons est trop puissant pour disparaître, alors je suis à toi pour le reste de la semaine. C'est *un premier pas* Dixie et c'est le mieux que je puisse faire pour le moment. Dieu sait que c'est le grand saut pour moi avec une femme. Ce que je *peux* te promettre, c'est que je n'ai aucun intérêt à être avec quelqu'un d'autre et que je ferai tout ce qui est en mon pouvoir pour ne plus te faire de mal. C'est à toi de choisir. Je n'ai pas dormi de la nuit et je suis sûr que je ne suis pas aussi éloquent que tu le mérites, mais j'espère avoir été assez clair…

— Ça me *suffit,* s'exclama-t-elle, les larmes aux yeux, en pressant ses lèvres contre les siennes.

Comme un homme affamé devant un repas, il reprit une dose avec avidité. Elle était le remède à son angoisse, l'oxygène dont il avait besoin pour respirer. Lorsqu'elle fondit contre lui, lui rendant ses baisers avec toute la passion et l'intensité dont il se souvenait, les morceaux enchevêtrés et brisés en lui commencèrent à se remettre en place. Il ralentit leurs baisers, savourant leur proximité et remerciant les cieux qu'elle lui donne une autre chance.

CHAPITRE 19

POUR LA PREMIÈRE fois de sa vie, Dixie se sentit *étourdie.* Elle savait à quel point c'était un grand pas pour Jace de mettre son travail de côté même pour quelques jours, mais de là à venir la retrouver ? De lui promettre ne serait-ce qu'un *essai* ? Il leur donnait une *vraie* chance. Elle se souvenait de ce qu'il avait dit à propos de son manque de confiance vis à vis des femmes et cela rendait ce qu'il avait fait et toutes les choses qu'il avait dites, encore plus douces. Plus ils s'embrassaient, plus il remplissait les espaces vides qu'il avait laissés derrière lui.

Il posa son front contre le sien.

— Mon Dieu, ce que tu m'as manqué, murmura-t-il.

— Je n'arrive pas à croire que tu aies tout mis de côté pour être avec moi.

— Crois-moi, Dix. Je ne pouvais pas rester loin de toi un jour de plus. Je sais que je ne suis pas parfait mais je fais de mon mieux. Il prit sa main dans la sienne. On peut sortir d'ici ? Aller quelque part pour être seuls ?

Son esprit lui criait oui, mais elle ne pouvait pas se soustraire à une obligation.

— Je le veux plus que tout mais les cousins de Justin lui organisent une grande fête au *Salty Hog* et j'ai promis d'y aller.

— Alors direction le *Salty Hog*. Il l'embrassa tendrement. Ça va être l'enfer de ne pas pouvoir te caresser, ajouta-t-il.

Un frisson la parcourut.

— On est deux, alors.

— La semaine dernière m'a paru durer un mois. Je ne savais pas comment tu réagirais en me voyant arriver comme ça mais je devais venir.

— Tu m'as plutôt impressionnée.

Plutôt était l'euphémisme de l'année. L'homme qui ne courait pas après les gens et ne faisait pas de vaines promesses n'était pas seulement venu la chercher, mais il lui avait promis un nouveau départ. Une *nouvelle chance* ! Serait-elle un jour capable de penser à ces deux mots sans avoir le vertige ?

— Je suis fou de toi, Dixie. Merci de nous donner une chance.

Son cœur explosa.

— Où vas-tu loger ? demanda-t-elle, espérant qu'il resterait avec elle.

— Je n'y ai pas encore réfléchi. Je me suis dit que si les choses tournaient mal, j'irais dormir chez Jared à Truro.

— Je séjourne dans un joli cottage à Wellfleet et le lit est *bien trop* grand pour moi seule, dit-elle avec une innocence feinte. Je suppose que je peux faire avec, si tu veux rester chez ton frère.

Ses mains descendirent le long de son dos et il la serra contre son corps dur.

— Bien sûr, dans tes rêves !

LE TEMPS qu'ils se séparent, tout le monde avait quitté la

galerie et se dirigeait vers le bar. Ils firent un arrêt rapide au cottage de Dixie pour déposer sa Jeep et le sac de Jace, échangeant des dizaines de baisers torrides, puis ils allèrent rejoindre les autres pour la fête.

Le *Salty Hog* était un restaurant et un bar à deux étages à Harwich Port, avec vue sur le port. Il y avait le restaurant au rez-de-chaussée et un bar à l'étage. Il appartenait aux parents de Tank depuis toujours et d'aussi loin que Dixie s'en souvienne. Elle avait de bons souvenirs de sodas sirotés sur la terrasse arrière avec ses cousins et les autres familles des Dark Knights quand ils étaient jeunes. Les plus grands gardaient un œil sur les plus petits pendant que les parents dansaient et s'amusaient à l'étage, où il y avait des tables de billard, des fléchettes et presque toujours un groupe de musique. À la différence du *Whiskey's*, qui s'adressait principalement aux motards, le *Salty Hog* était le repaire préféré des habitants et des touristes de tous horizons. Ce soir-là, pour la fête en l'honneur de Justin, les motos étaient plus nombreuses que les autres véhicules sur le parking.

Jace laissa sa main dans le bas du dos de Dixie alors qu'ils montaient les escaliers, ses yeux sombres observant tout ce qu'ils voyaient. Son enthousiasme s'était calmé pour devenir une vibration constante, même si elle essayait de tempérer ses attentes. Elle n'avait jamais réalisé à quel point il était facile de se laisser emporter par un geste aussi significatif de la part d'un homme. *Tout* était différent entre eux. *Elle* se sentait différente, moins obligée de se défendre et de protéger son cœur. Non seulement il avait *entendu* chaque mot qu'elle avait prononcé, mais il avait agi en conséquence, la faisant se sentir plus que spéciale, comme s'il allait, lui aussi, protéger son cœur maintenant.

C'était un sentiment incroyable. Elle était fière d'être avec lui quand ils entrèrent dans le bar bondé.

— Dixie ! Jace !

Madigan leur fit un signe de la main de là où elle se tenait à une table, entourée de ses quatre frères et de ses trois cousins Wicked.

Le bras de Jace entoura la taille de Dixie, la rapprochant de lui alors qu'ils se dirigeaient vers la table. Justin, Madigan et Tank les regardèrent avec curiosité.

— Jace, mon pote. Merci d'être venu, dit Justin en remplissant deux shots. La star de la soirée tendit les verres à Dixie et Jace et agita son doigt entre eux. C'est *nouveau*. J'ai raté quelque chose ces derniers temps ?

Tous les hommes autour de la table gloussèrent.

— Je le savais ! s'exclama Madigan, les yeux écarquillés de plaisir. Je voyais bien, à la façon dont tu regardais Dixie, qu'il y avait quelque chose entre vous deux.

Tank regarda Jace par-dessus le rebord de son verre.

— Tu récupères les 40 000 dollars gagnés aux enchères, Stone ?

— Absolument *pas*, répondit Jace d'un ton bourru, en serrant Dixie plus fort.

— Hé. Dixie désigna le clan Wicked amusé. Arrêtez vos conneries. C'est *ma* vie et je n'ai pas pris position à la vente aux enchères pour me faire chahuter par vous, bande de crétins. Si j'entends *le moindre mot* de l'un d'entre vous à ce sujet maintenant, ou de ma famille à la maison, je vous traquerai et vous le ferai regretter. Pas un mot, *compris* ?

Tous les hommes levèrent leurs mains en signe de reddition, sauf Tank. Ses yeux restèrent fixés sur Jace et Dixie, s'adoucissant seulement lorsque Dixie lui lança un regard rassurant.

Dwayne siffla.

— Reculez, les gars. Dixie est dans la place.

— On sait qu'il vaut mieux ne pas se mettre sur ton chemin, déclara Baz avec en faisant un clin d'œil.

— Donnez-moi de quoi boire et je ne me souviendrai même pas de ça demain, affirma Zander, puis il engloutit son verre.

— Vous avez entendu la dame. Justin afficha un sourire. Ce qui se passe au Hog reste au Hog !

Il y eut des acclamations et de l'agitation alors que les hommes remplissaient leurs verres pour un autre shot.

— J'étais sur le point de les faire taire, dit Jace à Dixie. Mais c'était *sexy*.

— Je devais couper court à tout ça. Tu leur donnes un petit doigt et ils te prennent un bras.

Elle fit tinter son verre avec le sien et ils burent leur verre.

Justin souleva une bouteille pour remplir leurs verres.

— Plus rien pour moi. Jace posa son verre sur la table. Je transporte une précieuse cargaison, ce soir.

Dixie se pâma et surprit un soupir rêveur de Madigan.

— Tu es un type bien, conclut Justin. Dix ? Tu es partante ?

— Non, merci.

Elle ne buvait pas quand elle prenait le volant *et en plus*, elle voulait être sobre pour profiter de chaque seconde de sa nuit avec Jace.

— À Justin ! cria Blaine, le frère aîné de Justin, et une nouvelle ovation retentit.

— Je ne bois pas non plus, déclara Madigan. Vous êtes si mignons tous les deux. Depuis combien de temps sortez-vous ensemble ?

— Jace !

Une brune à l'allure exotique portant une robe à fleurs se

fraya un chemin dans la foule, poussa un cri et se jeta dans les bras de ce dernier.

La poitrine de Dixie se serra quand Jace souleva la petite femme sexy du sol. *Tu as une conquête dans chaque ville ? Parce que je n'ai pas signé pour ces conneries.* Elle lutta contre l'envie d'arracher la femme des bras de *son* homme.

Quand les talons hauts de la femme touchèrent le sol, elle sourit à Madigan et Jace attrapa Dixie, la rapprochant de lui, de manière possessive.

— Marly, voici ma copine, Dixie.

— Ta *copine* ? Le visage de Marly s'illumina. Elle se tourna vers Madigan. Mads ? C'est vrai.

Dis-moi que c'est vrai !

Madigan rit.

— Je confirme que Jace et Dixie sont ensemble mais ils ne veulent pas en parler.

— *Les filles…* Marly attrapa les bras de Dixie et de Madigan. Il faut qu'on parle.

Alors que Marly les éloignait de Jace, Dixie le regarda pardessus son épaule. Il levait les mains en l'air en s'excusant.

— N'espère pas qu'il t'aide. Ça fait huit ans que je connais cet homme et pas *une seule fois*, il n'a amené une fille. Alors tu as des explications à donner, ma poulette.

— Je pourrais dire la même chose *de toi*. Dixie dégagea son bras et posa sa main sur sa hanche. Elle ne *chercha* même pas à se contenir. T'es une ancienne conquête ? Parce que je ne supporterai pas ces conneries ou de me réjouir et de te prendre dans mes bras si tu as couché avec mon mec.

— Oublie l'explication. *Waouh.* J'ai compris, dit Marly avec un sourire entendu.

— T'as vu ? demanda Madigan alors qu'ils se rassemblaient

autour d'une table haute. Ils vont parfaitement ensemble. Mais on n'en parle *pas*.

— Compris et pour répondre à ta question, Dixie, non, je ne suis pas une ancienne conquête de Jace. L'expression de Marly devint sérieuse. La première fois que j'ai rencontré Jace, c'était à Bikes on the Beach, presque deux ans après que mon grand frère Paul ait été tué.

L'estomac de Dixie se tordit.

— Oh, Marly. Je suis vraiment désolée.

— Merci, répondit-elle gentiment. Il faisait une balade sur la moto de son copain et il ne portait pas de casque. Il a été projeté et est mort sur le coup. Il n'aurait pas dû être sur la moto. Il n'en avait jamais fait avant, mais les jeunes de vingt ans ne réfléchissent pas toujours. Elle soupira, la douleur envahissant son visage. J'avais dix-huit ans quand Paul est mort et ça m'a pratiquement détruite. Je voulais faire en sorte que d'autres familles ne traversent pas la même épreuve, alors j'ai lancé le programme *Head Safe* pour la sécurité des motards.

— C'est toi qui as lancé ce programme ? Dixie en avait entendu parler. C'est un cours obligatoire dans le cadre des exigences du permis moto dans la ville où je vis.

— Ça a été une grosse affaire quand c'est devenu national, expliqua Madigan. Nous sommes tous très fiers de Marly.

— Je suis contente d'avoir pu sensibiliser les gens à la gravité de la conduite sans casque.

Marly lança un coup d'œil à Jace, qui discutait avec quelques-uns des Dark Knights.

— J'ai rencontré Jace juste après avoir lancé le programme. J'étais une jeune fille naïve de vingt ans, complètement hors de ma zone de confort à Bikes on the Beach, debout près d'une table de jeu, essayant de distribuer des prospectus. J'étais beaucoup plus timide à l'époque et je n'avais jamais été entourée de gens comme eux. Elle désigna la foule de bikers, dont beaucoup étaient barbus, tatoués et qui portaient leurs cuirs. Personne ne faisait attention à moi, mais Jace s'est approché et a demandé un prospectus et je jurerais que mon cœur a failli cesser de battre. Il ressemblait tellement à Paul. Il était plus âgé, mais les similitudes étaient frappantes et j'ai perdu la tête. J'ai pleuré comme une idiote devant la seule personne qui me parlait vraiment. Jace ne me connaissait même pas, mais il m'a enveloppée dans ses bras et m'a tenue contre lui pendant que je pleurais. J'étais tellement gênée, mais il n'arrêtait pas de me dire “Quoi qu'il se passe, ça va aller”.

Une boule se logea dans la gorge de Dixie.

— Je dois aller chercher un pichet de soda, ou je vais pleurer. Madigan se dirigea vers le bar.

— Je l'adore.

— Elle est très gentille, comme toi, Marly. Je suis désolée de m'être emballée tout à l'heure. Je connais Jace depuis longtemps, mais notre relation est nouvelle et j'ai été jalouse. Mais je ne suis vraiment pas une sale garce jalouse.

Marly éclata de rire.

— Ce n'est pas grave. Jace est un gars spécial et ça vaut la peine d'être jalouse. Quand j'ai enfin cessé de pleurer ce jour-là et que je me suis expliquée avec lui, il s'est assis et on a parlé pendant deux heures d'affilée. Puis il a passé le reste de la journée et la suivante à distribuer des brochures pour le programme avec moi. Je ne savais pas qu'il était un gros bonnet de la communauté des bikers. Je pensais que c'était juste un gars sympa. Il a dit qu'il avait des sœurs et qu'il espérait que si elles se trouvaient dans la même situation, il y aurait quelqu'un pour les aider. Ce n'est que le dernier jour de l'événement, lorsqu'il est arrivé avec les grandes lignes d'une stratégie commerciale et d'un plan de marketing pour *Head Safe* et qu'il m'a guidée, que j'ai compris que ce gentil monsieur en savait beaucoup sur les affaires et les motos. J'ai fini par lui demander ce qu'il faisait dans la vie. Il m'a répondu qu'il travaillait pour *Silver-Stone*, mais il l'a dit avec tellement de nonchalance qu'il aurait pu être au bas de l'échelle. Il m'a mise en contact avec Alexander Gallow, le directeur marketing du siège de *Silver-Stone* à Los Angeles et m'a dit qu'il lui ferait parvenir une copie du business plan, ainsi qu'une liste de personnes du secteur que je pourrais contacter lorsque je serais prête. C'est à ce moment-là que j'ai fait une recherche Google sur Jace et que j'ai découvert qu'il était l'un des propriétaires de la société et bien sûr, j'ai été sidérée. Alexander a été une bénédiction, mais Jace est devenu mon ange gardien. Je n'ai jamais rencontré quelqu'un comme lui.

Moi non plus.

— Sans Jace, le programme n'aurait jamais vu le jour, dit Marly, ramenant les pensées de Dixie vers son histoire. Il a financé un projet pour le propager à tout l'État, puis m'a aidé à obtenir des fonds pour l'étendre à tout le pays. Et je suis sûre que tu sais comment il est. Il ne veut toujours pas me laisser faire quoi que ce soit en retour. Il dit qu'éduquer les gens, c'est sauver des vies et que c'est une récompense suffisante. Aujourd'hui encore, il m'appelle à l'occasion de l'anniversaire de la mort de Paul et il m'aide au stand pendant quelques heures chaque jour pendant le festival *Bikes on the Beach*. Il reverse vingt-cinq pour cent de chaque casque vendu par *Silver-Stone* au programme.

— C'est incroyable, dit Dixie, se sentant coupable d'avoir accusé Jace de gaspiller de l'argent aux enchères et de ne pas vouloir donner de son temps pour aider les autres. Maintenant, elle comprenait le peu de temps qu'il avait à donner et la façon dont il aidait déjà tant de personnes. Elle lui jeta un regard à travers la pièce, se demandant pourquoi il ne l'avait pas mise au courant.

Elle reporta son attention sur Marly.

— Toi aussi, tu es incroyable, Marly, pour avoir lancé un programme aussi génial. Je suis sûre que ton frère te sourit, fier de tout ce que tu as fait.

— J'aime à le penser, mais connaissant Paul, c'est lui qui a mis Jace sur mon chemin. C'était vraiment un bon frère. Il me manque.

Madigan posa trois verres sur la table.

— On a dépassé la partie où on pleure ?

— *La partie* ? Ce serait comme ça pour *toute* l'histoire. Dixie désigna les verres vides. Ça te dit de boire un coup ?

— *Non*, ça ne lui dit *pas du tout*.

La voix grave de Conroy Wicked survola l'épaule de Dixie pendant qu'il remplissait les verres. Ses yeux profonds brillaient de façon espiègle. C'était un biker coriace avec un look de star de cinéma : un long nez droit, des cheveux argentés ondulés qu'il portait assez longs pour frôler son col et un sourire chaleureux qui mettait en valeur ses fossettes. Les chiens ne faisant pas de chat, ses quatre enfants avaient tous hérité de ses fossettes ravageuses. Tank partageait ainsi la stature robuste de leur père, Dwayne était tout aussi arrogant que Conroy et Baz avait la capacité de leur père à rester calme en toute situation. Avant la perte tragique de sa fille, Ashley possédait, elle aussi, la joie de vivre de leur père.

Conroy posa le pichet sur la table.

— Comment vont trois de mes filles préférées ? Les gars

sont trop chahuteurs pour vous ?

— Non. Je faisais juste connaissance avec Marly, déclara Dixie.

— C'est une sacrée fille. Il mit une main sur l'épaule de la jeune femme. Je suis surpris que vous ne vous soyez jamais rencontrées. C'est une de mes filles adoptives.

— Toutes les filles d'ici ne sont-elles pas tes filles de cœur ? le taquina Madigan. Je vous jure qu'entre mes parents, les parents de Dixie, Tante Ginger et toi, personne dans un rayon de quatre-vingts kilomètres de notre ville ou de Peaceful Harbor, ne pourrait être sans parents, même s'il l'essayait.

Conroy afficha son sourire Émail Diamant.

— Ok, alors peut-être que les filles, mes garçons et vous pourrez vous en souvenir pour la prochaine génération.

— Tu sais que nous le ferons, répondit Dixie en regardant le bar bondé. C'est une sacrée fête.

— Toutes les occasions sont bonnes pour réunir la bande, dit Conroy en regardant le bar bondé. C'était génial de te voir hier soir, Dix. Tu devrais venir nous voir plus souvent.

— Ou tu pourrais ramener tes fesses jusqu'au Maryland. Elle prit une gorgée de son soda. Mes parents adoreraient te voir.

Conroy jeta un coup d'œil au bar.

— Ça marche. Mais pour l'instant je ferais mieux d'aller aider à servir les boissons. Amusez-vous bien, les filles.

— Non pas que je sois intéressée par ton oncle, Mads, mais il est tellement *sexy*, lança Marly quand il s'éloigna.

— Il a trois fils célibataires, indiqua Madigan.

— Ne me lancez pas sur ce sujet… Marly parcourut la pièce du regard et poussa un soupir. Tu n'as jamais l'impression que tu resteras toujours célibataire ?

— Je sais que ce sera le cas et je m'en *réjouis*, répondit Madigan.

— J'ai complètement oublié que tu étais Mademoiselle-Je-ne-crois-pas-en-l'amour, rétorqua Marly sur un ton taquin.

— Je crois en l'amour chez les autres, insista Madigan. J'aime aller à des rendez-vous et j'aime ce sentiment d'excitation quand on commence à connaître quelqu'un. Mais je ne vois pas *l'amour* dans mon futur.

Madigan n'avait jamais été du genre à coucher à droite et à gauche ou à jouer avec les sentiments des hommes. Elle avait une vingtaine d'années et semblait toujours heureuse de faire ses propres trucs.

— Eh bien, j'espère que ce n'est pas le cas, parce que je pense que l'amour est magnifique. Dixie, comment vous êtes-vous rencontrés avec Jace ? demanda Marly.

— C'était un jour que je n'oublierai jamais. Dixie se souvenait de l'excitation ressentie en essayant de faire en sorte que Jace la remarque. J'étais à un rassemblement de motos avec mon frère Bear et il n'arrêtait pas de parler de ce concepteur de motos qu'il voulait rencontrer et qui s'appelait Jace. Je me suis littéralement arrêtée net quand je l'ai vu.

Elle leur raconta toute cette histoire embarrassante, ce qui amena Marly et Madigan à partager avec elle leurs histoires embarrassantes.

La conversation dévia ensuite sur d'autres sujets, comme la famille et les loisirs et Dixie leur parla du club de lecture. Elle leur donna le lien pour s'inscrire, puis Marly et elle échangèrent leurs numéros de téléphone pour pouvoir rester en contact après le retour de Dixie à Peaceful Harbor. Quand elles revinrent à la discussion sur les relations et que les filles discutèrent de leurs points de vue opposés, les pensées de Dixie retournèrent vers

Jace. Elle se délectait de toutes les choses merveilleuses qu'il lui avait dites plus tôt quand il s'était épanché, comme s'il ne pouvait rien retenir. Elle ne voulait pas se retenir non plus.

Elle prit son verre.

— Je vais vous laisser discuter des mérites de l'amour tandis que je vais faire une petite recherche pratique.

JACE REGARDA DIXIE qui traversait la salle. Elle se distinguait dans la foule comme le diamant parmi les pierres précieuses. Bien qu'il sache qu'elle le réfuterait s'il le disait à haute voix, elle se déplaçait avec autant de force et de confiance que de grâce. Elle s'arrêta pour discuter avec la mère de Justin, son regard se posant sur lui, ce sourire secret qu'il adorait courbant ses lèvres. Elle était si différente des femmes qu'il connaissait. La plupart d'entre elles rêvaient d'être couvertes de diamants et de fourrures. Il savait que Dixie ne rêvait pas de ces trucs-là. Elle rêvait d'être enveloppée dans ses bras le soir et de s'y réveiller le matin. Elle rêvait qu'il la rejoigne dans ce monde où elle était la plus heureuse, entourée de sa famille et d'un sentiment de sécurité.

Elle serra la mère de Justin dans ses bras, puis posa sur lui un regard félin. Il ne faisait aucun doute qu'il avait commencé à tomber amoureux d'elle, il y avait des années de cela. Son attirance avait d'abord été physique, mais il ne lui avait fallu que quelques minutes pour réaliser tout ce qu'elle était et cette attirance avait été plus puissante que tout ce qu'il avait jamais connu. Il avait comparé toutes les femmes – les femmes *adultes* – à la jeune fille de dix-huit ans, forte et sûre d'elle, qu'elle avait été. Au fil des ans, il avait remarqué à quel point elle était une sœur et une fille loyale et aimante. Il l'avait observée de loin alors qu'elle était devenue une femme d'affaires avisée, plus sage et encore plus belle à chaque année qui passait. C'était la femme la plus intrigante qu'il ait jamais connue et il avait combattu l'envie de se rapprocher d'elle, d'apprendre à la connaître, construisant des murs impénétrables autour de lui afin de garder ses distances, de la protéger de son manque de volonté d'être l'homme dont elle avait besoin. Leur séjour à New York avait fait pencher la balance. Il voulait lui donner tout ce dont elle avait toujours rêvé. Mais il était un homme de parole et il ne laisserait jamais Dixie se contenter de vaines promesses.

Son cœur battit plus vite lorsque Dixie posa son verre sur la table et se glissa sur ses genoux, le revendiquant devant sa famille et ses amis. Il pensait qu'elle pourrait discuter avec ses cousins et ses amis, mais ses yeux étaient toujours braqués sur lui, le faisant se sentir comme un foutu roi. Alors que ses bras l'entouraient, les regards approbateurs venant de toute la table lui donnaient aussi une sensation de bien-être.

— Pourquoi t'es-tu rabaissé ? demanda-t-elle si gentiment qu'il ne reconnut pas son ton.

— Qu'est-ce que tu veux dire par là ?

— Quand tu m'as demandé de faire partie du calendrier, je t'ai reproché de ne pas participer à la vente aux enchères. J'ai dit des choses dures sur le fait que tu donnais de l'argent pour ne pas avoir à donner de ton temps. Mais Marly vient de me raconter comment vous vous êtes rencontrés et tout ce que tu as fait pour elle. Tes sœurs ont mentionné les bourses d'études, les stages et les programmes de tutorat que tu as mis en place à *Silver-Stone*.

— Dix, ce sont juste des choses que je voulais faire. Je ne les ai pas faites pour avoir des félicitations. Marly avait besoin d'un guide et les étudiants d'un coup de pouce. C'est difficile de se faire une place dans notre monde. J'ai eu la chance que Maddox me donne une chance et croie en moi alors que je n'étais qu'un étudiant qui essayait de faire quelque chose de sa vie. Ce n'est pas grand-chose.

— C'est très important. Elle plaqua ses lèvres sur les siennes dans un tendre baiser. Que dirais-tu de sortir d'ici pour que je puisse m'excuser comme il se doit ? murmura-t-elle.

Elle n'eut pas à le demander deux fois.

Ils dirent au revoir à tout le monde, félicitèrent Justin pour son exposition et promirent de se revoir la prochaine fois qu'ils seraient en ville.

Sur le chemin retour jusqu'au cottage, avec le corps chaud de Dixie pressé contre son dos, ses mains jouant sur son ventre, son *manque* le rongeait. Chaque jour passé sans elle lui avait paru une éternité. Elle était avec lui à présent et il avait *toujours* envie d'être plus proche. Il pensait à la première fois qu'elle était montée à l'arrière de sa moto et combien il avait été fier, combien elle s'était sentie bien. Il ne se l'était pas avoué à l'époque, mais il *avait fait* valoir ses droits.

Il descendit la longue allée du *Bayside Resort* et suivit le chemin de gravier jusqu'au cottage. Une bouffée d'air salin balayait les dunes alors qu'ils se dirigeaient vers l'intérieur. Ils n'allumèrent pas les lumières et ne dirent pas un mot en enlevant leurs bottes et leurs chaussettes près de la porte. Dixie lui prit la main et le conduisit dans la chambre. Le clair de lune se répandait à travers les fenêtres tandis qu'il pressait ses lèvres sur son épaule, déposant des baisers sur sa peau chaude. Il retira sa chemise, puis l'embrassa doucement en détachant l'agrafe de son soutien-gorge et en l'enlevant aussi. Il descendit plus bas, goûtant son cou et inondant ses seins de baisers et de lents coups de langue. Dixie respira plus fort, tirant sur sa chemise. Il la fit passer par-dessus sa tête et lorsqu'il tendit la main vers elle, elle posa sa paume sur sa poitrine, les yeux rivés sur le nouveau tatouage au-dessus de son cœur.

Elle dessina le motif qui correspondait à celui qu'il avait tatoué sur son poignet. Elle leva les yeux, sa question silencieuse étant suspendue entre eux. Il couvrit sa main avec la sienne, la tenant sur son cœur tout en essayant de trouver les mots pour s'expliquer, mais le mieux qu'il put dire, fut “Je me sentais trop loin de toi”.

Ses yeux s'embuèrent et il la prit dans ses bras. Il la tint pendant un long moment, leurs émotions comblant le silence. Puis il prit son visage dans ses mains et couvrit sa bouche de la sienne, déversant tout son être dans leurs baisers. Lorsqu'il s'agenouilla pour l'aider à enlever sa jupe et sa culotte, il eut une envie irrésistible de la *vénérer*, de lui montrer à quel point elle était spéciale à ses yeux.

Il fit courir ses mains le long de ses jambes, embrassant son genou, sa cuisse et sa hanche. Il ralentit pour embrasser son ventre et sentit qu'elle le regardait en passant ses doigts dans ses cheveux. Il continua à la caresser, à l'embrasser, à la *chérir*. Il recula pour enlever son jean et son boxer et elle se mit à savourer effrontément chaque centimètre de son corps. Il ne plaisantait pas quand il lui avait dit que leur séjour à New York avait été *déterminant*. Elle avait changé qui il était et lui avait ouvert les yeux sur qui il voulait être.

Il rabattit les couvertures jusqu'au pied du lit, sans se presser. Elle s'allongea sur le drap et il descendit sur elle, la berça dans ses bras, rempli du sentiment de *se sentir comme chez lui*. Il voulait savourer leur intimité et la regarda profondément dans les yeux. Le clair de lune s'y reflétait, rehaussant les tons verts, faisant ressortir les tons dorés, l'attirant encore davantage dans ses filets. *Ma Dixie.* Il ne pensait pas qu'il était possible de ressentir autant de choses, d'être *aussi proche* d'une autre personne. *Mon Dieu*, quand est-elle devenue *toute sa vie* ?

— Dixie… murmura-t-il avec un sentiment de crainte alors que leurs corps se rapprochaient lentement, *parfaitement.* L'intensité de leur connexion leur arracha à tous les deux un long soupir d'abandon, faisant naître une autre sensation dévorante.

Pour la toute première fois, Jace se sentit *entier.*

Ils étaient allongés dans les bras l'un de l'autre, leurs corps étaient si profondément liés qu'ils ne faisaient plus qu'un. Aucun d'eux ne bougeait, leurs cœurs battant au rythme de leurs propres réjouissances.

— Je ne savais pas que ça pouvait être comme ça, dit doucement Dixie.

Jace effleura sa joue de ses lèvres, s'en imprégnant.

— J'ai toujours su que ce serait le cas.

CHAPITRE 20

JACE N'AVAIT PAS hâte d'ouvrir les yeux et encore moins de bouger de là où il était couché, sa tête sur le ventre de Dixie, ses bras autour d'elle. Il l'avait désirée – *cette femme* – depuis si longtemps qu'il ne voulait pas précipiter son départ. Mais maintenant que son cerveau fonctionnait, ses rêves ressurgissaient avec une telle clarté qu'ils semblaient réels. Il avait rêvé d'une vie qui n'était pas la sienne, une vie dans laquelle Dixie marchait le long d'une plage avec un bébé dans les bras et il regardait de loin. Il avait eu des flashs d'elle et du bébé avec sa famille mais il ne pouvait pas les atteindre. Ils étaient de l'autre côté d'un ravin infranchissable, profond et escarpé. Il se voyait au volant de sa moto, essayant désespérément de trouver une route qui menait à elle. Mais chaque route l'amenait au bord de la falaise, assez près pour entendre sa voix et la voir tenir ce bébé, séparés par l'abîme vertigineux.

Son cœur palpita et il ouvrit les yeux, espérant oublier ces rêves. Le beau visage de Dixie lui apparut, atténuant sa panique.

Elle passa ses doigts dans ses cheveux, sourit gentiment.

— Dieu merci, tu es réveillé. Tu m'as serrée si fort que j'avais du mal à respirer et je dois faire pipi.

— Désolé, chérie. Il embrassa les marques roses que sa barbe avait laissées sur sa peau puis se pencha pour embrasser ses lèvres. Tu aurais dû me réveiller.

— Tu étais si fatigué hier soir que je n'ai pas eu le courage de le faire. Et tu me tenais comme si tu avais peur que je ne m'enfuie.

— Comment m'en vouloir ? demanda-t-il alors qu'elle quittait le lit, appréciant le regard espiègle qu'elle lui lançait presque autant que la vue de son magnifique corps nu alors qu'elle se dirigeait vers la salle de bain.

Il se redressa contre la tête de lit et s'étira, surpris de voir une des photos que Hawk avait prises de lui sur la table de nuit. Il aimait le fait qu'elle l'ait emportée avec elle. A côté, il y avait une photo encadrée de Dixie et de sa famille – et des gens que les Whiskey considéraient comme leur famille, Truman, Gemma, Josie, Jed et tous leurs enfants. Ils portaient *tous* des pyjamas, même Biggs et Red. Les hommes portaient des pantalons de pyjama en flanelle avec leurs bottes. Bullet avait également son gilet en cuir. Il devait probablement dormir avec. Les femmes portaient diverses tenues de nuit, mais son regard fut attiré par Dixie, qui portait une courte chemise de nuit noire et ses bottes en cuir noir préférées arrivant au genou. Il adorait ces bottes. Elle était dos à la caméra et l'expression JE TE METS AU DÉFI DE FAIRE RESSORTIR MON CÔTÉ SOMBRE était imprimée au dos de sa chemise de nuit. Elle tenait dans ses bras Lincoln, le fils de Truman et Gemma et embrassait sa petite joue.

Tes bébés et toi…

Elle sortit de la salle de bain, les cheveux brossés, un sourire éclatant sur son beau visage et son cœur fit un bond. Il montra la photo.

— Dis-moi comment as-tu fait pour convaincre une salle pleine de bikers de porter un pyjama.

— Elle a été prise à l'hôpital la nuit où Maggie Rose est née. Elle grimpa sur le lit à côté de lui. Sarah a commencé le travail alors que nous fêtions l'anniversaire de Hail avec une pyjama party. Josie et lui avaient pour tradition de passer son anniversaire en pyjama. Je n'ai pas eu besoin de convaincre qui que ce soit. Nous aimons tous Hail et Josie. Nous ferions n'importe quoi pour eux. Bref, la nuit de l'anniversaire de Hail, quand Sarah a entamé le travail, on est tous allés à l'hôpital pour attendre l'arrivée du bébé.

— Tu veux dire que ces gars-là sont sortis *en public* habillés comme ça ?

Il éclata de rire.

— Ouais. Je suis certain que tu as entendu parler d'Halloween quand Kennedy a demandé aux gars de se déguiser en pom-pom girls parce qu'elle voulait être une joueuse de football. Il faudra que je te montre *ces* photos un jour. Elle lui donna un coup d'épaule en désignant la photo. C'était vraiment une grande soirée. Outre l'anniversaire de Hail et la naissance de Maggie Rose, Jed a demandé Josie en mariage dans la salle d'attente de l'hôpital devant tout le monde. Il était si amoureux qu'il a craqué.

— Dans la salle d'attente d'un hôpital, *en pyjama* ?

— Je sais que ça n'a pas l'air romantique mais ça *l'était*. Il y a une certaine beauté chez un homme qui est tellement amoureux qu'il ne peut pas se contenir et tout le monde était là pour en être témoin. Je pense que c'était particulièrement cool que Hail ait pu le voir. Je pense qu'il n'oubliera jamais *cet* anniversaire. Elle lui arracha le cadre des mains et le posa sur la table de nuit. Tu es juste jaloux que personne ne t'ait organisé une pyjama party.

— Oh, je suis donc jaloux ? Il lui chatouilla les côtes et elle rit tout en s'éloignant de lui. Il attrapa ses mains, les pressant contre le matelas alors qu'il se déplaçait sur elle. La seule chose dont je suis jaloux, c'est que je n'étais pas là pour *relever le défi* que tu me lançais.

— On m'a fait beaucoup d'offres, répondit-elle en se moquant de lui.

Ses tripes se tordirent.

— Je parie que oui. Je vois aussi que tu as apporté ma photo avec toi. Je suppose que je t'ai manqué autant que tu m'as manqué.

— C'est pour ça que je l'ai apportée mais je suis venue au Cap plus tôt pour essayer *de tourner la page*. Elle marqua une pause. Je pensais que je n'étais que ton plan cul.

Il lâcha ses mains, se souvenant de la douleur dans son regard qui l'avait poussée à venir au Cap et son cœur se serra.

— Mon Dieu, Dix. *Tu es sérieuse* ?

— Quand tu as dit que New York ne serait qu'une parenthèse, je me suis dit que nous ne pourrions partager que ce moment-là.

— Comment peux-tu penser une chose pareille ? Sa voix devint de plus en plus frustrée. Ce que je voulais dire, c'est que le temps que nous avions passé ensemble était important pour *moi*, assez pour me chambouler la tête au point que je ne puisse penser à rien d'autre qu'à toi. Pourquoi crois-tu que je suis venu à Peaceful Harbor te voir ?

— J'ai présumé que tu voulais me baiser, dit-elle avec autant de désinvolture que si elle avait dit qu'il était là pour lui acheter une glace.

— Tu ne mâches pas tes mots, hein ?

— Non et tu *aimes* ça chez moi.

— Bien sûr que j'aime ça. Il aimait la véhémence avec laquelle elle se défendait, mais ne savait-elle pas à quel point elle avait planté ses griffes en lui ? Dix, tu n'as aucune idée de ce que tu m'as fait. J'ai engueulé un de mes employés pendant une réunion parce qu'il voulait sortir avec toi et il a eu *de la chance* que je ne le vire pas. Oui, je voulais te baiser quand je suis venu te voir, à fond et fort aussi. Mais *bon Dieu*, ma belle, j'avais aussi envie d'être avec toi. Tu as compris maintenant ?

Ses yeux se rétrécissent.

— Tu as besoin de leçons en communication, *Stone*.

Il baissa la tête entre ses épaules en signe de défaite et elle se mit à rire doucement.

Il croisa son regard amusé.

— Je devrais te garder au lit toute la journée et te *faire comprendre* de toutes les façons possibles à quel point tu comptes pour moi.

Elle passa de nouveau ses doigts dans ses cheveux.

— Je suis si heureuse que tu sois un homme de parole. Un sourire malicieux se répandit sur son visage quand elle fit glisser son doigt le long de ses lèvres. Parce que je tiens mes promesses.

DIXIE N'EUT PAS besoin d'exiger quoi que ce soit de Jace. Ni l'un ni l'autre n'avait voulu être ailleurs que dans les bras de l'autre la veille. Ils passèrent toute la journée à s'aimer, à somnoler et à lézarder dans le chalet. Ils lurent à haute voix des passages torrides du livre que Dixie lisait pour son club de lecture, puis jouèrent les scènes, baptisant la surface de presque tous les meubles du cottage. Ils rirent, discutèrent et passèrent de longs moments en silence à ne rien faire d'autre qu'être ensemble. Ils se firent livrer le dîner et le mangèrent sur le patio en regardant le soleil se coucher sur la baie de Cape Cod. C'était la plus belle journée dont Dixie ait pu rêver. Elle était dans une position dangereuse, tombant plus profondément amoureuse de Jace à chaque instant. Lorsqu'ils firent l'amour le mercredi soir, elle dut se battre de tout son être pour empêcher le *Je t'aime* de surgir, se rappelant que ce n'était que *le début*, même si cela semblait être beaucoup plus que cela.

Le vendredi matin les accueillit avec la promesse d'une journée chaude et ensoleillée. Ils se douchèrent ensemble, ce qui était devenu l'une des activités préférées de Dixie quand ils étaient à New York. Ce n'était pas seulement parce qu'ils prenaient leur temps sous la douche ou que l'eau rendait leur intimité encore plus érotique. Ce qu'elle aimait le plus, c'était la façon dont Jace se détendait et les sons qu'il faisait lorsqu'il entrait sous la douche. C'était toujours la même chose : il penchait la tête en arrière et fermait les yeux tandis que l'eau ruisselait sur lui. Ses épaules se détendaient et le stress qui se manifestait si souvent par la crispation de sa mâchoire et de ses bras se dissipait. Il s'écoulait dix ou quinze bonnes secondes avant qu'il ne pousse un profond soupir de détente. Ce son était une douce mélodie à ses oreilles. Elle aimait savoir que cet homme qui était occupé à voyager, à travailler et qui ne semblait pas avoir d'horaires fixes ou de continuité, avait au moins quelques moments pour se détendre.

Ces quelques instants au début de ses douches semblaient être l'équivalent non sexuel du bonheur qui suivait leurs ébats amoureux, lorsqu'ils n'étaient que tous les deux, sans prétention ni attente.

Elle enfila son jean moulant, surprenant Jace qui la dévorait dans le miroir. Elle se retourna, la main sur sa hanche, vêtue de son jean et de son soutien-gorge. Il était torse nu et pieds nus, le bouton de son jean ouvert et ses yeux furent attirés par son tatouage assorti, fièrement incrusté sur son cœur. Elle avait presque pleuré quand elle l'avait vu la première fois. Cela signifiait plus pour elle que s'il lui avait offert une bague en diamant.

Jace remua les sourcils.

— Ne me regarde pas comme ça. Elle prit le débardeur noir à dentelle de la gamme *Leather and Lace* et le glissa par-dessus sa tête. Aujourd'hui, nous *sortons*.

Hier, pendant l'une de leurs périodes de calme, Dixie avait cherché des sites historiques sur le Cap et elle en avait trouvé quelques-uns qui, selon elle, pourraient plaire à Jace.

— Et si je ne veux pas encore te partager avec le monde extérieur ? demanda-t-il en s'approchant d'elle.

Son cœur s'emballa mais hier, Jace lui avait avoué qu'il ne se souvenait pas de la dernière fois qu'il avait pris des vacances et de ne pas le prendre personnellement, s'il devenait nerveux à force de se reposer. Elle non plus n'était pas du genre à prendre des vacances, ce qui expliquait le congé forcé de sa mère. Elle savait que ni l'un ni l'autre ne s'énerverait s'ils restaient dans le chalet tout le temps qu'ils étaient ensemble. Ils étaient trop amoureux l'un de l'autre pour que l'ennui s'installe et ils riaient autant qu'ils s'aimaient, ce qui confirmait ce qu'elle savait déjà. Ils étaient parfaitement assortis, qu'ils soient dans un lit ou en dehors. Mais Jace s'était donné tant de mal pour lui montrer à quel point elle comptait pour lui, qu'elle voulait faire quelque chose pour lui en retour.

— Tu as besoin de te nourrir si tu veux tenir le coup avec moi, *mon vieux*.

Il la plaqua contre lui, ses yeux sombres la transperçant.

— *Mon vieux* ? C'est drôle, je ne me souviens pas avoir entendu de plaintes sous la douche ce matin.

— Hum… C'était *pas mal.* Elle embrassa le tatouage sur son cœur. La vérité est que je veux tout essayer avec toi, y compris être une touriste, puisque aucun de nous n'a vraiment fait ça. J'ai dressé une liste de sites historiques que tu pourrais avoir envie de voir.

— Tu es pleine de surprises, pas vrai ? Son regard se radoucit. Je le veux aussi, Dix. Mais je désirerai toujours *ça* aussi.

Il attrapa ses fesses.

Son regard s'embrasa alors que ses lèvres recouvrèrent les siennes, sa barbe la brûlant et la chatouillant à la fois. Il enfouit une main dans ses cheveux, faisant ricocher le désir en elle. Ne devrait-elle pas être habituée à ses baisers maintenant ? Ils étaient si puissants, quand il l'embrassait, on aurait dit que rien d'autre ne comptait, ni même n'*existait.* Il réduisit ses efforts à une série de baisers légers, la laissant à bout de souffle et désireuse d'en avoir plus.

Il lui donna une tape sur les fesses.

— Maintenant je suis prêt.

— *Moi aussi*, dit-elle, pleine de sous-entendus. Tu es un homme *cruel.*

Il rit et la serra à nouveau dans ses bras.

— Je te rappelle juste ce qui t'attend quand on sera de retour ici.

ILS PARTIRENT sur la moto de Jace, s'arrêtant à la boulangerie Blue Willow pour le petit-déjeuner, qu'ils mangèrent à une table de pique-nique devant le magasin quelques mètres plus loin. Dixie ne voulait pas gâcher la surprise des endroits qu'elle avait repérés, alors au lieu de lui dire où ils allaient, elle lui avait indiqué les directions sans nommer les destinations finales. Ils roulèrent jusqu'à Eastham, une ville voisine et s'arrêtèrent au moulin à vent d'Eastham, situé au milieu d'une zone verdoyante le long de la route principale.

Il se mit à l'ombre en regardant l'énorme structure. Les pales étaient beaucoup plus grandes qu'il n'y paraissait depuis la route. Le bardage en cèdre avait vieilli et était devenu gris. Quant à la façade et la porte d'entrée, elles étaient peintes en marron. Le moulin avait l'air majestueux et imposant.

Jace lui prit la main.

— En fait, je n'ai jamais visité un moulin. Et toi ?

Elle secoua la tête.

— Quand je viens au Cap, c'est pour passer du temps avec ma famille.

— Bien, alors c'est une première pour nous deux. Tu vas me voir en mode passionné d'histoire.

— Si tu ne conduisais pas une moto, je devrais peut-être t'échanger contre un modèle plus robuste.

Il secoua la tête.

— Je n'y crois pas une seconde. Je connais l'histoire de Ritchie Meyers, tu te souviens ?

Il lui donna un chaste baiser et ils entrèrent.

Ça sentait le vieux bois, ce qui était logique puisque pratiquement toute la structure en était constituée.

— Bonjour, les salua un homme mince et âgé, aux cheveux blancs et à l'épaisse barbe grise. Je m'appelle Jim. Bienvenue au Moulin à Vent d'Eastham.

Jace lui serra la main.

— Bonjour, je m'appelle Jace et voici Dixie. Nous sommes tous les deux novices en matière de moulin. Pourriez-vous nous raconter l'histoire de celui-ci ?

— Vous avez du temps devant vous ou vous voulez la version condensée ? demanda Jim.

— Nous avons tout notre temps, répliqua Jace.

Jim se frotta les mains avec une lueur d'excitation dans les yeux.

— C'est mon jour de chance. Il s'agirait du plus vieux moulin à vent du Cap, datant d'environ 1680, lorsqu'il a été construit à Plymouth. C'est aussi le dernier moulin à vent en activité...

Il leur raconta comment il avait été déplacé de Plymouth à Truro, puis à différents endroits autour d'Eastham, avant de rester là où il se trouvait actuellement. Il leur montra les meules et leur expliqua le processus de broyage du maïs. Jace avait des dizaines de questions sur la structure, les mouvements, le processus de fabrication de la farine et de la semoule de maïs. Les deux hommes discutèrent des changements intervenus au fil des ans. Lorsqu'ils gravirent un étroit escalier en bois pour atteindre le deuxième étage, la leçon d'histoire de Jim continua.

C'était intéressant de voir Jace apprendre plutôt que d'être l'homme en charge et c'était encore plus intéressant de le voir se lier d'amitié avec le vieux monsieur, lui demandant depuis combien de temps Jim vivait là. Dixie voyait que Jace n'était pas seulement gentil. Il était réellement intéressé par le passé de cet homme et plus ils parlaient, plus, Jace était intéressé, posant des questions sur sa famille et ses impressions personnelles sur la façon dont le Cap avait changé au fil des ans.

Plus d'une heure plus tard, alors qu'ils se préparaient à se rendre vers leur destination suivante, Jace insista pour qu'ils prennent un selfie avec Jim devant le moulin.

— Puisque vous êtes des férus d'histoire, assurez-vous de vous arrêter à Fort Hill. Découvrez les bâtiments et promenez-vous sur le sentier.

Jim leur indiqua le chemin à suivre, ainsi qu'un bref historique de cette propriété.

— Merci. Nous le ferons.

Jace lui serra la main et promit de revenir la prochaine fois qu'ils seraient dans la région. Le cœur plein d'espoir de Dixie se raccrocha au mot *Ils*.

Comme Dixie avait déjà repéré un certain nombre d'endroits, ils décidèrent de visiter Fort Hill le lendemain et se rendirent au Salt Pond Visitor Center. Ils explorèrent le musée et la librairie et regardèrent un film sur l'évolution du paysage du Cap. Dixie ne s'était pas rendue compte à quel point elle aimerait apprendre l'histoire de la région, mais l'excitation de Jace était contagieuse. Il lui tint la main, l'embrassa souvent et la ramena près de lui tandis qu'ils regardaient autour d'eux. Ils voulaient faire une promenade autour du marais et des sentiers mais ils avaient d'autres endroits à voir avant la fin de la journée.

L'arrêt suivant fut le Musée d'histoire naturelle, où ils découvrirent l'environnement et la faune du Cap. Jace s'y fit aussi des amis. Tandis qu'il écoutait et apprenait des choses, Dixie l'admirait, *lui*. Sa curiosité sans fin le rendait encore plus intrigant, révélant une autre facette qu'il gardait bien cachée.

Sur les conseils d'une femme qui travaillait au musée, ils se rendirent à Brewster, une autre petite ville et déjeunèrent assis à l'extérieur dans un café, partageant des baisers tout en prenant leur repas. Ils visitèrent le Brewster General Store, une petite boutique pittoresque que Dixie avait vue en ligne, puis se dirigèrent vers le Bird Watcher's General Store que la serveuse du café leur avait recommandé.

Lorsqu'ils remontèrent sur sa moto, Jace souleva la main de Dixie sur son abdomen et embrassa sa paume avant de mettre son casque. Ces petits gestes, ainsi que la façon dont il l'avait regardée tout au long de la journée, lui indiquèrent qu'il était aussi amoureux d'elle qu'elle de lui.

Il était tard quand ils eurent fini de voir tous les endroits figurant sur la liste de Dixie et qu'ils retournèrent au Salt Pond Visitor Center pour faire la promenade romantique qu'ils avaient ratée plus tôt. Le soleil se couchait alors qu'ils marchaient le long du marais, projetant de magnifiques spectres roses et violets à l'horizon. Jace garda Dixie près de lui, embrassant sa tempe ou sa joue, tandis qu'ils parlaient. Elle aurait aimé qu'ils puissent avoir un mois entier mais ce qu'elle voulait vraiment, c'était une vie entière.

Jace la garda près de lui alors qu'ils se dirigeaient vers le dernier sentier.

— Merci d'avoir organisé une si belle journée. Personne n'a jamais fait quelque chose comme ça pour moi avant. Il finit par s'arrêter de marcher et la regarda droit dans les yeux. Tu es en train de me changer, Dix.

— C'est une bonne ou une mauvaise chose ?

Son pouls s'accéléra alors qu'elle attendait sa réponse. Il regarda le chemin par lequel ils étaient arrivés, puis le ciel et le marais.

Pitié, ne me dis pas que c'est une mauvaise chose.

Quand il finit par la regarder, il émit ce son léger qu'il faisait sous la douche. Puis il lui donna un baiser sur les lèvres, la serra contre lui et continua à marcher vers le début du sentier.

— Jace… ?

Il sourit.

— Je ne sais pas encore.

— Tu es un crétin, dit-elle d'un ton taquin.

— C'était quoi ça ? demanda-t-il alors qu'ils traversaient le parking sombre et presque vide. Tu veux que je te donne une fessée ?

Elle ricana et lui donna un coup de poing dans le bras, ce qui le fit rire aussi.

Il la ramena contre lui.

— Tu n'as pas besoin de me frapper. Je serai heureux de te donner une fessée.

Elle n'était pas prête à le laisser s'en tirer impunément.

— Tu es au bord du précipice, Stone.

— Pourquoi ? Tu pourrais *aimer* ça, se moqua-t-il.

Elle sentit ses joues s'enflammer et lui lança un regard noir.

J'aime beaucoup de choses mais ça ne veut pas dire que je veux que tu en *parles*.

— Je vois, fit-il, sa bouche à deux doigts de la sienne. J'ai le droit de *prendre* ou *donner une fessée* tant que je n'en *parle* pas.

— Et j'ai le droit de *me taire* jusqu'à ce que tu répondes à ma question.

Il l'embrassa fougueusement puis lui tendit un casque.

— J'ai déjà répondu. Je serai heureux de te fesser…

— Stone !

Il se mit à rire et se pencha pour l'embrasser.

— C'est *bon*, Dix. Très, très bien, murmura-t-il. Maintenant, pose ces petites fesses sexy sur ma moto, parce qu'on n'a jamais été à notre rendez-vous remporté aux enchères et j'ai des idées, ajouta-t-il ensuite plus fortement.

— Tu veux me donner un indice ? dit-elle négligemment, bien qu'elle soit déjà excitée de voir ce qu'il avait en réserve.

— Non. Il enfourcha la moto. Grimpe ou reste à l'arrière,

chérie.

Elle grimpa dessus et passa ses bras autour de lui. Il lui glissa les mains entre les jambes, les pressant sur son sexe puis il démarra. Alors qu'ils sortaient du parking, les vibrations de la moto et la sensation de *Jace* firent leur effet.

Lorsqu'il quitta la route principale et s'engagea dans la rue qui menait au drive-in de Wellfleet Drive-In Theater, la joie la gagna. Elle ne pouvait pas croire que Jace se souvenait de ce qu'elle avait dit au dîner avec sa famille.

Il paya au guichet puis entra dans le parking bondé, où des rangées de voitures étaient garées à côté de poteaux avec des haut-parleurs. Il arrêta la moto et lui demanda de fermer les yeux et de s'accrocher, ce qu'elle fit, même si elle mourait d'envie de regarder.

C'était déstabilisant d'avoir les yeux fermés sur une moto en mouvement mais Jace conduisait lentement. Lorsqu'il finit par arrêter la moto et couper le moteur, il lui dit de ne pas encore ouvrir les yeux pendant qu'il l'aidait à se lever et lui enlevait son casque.

— Ok, tu peux ouvrir les yeux.

Elle était face à l'arrière du parking, pas face à l'écran de cinéma. Jace semblait un peu nerveux, chose qu'elle n'avait jamais vue chez lui auparavant. Qu'est-ce qui pouvait bien rendre nerveux Jace Stone, cet homme si sûr de lui ?

— Si ce n'est pas cool, déclara-t-il avec une expression sérieuse, j'ai un plan de secours. Des réservations dans un restaurant chic avec de la danse et tout ce qui va avec.

Elle fut touchée de voir qu'il s'inquiétait du fait qu'elle puisse avoir besoin d'un verre et d'un repas. Ignorait-il que le temps passé avec lui était la seule chose qu'elle voulait vraiment ? Elle ne se souciait pas de ce qu'ils faisaient.

— Être ici avec toi est le rendez-vous parfait.

Il la prit par les épaules et un *Oh mon Dieu* sortit de ses lèvres. Elle n'arrivait pas à en croire ses yeux. Une couverture était étalée devant la moto, plusieurs bougies à piles scintillaient au clair de lune sur les côtés et un bouquet de roses rouges était posé sur l'un des deux grands oreillers. Devant les oreillers, il y avait un service de table pour deux personnes et plus loin, des plats recouverts, une bouteille de vin et deux verres. De toute sa vie, personne n'avait fait quelque chose d'aussi romantique pour elle.

Ses yeux devinrent larmoyants lorsqu'elle se tourna vers lui pour le remercier, mais les mots restèrent bloqués dans sa gorge, alors elle l'entoura de ses bras et l'embrassa. Des sifflets et des applaudissements retentirent autour d'eux et ils sourirent tous les deux en s'embrassant.

— Merci, dit-elle enfin. C'est plus que parfait. Comment as-tu fait pour tout organiser ? Nous sommes sortis toute la journée.

— J'ai quelques amis qui étaient heureux d'aider.

Dixie passa la soirée dans un état second. Ils savourèrent un festin de fruits de mer, de riz et de légumes en regardant une comédie romantique. Après le dîner, elle se retrouva entre les jambes de Jace, blottie dans ses bras, le dos contre sa poitrine. Il avait sûrement embrassé son épaule et son cou des milliers de fois alors qu'ils étaient assis sous les étoiles, entourés de centaines d'inconnus. Dixie profita de chacun de ces doux contacts, souhaitant passer une éternité comme ça, sans avoir à dîner ni à aller au cinéma.

CHAPITRE 21

JACE SE RÉVEILLA LE SAMEDI matin dans la même position que celle dans laquelle Dixie et lui s'étaient endormis, avec elle dans le creux de son corps et lui dans ses bras. Il enfouit son nez dans ses cheveux, respirant son parfum enivrant. Il avait pensé qu'elle l'avait touché après leur voyage à New York, mais elle était devenue une partie intégrante de lui maintenant. Il était même accro à son odeur. Ils repartaient le lendemain matin et il ne pouvait envisager de passer une seule nuit sans elle et encore moins des jours, des semaines, des mois…

Il était si malheureux mais il était inutile de faire des promesses en l'air, alors il refoula ces pensées et se concentra pour profiter au maximum de la journée. Il embrassa son épaule puis ouvrit la bouche, la dévorant doucement, ce qui lui valut un gémissement endormi et alléchant. Son sexe frémit contre ses fesses. Il ne pouvait pas se passer d'elle. Dixie passa une main derrière elle, ses doigts jouant sur son visage. Il se tourna vers elle quand elle lui caressa la joue.

Plus qu'une journée …

Il la fit rouler sur le dos et son sourire sexy le fit craquer. Il couvrit sa bouche de la sienne, l'embrassant plus brutalement qu'il ne l'avait prévu, mais elle se cambra sous lui, enroulant ses jambes autour de l'arrière de ses cuisses. Ses baisers lui firent perdre la tête mais ces longues jambes fines ? *Bordel…* Il avait besoin qu'elles s'enroulent autour de *sa tête*. Il se détourna de sa bouche, mais avant de pouvoir descendre le long de son corps, elle attrapa ses cheveux, guidant sa bouche vers sa poitrine. Il taquina et effleura sa pointe avec ses dents et sa langue.

Elle se pencha sur le matelas, gémissant et suppliant *Plus fort…*

Il fit encore mieux. Il se déplaça sur le côté en suçant plus fort et en enfonçant deux doigts dans sa chaleur humide. Elle gémit et soupira, balançant ses hanches, serrant ses mains dans ses cheveux si fort que ça lui piquait. Il taquina son clitoris avec son pouce et se dirigea vers son autre sein, lui accordant la même attention. Ses muscles internes se contractèrent, attirant ses doigts plus profondément en elle. Il les replia vers le haut, caressant l'endroit qui lui fit lâcher de gros soupirs.

— *Net'arrêtepas, net'arrêtepas*, implora-t-elle.

Il accéléra ses efforts et elle s'agrippa aux draps avec ses poings, ses hanches se balançant furieusement tandis qu'elle chevauchait ses doigts. Les sons sexy qu'elle émettait étaient comme un cri de séduction, ce qui l'attirait. Il déposa des baisers le long de son corps, utilisant toujours ses doigts pour la maintenir à la limite et aspira son clitoris dans sa bouche, lui donnant de manière experte ce dont elle avait besoin. Elle cria longtemps et bruyamment, ses hanches se déhanchant sauvagement, son sexe pulsant autour de ses doigts comme un étau.

Quand elle se laissa tomber sur le matelas, il referma sa bouche sur son sexe doux et chaud puis elle enroula ses longues et luxueuses jambes autour de sa tête. *Bon sang*, cela le rendit encore plus dur. Il se régala avec elle, utilisant ses dents et sa langue, rudement et profondément, puis plus lentement, léchant sa chair sensible et gonflée, provoquant son plaisir. Elle empoigna ses cheveux, écartant ses cuisses. Il savait ce qu'elle voulait, qu'il la baise avec sa langue, suce son clito, la fasse jouir vite et fort. Mais il aimait sentir son *besoin*, son *avidité*, bien trop pour se presser. Il lécha lentement de haut en bas sa chair soyeuse, jusqu'à ce qu'elle halète et se tortille.

— Jace, c'est trop. *S'il te plaît …*

Il fut incapable de lui refuser une seconde de plus et lui donna tout ce dont elle avait besoin, la faisant monter en flèche. Elle cria bruyamment et il resta avec elle, la maintenant au sommet de l'extase alors qu'elle se tortillait contre sa bouche. Quand elle s'écroula mollement sur le matelas, il remonta rapidement le long de son corps, capturant sa bouche avec la sienne, encore imprégnée du goût de son excitation. Elle suça sa langue, s'agrippa à son dos. Elle était un *animal*, son rêve le plus cher devenu réalité et il n'avait pas encore fini.

Il s'éloigna de sa bouche.

— J'ai besoin de ta bouche sur moi, chérie. J'ai besoin que tu me suces fort, que tu me pousses à bout avant que je te baise.

Elle descendit du lit, guida sa verge dans sa bouche et *bon sang*, elle suça et caressa, taquinant le bout, pressant ses bourses, faisant tout ce qu'elle savait faire pour le rendre fou. Il était à quatre pattes au-dessus d'elle, la regardant se délecter de son sexe. La voir se régaler avec lui était aussi érotique que de sentir sa bouche chaude et humide sur son pénis. Il attrapa la base de sa verge, serrant fort, retardant son orgasme pour pouvoir profiter de sa bouche plus longtemps.

Il serra les dents jusqu'à ce qu'il soit sur le point d'exploser puis il se retira.

— A quatre pattes, chérie. Je veux te prendre par derrière, exigea-t-il avec avidité.

Elle s'empressa d'obtempérer, ses magnifiques fesses en l'air.

Ses cheveux lui cachaient un œil alors qu'elle le regardait par-dessus son épaule, observant comment il alignait leurs corps. Elle était si mouillée qu'elle trempa la pointe de son sexe et il ne put plus se retenir. Il la pénétra d'un seul coup.

— Oh, *ouiiiiiiii*, siffla-t-elle.

Il tint ses hanches pendant qu'il la pénétrait, ses muscles étaient si serrés qu'elle faillit faire le faire jouir. Mais il se retint, voulant profiter de chaque seconde d'elle. Elle abaissa ses épaules sur le matelas, passant sous elles et lui caressa les bourses.

— Putain, Dix. Ne me fais pas encore jouir. Je n'en ai pas fini avec toi.

Il passa son bras autour de sa taille, se mit à genoux et la fit monter avec lui. Il attrapa l'un de ses seins, utilisant son autre main pour lui donner du plaisir en bas tandis qu'il plongeait plus profondément en elle, plus rapidement. Elle planta ses ongles dans ses bras.

— Plus fort, criait-elle haletante. C'est ça, oui, *encore* !

Ses ongles se tachèrent de sang alors que son orgasme la transperçait. Jace se retira alors qu'elle était en plein orgasme et elle cria.

— J'ai besoin de voir ton visage, dit-il en serrant les dents, luttant contre sa propre libération alors qu'il l'aidait à se mettre sur le dos.

Elle tendit la main vers lui et il plongea en elle. Ses yeux se dilatèrent.

— *OhmonDieu …*

Ses bras et ses jambes l'entourèrent si fort qu'elle se souleva du matelas. Ses poussées la ramenèrent contre les draps et il mit ses bras autour d'elle, son pénis la transperçant. Elle jouit durement et bruyamment, ses muscles internes se contractant. Le plaisir était si intense qu'il perdit tout contrôle. Des gémissements s'échappèrent de ses poumons alors qu'ils affrontaient les vagues de leur désir, jusqu'à ce qu'ils crient tous les deux, s'accrochant l'un à l'autre alors qu'ils redescendaient de leurs orgasmes, tombant épuisés et rassasiés sur le matelas.

Jace resta enfoui en elle, la berçant sous lui, voulant s'accrocher à chaque dernière seconde de leur beauté ensemble. Il les fit rouler sur le côté, leurs corps toujours enchevêtrés.

— Je pense que je suis en train de mourir, murmura-t-elle.

— C'est drôle, parce que j'ai enfin l'impression de vivre. Il balaya ses cheveux de sa joue et l'embrassa à cet endroit. Puis il déposa un baiser sur ses lèvres et le bout de son nez. Ça signifie que tu ne veux pas faire cette randonnée aujourd'hui ?

Elle gémit.

Ils restèrent allongés ensemble si longtemps qu'ils se rendormirent. Quand ils se réveillèrent, plus d'une heure s'était écoulée. Dixie se blottit contre lui comme si elle voulait se glisser sous sa peau. Elle était adorable, *bien trop* chaude et séduisante. S'il ne sortait pas de ce lit, toutes ses émotions allaient déferler et elle espérerait plus que ce que lui-même ne pouvait lui promettre.

Il embrassa sa joue et se força à sortir du lit.

— Allez, bébé. C'est notre dernier jour. Si tu n'as pas de cadeaux pour tes bébés, tu seras déçue quand tu rentreras chez toi les mains vides.

Elle roula sur le ventre et mit l'oreiller sur sa tête en poussant un autre gémissement.

Il frotta doucement sa main sur ses fesses.

— Tu es sûre que c'est la vue que tu veux me donner ?

Elle lui lança l'oreiller. Il se jeta sur elle et elle se mit à genoux. Il la souleva et la jeta par-dessus son épaule en lui donnant une bonne *claque* sur les fesses.

— *Argh* ! Elle rit aux éclats alors qu'il la portait vers la salle de bain. Jace !

— Tu as aimé ça, pas vrai ?

Elle se tut, sa réponse résonnant à ses oreilles alors qu'il la déposait par terre et mettait la douche en marche.

Elle enroula ses bras autour de sa taille et regarda par-dessus son épaule dans le miroir, les sourcils froncés.

— Mes fesses sont roses à cause de toi.

— Désolé, chérie, mais au moins je sais qu'à chaque fois que tu le sentiras, tu penseras à moi.

Il frotta doucement sa main sur sa peau irritée.

Elle appuya sa joue sur sa poitrine.

— Je pense toujours à toi.

Il releva son menton et, alors que la salle de bain se remplissait de vapeur, les trois mots contre lesquels il luttait remontèrent dans sa gorge. Il pressa ses lèvres contre les siennes puis entra dans la douche, l'entraînant avec lui. Il la maintint sous l'eau et inclina son visage vers le jet d'eau chaude, s'efforçant de ravaler ces mots. Lorsqu'il fut sûr qu'ils étaient bien enfouis pour ne pas s'échapper, il soupira de soulagement et peut-être y avait-il un peu de regret.

POUR LA PREMIÈRE FOIS de sa vie, l'idée de rentrer à la maison remplissait Dixie d'effroi. Jace et elle avaient passé une autre journée romantique et agréable. Ils étaient allés dans la ville culturelle de Provincetown pour acheter des souvenirs pour les enfants et avaient passé toute la journée à profiter des artistes de rue et des magasins, mais surtout à profiter l'un de l'autre. Ils s'étaient ensuite rendus en moto à Harwich et avaient dîné au Common Grounds, le café où ses cousins organisaient leur rassemblement annuel de lutte contre le suicide. C'était une soirée scène ouverte et les gens chantaient, lisaient de la poésie et racontaient des histoires. C'était le samedi soir et ils marchaient le long de la plage devant le cottage, emmitouflés dans des sweat-shirts pour se protéger de la brise glaciale de la baie. Le bras de Jace était drapé sur l'épaule de Dixie et elle n'avait jamais été aussi heureuse, ou aussi triste. Elle n'était pas malheureuse, comme elle l'avait été après leur voyage à New York. C'était différent. Elle faisait déjà le deuil du temps passé ensemble. Elle essaya de l'ignorer et de se concentrer sur leurs conversations. Ils avaient parlé de tout, de la météo à leurs films préférés – celui de Jace était *Road House*, le sien *Pretty Woman* – en esquivant tout ce qui était susceptible de les conduire au cœur du problème.

— Ton film préféré parle d'une *prostituée* ? demanda Jace.

— Oui ! Vivian est une badass. Elle a fait ce qu'il fallait pour se frayer un chemin dans la vie et elle n'avait pas besoin d'un homme pour prendre soin d'elle.

— Elle est tombée amoureuse d'un milliardaire, lui rappela-t-il.

— Non. Elle est tombée amoureuse d'un *homme*. Elle a laissé son argent sur le lit et *a pris des distances* lorsqu'ils se sont disputés, en restant sur ses positions et en exigeant le respect. Ce film aurait pu la faire passer pour une femme qui avait besoin d'être sauvée, mais ce n'est pas le cas. Elle savait ce qu'elle voulait dans la vie et elle a tout fait pour l'obtenir. J'ai aimé le fait qu'elle n'ait laissé personne la tirer vers le bas. Elle s'est juste relevée par ses propres moyens, a élaboré un plan et est allée de l'avant.

— Ça ressemble à une certaine personne que je connais, dit-il avec un petit sourire. Je n'ai jamais vu le film.

— Eh bien, il faut que ça figure en haut de ta liste de choses à faire avant de mourir, parce que tu rates quelque chose.

— Tu as vu *Road House* ?

— J'ai trois grands frères. Tu crois quoi ? C'est l'un des films préférés de Bear.

Il lui embrassa la tempe.

— Alors peut-être que tu peux utiliser tes charmes féminins pour me convaincre de regarder *Pretty Woman* un jour.

— Je suppose que c'est le moins que je puisse faire, vu que tu as mis ta vie en suspens pour venir me voir cette semaine.

Elle se blottit plus étroitement, voulant savoir quelle direction ils allaient prendre, mais en même temps, elle ne voulait pas paraître en manque d'affection. C'étaient *leurs premiers pas et* c'était un début magnifique et radieux. Mais pour Dixie, tout *avait commencé* la première fois qu'elle l'avait vu. Ses sentiments avaient grandi au fil des ans, lors de leur rencontre, puis New York les avait fait passer à la vitesse supérieure. La tristesse la gagna, se remémorant la douleur du départ, l'angoisse de l'espoir d'avoir de ses nouvelles et le pire sentiment de sa vie, le soir où elle l'avait renvoyé. Le bruit de la baie clapotant sur la berge et le corps chaud de Jace pressé contre elle calmèrent l'anxiété qui accompagnait ces pensées.

Elle refusa d'être à nouveau cette femme en manque d'affection. C'était manifestement des balbutiements pour *Jace* et elle devait respecter cela. Elle se refusa à lui demander à mettre un nom sur leur relation ou à avoir des projets d'avenir.

— Où vas-tu aller à partir de maintenant ? Tu retournes à Los Angeles ?

— Entre autres. En plus du lancement, j'ai beaucoup de

voyages en perspective dans les prochaines semaines : Oregon, Mexique, Ohio et Pennsylvanie. Mais d'abord, je dois rattraper tout ce que j'ai mis de côté pour venir ici. J'étais tellement distrait en pensant à toi quand j'étais à Los Angeles que je mettais l'entreprise en danger. La taquinerie dans sa voix amena ses yeux vers les siens. Je t'ai dit que j'ai failli virer un type qui ne le méritait pas. Mais maintenant, je me sens prêt à me lancer à nouveau à fond. Heureusement, nous avons finalisé les photos du calendrier avant mon départ et elles sont bien sûr magnifiques. Je suis excité à l'idée de me remettre dans le bain.

Il se pencha pour l'embrasser et son cœur se mit à battre la chamade tel un oiseau incapable de prendre son envol. Il était impatient de se remettre au travail mais était-il aussi impatient de la revoir ? *Bientôt* peut-être ?

— Il va y avoir des découpes de carton grandeur nature de toi dans tous nos magasins, ajouta-t-il avec un grand sourire.

Elle n'en revenait pas.

— Je m'assurerai de ne plus jamais aller dans tes magasins.

Il rit.

— Eh bien, tu vas devoir t'y faire. Nous voyagerons ensemble pour les apparitions publiques qui seront organisées.

Cela la rendit très heureuse.

— Je sais. Je suis fière de représenter ton entreprise mais ça va être gênant de me voir sur ces affiches.

— Non. Tu t'y habitueras. Je t'ai dit qu'ils voulaient que la ligne *Leather and Lace* soit représentée à la Fashion Week ?, demanda-t-il.

— Sérieusement ? C'est fantastique ! Je ne suis pas surprise. C'est une gamme tellement belle.

— Je ne suis pas convaincu par l'idée. Tu es l'égérie de la collection *Leather and Lace*. Je ne vois pas un tas de mannequins choisies au hasard prendre ta place. Je pense que je vais refuser cette proposition.

Elle cessa de marcher, stupéfaite par ce qu'il avait dit. Elle n'avait pas besoin de mettre une étiquette sur leur relation. Mais son enthousiasme fut anéanti par l'ampleur de ce à quoi il envisageait de renoncer.

— Jace, tu ne peux pas laisser passer une si grande opportunité. La Fashion Week, c'est *énorme* et pas seulement pour ton entreprise. Pense à Jillian. C'est ta partenaire. C'est aussi l'occasion pour *elle* de présenter la nouvelle ligne. Vous ne pouvez pas laisser passer ça pour quelque chose d'aussi ridicule que de vouloir que *je* le fasse. Je ne suis même pas mannequin. T'entendre dire que tu ne peux pas envisager que quelqu'un d'autre représente la collection me touche beaucoup mais c'est une très mauvaise idée de laisser passer cette opportunité.

— Tu penses comme Maddox. Je ne sais pas, Dix.

— Je ne pourrais jamais défiler à un événement aussi important, ajouta-t-elle alors qu'ils se promenaient sur la plage.

— Ce sont des conneries.

— Tu n'as aucune idée du stress que ça représente. Jace, tu as l'habitude de prendre de *grandes* décisions en affaires mais ce serait carrément stupide. Espérons que Maddox ne te laissera pas commettre une telle erreur.

Il se plaça devant elle et posa ses mains sur ses hanches.

— Alors dis-moi que tu vas le faire.

— Hors de question. Je serais si nerveuse que je me casserais probablement la figure.

— Tu as déjà défilé pour Jillian.

— C'était un million de fois *plus petit* et mes amis, qui n'étaient pas mannequins, défilaient aussi. C'était totalement différent.

Il fronça les sourcils et une seconde plus tard, ses yeux s'illuminèrent.

— Alors nous prendrons d'autres mannequins pour le show et *tu* pourras défiler à la fin avec moi, Maddox et Jillian en tant qu'égérie de la collection.

Son cœur chavira devant tant de véhémence.

— Dis-moi que tu vas le faire, Dix. C'est un seul passage sur scène et tu seras à mes côtés donc tu n'auras pas à t'inquiéter de tomber.

— C'est si important pour toi ?

Elle essaya de refouler son excitation et ses attentes, se disant que c'était pour *Silver-Stone*. Mais le regard qu'il lui lança lui donna l'impression que c'était beaucoup plus important.

— Cela compte *beaucoup* pour moi, dit-il. S'il te plaît, Dix ?

Beaucoup. Elle avait mal interprété cette phrase une fois. Elle n'allait pas refaire cette erreur.

— Ok. Je le ferai.

— Yeah !

Il la serra dans ses bras, l'embrassa fort en la faisant tourner sur elle-même.

Ce mouvement ne lui ressemblait tellement pas qu'elle laissa libre cours à son euphorie, riant comme une idiote lorsqu'il la posa à terre.

— Cette semaine a fait de moi un autre homme, Dix. Maintenant je comprends pourquoi les gens prennent des vacances. Je suis revigoré et prêt à foncer tête baissée pour ce lancement. Mais assez parlé de travail. Il lui prit la main et ils se dirigèrent vers la plage en direction du chemin qui coupait à travers les dunes jusqu'à leur chalet. Nous n'avons que quelques heures avant de devoir nous dire au revoir et je veux les passer à te tenir nue dans mes bras.

Cela lui semblait parfait.

CHAPITRE 22

DIXIE SE TENAIT au sommet des dunes le dimanche matin, une brise fraîche caressant sa peau alors qu'elle regardait l'eau. Elle était venue au Cap en cherchant un moyen d'avancer sans Jace. Et là, elle se préparait à partir le cœur plein d'espoir, se répétant d'arrêter de souhaiter qu'ils puissent rester là éternellement parce que c'était un sacré début et qu'ils avaient tellement plus à espérer.

Elle entendit du mouvement et se retourna pour trouver Jace marchant vers elle avec une poignée de fleurs sauvages, des racines pendantes de quelques-unes des longues tiges.

Il haussa les épaules innocemment.

— Je ne pensais pas que le fleuriste serait ouvert si tôt et tu aimes tellement les fleurs…

Mon Dieu, qu'est-ce qu'elle l'aimait et elle n'était pas prête à lui dire au revoir.

— Tu crois que tes amis croiront qu'un lapin les a mangées ?

Elle rit et secoua la tête.

— Tu es cinglé.

— Je suis définitivement fou de toi. Il l'entoura de ses bras. Merci de nous avoir laissé une chance.

— Je suis encore sous le choc de savoir que tu as mis ta vie de côté pour moi. Je t'ai vraiment sous-estimé. Ce temps passé ensemble représente beaucoup pour moi.

— Pour moi aussi.

Il l'enlaça et elle ferma les yeux. Ils étaient en haut des dunes, se balançant dans les bras de l'autre, chacun perdu dans leurs pensées. Quand ils s'étaient dit au revoir à New York, elle avait eu envie de pleurer. Cet au revoir était différent. Elle avait confiance en leur relation, elle n'avait pas peur que ce soit fini après. Elle savait que lorsqu'elle partirait, elle aurait un nouveau compagnon, *Chagrin* et que celui-ci s'installerait sur le siège passager pour le long trajet du retour. Elle s'attendait également à ce que le compagnon de Chagrin, *Envie*, s'installe sur la banquette arrière. Mais pour ce voyage, il y avait un troisième compagnon. *Amour*. Ils ne lui avaient peut-être pas donné de nom mais elle savait maintenant que l'amour n'en avait pas toujours besoin. C'était aussi présent et réel entre eux que la profondeur de l'océan.

Jace la regarda et un sourire se dessina sur ses lèvres.

— Je ne te l'ai probablement pas assez dit, même si je le pense tout le temps. Tu es si belle. Vraiment belle, Dix.

Elle appuya son front contre sa poitrine et il embrassa le sommet de sa tête, puis y posa sa joue.

— Nous avons passé un bon moment, pas vrai ?

— Oui.

— Tu sais que ce n'est pas la fin, hein ?

Elle leva les yeux vers lui.

— Je sais.

Il déposa un baiser entre ses sourcils.

— Alors pourquoi as-tu ces marques d'inquiétude sur le front ?

— Si j'arrive à faire croire à Daphné que les fleurs ont été mangées par un lapin, alors tu me crois si je te dis que je suis simplement stressée par les dix heures de route qui me séparent de la maison ?

Il gloussa.

— Probablement pas, mais ça valait le coup d'essayer. Son visage redevint sérieux. Tu ne veux pas de promesses en l'air, Dix.

— Je ne te demande rien.

Mais elle vit quelque chose dans ses yeux. Des prémisses de promesses ? L'envie de faire des promesses ? Elle ne savait pas. Ça pourrait être un vœu pieux.

— Je m'en rends compte mais tu dois savoir que ce temps passé ensemble a été fantastique. Nous en avions tous les deux besoin et maintenant, nous devons retourner à la réalité. Je dois rattraper tout le travail que j'ai mis de côté pour être ici et tu as ta vie à poursuivre, des cadeaux à offrir à tes bébés.

Sa gorge se serra mais elle refusa de s'effondrer.

— Tu vas me manquer, c'est tout.

— Et toi aussi, tu vas me manquer. Il embrassa son front. Tu sais que ce n'est pas comme si nous allions prendre des chemins opposés et que c'était fini, d'accord ? Je penserai à toi à chaque seconde de la journée, Dix. Ça ne va pas changer.

JACE REGARDA l'eau pour essayer de reprendre le contrôle des émotions qui le submergeaient. Il avait pensé qu'il allait faire durer leurs adieux aussi longtemps que possible, rester avec elle jusqu'à la dernière seconde. Mais l'idée qu'elle s'en aille à nouveau lui donna des picotements dans la poitrine. Il repensa à leur tout premier baiser, à leur premier baiser échangé et se demanda comment il avait pu croire qu'il serait capable d'être proche de Dixie et de tout laisser derrière lui. Il n'avait aucune idée de ce qu'il avait fait pour combattre ce qu'il ressentait pour elle pendant tant d'années sans perdre la tête. Il pourrait figurer dans le *Guinness Book of records* comme l'homme le plus fort de la planète, rien que pour ça.

De qui se moquait-il ? Il était l'homme le plus stupide du monde pour avoir attendu si longtemps.

Elle prit sa main.

— Je devrais y aller. J'ai une longue route qui m'attend.

Il acquiesça, incapable de maîtriser suffisamment ses pensées pour que sa voix soit fiable. Il n'était pas le seul à avoir changé. Dixie ne lui dit pas au revoir les larmes aux yeux. Il vit de la confiance cette fois-ci. Il reconnut ce regard parce que pour la première fois depuis son adolescence, il faisait confiance à une femme. Il faisait suffisamment confiance à Dixie pour lui avoir confié son cœur du mieux qu'il pouvait.

— Ça te dérangerait si je venais avec toi à Bikes on the Beach la prochaine fois ? demanda-t-elle alors qu'ils faisaient le tour du chalet. J'aimerais vraiment aider Marly à sa table.

Il se souvenait qu'elle avait eu l'air de vouloir tuer Marly quand celle-ci l'avait serré dans ses bras. Il n'était pas surpris qu'elles se soient si bien entendues. Elles avaient toutes deux un grand cœur, faisant tout leur possible pour aider les autres. Ce qui le surprenait, en revanche, c'était à quel point cela signifiait pour lui qu'elle se rende à un événement dont elle avait dit qu'elle ne l'apprécierait pas, juste pour voir une nouvelle amie et l'aider dans sa cause.

— Ce serait génial, dit-il, voulant tellement plus.

Ils s'arrêtèrent devant sa Jeep, qui était déjà prête et il la prit à nouveau dans ses bras.

— J'aurais aimé t'offrir quelque chose pendant que nous étions ici. Un bijou ou quelque chose pour commémorer notre temps passé ensemble.

Elle le regarda avec une expression rêveuse.

— Tu l'as fait. Tu nous as donné quelque chose à tous les deux. Tu nous as donné *une chance.*

— *Mon Dieu, Dix*, dit-il dans un long souffle, en la serrant fort contre lui. Les adieux, ça craint.

Elle bredouilla son approbation puis elle posa son menton sur sa poitrine.

— Alors ne disons pas au revoir.

— Ok, fit-il en murmurant.

— Embrasse-moi, Stone.

Il approcha ses lèvres des siennes, essayant de faire taire la tristesse dans ses yeux et dans son cœur. Sa vie semblait être construite sur des efforts futiles ces derniers temps et ce n'était pas différent. Lorsque leurs lèvres se séparèrent, ses yeux s'humidifièrent et il la serra à nouveau dans ses bras. Il prit son visage dans ses mains et chassa ses larmes.

— Dis-moi de ne pas faire de promesses vaines, Dix, parce qu'en ce moment, je ferais n'importe quoi pour te voir sourire.

Ses lèvres se courbèrent.

— Les promesses non tenues sont pour les trouducs.

Il éclata de rire puis il l'embrassa à nouveau et l'aida à monter dans sa Jeep.

— Fais bon voyage. Je te ferai savoir quand je serai de retour à Peaceful Harbor, mais je suis sûr que nous nous parlerons d'ici là, affirma-t-il alors qu'elle démarrait.

Il regarda Dixie partir, la sensation de perte le submergeant. Il s'était noyé dans le travail pendant si longtemps, se cachant d'un chagrin d'amour vieux de plusieurs décennies par peur d'être à nouveau blessé. Il avait presque oublié que la douleur avait le potentiel de renforcer la détermination d'une personne. Il pouvait continuer à se cacher pour toujours, se perdre dans des projets et dans ses designs, accumuler des richesses et des réussites professionnelles. Est-ce vraiment se *cacher* ? Ou était-ce un moyen de se préserver ? Ou peut-être un bel exemple de détermination ?

Il y pensa longtemps après que la Jeep de Dixie eut disparu. Quelque part entre son manque de promesses et l'ouverture de son cœur, il avait découvert l'homme qu'il était censé être. Mais il s'était trompé sur tellement de choses, ces derniers temps. Pourrait-il éviter d'ajouter un autre élément à la liste ?

Peut-être que ce n'était pas *un départ* après tout, mais une fin à ce qui aurait pu devenir sa plus grosse erreur.

CHAPITRE 23

DIXIE FERMA le logiciel de comptabilité du *Whiskey's*, le lundi soir, en parlant à sa mère au téléphone.

— Merci encore d'avoir géré les choses pendant mon absence. Tu avais raison. J'avais vraiment besoin d'une pause.

— Pas de problème. J'ai entendu dire que tu avais eu de la visite au Cap.

— *Pff.* J'ai dit à Justin et aux gars que s'ils ouvraient leur bouche, ils le regretteraient !

— Calme-toi, dit fermement sa mère. Je n'ai rien entendu de la part des garçons. Tu sais que le club des filles assure toujours tes arrières. Tante Reba et Ginger ont mis un frein aux commérages avec les hommes, mais elles se devaient d'appeler et de dire combien elles étaient heureuses pour toi. Bon sang, chérie, je m'inquiéterais si elles ne le faisaient pas.

Le club des filles faisait référence à ce que sa mère avait toujours nommé les épouses des Dark Knights, qui pouvait garder les secrets mieux que Fort Knox.

— Eh bien, peut-être qu'elles ne devraient pas trop s'extasier, grommela Dixie. Cela faisait un jour et demi que Jace et elle s'étaient dit au revoir et elle n'avait pas eu de nouvelles de lui.

— Oh Oh. Parle-moi.

Dixie soupira.

— Je ne veux pas en parler.

C'était trop embarrassant. Elle était sûre que Jace ressentait pour elle le même amour démesuré qu'elle ressentait pour lui, mais si c'était le cas, ne lui aurait-il pas fait signe ? Ne lui aurait-il pas manqué comme elle lui a manqué ? *De façon douloureuse* ?

— Ginger a affirmé que Jace et toi semblaient inséparables. Conroy lui a même fait un commentaire sur le fait que c'était agréable de voir un homme te regarder comme si tu étais tout pour lui.

Dixie ferma les yeux, revoyant ce même regard dans les yeux de Jace.

— Il me regardait comme ça, mais…

Elle refusa de dévoiler le reste… Elle avait été si bouleversée plus tôt dans la journée qu'elle avait cru qu'elle allait fondre en larmes et elle se détestait d'avoir ressenti cela. Cela ne faisait qu'un jour et demi, pas *une semaine*. Elle savait à quel point il était occupé, mais elle savait aussi que personne n'était trop occupé pour envoyer un texto en deux secondes. Une phrase c'était tout ce dont elle avait besoin. *Tu me manques*, ou même le message bancal qu'il avait envoyé après son départ de New York. *J'espère que tu es bien rentrée*, c'était mieux que le silence radio.

— Écoute, Dix. Toi plus que quiconque sait que parfois les hommes ont besoin de se prendre des coups sur la tête avant de faire les choses correctement.

Dixie se leva et fit les cent pas dans le bureau, ne voulant pas raisonner à sa place.

— Peut-être, mais si un homme m'aime, on ne devrait pas avoir à le frapper à la tête.

— Oh, ma chérie, déclara doucement sa mère. Jace a dit

qu'il t'*aimait* ? C'est un moment si précieux. Je veux tout savoir à ce sujet.

Moi aussi…

Une sensation de brûlure parcourut la poitrine de Dixie, apportant une bouffée de tristesse.

— Il n'y a rien à dire. Il n'a jamais dit qu'il m'aimait.

Elle se frotta la poitrine. Mais il avait dit tellement d'autres choses merveilleuses et il s'était fait faire un tatouage assorti. Ces choses comptaient mais elle ne pouvait pas emprunter cette voie avec sa mère. Peu importe ce qu'on lui dirait, ça n'enlèverait pas la douleur de son refus de lui tendre la main.

— Maman, la messe commence dans une demi-heure et le bar est plein à craquer. Je dois retourner là-bas et faire le service.

On appelait la messe, les réunions des Dark Knights, qui avaient lieu le lundi soir dans le club house derrière le bar. Le père et les frères de Dixie étaient déjà là mais certains membres traînaient autour du bar juste avant le début des réunions.

— Tu ne peux pas lâcher une bombe comme ça et me laisser en plan, se plaignit sa mère.

Dixie leva les yeux au ciel et prit une profonde respiration. Ce n'était pas la faute de sa mère si elle était bouleversée.

— Il a *agi* comme s'il m'aimait. Je l'ai senti. C'était *bien réel*, pas un simple espoir. Mais maintenant, je suis sans nouvelles de lui. Peut-être que tu as raison et qu'il a juste besoin d'une claque en pleine figure, mais ce n'est pas le genre d'amour que *je* veux. Alors, on peut laisser tomber ? J'apprécie vraiment que tu m'aies remplacée pendant mon absence et dis à tante Reba et Ginger que j'apprécie ce qu'elles ont fait pour garder les choses sous contrôle.

Elle avait également apprécié que Jace prenne autant de temps libre pour être avec elle, même si cela faisait mal d'être mise de côté.

— Mais je dois y aller avant que Tracey ne soit débordée.

Après avoir mis fin à l'appel, Dixie entra dans le bar bondé. Les lundis soirs étaient toujours les plus éprouvants et ce soir-là, elle n'était pas d'humeur à s'occuper d'un quelconque problème.

— Hé, Dix. Je t'ai apporté des cookies que Josie a faits pour toi, lança Jed depuis les tables de billard, où il traînait avec Crow, Court et quelques autres Dark Knights.

Elle se dirigea vers elle.

— Je suis désolée de ne pas avoir pu assister à son inauguration. Izzy a dit que c'était génial et que pratiquement toute la ville était là pour fêter ça.

— Ce n'est pas grave. Red nous a dit que tu n'étais pas en ville. Finlay a accroché une copie de l'article que Gemma a écrit derrière le bar. Jed se dirigea vers le bar. Mais tu devrais prendre ces cookies. Diesel les a reluqués toute la nuit.

— Je le ferai. Remercie Josie de ma part.

Un plateau de biscuits et un litre de glace *pourraient* la calmer, mais une bouteille d'alcool le ferait plus vite. Malheureusement, alors qu'elle se frayait un chemin à travers la foule, s'arrêtant pour ramasser des bouteilles vides et prendre des commandes au passage, elle savait qu'aucune de ces options n'était envisageable pour le moment.

— Hé, ma belle ? lui lança un gars aux cheveux hirsutes et aux cheveux rasés qu'elle ne reconnut pas.

Elle simula ce qu'elle espérait être un sourire digne d'un pourboire en le jaugeant. Lui et les deux autres hommes avec lesquels il était assis portaient des chemises et des pantalons et elle se demandait comment ils avaient fini dans un bar de bikers.

— Que puis-je vous servir, les gars ?

Il regarda ses copains et leva le menton, comme s'il disait *Regardez ça*.

— Pour commencer, nous sommes des *hommes*.

Elle avait sur le bout de la langue l'envie de dire que *les vrais hommes n'avaient pas besoin de le préciser*, mais elle se retint.

— Qu'est-ce que je vous sers ?

— Une tournée de whisky coca.

Il parcourut son corps du regard, lui faisant regretter de ne pas avoir mis un jean au lieu du short en cuir de la collection *Leather and Lace*.

— Joli short. Il serait superbe sur *le sol de ma chambre*.

Si cela avait été un autre soir, elle aurait probablement ri et dit *Dans tes rêves* mais sa colère qui couvait atteignit le point de non-retour. Elle l'attrapa par le col, le décolla du sol et lui cracha à la figure.

— Je pense que tes dents seraient superbes sur le sol de ce bar – elle était vaguement consciente du silence qui régnait autour d'elle et des Dark Knights qui se rapprochaient d'eux – parce que c'est ce qui va se passer si tu fais encore une blague de ce genre. Elle leva les yeux vers Diesel, qui s'avançait à côté de la table, la dominant tandis qu'elle repoussait le gars sur son siège et relâchait sa chemise. Je m'en occupe, Diesel.

Aucun de ses gardiens ne recula, ce qui l'énerva encore plus.

— Je répète, je gère ça, putain, grogna-t-elle.

— Ok, le spectacle est terminé, lança Izzy, en se faufilant parmi la foule. Elle prit Dixie par le bras et la traîna dans le bureau, fermant la porte derrière elles. C'est quoi ce bordel ? Tu veux déclencher une bagarre ? Diesel a failli sauter par-dessus le bar.

Dixie respirait difficilement, faisant les cent pas, trop énervée pour parler. Izzy l'avait coincée plus tôt alors qu'elle était perdue dans ses pensées et Dixie lui avait dit qu'elle n'avait pas de nouvelles de Jace.

— Oh, Dixie. Tu n'as toujours pas eu de ses nouvelles ? demanda-t-elle d'un ton plus doux et plus empathique.

Dixie secoua la tête.

— As-tu pensé à l'appeler ?

— A quoi crois-tu que je pense depuis la nuit dernière ?

Son pouce avait survolé son nom dans sa liste de contacts si souvent que les muscles de son pouce lui faisaient mal et elle avait tapé des dizaines de textos, pour ensuite tous les effacer.

— Je ne sais pas. Peut-être que tu es juste en train de penser à tout le super sexe que tu rates, plaisanta Izzy.

Dixie leva les yeux au ciel.

— C'est ridicule. Je ne suis pas cette personne, Iz. Tu le *sais très bien.*

— Ce que je sais, c'est que tu dois vraiment l'aimer pour être comme ça au bout d'un jour seulement.

— Un jour *et demi* et ne le répète pas. Je *sais* que c'est ridicule et je me déteste de me ressentir cela. Comment a-t-il pu me transformer en ce genre de femme que je ne supporte pas ?

Elle s'appuya contre le bureau.

— Il a détruit ton cœur, orgasme après orgasme. Maintenant tu es en manque et c'est pire parce que son silence te fait te demander si toutes ces choses incroyables qu'il a dites étaient vraies ou fausses. Izzy se pencha sur le bureau à côté d'elle. C'est pour ça que je ne sors pas avec quelqu'un de façon sérieuse. Je déteste me demander où j'en suis. C'est beaucoup plus facile de fixer des règles de base et de s'y tenir.

— On l'a plus ou moins fait. Il n'a pas promis de m'appeler ni même de me voir. Même pas quand on s'est dit au revoir. Il a dit qu'il me ferait savoir quand il serait à Peaceful Harbor et qu'il était sûr qu'on se parlerait avant.

— Et… ?

Trop anxieuse pour rester assise, Dixie quitta le bureau et fit les cent pas.

— Et puis il m'a embrassé comme si sa vie en dépendait et je suis repartie en voiture dans un foutu état de béatitude.

Izzy soupira.

— Cet homme doit vraiment avoir une bouche magique.

— Chaque partie de son corps est magique.

— Alors tu n'as que deux choix. Tu peux t'asseoir et attendre ou tu peux l'appeler et lui dire précisément pourquoi tu es en colère.

— Je ne vais pas l'appeler. Je ne vais pas courir après *un* homme.

— Alors tu ferais bien de te reprendre en main, Dix, parce que tu avais tous les Dark Knight là dehors prêts à démolir ce plouc. Qu'est-ce que ce type t'a dit, au fait ?

— Que ce serait bien que mon short soit sur le sol de sa chambre.

Elles se mirent à rire toutes les deux.

— Pathétique, déclara Izzy. Mais ce short est super sexy.

— Jace et Jilly l'ont conçu. Allez, viens. Je vais essayer de fermer ma grande gueule, lança Dixie en ouvrant la porte.

Diesel était là, les mains sur les hanches, bloquant l'entrée.

— Je me suis débarrassé de ces gars.

— Tu n'avais pas à faire ça, grogna Dixie, essayant de le dépasser, mais c'était comme essayer de déplacer une maison. Je peux passer, s'il te plaît ?

Diesel croisa les bras sur son énorme poitrine.

— Tu as été désagréable toute la soirée. Tu veux que je m'occupe de quelque chose ?

— Non. Ce dont j'ai besoin, c'est de passer la soirée sans tuer personne. Dixie se faufila devant lui avec Izzy sur ses talons. Tu sais ce qui ne va pas avec la gent masculine ?

— Soit ils pensent avec leurs sexes, soit ils ne pensent pas du tout ? proposa Izzy.

Elle ne considérait pas que Jace ne pensait qu'avec son engin et elle ne croyait certainement pas que l'homme qui avait construit un empire ne réfléchissait à rien. Le problème était qu'elle n'avait pas de réponse sensée. Elle espérait qu'Izzy en avait une, alors elle fit de son mieux.

— Non. Ils ne sont pas livrés avec un manuel.

CHAPITRE 24

— ES-TU sûr à 100% de vouloir faire ça ? demanda Maddox alors que Jace signait le contrat pour les bureaux et l'espace de fabrication de leur nouveau siège social sur la côte Est, le mardi après-midi.

Jace tourna les pages à la recherche du prochain endroit où il devait apposer sa signature.

— Bien sûr que oui. Ce sera une bonne chose. J'ai déjà retardé le contrat d'une semaine.

— Tu es sûr que tu ne fais pas une erreur avec Dixie ? lui demanda Maddox.

Jace leva les yeux au ciel, affrontant le regard inquiet de son ami.

— On en a déjà parlé. Elle a besoin d'un gars qui est prêt à se poser.

Maddox se moqua et secoua la tête.

— Je ne comprends pas. Elle te connaît depuis toujours. Comment pourrait-elle ne serait-ce que l'envisager… ?

— Mad, ça fait des jours que je n'ai pas dormi. Si tu tiens à ta vie et à notre amitié, tu ne me provoqueras pas aujourd'hui.

— C'est ta vie, mais tu ne crois pas que tu devrais au moins l'appeler ? Discuter de tout ça avant de t'engager dans quelque chose d'aussi important ? Je peux repousser l'accord d'une semaine, juste au cas où.

— Pas question. Je sais ce qu'elle pense. Jace signa la dernière page et déplaça les papiers sur la table de conférence. Elle a occupé toute mon attention pendant plusieurs jours et aussi incroyable que ce soit, ça nous a coûté assez de temps. Ce que je dois faire, c'est me *concentrer*, m'occuper des affaires et faire tout ce que j'ai remis à plus tard la semaine dernière, afin que nous puissions aller de l'avant avec le nouveau siège social et le lancement des lignes *Legacy* et *Leather and Lace*. Nous sommes à l'aube de transitions qui vont changer notre vie. Nous ne pouvons pas nous permettre de laisser passer quoi que ce soit.

Le téléphone portable de Jace sonna et le nom de Shea apparut sur l'écran. Il leva un doigt vers Maddox pour répondre à l'appel.

— Salut, Shea.

— Salut. Je voudrais passer en revue les horaires des événements à venir. Tu as une minute ?

Il regarda sa montre.

— J'ai une réunion par téléphone dans moins de dix minutes. J'ai vérifié les horaires hier et je n'ai vu aucun problème. Mais tu dois contacter Dixie et t'assurer de la tenir au courant au cas où elle aurait des problèmes d'emploi du temps.

— Je le ferai. Par ailleurs, pendant que je t'ai au téléphone, j'ai parlé à Jilly et nous sommes d'accord pour la *Fashion Week*. Maddox m'a dit que tu étais contre cette idée la semaine dernière. Je suis vraiment contente que tu aies changé d'avis.

— Tu connais ma condition pour que Dixie se joigne Mad, Jilly et moi.

— Je suis déjà sur le coup. Jilly est d'accord et elle sait que tu veux que Dixie porte le haut en dentelle sans manches avec la fente au milieu et le collier ras du cou, une mini-jupe noire et des bottes en cuir noir jusqu'aux genoux. Tu dois vraiment aimer cette tenue.

Il adorait *Dixie* dans cette tenue, c'est pourquoi il l'avait choisie pour la couverture du calendrier.

— Oui et je veux qu'Indi s'occupe de la coiffure et du maquillage de Dixie. Elle a fait un excellent travail la dernière fois.

— Jilly a sa propre équipe…

— C'est *Indi* ou rien du tout, trancha-t-il fermement. S'il te plaît, fais en sorte que ça marche.

Maddox tapota sa montre, lui rappelant leur conférence téléphonique avec Drew Ryder, l'architecte chargé de la conception de leur nouvel espace de vente à Boston.

— Ok, va pour Indi, répondit-elle.

— Super. Je dois y aller. Autre chose ?

— Non, c'est bon. Merci. Je te ferai un topo après avoir confirmé avec Dixie.

Ils raccrochèrent et Maddox se leva.

— Prenons l'appel dans mon bureau. Leni a une réunion et a besoin de la salle de conférence.

Jace se leva et Maddox lui tendit la main.

— C'est en quel honneur ? demanda Jace en la serrant.

Maddox esquissa un rare sourire.

— Tu as été un peu ailleurs, un peu perdu, ces dernières années. C'est bon de te voir de retour parmi nous, avec la tête sur les épaules.

— Merci, mec. J'avais besoin de ce temps avec Dixie pour comprendre les choses et revoir mes priorités.

— Je suppose que oui.

— Certaines personnes sont faites pour se poser et certains d'entre nous sont faits pour rouler seuls et suivre la route peu importe où elle nous mène, affirma Maddox en quittant la salle de conférence.

Jace donna une tape dans le dos de Maddox.

— Chacun son truc et toutes ces conneries qui vont avec. Il est temps de nous activer pour créer notre futur magasin.

DIXIE POSA LA mini-bouteille de bourbon vide sur la table, à côté des deux autres bouteilles qu'elle avait déjà bues et enfourna une autre cuillerée de crème glacée dans sa bouche. C'était le jeudi soir, quatre jours et demi depuis qu'elle avait dit au revoir à Jace. Quatre jours et demi qu'elle n'avait pas tenu sa main, embrassé ses lèvres, ou entendu sa voix.

Sauf dans ses rêves où il était au centre de toutes ses nuits.

Après quatre jours et demi de silence radio, Dixie était passée de la tristesse à l'*énervement*. Ce n'était pas *tout à fait* vrai. Elle *était* en colère comme un chat plongé dans une rivière mais elle avait aussi le cœur brisé. C'était si dur de passer un coup de fil ou d'envoyer un SMS ? Elle avait l'impression de *s'enliser dans la tristesse* et peu importait les efforts qu'elle faisait, elle n'arrivait pas à s'en sortir. Elle avait passé cette semaine à refuser de croire que ce que Jace et elle avaient partagé était un *véritable* amour et l'instant d'après, elle se traitait d'idiote. Elle était une épave pleurnicharde à la maison et une garce grincheuse au travail. Mais elle avait gardé les raisons secrètes auprès de ses frères, parce que l'idée qu'ils blâment Jace la mettait encore plus en colère. Bear avait appelé Izzy plus tôt dans la journée pour la questionner sur ce qui n'allait pas. C'est pourquoi Izzy était entrée en trombe dans le garage, prétendant qu'elle n'avait aucune idée de la raison de la colère de Dixie et exigeant une séance de dégustation de glaces.

Elles étaient maintenant assises à *Luscious Licks*, le magasin de glaces de Penny Wilson, à essayer de chasser de ses pensées Jace avec de la crème riche et sucrée et du bourbon. Penny faisait la meilleure glace maison de tout Peaceful Harbor et était connue pour sa gamme de sundaes et de spécialités adaptées à toutes les occasions, comme les sundaes *Adieu Journée Morose* ou encore *Au revoir problèmes et ennuis à gogos* et la spécialité *Célébrons Ma Perfection*.

Dixie prit une bouteille vide et l'agita en l'air.

Un autre bourbon s'il te plaît, Pen.

— Ok, mais si on te pose la question, tu as apporté ton propre alcool. C'est bien au-delà de la limite légale.

Penny quitta son siège pour s'asseoir en face de Dixie. Elle était un sosie de Zoey Deschanel avec des yeux bleu brillant et des cheveux bruns et ne ressemblait en rien à sa grande sœur blonde, Finlay.

— Ça marche ! promit Dixie, en portant à sa bouche une autre cuillerée de sa spécialité Cœur Brisé.

La tranche épaisse de brownie aux noix de pécan, recouverte de plusieurs boules de glace à la pâte à biscuit et garnie de cerises écrasées et de bourbon était vraiment parfaite.

Du moins pour les dix prochaines minutes, ce qui était à peu près le temps qu'il lui faudrait pour le finir.

La porte de la boutique s'ouvrit et Quincy entra tandis que Penny fouillait dans *son armoire à alcools*, où elle gardait des mini-bouteilles de liqueur pour les sundaes qui nécessitaient *un peu plus que* du sucre.

— Ne fais pas ça, Pen ! Tu n'as pas besoin d'une bouteille pour les coups durs ! Je suis là pour toi.

Quincy la taquina avec son sourire arrogant.

— Laisse tomber, Quincy, affirma Dixie d'un ton sérieux. Fais-moi confiance, tu n'as pas envie de tout laisser tomber pour une femme. L'amour, ça craint.

Elle fourra plus de crème glacée dans sa bouche.

Quincy lui jeta un regard perplexe, en regardant son énorme sundae.

Dixie se pencha sur son bol.

— Touche à mon sundae et tu es mort, Gritt.

Il gloussa.

— J'ai entendu dire que tu étais de mauvaise humeur depuis ton retour du Cap. Que diable s'est-il passé là-bas ? Les vacances ne sont-elles pas censées te détendre complètement ?

— Laisse tomber, Quin, prévint Penny en posant la bouteille de bourbon sur la table à côté des trois bouteilles vides.

Dixie s'empara de la mini-bouteille et la porta à ses lèvres, la vidant d'un trait.

Les yeux de Quincy s'écarquillèrent.

— Bon sang, Dix. C'est à cause de ce qui se passe que tu portes la chemise pour laquelle Bullet a interrompu des bagarres alors que tu *sais bien* qu'il travaille ce soir ?

Elle baissa les yeux sur son dos nu noir avec RIEN QU'UN WHISKEY NE PUISSE RÉPARER sur le devant. Tous les mots étaient écrits en lettres blanches, sauf Whiskey, qui était écrit en rouge. Le bustier et le jean moulant n'avaient pas été son premier choix de vêtements ce matin-là. Elle s'était habillée avec la même tenue qu'elle avait portée à la maison après la séance photos, celle que Jace avait déchirée et remplacée plus tard. Elle s'était sentie si proche de Jace la nuit après la séance photos, elle avait voulu se délecter de ces sentiments et ne pas laisser le mal les détruire. Mais dès qu'elle se regardait dans le miroir, il lui manquait encore plus, alors elle avait mis un jean et un dos nu.

Le haut la faisait se sentir forte. La haine de Bullet pour ce haut en faisait un choix encore meilleur. Elle serait obligée de se battre au lieu de pleurer.

— Cette chemise est du *Dixie* tout craché, dit Izzy.

— D'accord, répondit Quincy en se glissant à côté d'Izzy. Dix, tu dis que l'amour ça craint, donc je suppose que ça concerne un mec ? Je vais te dire ce que je dis aux gens des Narcotiques Anonymes quand ils font face à des situations difficiles.

— Non, s'il te plaît, rétorqua Dixie d'un ton catégorique.

Izzy et Penny secouèrent la tête, des avertissements dans les yeux.

— On s'en occupe, lui assura Izzy.

— On s'en occupe, répéta Quincy, l'air peu convaincu. C'est qui le mec ?

— Il n'y a pas de *mec*. Dixie plongea sa cuillère dans l'épais brownie, coupa un morceau et l'enfourna dans sa bouche.

Quincy arqua un sourcil.

— Donc c'est à propos d'une *nana* ? Waouh, je ne m'attendais pas à ça. Les choses viennent de devenir encore plus intéressantes.

Dixie pointa sa cuillère vers lui.

— Tu dois arrêter de parler avant que je te poignarde avec ça.

— Tu as toujours été là pour moi, Dix. Je veux juste t'aider, insista Quincy.

La sincérité dans sa voix engendra une pointe de culpabilité.

— Merci, mais je vais bien ou j'irai mieux. Si tu veux vraiment aider, tu vas la fermer devant tout le monde en dehors de ce magasin. Tu ne m'as jamais vu m'empiffrer. Compris ?

— Bien sûr. Comme tu veux. Il se pencha sur la table et

baissa la voix. Mais tu sais que je serais heureux de m'envoler pour le Cap et de donner une leçon à ce connard !

Dixie serra les dents. Jace n'en était *pas* un. Elle l'aimait et bon sang, elle était sûre qu'il l'aimait aussi. Mais au cas où elle aurait perdu sa capacité à déchiffrer les gens et qu'il s'avérait être un salaud qui s'était joué d'elle, il ne lui avait toujours pas promis la moindre chose. *Elle* était responsable, pas lui.

— Quincy, dit Penny brusquement, le forçant à se lever.

— Pourquoi ne pas se retrouver une autre fois ? Elle le poussa vers la porte. Je suis désolée. On dirait que je vais fermer tôt.

Dixie se sentit horriblement mal de l'avoir repoussé. Ce n'était pas la faute de Quincy si elle avait passé les derniers jours à essayer de recoller les morceaux de son cœur brisé tout en esquivant tellement de questions, de commentaires des gars du garage et de Diesel ainsi que celles de Bullet au bar dès qu'elle était prête à arracher la tête de quelqu'un.

— Non, il n'a pas à partir. Dixie se leva, se sentant un peu étourdie. Avait-elle *encore* oublié de déjeuner ? Elle attrapa son sac à dos. C'est bon. De toute façon, je dois aller travailler au bar.

— Tu veux que je te remplace ? demanda Izzy, en prenant les clés de Dixie sur la table.

— Non. Si je rentre chez moi, je vais juste… *Pleurer ou frapper mon oreille*r. Je dois aller travailler.

Elle tendit la main pour ses clés.

— Oh, non, la fille au bourbon. Izzy lui prit le bras. Je sais que tu peux tenir l'alcool mais dans quinze ou vingt minutes, tu auras un bon coup de barre. Il est hors de question que je te laisse conduire.

— *Bien*, comme tu veux. Dixie se pencha sur la table et se mit à engloutir du brownie et de la glace. Elle finit par tout avaler. Merci, Penny. Je te dois une vraie bouteille de bourbon. Et Quincy, souviens-toi, si tu ouvres la bouche à propos de tout ça, je devrai te tuer.

— Compris. Appelle-moi si tu veux un point de vue masculin sur une situation qui *n'a rien à voir avec un homme*. Il la serra dans ses bras et baissa la voix. Celui qui t'a contrariée fait une énorme erreur. Je suis désolé que tu traverses tout ça.

Des larmes brûlèrent les yeux de Dixie, elle se détourna avant qu'il puisse les voir.

— Allons-y, Iz.

Elle passa la porte et inspira une bouffée d'air chaud. Elle avait des brûlures à l'estomac, des douleurs au cœur et le bourbon faisait déjà son effet, mais au lieu d'atténuer ses émotions, il les amplifiait.

— Tu vas pleurer, hein ? demanda Izzy alors qu'ils se dirigeaient vers sa voiture.

— Pas si je peux éviter ça.

Dixie monta dans la voiture et baissa la vitre, reconnaissante qu'Izzy la connaisse assez bien pour ne pas essayer de parler de ce qui *se passait* ou *non* avec Jace. Elle alluma la radio, donnant à Dixie une chance d'essayer de se ressaisir sur le chemin du bar. La glace et l'alcool ne l'avaient pas aidée. Elle se sentait un peu étourdie mais c'était peut-être parce que son cœur était si confus qu'il ne fonctionnait pas correctement et que son cerveau ne recevait pas assez de sang.

Ou peut-être qu'elle était juste bourrée et que Jace lui manquait.

Izzy se gara sur le parking du *Whiskey's*. Elle se tourna vers Dixie, l'air préoccupé.

— Tu es sûre que tu ne veux pas que je te remplace ?

— Certaine, merci. C'est juste que… je ne comprends pas,

Iz. Tu as peut-être raison et je devrais le contacter mais je ne peux pas m'y résoudre. Chaque fois que j'essaie, je suis bouleversée. Imagine un peu. Disons que j'appelle et qu'il réponde au téléphone. Et après ? J'aurai l'air d'une enfant qui demande pourquoi il *n'a pas* appelé. Je ne suis pas comme ça et il le sait. Et le plus étrange dans tout ça, c'est qu'aucune partie de moi ne pense qu'il ne m'aime pas. Si tu avais pu voir la façon dont il me regardait, ressentir ce que je ressentais quand il me tenait la main, m'embrassait, ou…

— Je *comprends* ce que tu ressens. Tu penses qu'il a pu lui arriver quelque chose ? Peut-être qu'il a eu un accident ?

Dixie secoua la tête.

— Sa sœur Mia m'a envoyé un texto l'autre soir avec une photo d'une paire de talons *Leather and Lace* que Jace lui avait envoyée. Si quelque chose lui était arrivé, elle l'aurait mentionné.

— Tu lui as demandé si elle lui avait parlé ?

— Non. Ce n'est pas non plus mon genre. Elle saisit son sac à dos. J'ai toujours cru que je savais qui j'étais, mais j'avais tort. *Maintenant*, je connais la vérité.

Izzy tendit ses clés à Dixie.

— Tu vas me donner un indice sur ce que c'est ?

— Bien sûr. Je suis une Whiskey, une dure de dure.

Dixie mit ses clés dans son sac à dos, essayant de se convaincre qu'elle avait dit tout ce qu'il y avait à dire. Ce qu'elle voulait partager avec Izzy, mais ne pouvait pas le faire de peur d'être envahie par la tristesse, c'était que les Whiskey n'étaient que des êtres humains après tout. La force des Whiskey n'était pas inébranlable et la famille qu'elle adorait *ne* représentait *pas* tout ce dont elle avait besoin.

— Ce n'est pas *nouveau*, Dix. Pas pour moi, ni pour toi, dit

Izzy.

Dixie ouvrit la portière et posa un pied sur le trottoir, prête à fuir.

La jeune femme prit son bras.

— Crache le morceau.

— *Super*, mais on n'en parle pas. Dès que je te le dirai, tu mettras cette voiture en route et tu dégageras d'ici.

— Ok. Promis. Izzy fit une croix sur son cœur.

Dixie savait qu'elle lui pouvait faire confiance. Elle n'était juste pas sûre de pouvoir se faire confiance pour ne pas chialer comme une idiote.

— Quand les Whiskey offrent leur cœur, je ne suis pas sûre qu'on le récupère un jour.

CHAPITRE 25

DIXIE ENTRA DIRECTEMENT dans le bar sans un regard en arrière, espérant faire taire la boule dans sa gorge. Elle fut instantanément happée par le confort de ce bar familier. Les odeurs de cuir, d'alcool et de testostérone, le brouhaha de la foule, le bruit des boules qui s'enfoncent dans les poches des tables de billard et des fléchettes qui atteignent leur cible enveloppèrent la jeune femme comme une écharpe chaude lors d'une nuit froide d'hiver. Bullet et Jed s'occupaient du bar. La serveuse Tracey discutait avec un groupe d'hommes en prenant leurs commandes.

Dixie se dirigea directement vers le bureau, ressentant le poids du regard de Bullet qui suivait chacun de ses pas. Elle aurait dû porter quelque chose de différent. L'idée de se battre avec Bullet la fit se sentir encore plus mal.

— Hé, Dix, dit Tex Sharpe en passant devant la table où il était assis avec deux des frères Bando, qui étaient aussi des Dark Knights.

— Notre célébrité locale, ajouta Vaughn Bando, un entrepreneur baraqué.

Elle ne se risqua pas à ralentir pour les saluer alors qu'elle ne se sentait pas elle-même. Elle entra dans le bureau et ferma la porte derrière elle, soufflant l'air qu'elle n'avait pas réalisé avoir retenu. Comment diable allait-elle faire pour tenir jusqu'à la fin de ce service ? Peut-être qu'elle devrait juste en finir avec ça et appeler Jace. Elle jeta son sac à dos sur le bureau et sortit son téléphone. Elle vit qu'elle avait un message de Shea et s'installa sur la chaise derrière le bureau en le lisant.

J'ai envoyé par mail le planning de tes apparitions. Peux-tu y jeter un coup d'œil quand tu en as l'occasion et essayer de me le renvoyer avant demain en fin de journée ?

La voix de Jace résonna dans l'esprit de Dixie *Nous voyagerons ensemble pour les apparitions publiques.* Elle avait été si heureuse quand il le lui avait dit mais à ce moment-là, elle se rendait compte que cela voulait dire qu'ils seraient ensemble aux événements. Il n'était pas exactement le plus fiable pour communiquer.

Argh. Elle détestait l'ambiguïté. Et pourtant, elle l'avait laissé faire ces deux dernières semaines. *Parce que je l'aime.* Des larmes perlèrent dans ses yeux. Elle avait dit à sa mère qu'elle ne voulait pas lui trouver d'excuses mais en même temps, elle voulait en trouver un million, car l'alternative était atroce. Ses yeux se fixèrent sur le tatouage à son poignet et des larmes coulèrent sur ses joues. Elle ferma les yeux pour les retenir mais elles continuèrent à affluer. Pourquoi était-ce si difficile ? Elle laissa tomber son téléphone sur le bureau, croisa les bras sur le bureau et y posa son front, s'abandonnant à son chagrin d'amour. Des larmes glissèrent le long de son nez et de ses joues, mouillant le bureau.

La porte s'ouvrit et Dixie releva la tête lorsque Bullet entra en soufflant.

— Es-tu…

Elle essuya ses yeux avec son bras, retournant la chaise pour qu'il ne puisse pas voir son visage. Elle entendit la porte se fermer.

— J'arrive pour mon service, lâcha-t-elle.

— Et *comment.* Bullet fit le tour du bureau, la regardant fixement, en colère et inquiet. Qu'est-ce qui ne va pas ?

— Rien.

Elle renifla et fit tourner sa chaise dans l'autre sens.

Bullet attrapa le dossier de sa chaise et la fit tourner.

— Ce sont des conneries. Bear a dit que tu pleurais sans arrêt au travail et hier soir tu m'as dit que tu t'étais blessé au genou. Tu crois que je vais gober ces conneries ?

Elle se leva, le cœur battant la chamade.

— Je me fiche de ce que tu *crois ou non.* Et alors, je suis en train de pleurer ? La belle affaire ! Les gens pleurent, Bullet, même *les Whiskey.*

Elle le dépassa.

Il lui attrapa le bras, la stoppant dans son élan.

— Dix, parle-moi, dit-il moins agressif. Dois-je appeler Justin et découvrir par moi-même ce qui s'est passé là-bas ?

— Non ! *Mon Dieu* ! Elle dégagea son bras d'un coup sec. Tu ne comprends pas ? C'est *ma* vie, je peux la détruire, la réparer ou en faire ce que je veux. Si je pleure, ce n'est pas la faute de quelqu'un d'autre mais c'est de ma faute à moi ! Je me suis mise avec quelqu'un au Cap et j'ai vu plus grand que je n'aurais dû. Rien de plus. C'est de *ma* faute, Bullet et tu ne connais pas le gars de toute façon, alors dégage.

Il grinça des dents et s'emporta.

— Tu veux que je reste assis et que je te regarde être dans cet état ?

— *Non.* Je veux que tu retournes là-bas, que tu fasses ton boulot et que tu me laisses faire le mien. Je peux prendre soin de moi.

Elle traversa la pièce et ouvrit la porte.

Bullet passa devant elle en trombe, les mains serrées, les dents serrées.

— Je vais arracher la tête de Stone.

— Bullet ! hurla-t-elle.

Bullet se retourna juste au moment où la porte du bar s'ouvrit et Jace entra, ce qui fit bondir le cœur de Dixie. Il avait l'air épuisé et magnifique. Il sourit quand il la vit. Elle voulait *courir* vers lui mais elle était trop blessée, trop en colère et trop confuse pour faire autre chose que cracher son venin.

— Qu'est-ce que *tu* fous ici ? s'emporta-t-elle en marchant vers lui. Tu ne peux pas passer des jours à agir comme si tu m'aimais, *à me* faire l'amour et puis me laisser tomber !

Le visage de Jace devint très confus.

— Dix, je devais…

— *Stone* ! grogna Bullet, ses narines étaient dilatées, ses yeux étaient froids et sombres.

Alors que Jace se retournait, le poing de Bullet heurta sa mâchoire. Jace trébucha en arrière et tous les hommes dans le bar se levèrent d'un bond. Avant que Dixie ne puisse cligner des yeux, Jace fonça, attrapa Bullet par le col et le jeta contre le mur.

Il le plaqua contre le mur, la main agrippée à la chemise de Bullet alors qu'il grognait.

— Ça, c'était *cadeau*.

— Tu l'as frappé ? brailla Dixie contre Bullet. Si quelqu'un a le droit de frapper Jace, c'est *moi* !

Elle arma son bras et l'autre main de Jace surgit, saisissant le devant de sa chemise *tout en* la gardant à distance de Bullet. La porte du bar s'ouvrit brusquement et Biggs et Red se précipitèrent à l'intérieur.

Les yeux de Jace s'enflammèrent de colère et il grogna.

— Je ne peux pas croire que je veux me marier et faire partie de cette famille de fous.

Dixie vacilla sur ses pieds, la pièce tanguant autour d'elle. *Se marier avec* ? Elle essaya de donner un sens à ce qu'il avait dit, mais après des jours d'angoisse, son cœur battait la chamade, sa tête tournait et ses mots ne faisaient qu'attiser sa rage.

Jace jeta un regard à Bullet.

— Je vais lâcher prise. Si tu me frappes, je te défonce.

— Bullet ! lança Biggs pendant que Red et lui se frayaient un chemin à travers la foule. *On recule.*

Les yeux froids et sombres de Bullet restèrent fixés sur Jace.

— *Maintenant*, ordonna Biggs.

Jace baissa les poings et se tourna vers Dixie, juste au moment où elle prépara un autre coup de poing et le fit voler, le frappant en plein dans la mâchoire.

— *Putain*, cria Jace en se frottant la mâchoire.

— *Oh Mon Dieu*, dit Red.

— C'est quoi ce bordel, Dixie ?

Les yeux de Jace la transpercèrent.

— Je *te* retourne la question ? Ça fait des jours que je n'ai pas eu de tes nouvelles ! Tu crois que je reste là à attendre que tu viennes jouer avec mon cœur ? J'ai *versé des larmes* pour toi et je ne pleure jamais, bon sang ! Tu n'as pas appelé. Tu n'as pas envoyé de textos, tu m'as juste *oubliée* !

— T'*oublier* ?

Jace leva les yeux au plafond et attrapa les côtés de sa tête, émettant un gémissement torturé. Il baissa le menton et se dirigea vers elle avec des yeux aussi sérieux qu'amoureux.

— Bon sang, Dixie. Tu *ne* vas *pas* me refaire le coup. Je suis parti la dernière fois et je ne te quitterai plus, alors *arrête* de m'emmerder, le temps de m'écouter. Je ne pourrais pas t'oublier même si je le voulais. J'ai couru partout pour pouvoir faire *ça* ! Il sortit des papiers de sa poche arrière et les enfonça dans sa main. Je n'ai pas appelé parce que je savais que si j'entendais ta voix – cette voix qui est *constamment* dans ma tête et qui me fait perdre la tête – je te dirais ce que je faisais. Bon sang, *Dixie*, je t'ai dit que je ne ferais pas de promesses en l'air. Je n'allais pas me présenter à la maison de tes parents *les mains vides* pour demander à ton père sa bénédiction pour épouser la femme la plus dure, la plus brillante, la plus *têtue* et la plus belle de tout Peaceful Harbor.

En état de choc, elle regarda ses parents. Son père acquiesça pour confirmer. La main de sa mère couvrit sa bouche mais un sourire brillait dans ses yeux.

— *Merde*, Dix, déclara Jace d'une voix douloureuse. Je fais tout *de travers*.

Il sortit quelque chose de la poche avant de son jean et se mit à genoux. Il leva la main, la regardant avec l'expression la plus honnête et pleine d'amour dans le regard, les genoux de Dixie tremblèrent. Dans sa main, il tenait une magnifique bague avec un superbe diamant noir rond entouré de plus petits diamants blancs.

— Je n'ai jamais rendu de comptes à personne depuis le jour où j'ai quitté la maison de mes parents, affirma Jace avec emphase. Je n'ai jamais voulu me poser, fonder une famille ou vivre ma vie pour quelqu'un d'autre, jusqu'à maintenant. Jusqu'à *toi*, Dixie. Tu as conquis mon cœur, toi la belle et confiante jeune femme de dix-huit ans et pas un jour ne s'est écoulé sans que tu ne sois présente dans mon esprit. J'ai fait l'erreur de ne pas appeler mais ça ne veut pas dire que je ne suis pas fou amoureux de toi. Ça veut dire que je ne suis *pas parfait* et que je ne le serai peut-être jamais. Mais pour toi, je veux essayer. Je suis désolé de ne pas avoir appelé mais ces quatre derniers jours, j'ai été à Boston, Los Angeles, New York et finalement ici. J'ai pris des vols de nuit, j'ai réorganisé ma vie pour pouvoir passer le reste de ma vie avec toi.

Son cœur remonta dans sa gorge et des larmes coulèrent sur ses joues alors que son cœur guérissait, un mot d'amour à la fois.

— Dans ta main, se trouve la preuve de la vente de deux propriétés. La première concerne ton endroit préféré et le mien, la propriété dans les bois où nous sommes allés la première fois que tu es montée à l'arrière de ma moto. Tu avais raison ce jour-là, Dixie. Je savais exactement ce que ça signifiait de t'avoir derrière moi. Je veux faire ma vie avec toi Dix, construire une maison et la remplir d'enfants. La deuxième preuve de vente concerne la nouvelle usine de fabrication et le nouveau siège social de *Silver-Stone* à Peaceful Harbor, qui deviendra mon bureau principal dès aujourd'hui.

Il se leva, la fixa longuement dans les yeux.

— Dixie Lee Whiskey, je suis tellement amoureux de toi que ça fait mal. Je ne peux plus manger, ni dormir et je sais que c'est la fièvre des Whiskey mais je ne veux pas de remède. Je veux me poser, qu'on se lie jusqu'à devenir inséparables, ici avec tous les gens que tu aimes, pour que tu ne manques jamais l'occasion d'être tatie Dixie.

Dixie n'arrivait plus à respirer. Les larmes lui brouillèrent les yeux lorsqu'il prit sa main dans la sienne, ses propres yeux s'humidifiant.

— Si tu peux faire abstraction de mes défauts, si tu veux essayer d'apprendre à un vieil homme de nouveaux tours, alors accepte de m'épouser, Dixie. Sois ma femme. Laisse-moi apprendre comment être l'homme que tu mérites. Je promets de t'envoyer trois textos par jour si tu le veux. Je serai toujours fidèle et par-dessus tout, je promets de ne plus jamais, *jamais* t'appeler *chaton*.

Un rire étouffé s'échappa de ses lèvres.

Il chassa les larmes de ses joues.

— Je t'aime, Dixie. J'aime tes yeux verts et ta crinière de feu, ton magnifique cœur généreux, ton esprit farouche et ta détermination à obtenir tout ce que tu mérites et à ne rien accepter en-deçà. Acceptes-tu d'être ma femme, *ma reine* et de me laisser t'offrir le monde ?

— Je ne veux pas du monde, répondit-elle à travers ses sanglots étouffés. Tout ce que j'ai toujours désiré, c'est *toi*.

— Je suis à toi depuis le premier jour, ma chérie et si ça ne tient qu'à moi, je serai à toi pour toujours.

— Si tu me laisses encore une fois en plan pendant des jours, tu vas le regretter, dit-elle, en se moquant à moitié de lui.

Un éclat de rire s'éleva autour d'eux. Elle avait oublié qu'ils n'étaient pas seuls.

— C'est bien normal, dit-il avec un sourire. Il lui tint la main, la bague perchée au bout de son doigt. Dis oui, Dix. S'il te plaît, accepte.

Elle s'étrangla.

— Oui, Jace. Je veux devenir ta femme !

— Des deux côtés de la bague se trouvaient des diamants en forme de signes de l'infini, expliqua-t-il en lui passant la bague au doigt. Je l'ai conçue pour que tu saches que ce que nous avons est éternel. Mon cœur t'appartient, Dix. *Ne* le prends *pas* à la légère.

Elle rit et se jeta dans ses bras, écrasant ses lèvres sur les siennes. Alors que les acclamations et les applaudissements retentissaient autour d'eux, Jace l'embrassa comme s'il avait attendu toute sa vie pour le faire.

— *Bon sang que je t'aime*, dit-il quand ses lèvres se séparèrent. Puis, il pressa à nouveau ses magnifiques lèvres contre les siennes, comme s'il ne voulait jamais la laisser partir.

JACE ÉTAIT SUR un petit nuage lorsque Dixie et lui furent accueillis dans les bras de ses parents, qui les firent circuler dans la salle, les félicitant et leur donnant des tapes dans le dos. Il garda un œil sur sa merveilleuse future épouse, son visage baigné de larmes et son large sourire. La demande en mariage ne s'était pas déroulée comme il l'avait imaginé mais Dixie avait dit oui et c'est tout ce qui comptait. Au moment où il se retrouva face à Bullet, la tête de Jace était encore dans les nuages – et son futur beau-frère avait l'air de vouloir encore le tuer. Cela faisait une éternité que Jace avait pris un coup de poing et encore plus deux coups, mais même la douleur dans sa mâchoire ne pouvait pas atténuer son exaltation.

Il opta pour l'humour, espérant faire la paix avec légèreté.

— C'était un coup bas.

Les lèvres de Bullet se relevèrent en un sourire en coin.

— Bienvenue dans la famille. Il tendit sa main et quand Jace la serra, Bullet l'attira dans une étreinte virile. Tout va bien ?

— Ouais, tout est ok, dit-il, en se reculant et en cherchant Dixie à nouveau. Red avait fait passer le mot à propos de la demande en mariage de Jace juste après qu'il ait quitté leur maison et la nouvelle avait vite circulé. Le reste de la famille de Dixie était déjà arrivé et les avait félicités et d'autres amis franchissaient encore la porte. Il repéra Dixie debout près du bar avec Crystal, Bear et Bones. Elle tenait Lila dans ses bras, son petit poing entourant une mèche de cheveux de Dixie. Cette dernière jeta un coup d'œil dans sa direction et leurs regards se croisèrent avec la même intensité qu'à l'accoutumée. Mais son cœur battait à un nouveau rythme, plus puissant et plus fort que jamais.

— Tu vas vraiment déménager ici ? lui demanda Bullet, attirant à nouveau son attention sur leur conversation.

— Déménager ici, travailler ici. Maddox et moi avons réévalué mes responsabilités et j'ai délégué une partie de mes responsabilités à nos directeurs. Je devrai toujours voyager mais pas aussi souvent. Je vais essayer de m'arranger pour que Dixie et moi puissions voyager ensemble quand c'est possible. Il lui lança un autre regard. Je suis prêt à tout pour ta sœur.

— Sauf *appeler*, dit Bullet avec un ton taquin dans la voix.

— Je sais que j'ai merdé. Mais honnêtement, j'avais beaucoup de choses à régler. Je ne sais pas si elle te l'a dit ou pas, mais je l'ai surprise au Cap. J'ai pris la décision avant d'y aller mais je ne pouvais pas le dire à Dixie avant d'être sûr que tout soit en ordre. Je négociais des accords sur les propriétés et je changeais non seulement toute ma vie, mais je donnais une nouvelle direction à la société et à tous nos projets pour le deuxième siège. Je n'arrive toujours pas à croire que j'ai réussi à le faire si vite. Je courais partout comme un dératé, prenant des vols de nuit de Boston à Los Angeles, puis de Los Angeles à New York pour récupérer sa bague et enfin je suis venu en voiture de New York. Je sais que j'ai merdé en n'appelant pas ou en n'envoyant pas de SMS mais j'apprends, Bullet. Je change et avec l'aide de Dixie, j'y arriverai.

— Bien, mais je te surveille toujours de près. Bullet lui donna une tape dans le dos. Je t'emmerde juste un peu. Désolé pour le coup de poing, mais j'ai vu ses larmes et…

— Je comprends. Si c'était ma sœur, je t'aurais *démoli.*

— Tu aurais *essayé*, lança Bullet. Écoute, si Dixie est heureuse, je suis heureux.

— J'ai poursuivi des buts toute ma vie, mec. Jace lança un regard à Dixie. A partir de maintenant, son bonheur se trouvera en haut de mes priorités.

— Tournée générale, c'est la maison qui offre ! cria Red.

Des applaudissements retentirent et tandis que Bullet allait chercher Finlay, Jace se dirigea vers Dixie, qui parlait maintenant avec Red, Bear et Crystal et frottait son nez avec Lila. Il avait du mal à croire qu'il n'avait plus à lutter contre son attirance pour la femme qui avait volé son cœur alors qu'elle n'était qu'une jeune fille qui déployait ses ailes et apprenait à voler.

Jace posa une main sur le dos de Dixie et se pencha pour l'embrasser.

— Comment va ma magnifique *fiancée* ?

— Très *heureuse. Fiancée.* J'aime entendre ce mot, dit-elle doucement.

— Moi aussi. Il chatouilla le menton de Lila. Et comment va cette petite princesse ?

Lila tendit ses deux mains vers Jace, affichant un sourire carnassier. Ses cheveux blonds ondulés étaient attachés en arrière par un joli bandeau rose assorti à son pull. Dixie fit passer Lila dans ses bras.

— On dirait que tu as une fan, s'exclama Sarah quand Bones et elle les rejoignirent. Bones avait son bras autour de Sarah et aucun des deux ne tenait leur bébé.

— Où est ma petite-fille ? demanda Red.

— Elle est avec Finlay, répondit Bones. Jace, j'ai entendu parler de la bagarre. Est-ce que Bullet t'a fait passer un mauvais quart d'heure, tout à l'heure ?

— Non, tout est réglé.

— Quand les Whiskey te donnent du fil à retordre, ça veut dire que tu fais partie de la famille, lui assura Crystal. C'est quand ils *arrêtent* que tu dois t'inquiéter.

Ils rirent tous.

— Elle a raison, acquiesça Red. Comme tu l'as découvert, Bullet donnerait sa vie pour sauver Dixie s'il pensait qu'elle était en danger. Mais voir notre fille sourire ? Tout ce que tu obtiendras de lui en échange, c'est une vie entière de tracasseries et c'est une *bonne* chose. Elle tapota le dos de Lila. Et on aime *toutes* un homme qui n'a pas peur des bébés.

— Jace *est un aimant à bébés*, s'exclama Dixie. Vous auriez dû le voir avec son neveu, Thane.

Non seulement il n'avait pas peur des enfants mais il espérait fonder une famille avec Dixie quand elle serait prête. Cependant il aurait cette discussion un autre jour.

Crystal frotta son petit ventre.

— Si vous envisagez d'avoir des enfants tout de suite, sachez que nous avons droit aux services de mamie Red pour garder les enfants au moins une fois par semaine après la naissance de Cubby.

— A moins que ce ne soit un mariage forcé, je ne pense pas que tu doives t'inquiéter de Jace et Dixie. Red baissa la voix. Tu ne l'as pas entendu de ma bouche, mais tu devrais commencer à négocier avec Finlay et Bullet.

— Quoi ? Les yeux de Crystal s'élargirent.

Red mit son doigt sur ses lèvres puis s'éloigna.

— Oh, je ne dirai rien à personne, dit Crystal avant de se frayer un chemin à travers la foule vers Finlay.

— Je suppose que je n'étais pas la seule à garder des secrets, déclara Dixie. J'espère que je serai de nouveau tata !

Elle se mit sur la pointe des pieds, regardant Crystal et Finlay s'enlacer.

— On dirait que Bullet a mis une brioche dans son four. Tant mieux pour lui, dit Bear. En parlant de Bullet, j'ai entendu dire qu'il t'a remis à ta place une ou deux fois, Jace.

— Ouais, il m'a pris au dépourvu. C'était *amusant.* Jace se frotta la mâchoire. Je me suis tourné et il m'a frappé. Et puis je me suis retourné et ta sœur m'a fracassé la mâchoire. Mauvais timing, je suppose.

Bear lui donna un coup de coude.

— On dit que les bikers et les amoureux ont deux choses en commun. Un bon équilibre et un super timing. Désolé, mon pote, mais ça ne te réussit *ni* sur la route *ni* dans une chambre, puisque tu ne sembles posséder ni l'un ni l'autre.

— Bear ! Dixie lui donna une tape sur le bras. Jace est un *dieu* au lit ! cria-t-elle.

Le vacarme de la foule se tut et tous les regards se tournèrent vers eux. Jace redressa les épaules. Ouais, cette déclaration lui *revenait* de droit.

— Oh, *merde*, s'exclama Dixie dans son souffle, en se plaçant derrière lui.

Biggs tapa son verre avec un couteau, attirant heureusement l'attention loin d'eux et vers la scène, où Red et lui se tenaient bras dessus bras dessous.

— Papapapa ! balbutia Lila, en tendant le bras vers la scène.

— Elle réclame mon père, dit Dixie.

— Papapapapa ! Lila se balançait et se tortillait, essayant de se libérer.

— Fils, commença Biggs en prenant le micro, pourquoi ne pas amener cette petite chérie *et* ma fille ici et nous rejoindre.

Avec le bras de Jace autour de Dixie et la douce Lila dans ses bras, ils se dirigèrent vers la scène. Il confia Lila à Biggs et elle enroula ses petits bras autour du cou de Biggs, le serrant très fort.

Jace attira Dixie à lui.

— J'attends avec impatience le jour où nos enfants feront ça.

Elle le regarda comme s'il lui avait promis le monde. Il avait l'intention d'honorer cette promesse.

— C'est une grande soirée pour nous tous, dit Biggs d'un ton lent. Quand notre petite fille est née, j'aurais juré qu'elle était venue à la recherche d'un pays à gouverner.

— C'est notre Dixie ! Hurla quelqu'un dans la foule.

— C'est bien vrai. Biggs regarda affectueusement Dixie. Je ne pourrais pas être plus fier de toi, Chérie. Tu seras toujours ma petite fille et la lumière de ma vie.

Dixie eut les larmes aux yeux.

— Je savais qu'il faudrait un homme fort pour gagner ton cœur et pour être honnête, je n'étais pas sûr qu'il y ait un homme sur terre à qui je donnerais ma bénédiction. Il dirigea son regard vers Jace. Puis Jace Stone s'est présenté à ma porte, nerveux comme un rat dans l'antre d'un serpent et aussi épris qu'aucun homme ne pourrait l'être. Non, mais regardez-le, tout éperdu d'amour pour ma chère fille.

Un autre ricanement retentit dans la foule.

— Sacrément vrai, avoua Jace en embrassant la tempe de Dixie.

Il était une épave quand il s'était présenté pour demander à Biggs la main de Dixie, mais ce dernier l'avait bien emmerdé. Il avait écouté chaque mot de Jace sans donner le moindre indice sur ce qu'il pensait. Ce dernier avait, non seulement crié son amour pour Dixie, mais il avait expliqué comment il avait recentré ses responsabilités professionnelles et finalisé leur décision d'ouvrir l'usine de fabrication et le siège social à Peaceful Harbor plutôt qu'à Boston, même s'ils ouvraient toujours un deuxième magasin dans cette ville. Il avait également parlé à Biggs de la propriété qu'il avait achetée et qui deviendrait leur foyer à Peaceful Harbor. Celui-ci ne lui avait posé qu'une seule question. Il voulait savoir pourquoi Jace avait mis si longtemps à courir après sa fille. La réponse était venue facilement. *Je devais grandir et faire mes preuves avant de songer à être l'homme que Dixie méritait. Je suis cet homme maintenant Biggs et avec ta bénédiction, je vais te rendre fier de m'avoir pour gendre et en le lui prouvant chaque jour.* Biggs l'avait accueilli dans la famille avec un cœur chaleureux et à bras ouverts.

— Vous savez tous que je respecte plus que tout l'honnêteté, déclara Biggs à la foule. Jace m'a regardé droit dans les yeux et m'a dit qu'il n'était pas parfait. En fait, il a précisé qu'il était sûr de faire des erreurs plus d'une fois ou deux et il a juré de toujours être fidèle, de protéger ma fille chérie jusqu'à sa mort et d'essayer de nous donner un petit-fils qui la protégerait après son départ. *Ça*, mes amis, c'est un homme bien.

— Des petits-enfants ! Red applaudit, provoquant plus de chahut dans la foule.

Biggs rigola.

— Elle ne va pas te lâcher avec ça, Jace.

— Moi aussi ! lança Dixie, en le serrant dans ses bras.

— Je suis fier d'accueillir Jace dans notre famille et, mes chers Dark Knights, vous devriez l'être aussi. Biggs leva son verre. À Jace et Dixie !

— À Jace et Dixie !

La foule trinqua.

Jace et Dixie s'embrassèrent, provoquant de nouveaux applaudissements.

— Je n'arrive pas à croire que tu es allé voir mes parents, ou que tu étais *nerveux*, dit doucement la jeune femme. Je ne peux même pas t'imaginer nerveux.

— Si ton père ne m'avait pas donné sa bénédiction, j'aurais dû attendre pour te demander en mariage, jusqu'à ce que je lui prouve que je suis digne de toi, parce que je ne te mettrai jamais dans la position de devoir choisir entre ta famille et moi. C'est pour *ça* que j'étais stressé.

— Oh, *Jace*.

Elle entoura son cou de ses bras et l'embrassa.

— Je pense que je ferais mieux de porter mon toast avant que ces deux tourtereaux ne s'emportent trop, déclara Red alors que Dixie et Jace mettaient fin à leur étreinte. Tout le monde connaît suffisamment ma fille pour savoir qu'elle n'a jamais été comme les autres petites filles qui jouaient à la poupée et rêvaient de grands mariages en blanc. Dixie a demandé à son père une moto pour son quatrième anniversaire et quand elle a reçu un tricycle à la place, elle s'est précipitée dans le garage et a dit qu'elle allait construire la sienne.

— C'est ma copine tout craché, répondit Jace.

— Grandir avec trois grands frères n'a pas été facile. Dixie a dû être forte et intelligente. Red regarda sa fille avec adoration. Ma merveilleuse petite fille, qui était spéciale *parce qu'*elle était différente, n'a jamais voulu être considérée comme *différente*. Et elle était prête à tout pour prouver qu'elle était aussi forte et douée que les garçons.

— Comme la fois où elle s'est collé un pénis ! brailla Bullet, ce qui provoqua des rires hilares.

— *Oh Mon Dieu* ! Dixie enfouit son visage dans la poitrine

de Jace.

— Je veux entendre cette histoire, s'écria Jace et Dixie se renfrogna.

Red regarda sa fille.

— Je peux ?

Dixie leva la main.

— Pourquoi pas ? Ils savent presque tout le reste à mon sujet.

— Vous voyez ? dit Red. Ma fille n'a peur de *rien* et ça a toujours été le cas. Quand Dixie a compris que ses frères pouvaient pisser debout, elle s'est dessiné un pénis, l'a collé et est sortie dehors pour leur prouver qu'elle pouvait faire tout ce qu'ils faisaient.

Tout le monde rit.

— C'est ma belle reine, une vraie intrépide ! lança Jace, en embrassant Dixie et en suscitant d'autres acclamations.

— Ça a été un peu compliqué, mais elle a défendu son point de vue. C'est ce jour-là que j'ai su que ma petite fille obtiendrait tout ce qu'elle voulait dans la vie et c'est *aussi* le jour où j'ai réalisé qu'elle ne voudrait jamais les choses qui viennent facilement. Red soupira. L'amour n'est pas toujours facile.

— Sans blague, s'exclamèrent Dixie, Jace et plusieurs personnes dans la foule à l'unisson, provoquant de nouveaux rires.

— Je suis ravie que nous soyons tous d'accord. Certains d'entre vous en ont eu plein les yeux ce soir, avec des poings qui volent et des voix qui s'élèvent et vous vous êtes probablement demandé ce qui se passait. Ce dont vous avez été témoins, c'est d'un amour pour lequel il vaut la peine de se battre, après plus d'une décennie de luttes. Levons nos verres et applaudissons notre petite fille et notre futur gendre. Qu'ils aient beaucoup d'amour et de bonheur et beaucoup de petits-enfants à nous offrir, à Biggs et à moi !

Sous les acclamations et les applaudissements de la foule, Jace prit Dixie dans ses bras, la retourna comme une danseuse et l'embrassa si longuement que Red se racla la gorge.

— Je suppose que la lune de miel commence maintenant.

Dixie et lui rigolèrent quand leurs lèvres se séparèrent enfin.

— Je suis si contente que tu aies fait une offre sur moi à la vente aux enchères.

— Chérie, quand je t'ai vue sur cette scène, belle et redoutable, je n'avais aucune chance. C'était soit enchérir sur toi, soit te porter sur mon épaule comme un homme des cavernes et te ramener dans ma tanière, parce que je n'allais pas laisser un autre homme te mettre la main dessus.

Ses yeux s'assombrirent.

— J'aime le fait que tu te la joues homme des cavernes avec moi.

— Tu veux qu'on aille chez toi et que je mette mon pagne ?

Il mordit sa lèvre inférieure.

— Je peux t'appeler Thor ?

— Tant que tu m'appartiens, tu peux m'appeler comme tu veux.

EPILOGUE

DIXIE ÉTEIGNIT le sèche-cheveux, écoutant la voix grave de Jace venant de l'autre pièce pendant qu'elle se maquillait. On était le dimanche après-midi. Elle avait travaillé le matin et avait apporté son petit-déjeuner à la maison, mais Jace avait eu d'autres idées en tête. Ils avaient fini au lit, où il avait apprécié son petit-déjeuner de choix – *elle*.

Elle commença par mettre un peu d'anti-cernes sur le suçon qu'il avait laissé dans son cou, puis décida de ne pas le faire. Elle prit du recul, se regardant une dernière fois dans le miroir. *Ouais*, elle avait toujours le sourire niais qu'elle arborait depuis que Jace l'avait demandée en mariage, il y avait trois mois de cela. Lorsqu'ils avaient quitté le bar ce soir-là, elle lui avait dit qu'il n'avait pas besoin de changer toute sa vie pour elle. De nombreux couples devaient voyager et s'occuper de leurs affaires et elle était si fière de lui et de tout ce qu'il avait accompli. Elle voulait soutenir ses efforts, pas les entraver. Mais il avait dit, *je veux rentrer à la maison avec toi, Dix, pas dans une chambre d'hôtel. Je veux être là pour les promenades sur la plage avec nos bébés, pour nos douches torrides et nos ébats amoureux sans fin. Je veux être le père cool qui vient aux pièces de théâtre et aux matchs de foot de nos enfants. Et n'oublie pas, le programme que Mia nous a concocté inclut de nombreux voyages à New York pour que les trois tantes de nos enfants puissent les gâter.* Comment pourrait-elle contester tout ça ?

Jace avait emménagé immédiatement et quelques semaines plus tard, ils avaient commencé à construire leur nouvelle demeure. Ils étaient excités à l'idée de voir les progrès de leur nouvelle maison après leur retour de balade en moto. Elle suivit sa voix en sortant de la salle de bain, souriant à la vue de leur lit soigneusement fait. Le penchant de Jace pour la propreté était l'une des choses qui l'avait surprise après qu'il ait emménagé. Il participait également aux tâches ménagères et faisait les courses sans même qu'elle ne le lui demande. Il y avait des avantages certains à ce que Jace ait été célibataire pendant si longtemps. Il avait également prouvé une fois de plus qu'il était un homme de parole en tenant sa promesse et en faisant du bénévolat au refuge pour femmes. Lorsqu'ils avaient dîné avec la famille de Jace pour leur annoncer la bonne nouvelle, Dixie avait remercié ses parents d'avoir élevé un homme aussi remarquable. Il était facile de voir comment il était devenu si merveilleux. Ses parents, Jacob et Janice étaient de bonne nature, équilibrés et adoraient *tous* leurs enfants.

Aussi formidable que soit leur vie commune, ils avaient rencontré quelques problèmes ici et là depuis qu'ils avaient commencé à vivre ensemble. Jace communiquait de mieux en mieux et même si Dixie aimait chaque seconde de leur vie commune, elle avait dû s'habituer à ce qu'un homme costaud prenne de la place dans sa petite maison. Mais le plus gros problème qu'ils avaient rencontré était que Jace n'aimait pas que des gars la draguent au travail. Bien que la nouvelle de leurs fiançailles se soit répandue rapidement, il y avait encore des clients qui ne connaissaient ni Dixie ni Jace. Ce dernier avait voulu traîner au bar et repousser toute tentative de drague, mais la jeune femme n'avait pas tenu tête à sa famille pour que son fiancé la surveille. Il avait fallu une semaine ou deux pour qu'ils mettent les choses au point mais finalement Jace avait cédé, permettant à Dixie de gérer tous les problèmes qui se posaient. Si le caillou à son doigt n'était pas assez dissuasif pour les dragueurs, Dixie faisait savoir en termes très clairs qu'elle *n'*était *pas* et ne serait jamais sur le marché.

Le seul homme qu'elle voulait était debout, torse nu et pieds nus, dans leur cuisine, en pleine conversation au téléphone et avait l'air succulent. Ses épais cheveux bruns étaient encore humides après leur douche, les boucles qu'elle aimait tant n'étant pas encore domptées.

Il éloigna le téléphone de sa bouche.

— Hé, chérie, tu peux prendre mon portefeuille sur la table ?

Elle le prit sur la table de la salle à manger mais il lui glissa des doigts, rebondit sur une chaise et tomba au sol. Ses cartes de crédit tombèrent, ainsi que la photo qu'il avait prise à Jilly et la carte que sa mère lui avait donnée lors de la vente aux enchères. Elle ramassa le tout et le lui apporta.

— Merci. Il lut le numéro de la carte de crédit au téléphone. Parfait. Sur la carte, il faudra écrire *Avec tout mon amour, Dixie et Jace.* Quand il mit fin à l'appel, il posa son téléphone sur le comptoir et mit ses bras autour de Dixie, pressant ses lèvres contre les siennes.

— De quoi s'agissait-il ?

— Bear et Crystal sont débordés avec leur nouveau bébé, alors j'ai demandé à Finlay de s'occuper de leurs dîners pendant les deux prochaines semaines.

Le cœur de Dixie se réchauffa face à sa prévenance.

— C'est le plus beau des cadeaux. Merci.

Ils avaient rendu visite à Bear, Crystal et au bébé, prénommé Axel, la nuit d'avant. Bear et Crystal ne pouvaient pas être plus heureux ou plus fiers. Axel était le plus mignon des petits gars, il portait le nom de leur oncle, qui possédait *Whiskey Automobile* et avait enseigné à Bear tout ce qu'il savait sur la mécanique avant qu'ils ne le perdent à cause du cancer. Jace avait été à la hauteur de sa réputation, câlinant le bébé, pendant la majeure partie de la soirée.

— Apparemment ce n'était pas une idée originale de cadeau, dit Jace. Quand j'ai appelé, Finlay a indiqué qu'elle avait prévu d'apporter des plats cette semaine. Elle s'est également opposée à ce que je paie les repas, mais avec leur bébé en route, je n'allais pas la laisser faire.

Finlay avait annoncé sa grossesse la semaine suivant la demande en mariage de Jace. Elle devait accoucher début janvier et tout le monde était ravi pour eux.

— Tu viens de gagner des points bonus pour ta *coquinerie.*

Il émit un son guttural et appréciateur avant de l'embrasser.

— Je peux encaisser maintenant ?

— Non, dit-elle en se dégageant de ses mains, tout en espérant qu'il ne cesse jamais d'avoir envie d'elle, autant que c'était le cas actuellement. Elle s'appuya contre le comptoir.

— Je ne fouinais pas mais j'ai vu la carte d'enchères et une photo de moi dans ton portefeuille. Je ne savais pas que tu les avais encore.

Ses lèvres se recourbèrent.

— Mes affaires sont tes affaires et je n'ai rien à cacher. Tu peux fouiner autant que tu veux.

— Je ne *fouinais* pas. J'ai fait tomber ton portefeuille et ils sont tombés. Pourquoi tu les gardes toujours sur toi ?

— Parce que j'aime t'avoir avec moi tout le temps.

— On est toujours ensemble, répondit-elle, mais entendre son homme alpha dire quelque chose de si sentimental la faisait se sentir bien.

— Pas quand nous sommes au travail, lui rappela-t-il, montrant un peu plus son ventre moelleux.

Bien que Jace ait délégué la plupart de ses déplacements, il devait toujours s'absenter pour des réunions un jour ou deux. Ils avaient voyagé ensemble au Mexique pour ses réunions et avaient passé cinq jours merveilleux et romantiques et quatre nuits remplies d'amour à profiter l'un de l'autre. Ils avaient également décidé de se marier pendant qu'ils étaient là-bas. Après des appels pleins de larmes et de joie avec leurs deux parents, ils avaient obtenu leur bénédiction. Dixie et Jace avaient échangé leurs vœux par une chaude soirée d'été, sous un ciel étoilé et quand ils étaient rentrés à la maison, ses parents leur avaient organisé une énorme fête. La famille de Jace, Maddox et plusieurs de ses amis étaient présents. Mia avait été déçue parce qu'elle avait secrètement planifié leur mariage depuis leurs fiançailles et Jax et Jillian n'étaient pas non plus ravis d'avoir manqué la chance de concevoir la robe de mariée et les robes des demoiselles d'honneur de Dixie. Mais leur famille et leurs amis avaient tous compris que Jace et Dixie étaient tellement amoureux qu'ils n'avaient pas voulu attendre.

Dixie jeta un coup œil à l'alliance de Jace et la chair de poule se répandit sur ses bras. C'était un sentiment si magique d'être mariée à l'homme qu'elle aimait de tout son cœur et de toute son âme. Elle n'oublierait jamais le jour de sa demande en mariage, la façon dont son visage s'était illuminé lorsqu'elle avait dit oui, ou son regard lorsqu'ils s'étaient mariés et qu'il avait dit “Je le veux”. Elle n'oublierait jamais non plus les larmes qu'elle avait versées lors de la fête organisée par leur famille, lorsque les

Dark Knights avaient formé un cercle autour d'elle avec leurs motos et que Jace et chacun de ses frères avaient prononcé des discours touchants. Bones avait dit qu'il espérait que ses filles deviendraient aussi fortes que Dixie et avait poursuivi en racontant des histoires sur leur enfance. Il leur avait souhaité tout le bonheur du monde et *beaucoup* de bébés à venir, ajoutant que ses enfants avaient besoin de plus de cousins. Bullet avait dit que Dixie était indépendante et qu'il comprenait qu'elle ait besoin de tracer son propre chemin, mais il était heureux qu'elle ait Jace à ses côtés. Et Bear avait rendu hommage à Jace pour avoir prouvé que lorsque l'amour frappe, rien ne peut s'y opposer, pas même l'entêtement de sa sœur.

C'était la meilleure façon de célébrer le début de leur nouvelle vie ensemble.

— Hé, ma belle ? Tu penses à quoi ? demanda Jace, en posant ses bras autour d'elle. Tu avais un regard lointain.

— Je repensais juste à quelques très bons moments.

Il posa son front sur le sien.

— Comme ce nouveau truc que j'ai fait avec ma langue au *petit-déjeuner* ?

Son estomac se retourna et la chaleur glissa le long de sa colonne vertébrale à ce souvenir.

— Entre autres choses. Elle le poussa gentiment. Va chercher ta chemise ou on ne sortira jamais d'ici si tu parles comme ça.

Ses yeux s'enflammèrent.

Mon Dieu, qu'est-ce qu'elle aimait !

Elle désigna la chambre à coucher.

— Je me sauve, dit-il à contrecœur. Je vais *y* penser toute la journée, alors tu ferais mieux d'être prête à être dévorée ce soir, ajouta-t-il en sortant de la cuisine.

Un frisson la traversa. Elle y penserait aussi et elle doutait de leur capacité à survivre à cette journée.

APRÈS UNE LONGUE promenade en moto, en fin d'après-midi, avec sa belle femme collée à son dos, l'un de leurs passe-temps favoris, Jace descendit la nouvelle allée de gravier vers leur propriété. Il avait une surprise pour Dixie et il l'avait parfaitement prévue. Le soleil commençait à se coucher lorsque leur maison à deux étages apparut. Il fut inondé de bonheur. Il n'avait jamais imaginé que se poser pouvait apporter un tel sentiment de paix et être avec Dixie, partager les plus petites choses, prendre des décisions communes au fur et à mesure que leurs vies avançaient ou simplement être là l'un pour l'autre rendait la vie tellement plus douce. Jace avait commencé à s'intégrer dans la communauté très unie, à rencontrer les propriétaires d'entreprises locales, à faire passer le mot sur les stages et les programmes de tutorat qu'ils mettraient en place une fois que le site de production de *Silver-Stone* serait opérationnel. Il travaillait également à la mise en place de bourses d'études pour le lycée local et il s'était même engagé à fabriquer un char *Silver-Stone* pour la parade d'Halloween. Il espérait juste que Kennedy ne leur demanderait pas d'être des danseuses de ballet ou quelque chose d'aussi girly cette année, parce qu'elle – et le reste des *bébés* de Dixie – menaient l'oncle Jace par le bout du nez.

L'extérieur de la maison était terminé et les fenêtres en verre entourant le nid de pie reflétaient le soleil couchant aussi magnifiquement qu'ils l'avaient espéré. Ils avaient travaillé avec

Beau, le frère de Jillian, un constructeur de maisons sur mesure et expert en rénovations, pour concevoir une magnifique maison de quatre chambres à coucher avec un plancher ouvert, un bureau spacieux, une grande terrasse et un solarium vitré. Comme Dixie et lui aimaient les grands espaces, ils voulaient faire entrer autant de lumière naturelle que possible dans leur maison. Ils construisaient également un garage pour plusieurs voitures et un atelier pour que Jace puisse bricoler.

— C'est tellement excitant ! déclara Dixie en attrapant le sac de nourriture qu'ils avaient acheté chez Jazzy Joe's sur le chemin. Tout se passe si vite. Je suis contente que la maison soit terminée avant que nous commencions à voyager pour le lancement. J'ai hâte de voir les éloges que vous recevrez pour tout votre travail.

Le lancement des lignes *Legacy* et *Leather and Lace* était pour le mois d'après. Les calendriers s'étaient révélés encore meilleurs que Jace ne l'avait espéré et Dixie les signerait lors des soirées de lancement. Leurs familles avaient toutes prévu d'assister à celle de New York et Jace était impatient de faire découvrir à sa *femme* son monde d'une manière plus significative.

Maddox et lui devaient donner plusieurs interviews à la télévision et bien que Dixie ne le sache pas encore, il allait révéler qu'elle avait été sa muse pour les lignes *Leather et Lace*. Il avait passé des années à refouler ses sentiments pour elle et maintenant qu'il pouvait le crier sur les toits, il avait l'intention de le faire.

Dixie fit le tour du jardin.

— C'est difficile de croire que c'est ici que tout a commencé pour nous.

Alors que Jace déverrouillait la porte de la maison, il pensait à la surprise qui l'attendait à l'intérieur.

— Tu crois que c'est *ici* que tout a commencé ? Chérie, tout a commencé à la minute où tu t'es tenue devant moi à ce rassemblement, il y a des années et que tu as dit : « Je suis Dixie Whiskey et ne l'oublie pas ». Tu m'as jeté un sort. J'étais fichu à partir de ce moment-là.

— C'est une bonne chose que j'aie une grande bouche.

— Pour *des tas de* raisons, dit-il avec malice et il la suivit à l'intérieur.

Les murs étaient construits mais il n'y avait pas encore de cloisons sèches, ce qui permettait de voir l'intégralité du premier étage et les portes-fenêtres à l'arrière. Mais Jace avait installé un écran de cinéma et un projecteur qui fonctionnait avec un ordinateur portable. Il avait étalé une couverture, des oreillers et des bougies à piles, comme il l'avait fait la nuit au drive-in. Cette fois, il y avait des pétales de rose étalés autour de la couverture et des fleurs dans des vases. En voyant les yeux de Dixie s'illuminer, il savait qu'il avait choisi la surprise parfaite.

— Qu'est-ce que c'est que *tout ça* ? demanda-t-elle excitée en allant voir ce qui se passait.

— Je t'ai promis de regarder *Pretty Woman* et je me suis dit qu'il n'y avait pas de meilleur moment que celui-ci.

— On va regarder *Pretty Woman* ? Elle baissa les yeux sur la couverture et les bougies alors qu'il posait le sac de nourriture. Notre *première* soirée cinéma !

Il la prit dans ses bras.

— Je t'ai dit que je ne te laisserai plus jamais tomber. Il l'embrassa. Pourquoi ne pas te mettre à l'aise et je vais lancer le film.

— Tu es incroyable, dit-elle en préparant le repas.

Ils mangèrent en regardant le film et Jace ne pouvait pas imaginer une meilleure façon de passer la soirée. Elle rit, pleura et s'en prit même à Richard Gere quand elle le trouva stupide. Et après avoir mangé, elle se blottit contre son mari sur la couverture et les oreillers.

Après le film, elle se mit sur le ventre à côté de lui, passant son doigt sur le tatouage à son poignet.

— Maintenant tu vois pourquoi c'est mon film préféré ? Vivian est une badasse.

— Tu es encore plus impitoyable qu'elle.

— Je ne sais pas mais j'ai un tatouage plus cool qu'elle.

Il déposa un baiser sur son tatouage.

— As-tu compris pourquoi il est si spécial ?

— Qu'est-ce que tu veux dire par là ? Tu m'as déjà dit comment tu l'avais conçu.

— Tu es sûre ? Il se mit sur le dos. Ou bien ai-je omis une partie importante ?

— Dis-moi, M. Stone.

Elle passa son bras sur son ventre et posa sa tête sur sa poitrine. Il passa ses doigts dans ses cheveux.

— Je vais te donner un indice. Un diamant est une pierre précieuse.

Elle baissa les yeux vers lui, les sourcils froncés.

Il souleva son poignet et l'embrassa à nouveau.

— Réfléchis bien, *Mme Stone*.

— Oh mon Dieu ! Tu m'as marquée !

Il rit, elle se leva et se mit à califourchon, coinçant ses mains à côté de sa tête, lui faisant un grand sourire.

— Tu as *voulu* me marquer !

Il ne put faire autrement que de sourire.

— Et si on n'avait pas fini ensemble ?

— Alors ma vie aurait été nulle, pas vrai ? Mais ça ne risquait pas d'arriver.

— Ça aurait pu, insista-t-elle.

— Hors de question, ma chérie. Il la fit glisser sous lui. Inoubliable Dixie, tu te souviens de ce que je t'ai dit quand tu m'as recommandé de ne pas oublier ton nom ?

Elle se mordit la lèvre inférieure, les yeux brillants d'amour.

— Tu as dit que tu n'oublierais jamais parce que mon nom était gravé dans la pierre.

— C'est exact. Stone[6] avec un S majuscule.

— *Jace…* dit-elle, un peu essoufflée et stupéfaite.

— Je te l'ai dit, chérie. Je suis attentif à *tout* ce que tu dis. Il lui donna un baiser profond et elle devint douce et molle dans ses bras. Et j'entends aussi tout ce que tu ne dis pas. Il descendit le long de son corps, remonta sa chemise et embrassa son ventre. Elle ferma les yeux, se cambra sous lui tandis qu'il passait sa langue autour de son nombril.

— Comme maintenant, déclara-t-il tout bas. Je sens que tu me demandes de te faire l'amour ici-même, sur le sol où nous allons élever nos bébés.

Elle ouvrit les yeux, paraissant heureuse et belle alors qu'elle se rapprochait de lui.

Il la regarda droit dans les yeux.

— Je perçois autre chose. Est-ce que tu l'entends ?

Elle inclina la tête.

— Ça dépend. As-tu entendu à quel point je t'aime ?

— J'entends toujours ça, mon amour. Il l'embrassa tendrement et la berça dans ses bras. Ferme les yeux et écoute. Peut-être que tu peux l'entendre aussi, murmura-t-il.

Elle ferma les yeux, il pencha sa tête près de la sienne.

— Tu as dit un jour que des hommes meilleurs que moi

---

[6] Jeu de mots entre stone qui signifie pierre et le nom de famille du héros.

avaient essayé de dompter cette Whiskey-là.

— Ils n'étaient pas meilleurs, répondit-elle anxieusement.

— Je sais, chérie. Il l'embrassa. Ils n'étaient pas assez bien pour toi car ils n'ont pas vu ce que j'ai toujours su. Tu es parfaite comme tu es, sauvage, insolente et si brillante, tu *m*'as apprivoisé et je ne l'ai même pas vu venir.

Envie de découvrir d'autres membres de la famille Whiskey ?

Si c'est votre première expérience avec ces personnages, chaque roman sur les Whiskey est désormais disponible pour vous permettre de les lire sans modération ! Vous trouverez ci-dessous des informations sur ces titres, ainsi que des détails sur le prochain livre de la série *Les Whiskey : Les Dark Knights de Peaceful Harbor*, **Aime-moi dans tes ténèbres** (le héros sera Quincy Gritt). Vous pouvez vous attendre à de nombreuses autres suites sur les Whiskey, ainsi que les histoires d'amour de Justin Wicked et celles de ses frères et sœurs !

Aime-moi dans tes ténèbres

Quincy Gritt a vaincu ses démons. Il a confessé ses crimes et surmonté ses addictions. Mais lorsque son passé revient le hanter, peut-il apprendre à vivre avec la dure réalité, ou va-t-il replonger dans les ténèbres ? Suivez son parcours sexy et émouvant et tombez amoureuse une fois de plus.

Achetez AIME-MOI DANS TES TÉNÈBRES

Les tomes précédents des *Whiskey* n'attendent que vous sur les sites de ventes:

Sous l'armure de ton cœur (Truman and Gemma)
Comme une étincelle (Bear and Crystal)
Fou de désir (Bullet and Finlay)
En toi, un refuge (Bones and Sarah)
Du bonheur à volonté (Jed and Josie)

Autres livres par Melissa (en anglais) English Editions

LOVE IN BLOOM SERIES

SNOW SISTERS

Sisters in Love

Sisters in Bloom

Sisters in White

THE BRADENS at Weston

Lovers at Heart, Reimagined

Destined for Love

Friendship on Fire

Sea of Love

Bursting with Love

Hearts at Play

THE BRADENS at Trusty

Taken by Love

Fated for Love

Romancing My Love

Flirting with Love

Dreaming of Love

Crashing into Love

THE BRADENS at Peaceful Harbor

Healed by Love

Surrender My Love

River of Love

Crushing on Love

Whisper of Love
Thrill of Love

THE BRADENS & MONTGOMERYS at Pleasant Hill – Oak Falls

Embracing Her Heart
Anything for Love
Trails of Love
Wild Crazy Hearts
Making You Mine
Searching for Love
Hot for Love
Sweet Sexy Heart
Then Came Love
Rocked by Love
Our Wicked Hearts
Claiming Her Heart

THE BRADEN NOVELLAS

Promise My Love
Our New Love
Daring Her Love
Story of Love
Love at Last
A Very Braden Christmas

THE REMINGTONS

Game of Love
Stroke of Love
Flames of Love
Slope of Love
Read, Write, Love
Touched by Love

SEASIDE SUMMERS

Seaside Dreams

Seaside Hearts

Seaside Sunsets

Seaside Secrets

Seaside Nights

Seaside Embrace

Seaside Lovers

Seaside Whispers

Seaside Serenade

BAYSIDE SUMMERS

Bayside Desires

Bayside Passions

Bayside Heat

Bayside Escape

Bayside Romance

Bayside Fantasies

THE STEELES AT SILVER ISLAND

Tempted by Love

My True Love

Caught by Love

Always Her Love

THE RYDERS

Seized by Love

Claimed by Love

Chased by Love

Rescued by Love

Swept Into Love

THE WHISKEYS: DARK KNIGHTS AT PEACEFUL HARBOR

Tru Blue

Truly, Madly, Whiskey

Driving Whiskey Wild

Wicked Whiskey Love

Mad About Moon

Taming My Whiskey

The Gritty Truth

In for a Penny

Running on Diesel

THE WHISKEYS: DARK KNIGHTS AT REDEMPTION RANCH

The Trouble with Whiskey

For the Love of Whiskey

SUGAR LAKE

The Real Thing

Only for You

Love Like Ours

Finding My Girl

HARMONY POINTE

Call Her Mine

This is Love

She Loves Me

THE WICKEDS: DARK KNIGHTS AT BAYSIDE

A Little Bit Wicked

The Wicked Aftermath

Crazy, Wicked Love

The Wicked Truth

His Wicked Ways

SILVER HARBOR

Maybe We Will

Maybe We Should

Maybe We Won't

WILD BOYS AFTER DARK

Logan

Heath

Jackson

Cooper

BAD BOYS AFTER DARK

Mick

Dylan

Carson

Brett

HARBORSIDE NIGHTS SERIES

Includes characters from the Love in Bloom series

Catching Cassidy

Discovering Delilah

Tempting Tristan

More Books by Melissa

Chasing Amanda (mystery/suspense)

Come Back to Me (mystery/suspense)

Have No Shame (historical fiction/romance)

Love, Lies & Mystery (3-book bundle)

Megan's Way (literary fiction)

Traces of Kara (psychological thriller)

Where Petals Fall (suspense)

Remerciements

J'espère que vous avez adoré l'histoire de Dixie et Jace autant que j'ai aimé l'écrire. J'ai hâte d'écrire les histoires d'amour de Quincy, Penny, Diesel, Izzy et le reste de nos amis dans l'univers des Whiskey ! Ne vous inquiétez pas, cette série n'est pas terminée. Vous rencontrerez bientôt de nombreux autres membres de cette famille. J'espère que vous tomberez également amoureux des Wicked. Quand je les ai rencontrés, j'ai su que je devais leur consacrer une série à part entière. J'ai hâte que vous appreniez à les connaître.

Si vous découvrez mes textes, notez que tous mes livres peuvent être lus indépendamment les uns des autres. Les personnages apparaissent dans d'autres séries, de sorte que vous ne raterez jamais de fiançailles, de mariages ni de naissances. Pour en savoir plus sur la saga *Amour sublime* et mes autres titres en anglais, c'est ici :
www.MelissaFoster.com/melissas-books

Je propose plusieurs ebooks gratuits. Ce sont les tomes 1 de chaque série. Vous pouvez les retrouver ici :
www.MelissaFoster.com/LIBFree

Je discute souvent avec mes lecteurs sur Facebook. N'oubliez pas de vous inscrire à mon fan club !
www.Facebook.com/groups/MelissaFosterFans

Suivez ma page d'auteur sur Facebook pour des concours et les dernières informations sur les mondes de vos héros préférés. www.Facebook.com/MelissaFosterAuthor

Si vous préférez les romances plus douces, sans scènes explicites ni langage cru, découvrez ma série en anglais, *Sweet with Heat*, sous le nom de plume Addison Cole. Vous y trouverez les mêmes histoires d'amour, en un peu moins torrides.

Merci à ma formidable équipe éditoriale, Kristen Weber et Penina Lopez, et à mes méticuleuses relectrices, Elaini Caruso, Juliette Hill, Marlene Engel, Lynn Mullan, Justin Harrison et Lessa Owen ; et pour la traduction française à Judy Leeta. En dernier, mais non des moindres, un énorme merci à ma famille pour sa patience, son soutien et son inspiration.

Retrouvez Melissa

Melissa Foster est une auteure primée, dont les best-sellers figurent aux classements du *New York Times* et de *USA Today*. Ses livres sont recommandés par le blog littéraire de *USA Today*, le magazine *Hagerstown*, *The Patriot* et de nombreuses autres revues. Melissa a peint et fait don de plusieurs fresques murales pour l'hôpital des enfants malades à Washington, DC.

Retrouvez Melissa sur son site web ou discutez avec elle sur les réseaux sociaux. Melissa aime parler de ses livres avec les clubs de lecture et les groupes de lecteurs. N'hésitez pas à l'inviter à vos événements. Les livres de Melissa sont disponibles dans la majeure partie des boutiques en ligne, en version papier et numérique.

Melissa écrit également des romances douces (sans scènes explicites) sous le nom de plume Addison Cole.

Goodies gratuits:
www.MelissaFoster.com/Reader-Goodies

CPSIA information can be obtained
at www.ICGtesting.com
Printed in the USA
LVHW040913161222
735287LV00004BB/1256